知青小说代表作

丛书主编 孟繁华

生活的 路

竹林 著

中国青年出版社

图书在版编目（CIP）数据

生活的路 / 竹林著 . — 北京：中国青年出版社，2019.1

（当代新经典文库 / 孟繁华主编 . 第一辑）

ISBN 978-7-5153-5380-7

Ⅰ . ①生… Ⅱ . ①竹… Ⅲ . ①长篇小说—中国—当代 Ⅳ . ① I247.5

中国版本图书馆 CIP 数据核字 (2018) 第 245323 号

责任编辑：孙梦云

*

中国青年出版社 出版 发行

社址：北京东四12条21号 邮政编码：100708

网址：www.cyp.com.cn

编辑部电话：（010）57350520 门市部电话：（010）57350370

北京中科印刷有限公司 新华书店经销

*

710×1000 1/16 22.75印张 273千字

2019年1月北京第1版 2019年1月北京第1次印刷

定价：65.00元

本书如有印装质量问题，请凭购书发票与质检部联系调换

联系电话：（010）57350337

历史的证言　心灵的传记
——《当代新经典文库》第一辑序

　　1968年——50年前的中国，发生了一场重大的社会历史事件，这就是大规模的知识青年上山下乡运动。这场运动延续了将近十年，有两千多万的知青与这场运动有关。十年之后，数字巨大的知青通过招工、参军、高考和其他途径，又都纷纷返回了不同的城市。上山下乡运动结束了，但是，关于这场运动的文学书写却如火如荼至今没有终结。被称为"知青文学"的这一现象，已经成为中国当代文学史上重要的篇章。知青作家通过自己的创作，一方面形成了"知青文学"汹涌的大潮，将一个重大的社会历史事件用文学的方式得以表达；一方面这一现象也造就了日后中国文学强大的后备力量。时至今日，许多重要的知青作家仍站在文学创作的第一线。他们的作品和文学经验，也成为这个时代"中国经验"重要的一部分。

　　知青上山下乡，对这代人来说，是一场空前的精神洗礼和思想裂变，对他们的成长和后来的人生有关键性的作用。他们后来成了国家各行各业的栋梁之材。在文学领域，他们引领风骚40年不衰。他们至今仍然是文坛的主力阵容而难以被超越。他们的文学创作拥有如此漫长的生命周期，应该是一个奇迹。这个奇迹的发生，与他们下乡经历一定有关。现实生存的艰难、煎熬或漫长的等待以及情感世界的创伤、欢乐、矛盾等，铸就了他们理想主义情怀和坚韧不拔性格的同时，也为他们提供了持久的文学灵感和生活基础。这里编辑的《当代新经典文库》第一辑"知青小说代表作"，更多的是这代人亲历历史的文学表达，他们是这段历史的见证者。因此这些作品也更具精神和情感价值，也可以称为是这代人的"青春之歌"。知青一代是深受50年代理想主义精神哺育的一代人，他们对毛泽东时代的红色革命思想有着极深的集体记忆，他们相同的经历和教育背景使他们的"代际"特征相当明显；另一方面，"文革"和十年下乡的经历，他们中的先觉者又率先获得了反省、检讨这一历史事件和理想破碎后重新寻找新方向的强烈意愿和能力。尽管如此，这代人浪漫的理想主义精神仍然根深蒂固印痕鲜明。

知青一代的文学创作始于"文革"期间甚至更早，但形成文学潮流并为批评界所关注，则是70年代末期以后的事情。知青文学一开始出现就表现出了与"复出"作家即在50年代被打成"右派"一代的差别。"复出"的作家参与了对50年代浪漫理想精神的构建，他们对那一时代曾经有过的忠诚和信念有深刻的怀念和留恋。因此，当他们"复出"之后，那些具有"自叙传"性质的作品，总是将个人经历与国家命运联系起来，他们所遭受的苦难就是国家民族的苦难，他们个人们的不幸就是国家民族的不幸。

于是他们的苦难就被涂上了一种悲壮或崇高的诗意色彩。他们的"复出"就意味着重新获得了社会主体地位和话语权力，他们是以社会主体的身份去言说和构建曾经的过去。知青一代无论从心态还是创作实践上，都与"复出"的一代大不相同。他们虽然深受父兄一代理想主义的影响并有强烈的情感认同，但他们年轻的阅历决定了他们不是时代和社会的主角，特别是被灌输的"理想"在"文革"中幻灭，"接受再教育"的生活孤寂无援，不明和模糊的社会身份决定了他们彷徨的心境和寻找的焦虑。因此，知青文学没有一个统一的方位或价值目标，它们恰如黎明时分的远足者，目光迷乱地在没有边际的旷野茫然奔走，这种精神漂泊激情四溢，却也写出了真实的体会和感受。

知青一代过早地进入社会也使他们在思想上早熟，他们后来表现出的迷茫如同早春的旷野，举目苍茫料峭，春色若隐若现。也许正是这种"不确定性"成就了他们独具一格的文学品格，使那一时代的青春文学呈现出了独特的"心灵自传"的情感取向。较早出现的长篇小说是竹林的《生活的路》和叶辛的《蹉跎岁月》。小说虽然在伤痕文学的层面展开，但因其文学的真实性而汇入了思想解放的时代潮流，受到读者的欢迎和文学前辈的肯定。张梁、谭娟娟和柯碧舟、杜见春，也成为改革开放初期最早的知青形象。因此，这两部长篇小说的价值应该大于小说本身：它们引爆的知青文学大潮随之爆发。张承志、史铁生、梁晓声、张抗抗、韩少功、王安忆、肖复兴、吴欢、陆星儿、陈可雄、阿城、乔雪竹、晓剑、严婷婷、陈村、朱晓平、郭小东、陶正、邹静之、张曼菱、范小青、池莉、李晓、邓一光、邓贤、储福金、王小波、老鬼、王小妮、徐小斌、潘婧、张梅、肖建国、李晶、李盈、杨少衡、王松、韩东等，构成了不同时期知青文学的主力阵容。张承志的《骑手为什么歌唱母亲》《黑骏马》《金牧场》；史铁生的《我的遥远的清平湾》《插队的故事》；梁晓声的《这是一片神奇的土地》《今夜有暴风雪》；张抗抗的《北极光》《隐形伴侣》；韩少功的《西望茅草地》《归去来》《日夜书》；阿城的《棋王》《孩子王》；王小波的《黄金时代》；张曼菱的《有一个美丽的地方》；王松的《哭麦》《葵花引》等，构成了知青文学具有代表性的作品方阵。

张承志的《骑手为什么歌唱母亲》发表于1978年，它是"文革"结束后较早书写知青的短篇小说。小说显示了张承志不同的气象和格局。当控诉的泪水在文坛汪洋恣肆之时，张承志却独自在草原深处为额吉感动并为她祈祷，他在那里完成了精神的蜕变。因此，"歌唱母亲"是他感动至深的文化信念的宣喻，是一个"骑手"拥有了强大的内心力量的告白。从那个时代开始，张承志就有幸成了一个"敢于单身鏖战"的作家。也正是在这样的意义上，《骑手为什么歌唱母亲》于作者说来才重要无比。《黑骏马》则是一篇游走于大地的理想主义小说。在一首悠长古老的蒙古族民歌的旋律中，那个忧伤的蒙古族青年踏上了漫漫的寻找长途，他要走遍草原去寻找心爱的妹妹，白音宝力格对爱情的寻找，即是对归宿和理想的寻找。但骑着黑骏马的白音宝力格对历史和现实的认知，视野似乎更为宽阔。民族文化的深层积淀在这个蒙古族青年的视野和经历中被展现出来。于是他获得了检讨和反省自己肤浅和轻狂的意识和能力。对人民和土地的倚重，对古老传统文化的重新认识，使主人公终于找到了能够安放自己心灵的归宿。张承志的小说成为几代读者的必读之书。梁晓声的《今夜有暴风雪》是当年知青文学社会反响较大的一部作品。小说的背景设定于知青返城前夕，在如何面对"去"与"留"的重大选择中，有三十六个知青毅然决然地选择了留在北大荒。这种悲壮的选择连同牺牲的战友、广袤无垠的土地和风雪交加的自然环境，一起构成了小说肃穆、凝重和崇高的文学气氛。英雄主义、热血青春是响彻小说的高昂旋律。虽然知青在北大荒历尽了生存苦难和命运挫折，但作品却通过自然环境的渲染，在展示知青与命运抗争的同时，也转化为了审美的对象。这一写作模式与红色经典构建起了历史联系，这也是激情岁月理想迸发的最高潮。张抗抗的《北极光》是一部典型的具有知青理想主义色彩的作品。"北极光"这个意象不仅是自然奇观，更重要的是它给人一种超凡脱俗远离尘世的联想。主人公陆岑岑的北极光想象隐喻了她高洁的内心和拒绝与俗世同流合污的精神信念。她的爱情履历并不是寻找爱人的过程，而是寻找精神同道的过程，她与三个男青年的关系就是对"完美"和理想的想象关系。她最后钟情于一个青年管道修理工，预示了她并不在意现实社会的身份地位，管道修理工坎坷的经历、丰富的思想以及对国家民族的深切关怀的形象，既酷似保尔，也类似牛虻。这一选择和意属，既表明了作家在那一时代对理想和完美的理解，同时也表明了她所接受的文化理想和文化认同。这个时代留下的青春文学，应该是最动人的文学景观之一。他们对理想主义和英雄主义以及价值观、人生观的探讨在今天仍然让人怦然心动；那些浪漫、感伤或多少有些戏剧化的悲壮故事，真实地反映了那个既贫瘠又富有的青春时代，它是一代人对生活、对人生以及对社会诚实思考的记录。

阿城的《棋王》虽然也是知青题材的小说，但它发表时知青文学的大潮已过，它被文学史家纳入"寻根文学"。当知青文学经历了悲喜交加之后，阿城从平常人生的角度重新书写了知青生活场景，并在日常生活中衬托了中国传统文化的深厚底色，无论在人生境界还是在修辞炼句上，也多从古代传统小说中汲取营养。从而使这部作品一时洛阳纸贵好评如潮。《棋王》对中国传统文化的皈依，也从一个方面终结了知青文学在社会性和文学性写作的单一。从此，知青文学向四方离散，从题材到书写方式，都发生了重大变化。

知青文学发展至王小波的时代，无论是社会还是作家自身，都意识到了文学的有限性和可能性，王小波使文学的面貌焕然一新。《黄金时代》无疑是王小波最好的作品，这部作品不止因获台湾《联合报》文学大奖而使王小波名噪一时，同时也为90年代以来的大陆读者格外重视。如火如荼、激情万丈的癫狂年代，在作者的叙事中仅仅成为一种底色和背景。作品对"文革"反人性的揭示，是隐含于文本之外却又是更为深刻的，从而也证实了王小波作为一个小说家超前的先锋性。

王松的"后知青小说"，发表于2004年之后。他的小说超越了知青文学经历的不同潮流。在王松的小说中，"文革"或知青下乡只是小说的整体背景，他主要讲述的是知青在乡下的生活状态和心理状态，是一种具有"原生态"意味的知青生活。当知青在乡下度过了短暂的理想主义想象之后，精神与生存的双重贫困，使知青迅速放弃了脆弱的理想主义，精神上陷入了极度危机之中，与贫下中农的师生关系也迅速形成对峙关系。民粹主义的想象在现实中坍塌，乡民的质朴、友善、诚恳也伴随着狡诈、自私等。因此，与乡民在心智上的"较量"，就不止是年轻人的恶作剧，同时也潜隐着一种恶意的报复或无意识的叛逆成分。《葵花引》

中的小椿，用蜂蜜涂抹在母牛的鼻子上，母牛为躲避蜜蜂走进池塘，当只剩鼻孔在水面呼吸时，小椿用精准的弹弓打在牛鼻子上，致使母牛溺水而亡。知青们对待牲畜的非人性态度的扭曲，在《哭麦》中得到了更有效的诠释。知青们把黄毛藏起来之后，恶作剧地将一张狼皮粘在了羊的身上，然后给它吃田鼠。这个披着狼皮的羊懵懵懂懂改变了习性，温顺为攻击所替代，食草改为食肉。村民骚动人人自危。知青人性残酷性的改变过程，与羊的性情变化就构成了一种隐喻关系。因此，王松的知青小说在本质上就是知青生活的寓言。

知青文学是这代人历史的证言，是他们心灵的传记。无论如诉如泣、慷慨悲歌还是渡尽劫波心如止水，如果用诗史互证的方法，通过知青文学，我们也大抵可以了解到那段历史的某些方面。因此，知青小说不仅塑造了大批有价值的文学形象，再现了某些历史场景，还原了那一时期社会，尤其是青年的普遍的心理状况，并通过知青文学提供的无数历史细节，呈现了一个时代的真实面貌。如果是这样的话，那么，包括知青小说在内的知青文学，就远远超越了它们自身的文学价值而流传久远。还需要指出的是，社会历史的发展和巨大变化，知青一代作家后来大多离开了知青题材，不再书写个人知青经历，他们拥有了更广阔的视野和书写对象，但知青经历对他们的文学情怀和关注对象的选择仍然意义重大。

由于规模所限，《当代新经典文库》第一辑"知青小说代表作"没有收入更多的作品，这是非常遗憾的。收入作品的选择尺度也一定是见仁见智。略感欣慰的是，找到已经出版和还将陆续出版的关于知青文学的选本并不困难，读者自有选择的巨大空间和可能性。书系在出版过程中，得到了诸多知青作家的热情支持，每每想起总有一股热流在心中流淌。一个群体的情感和情怀总是如此相似并且持久，这让我——作为编者的老知青非常感动；李师东先生既是组织者，也是严格的"审查者"，作为老朋友，他的认真、坚韧和"苛刻"，给我以深刻的印象。可以说，没有他就不会有这套丛书的诞生。因此我感谢他。

孟繁华

2018 年 8 月 5 日于北京酷暑

孟繁华

山东邹县人。沈阳师范大学特聘教授，中国文化与文学研究所所长，中国人民大学、吉林大学博士生导师，中国当代文学研究会副会长，北京文艺批评家协会主席，辽宁作协副主席。鲁迅文学奖获得者，茅盾文学奖评委。主要著作有《孟繁华文集》（十卷本）等。1968 年至 1978 年在吉林省敦化县插队。

竹 林

竹 林

1949年出生于上海,原名王祖铃,浙江吴兴人。曾任《安徽文艺》、上海少年儿童出版社、《上海文学》编辑。1972年开始发表作品。著有长篇小说《生活的路》《呜咽的澜沧江》《女巫》《挚爱在人间》,儿童长篇小说《夜明珠》《晨露》《流血的太阳》,中短篇小说集《蛇枕头花》《天堂里再相会》《心花》,散文集《蓝色勿忘我》《老水牛的眼镜》等。1968年至1974年在安徽凤阳插队务农。

1970 年出席滁县专区上山下乡积极分子代表大会

目 录

一　美好的愿望

无边的丘陵，山连着山，山叠着山，所有的山都是坡度低缓的，所有的山都是线条柔和的，好像黄绿色的浪头，起伏着，推涌着，一直连向高远的天际。

一条大路蜿蜒曲折地伸向群山的深处。路旁的洋槐树，坠着一嘟噜一嘟噜的白色花朵。半山腰的野蔷薇，有如绯红的轻云在浮动。时而可听得淙淙的水声，那是山溪在翠绿的丛林间流动。

天气并不十分好，阳光时常受到云块的阻挡，这使灰色厚重的云层镶上了一层金色的边，映得山间的景物，明晦变幻着。空气湿漉漉的，雨仿佛还要下。

一个结实的小伙子在稍带积水的沙石黄土路上走着。他步履轻松，肩上四方的背包和手里提着的网袋，仿佛轻飘得没有一点分量。瞧这赶路的劲头，一个小时走十五里地是不在话下的。

但是，当他攀上一个不高的断崖时，突然收住了脚步，微微吃惊地睁大了女孩般俊秀的眼睛：好像所有的山溪突然在此汇合了，前面出现了一条宽阔汹涌的河流。河流涌着白色吓人的浪头，在绿色起伏的丘陵间奔腾。

凭记忆，这儿是一个叫作涧湾的地方。原先这里天晴的时候，湾里有汩汩的细流，清澈见底，脱了鞋袜蹚过去，水只齐脚脖子。两岸的断崖间，有一座石板桥，雨天涨水的时候，可从桥上过去。

但是现在，石板桥不见了，满满荡荡的一湾水，毫不客气地挡住了小伙子的去路——显然这是连日暴雨，山洪暴发所引起的后果。

小伙子微微笑了。这拦路的洪水并没有使他皱眉。他的心情太好了，只是觉得有趣。他自信是有办法能渡过河去的。

果然，像奇迹一般，不一会上游浮来一群雪白的鸭子。鸭群中间荡着一只带篷的小船。划船的老汉，弓腰立着，偶尔抬起头来，呼唤他心爱的鸭子。鸭群和小船渐渐地近了，可以看得清放鸭老人那稀疏的唇髭和和善的目光。

小伙子乐了——毫无疑问，他遇到了一个好心肠的老头。于是，他挥着右手，呼唤起来："老——大——爷——"

老大爷只朝他一瞥，马上会意了，很快地掉转船头，靠拢过来。

"上来吧。"老人吩咐道，"不过要坐稳，没有我的话，不许乱动。"

"嗳，行！"小伙子嘴里应着，忙不迭地一脚跨上船去。小小的船，猛烈地晃了几晃。老人又抖着唇髭呵呵笑了："没事，没事，好，坐下，别动了。"

小伙子在船尾坐下来了，两只手死死地抓着船舷，仿佛这样能使身体变得稳一些而不致摇晃。在他竭力稳住身体的时候，小船已经横过来了，颠簸着向前驰去。

放鸭老人悠闲地摇动双桨，毫不在意那翻滚的浪头。

小伙子上船时的紧张情绪，也慢慢消失了。他舒适地靠在船舷上，就像婴儿躺在摇篮里。只见天茫茫，水茫茫，水天一色。一时间，他好像自己的身体溶解在这无边的白浪里，又恍若置身于开天辟地的混沌世界中，忽然他感慨地想，生活的道路变化多大啊，昨天还在农学院白色幽静的校舍里，今天却已经来到了这连绵起伏的群山脚下，新的生活道路又要从头开始了。

"小伙子，哪来的，上哪去啊？"老人发话了。

"我是洪阳县虎山人，回虎山大队去。"小伙子笑眯眯地回答。

"啊哈——"老人开心地笑了，随即摇摇头，"哄得了别人，可哄不了我呀！"

"怎么，你听我口音？"小伙子很有兴趣地反问。但他不敢挪动身子，只微微扬起了下巴。

"不听口音，我也知道。"放鸭老头以老年人特有的天真口吻回答他。

"哦，那怎见得？"

"嘻，那当然啰！我是这儿的老土地啦，可没见过你啊！"老头答道。他背对着小伙子，看不见他那双善良的小眼睛是怎样机智地眨巴着，但听他的口气是很自豪的。为了证明自己的眼力准确，他扭过头来，舔了舔嘴唇，得意地又道："你能说出你是谁家跟前的小子？要不，是谁家的女婿？"

一句话把小伙子给问住了。他的名字叫张梁，其实，论籍贯，他倒真是虎山人，只是因为爸爸在解放战争时参加了革命，后来，在东海之滨的一个大城市里安排了工作，成了家，所以张梁当然也有了城市户口。不过，整个童年时代，他还是在乡下的爷爷奶奶身边度过的。到了八岁上，爸爸将他接进城里去念书。八年前，他初中毕业，和一批志同道合的同学来家乡插队落户时，爷爷奶奶已经去世多年了，这里，就剩下一个老叔公——葫芦爷爷和他沾亲了。

后来他被推荐上了农学院，现在刚刚毕业。在毕业分配的"战斗"中，一些人一心一意在高调下面捞"实惠"——挑个理想的地方，舒适的工作。另外一些人则真的选择艰苦的地方。他属于后者。不是用誓言而是用行动选择了自己的生活道路——回虎山去。在某些人看来，这本是一个值得夸耀并可以抬高身价的选择，但是他婉言坚决地拒绝了各种抛头露面和慷慨陈词的机会。他觉得很难向那些人说清楚并使人真正理解他的思想和感情。所以他默默地打点了行李，坚定、自信地走到了自己选择的征途上。此刻他仍不愿夸耀，因此讪讪地闭上了嘴，不再吭声了。尽管如此，放鸭老人的话，却如一根轻柔的羽毛，在他本来就很激动的心弦上轻轻地撩拨了几下。于是他的整个身心，便沉浸在一种轻微的醉意里。

有一刹那的时间，他仿佛置身于他的虎山了。虎山是个美丽的地方。虎山上有白色的瀑布，有火红的柿树，有板栗的新绿和马尾松的墨绿，还有漫山遍野毫不引人注目的酸枣树，它们永远是那样的坚强和生机蓬勃……当然，虎山还很穷，传说虎山的宝藏还埋在地下，没有开发出来。正因为这样，虎山对他的魅力才更大。他的志向是，把全部的知识和精力，献给贫穷的虎山和虎山人民。这一切，可以说是他回来的主要原因了。不过，除了这个主要原因以外，还有一个次要原因，这个次要原因是小伙子不愿说也不愿承认的，但它却在小伙子的心里确确实实地存在着。因为这个次要原因，使得张梁一踏上这熟悉的丘陵，心头便涌起了一阵甜丝丝的骚动。难怪乎放鸭老人的话使他微醉般地晕乎起来。

噢，是什么样的"次要原因"，使得我们的主人公如此振奋啊？咱悄悄地说吧，说响了，小伙子要脸红的。

那是娟娟。她的名字叫谭娟娟。八年前，和小张一道来插队落户的。记得那是一个冬天的早晨，刚下过大雪，在贫下中农的锣鼓声中，在大队的老支书带领下，他和娟娟来到了虎山。刚走到半山腰，只见太阳正露出鲜红的圆脸，微微跃动着，从白雪皑皑的群峰背后冉冉升起。娟娟一见，情不自禁地抓住了他的手，高声叫道："啊，多美！"

老支书从前面回过头来，眯着慈祥的眼睛，朗声道："是啊，待在咱们虎山，以后有你俩看的啦！咱们虎山人有个习惯，每逢正月初二，都要扶老携幼地上山看雪景。有一种黄色的小花，专门在雪地里开，扒回去泡茶，可清香了。"娟娟一听，仰面望着小张笑了："你看，山里人是多么爱美。"小张也激动地使劲点了点头。他看见一抹阳光映在娟娟年轻饱满的前额上，沐浴在这样的阳光里，她那闪动的眼睛，那红润的脸颊，那略带孩子气的微翘的鼻子和漆黑的发辫，仿佛全都闪烁着蓬勃向上的朝气和青春幸福的光泽。他觉得她也很美。这个很美的印象一直留在他的记忆中。入学以后，他在幽静的林荫道上散步，在拥挤的公共食堂里吃饭，在安静的图书馆里看书，常常心一跳，猛地这形象就显现在他的面前，于是他的思绪就再也不能控制……他认为最初的决心是可贵的，纯真的友谊是要珍惜的。

八年了，尽管生活起了很大的变化，可是娟娟到现在还没有离开虎山，而且，也没有忘记小张。她从虎山给小张寄去过许多信。从信中，小张知道她出席了县积代会，当上了大队干部。她在农村成长起来了……她的信，是那样多，那样长，又是那样的娓娓动人……因此，小张有充分的把握相信，好像春天里的薄冰，他们的关系，是一捅就会破的。所以这次小张回虎山的决定，事先竟没有向她透露一点风声。他相信她是会高兴自己的到来的。在年轻人的生活经历中，这样的"突然袭击"会给一生留下多么有意思和多么值得纪念的回忆啊……

　　"嘿嘿，哑巴啦！咋不吭声呀？"放鸭老人朗朗的问话，打断了小张的遐想。小张笑一笑，用一种年轻人特有的调皮口吻反问道："老大爷，您不认识我，可我也没见过您呀！"

　　"我吗，说起来是住在狼山，跟虎山还是邻居呢，可我给队里放鸭，成年累月的在外头啊！"老人划着桨说，"可是你，你说你是虎山人，你可知道虎山的故事？"

　　"虎山的故事？"小张一听，很有趣味地追问下去，"我不知道，您给说说吧。"

　　"好，说给你这个虎山人听听，"老人笑了，"很久很久以前……"

　　忽然，后面哗哗地顺流下来一大队竹排，掀起很大的排浪，使小船猛烈地颠簸了起来，小张一急，紧抓着船舷，叫道："老大爷，快靠岸。"

　　放鸭老人微微一笑，不但没有靠岸，反而紧划几桨，贴着竹排向前驶去。说也奇怪，小船马上稳住了，而且跟着驶了一段。过后，小张心有余悸地直吐舌头："好险哪，老大爷，您怎不靠岸呢？"

　　"嘿嘿，这是行船的常识。"放鸭老人眯起小眼睛，自豪地说："风浪来的时候，你越是迎着它上就越安全；如果你想逃避它，往岸边躲，你就一准翻船。因为波浪打到岸上，被反推过来，岸边的浪头就更大。"

　　小张听得入了神，他觉得放鸭老人的这一段话，包含着很深的生活哲理。他沉默下来，静静地思考着，目光落在船舱里的一顶红色油纸伞上。

　　"我说小伙子，别想心思啦！你到虎山大队去，到底是找谁呀？"老人瞅着小张出神的模样，竟忘掉了那被打断的故事，一味追问起来。

　　小伙子"噗哧"笑了："我是葫芦大爷跟前的小梁子呀，您还没认出来哇！"

　　"哦，梁子，小梁子！"老人一听，不由得直拍自己的脑门，"小梁子,不就是小时候光屁股和小福子一块玩的吗?瞧我这记性!唉,一晃都这么大了,你这是打哪来呀?还到老家来看看你葫芦大爷吧?这娃可有良心,眼下在哪里工作?大号叫什么?……"

听着放鸭老人没完没了的絮叨,小张觉得心里热烘烘的:啊,梁子,这无比亲切的称呼又回到了他身上。他笑着问:"我葫芦大爷可好?"

"有什么好不好的,人老了,没病没灾就是福气。"老人悠然自得地回答。

"老支书可好?"梁子性急地接着问。见老人一时没搭腔,就又补充道:"喏,就是崔福昌,虎山大队的党支部书记……"

"崔福昌?"放鸭老人像是自语地重复了一遍,突然沉默下来,默默地摇动着双桨。刹那间只剩下浪头拍打船板的哗哗声。

梁子对这突如其来的沉闷感到奇怪。他茫然地问了一句:"老支书怎么了?"

"嘻,现在的事,俺也说不清哪!……嗳,到了。"放鸭老头说着,没精打采地将船靠了岸。

梁子站起来,一个箭步,跳到了湿润的地上,向北一望,只见横贯数十里的虎山群峰,已经呈现在他的眼前了。远山的颜色由深到浅,极和谐地与灰色的天空融成了一体,柔美中透出磅礴的气势来。近处的小山包,则葱绿可爱,山中的树木历历可数,有疏有密,有深有浅,一堆堆,一丛丛,无论是潇洒的马尾松还是挺拔的杉木,都使人从雄浑中产生秀美的感觉。山脚下的麦田已经泛黄了,油菜正在结荚,黄沉沉、青乌乌的一片,为山峦增添了丰富的色彩……

道路在这里分成了两条,往南是狼山,往北是虎山。到了虎山脚下,再翻过两个小山包,便是虎山群峰中的一大片谷地——虎山大队了。梁子想,他的虎山大队,一定也像这里一样,不,应该比这里更好！因为那里有勤勤恳恳的老支书，有吃苦耐劳的贫下中农，还有娟娟……虎山脚下的谷地——无边的青纱帐，金色的麦海，美丽的烟地和碧绿的花生、芝麻、芋头——是多么的丰饶和光辉灿烂！

梁子站着，有点儿发愣，他不由得又想起了老支书。老支书是他的入党介绍人，在和娟娟一起来到虎山后的两年时光里，老支书像父亲一样关怀着他们一点一滴的进步与成长。此刻，仿佛老支书就站在他跟前，伸出了坚硬的长满老茧的手，重重地拍着他的肩膀，操着浓厚的山里口音说："好小子，有志气！"啊，娟娟好像就站在老支书的身边，睁大惊喜的眼睛，在打量自己……然后，老支书热情的老伴，死拖活拽地把自己拉到她家去吃晚饭，像刚进村的那天一样。那一天，不就在老支书的家里吃了大娘给做的韭菜合子么？大娘说，头一天吃韭菜合子，是取个吉利，将来好跟贫下中农合心合意。合心合意，合心合意……今天的韭菜合子，该由谁来做呢？

一阵轻微的红晕爬上了小伙子健康的双颊。他慌乱地将提着的网兜换了个手——里面有他送给老支书的虎骨酒、给葫芦爷爷买的治气管炎的药和给娟娟的水田袜，然后扭过头来，想跟放鸭老头打个招呼，但见白浪托着扁舟，在热闹的鸭群的簇拥下，已经远离了河岸。梁子紧跑了几步，一只手拢在嘴边，用力喊道："老——大——爷，您叫什么名字，住在哪儿？"

滔滔的水面上，撂下一串话来："乡里人，值不得留名哪，小伙子！快赶路吧！"

二　小福子和小梁子

渐近虎山，道路就变得泥泞起来。东一洼、西一洼的积水，好像一个个亮晶晶的可怕的沼泽，一不小心踩下去，就陷到了脚踝骨；有些路段干脆被白汪汪的积水所淹没，必须涉水才能通过。地势稍高一点的地方，路面上布满了无数个人和牲口的脚所踏出来的小坑，好像害了天花的麻子的脸一样。

尽管刚才拦路的洪水没有给梁子带来丝毫的难堪，但这无休无止的折磨，与消耗人的体力的路，却使这个并非不习惯于乡下泥路的小伙子，也变得狼狈不堪了。走进村庄的时候，脚上的一双球鞋成了大泥坨；蓝卡其裤子已经分不出颜色，好像从泥水缸里捞出来的抹布一样，湿湿地贴在腿上；上装好一些，但也沾了不少泥点。网兜滴着水，这是刚才不小心掉进水洼里去了。然而，使他不安的倒不是自己的这副形象和装束，而是眼前的景象——他站在通向村庄的大路上，迷茫而吃惊地睁大了眼睛。

田野里是白茫茫的一片。他所记得的长着花生、芝麻和爬满薯藤的庄稼地不见了，变成了白茫茫的大水；他所记得的金黄的小麦、碧绿的烟草也都不见了，变成了白茫茫的大水。只有高秆的庄稼从大水里顽强地探出脑袋来，好像不甘心它们被覆没的命运。偶尔有一群水鸟飞过，发出欢乐的叫声，似乎这大水倒给它们增添了觅食的场所。

有几分钟时间，梁子怀疑自己走错了地方。他垂下脑袋，奇怪地想：那壮年汉子的悠扬的劳动号子到哪里去了？那年轻妇女好听的俏语又怎么没有了？不，往常即使遭了灾，老支书也带领着大家意气风发地抗洪排涝的呀！难道这一切，也被那白茫茫的大水所吞噬了？

梁子默默地朝北走去，凝视着他亲爱的故乡——横在灰色的天幕与白色的大水间的一个孤岛——虎山大队的村落，他那愉快宁静的心境终于被完全破坏了。

很快地，一幢幢熟悉的黄土块似的房屋清晰地呈现在他的面前了——因为村庄坐落的地段高些，所以大部分房屋都没进水。沿着这条进村的大路由南往北走去，不一会儿，就到了与横贯全村的东西大路交错的地方。这里原先有一片清澈的荷塘，现在却只剩下满荡荡的一湾浑水，那些斗笠似的翠绿色的圆叶都埋入了水底下，再望望那大路两旁的黄土房子，仿佛也变得更加低矮而没有生气了。往日在这个时候，家家的屋顶上都飘起了缕缕的炊烟，路上要是来了一个客人，不知从哪里就会冒出来那么多孩子，小丫头、小小子，光屁股的，拖鼻涕的，一下子就把人给团团围住。可是现在，迎面望见的只有土墙上的一条斗大标语："打倒走资派崔福昌！"在风里瑟瑟抖动，好像在欢迎他这个不速之客似的。

梁子的心猛一跳，不由自主地皱起了眉头，朝路北自己家的老屋走去。

　　老屋还是张梁的爷爷奶奶居住过的屋子，梁子从小在这里长大。门前有一棵高大茂盛的老枣树。老枣树还是爷爷的爷爷亲手栽下的，它浑身披满油绿繁密的叶子，一到秋天，就挂出了晶莹饱满的果实。果子由青泛黄，渐渐发出像红玛瑙一样鲜红可爱的颜色。那时光脚丫的小梁子，不等它们变红就拿着竹竿噼里啪啦去打了。到了冬天，那直伸向天空的干巴巴的枣树枝桠上还吊着几只经了霜的鲜红欲滴的枣儿，这时小梁子倒舍不得去敲打它们了，让它们在漫天风雪里骄傲地微笑，好像斗雪的寒梅一样。

　　自从六四年爷爷奶奶先后去世后，屋子空下来了，队里常在这里堆些烟叶、花生等杂物。梁子来虎山的那一年，老支书派人把屋子清理修缮了一番，他就住进去了。

　　现在，屋子里倒还空着，开门进去，一股潮湿的尘土味扑鼻而来，屋梁上挂满了蜘蛛网，锅台上的灰尘也老厚，但他顾不了这许多，只是放下行李，换了身衣服，便转身走了出来。

　　天上笼罩着一望无际的阴云，只有西边角落像被人捅破了一个洞，露出一派紫红色的云彩，夕阳的黄色的脸在洞里慢慢沉落，大地反射出一种异样的亮光，可以清楚地看到，在不远的地方，浑黄的水依然汹涌地流着，庄稼在水里颤抖、呻吟。梁子踌躇了一会，抬腿向隔壁的葫芦爷爷家走去。

　　葫芦爷爷是梁子的老叔公。解放前夕那一年虎山遭了灾，他老伴饿得躺在床上起不来，儿子半夜跑出去偷割了几把青麦子回来，煮给母亲吃了。不料虚弱透了的人经不起这一撑，没到天亮，竟活活胀死了。他变得沉默寡言了，一般人从他的嘴里掏话很困难，所以得了个"没嘴葫芦"的外号。但他的心像镜子一样明，他的眼睛像水晶一样亮，他是虎山大队的一个活账本。自从他的孙子小福死后，他就把小梁当作自己的孙子一样看待，所以每次梁子回虎山，总是先去看望老葫芦。而现在，那墙头的大标语，那灾后的惨象，如一块沉重的石头压着梁子的心，他更迫切地想从葫芦爷爷那儿了解一下虎山的情况。

怀着这样焦急的心情，梁子很快来到了葫芦爷爷的小土屋跟前，正要开口喊，忽然一阵"吭吭"的咳嗽声从屋里传出来，他一怔，再一听，这确是葫芦爷爷的声音，赶紧推开虚掩的门，走了进去。

因为窗洞被堵住了，屋子里黑洞洞的，什么也看不见，只有一阵紧一阵的咳嗽和透不过气来的喘息声，从黑暗的屋角传出来。

"爷爷！"梁子叫了一声，向那发出声音的地方扑去，摸索着半跪在凉床上的正在受苦的老人，赶紧给他揉胸、捶背。又经过一番剧烈的喘息、挣扎，老葫芦的嗓子里"咕噜"一声，吐出一口痰来。梁子扶着他在床上靠下，又从那塞着破草帽的窗洞里找到了一盏油灯。他把它点亮了。

油灯跳动着微弱的光，在这个被疾病折磨着的孤独的老人身上浮来浮去。老葫芦那张曾经是方正刚毅的脸，如今布满了痛苦的扭动的皱纹，并且由于喘息呈现出黑枣般的颜色；他那曾经是强壮的力气过人的身躯，如今瘦得只剩下了一把骨头，看着，使人想起了那年年月月给人耕田而使尽了力气的老黄牛……

风从墙缝和塞在窗洞里的破草帽的空隙间钻进屋子，梁子感到一阵凉意。他摸了摸床上铺着的薄薄的稻草，轻轻拉开了一条因为打了很多补丁而显得十分沉重的被子，替老人盖上。直到这时，葫芦爷爷才睁开了他那半闭着的眼睛，向正在忙碌着的梁子看了一眼，这就算是他回答梁子的殷勤与问候了。

梁子直起身，向屋子四周扫视了一番。这是一间干干净净的屋子——爱干净是老葫芦的特点，除了病倒在床上的时候，他从不让自己的两只手有片刻适闲，就是在儿子、媳妇和他那可爱的小孙儿一起去世的日子里，他也把自己收拾得头是头、脚是脚，衣襟上不沾半点粥星儿。他操持的家前屋后的小园地，青是青，白是白，水灵灵的萝卜，嫩生生的韭菜，白胖胖的大蒜……一垄垄，一畦畦，泾渭分明，色彩绚丽，好像精心绣制的小姑娘的花衣裙一样。可是现在，这"干净"的屋子却蒙着一层说不出来的凄凉味儿：泥窝子里是空的，笆斗里是空的，水缸里是空的，土墙的挂钩上也是空的。梁子又摸了摸锅灶，锅灶冷冰冰，锅盖上蒙着层薄薄的灰，两只洗干净但也落上了灰的碗，搁在一旁。地上也是光溜溜的，只有凉床的周围落下了一圈细碎的草节儿，因为老人辗转反侧而使铺垫的稻草从宽大的床缝隙里漏下来了。

梁子的鼻子有些发酸，但他很快克制了自己。他觉得伤心也好，同情也好，都不能给床上那个可怜的老人以任何帮助，现在必须马上要做的是，给老人治一治他的气喘，并且设法给他弄点儿吃的。

幸亏梁子早就知道葫芦爷爷有气喘病的根子，这次回来前特地买了些药带着，只要去拿来就是。他想了想，决定先烧点开水好给老人吃药。

梁子从隔壁人家的锅屋里舀来一瓢清水，先倒了些在锅里，细心地刷了刷，然后把余下来的水全倒进去，点上火烧起来。他一边烧，一边倾听着里屋的动静，有好几次他不得不扔下烧火棍，跑到床前，扶起老人，轻轻地给他捶着，当一阵令人窒息的咳喘过去以后，老人就重又靠下来，半闭着眼，脸上带着淡漠的表情，好像无动于衷的样子。梁子也不说什么，仍回到锅灶前，用火棍在灶膛里拨拉着，"哄"的一声，火又重新燃烧起来，那么热情，那么活泼地跳动着，梁子的身上立刻感到一种软酥酥的暖意。他熟练地一小把一小把往里填草，脸凑得灶膛很近。这是他幼年时养成的习惯。那时他只有七八岁，个子很小，一到农忙，爷爷就叫他烧锅，他半跪半蹲地缩在灶前，抱着草直往里填，有时火灭了，回烟呛得鼻涕眼泪直流，就不得不捧起粗大的烧火棍，在灶膛里头乱捣鼓……

梁子想着，跳动的火焰映着他，把他带到了对童年的往事的回忆里。于是，那一张脸，那一张酷似老葫芦爷爷的但是新鲜活泼的小脸，带着无比鲜明的声音笑貌，在他的面前活动起来。这就是小福，葫芦爷爷的唯一的孙子小福。

那是十几年前的事了。他和小福，是形影不离的好伙伴。

那时节，他们有自己的广阔天地，那萤火虫飞来飞去的打麦场，那弯弯垂柳亲吻着的美丽荷塘，那望不到头的光秃的山野，那茂密扎人的枣树林……小梁跟着小福，上树逮鸟，下河摸鱼，割草挑野菜，无论干什么，总是十分快活而有趣的。记得印象最深的一次，是小梁的爷爷病了，浑身肿，听人说治这病要用活鲫鱼捣烂了敷在肚脐上，还要喝鲫鱼汤。小梁可爱他的爷爷了，一听说，赶紧约上小福子，去给爷爷抓鲫鱼去。

两个孩子准备好了钓竿，还用破袜子、烂纱线编了个海兜。几天来，他们跑遍了大河小沟，捉到的鱼倒是还有一些，可就是没有一条鲫鱼。小梁子急得直哭，小福子安慰他："别急别急，总归有办法的。"小梁子不相信会有什么好办法，可是跑得乏了，也就一屁股坐在地上，看起大人们起黄笼子来了。黄笼子是一种用竹子编成的长圆形的竹篓子，头上有个活口，黄鳝只能钻进去，却不能退出来。

他们全都看得呆了。可不是么，要是鲫鱼像黄鳝那么傻该多好呀。你看，大人只要把黄笼子安在小水沟里，过些时候取出来，里面总是爬满了长长的扭动的黄鳝。

"梁子哥，咱们也编个笼子，照那样去逮鲫鱼好么？"小福吸着鼻子凑过来问，小哥俩想到一块去了。

"好！"小梁点了点头，随即又一晃脑袋，乌溜溜的眼珠转了几转说，"不，黄笼子那么细，鲫鱼咋钻得进去呀？再说，鲫鱼是那么刁滑。"

"不要紧，咱们编个粗的、大的。"小福两手比划着，胸有成竹地说。

对于小福的建议，小梁子永远是赞同的。记得有一回小梁子在集上看见一种漂亮的鸟笼，他想要，爷爷不给他买，后来小福就自己动手找些高粱秸编了一个，编得跟买的一样精致，谁见了都夸。打那以后，小梁子对于比他小三天的小福子，就十分敬佩了。如果有人说小福子一个"不"字，他就昂起脖子争道："你会编鸟笼子么？你会么？"

于是，小梁子和小福子一起，砍竹子编起篓子来了。但他们拿着篓子到处去放，却始终没有捉到鲫鱼。小梁子有点泄气了，小福子就去问他的爷爷。葫芦爷爷告诉他们，鲫鱼是喜欢逆水而上蹿的，如果在下大雨的时候把篓子安放在水口上，保险能逮到鲫鱼。

于是他们又眼巴巴地盼着下雨。

雨终于下来了，这是一场很大的暴雨，下得天茫茫，地茫茫。小哥俩在雨里呱唧呱唧地跑着，把他们精心做好的篓子分别安放在全村的几个水口上。为了保险起见，他们冒着大雨守在那儿，眼望着垄沟里的水怎样哗哗地淌下去，而那银光闪闪的鲫鱼又怎样顺着河沟逆水而上，"忽喇喇"地往上蹿着，一条，又一条！全部蹿进了他们事先安放的篓子里。

当风停雨住的时候，他们简直不敢相信自己的眼睛：一条、两条、三条……许多鲫鱼在篓子里蹦跳，弄得篓子"扑扑"直抖，两个孩子不管三七二十一，扑上去抱起来，跳啊，笑啊……

童年的生活，是这样绚丽多彩，但是，也有它艰难辛苦的另一面。因为生活的重担，总是过早地压在农村孩子的肩上的。

小福子七岁那一年，全国各地都遭了灾，虎山也像现在一样，一场洪水，把即将到口的粮食都吞噬了。

热土难离呀！在一般农民的眼里，他们的黄泥小土屋是冬暖夏凉的；他们的鸡棚鸭棚和锅灶瓢碗是一笔了不起的财富；世界上最甜的食物要数他们埋在地窖里的过冬的山芋，最鲜的果子要数他们家前荷塘里出产的菱藕。"金窝银窝，不及自家屋里的狗窝"，这种根深蒂固的习惯势力，几乎是他们所信奉的颠扑不破的真理——可是尽管如此，尽管政府想方设法生产救灾，还是有一批又一批的农民舍弃了他们的"财富"和冬暖夏凉的房屋，走上了离乡背井的路。

就这样，小福的爷爷，宁肯黄土埋身，也不愿离开自己的故土一步；宁肯饿得勒裤带，也不愿开口向人借一升。每顿饭，为了让宝贝孙子小福多吃一口，自己总是吃得半饱就放下碗了。小福的爸爸大禄，跟他是一样的脾气。

当泥窝子里的山芋干只剩下最后一把时，媳妇沉不住气了，乘老葫芦不在，悄悄地跟丈夫嘀咕："我看你就劝劝咱爹，人家不都走了？俺们也出去寻条活路，自己总不能把嘴扎起来呀。"

"俺把嘴扎上了。"大禄瓮声瓮气地答了一句，把媳妇端上来的菜糊糊推开，吩咐道："拿去给小福吃去。"

小福喝完了自己应得的一碗，正在舔碗沿，接过爸爸给他的菜糊糊，马上狼吞虎咽地吃起来。

大禄蹲在炕上，抱着脑袋，一袋接一袋地抽烟。

媳妇叹了口气，紧挨着他坐下，小心翼翼地说："我看咱们还是……"

"你懂个甚！"大禄没好气地向她翻了一眼，"你以为出门就好过了么？出门……俗话说，在家千日好，出门一日难。你不记得那回老马头进城去，屙屎找不到地方，足足憋了一天，差点没给憋死。听说那大街上还不兴吐唾沫。这可好，屙没处屙，吐没处吐，大活人也给憋死了。"

"可人家怎么去的呢？"媳妇垂下头，没有信心地反驳。

"人家是人家，咱是咱，咱们，咱们……"说到这儿，大禄口吃起来，又"呼嗒呼嗒"地吸了一阵子烟，才用十分坚决的口吻接下去说："咱们还有那一口饿不死的瘦母猪，明天把它拉去卖了，换点高价粮吧。"

听说卖猪，小福可不依，因为这口猪是他喂大的。夏天，他顶着毒太阳给猪割草，不割够是不来家吃饭的，沉重的粪箕压着他幼小的身子，肩膀头不知磨掉了几层皮；冬天，他穿着破小袄到雪地里给猪觅食，一双小手冻得像胡萝卜一样。

闹了半天，最后爸爸哄他说："卖了猪，到集上给你买一根油果子吃。"

啊，油果子！那热烘烘、香喷喷，从翻滚的油锅里炸出来的又脆又软的油果子，是怎样吸引和满足了一个孩子的心啊。小福马上破涕为笑，并进一步向爸爸提出了要求："我要两根。"因为他不能忘了他的叔伯兄弟小梁子。

"好，好，就两根。"爸爸心不在焉地答应了他。小福子高兴得一溜烟跑到小梁子家里，咬着他的耳朵说："明天晌午，我请你吃油果子。"

第二天早晨，小梁子从家里出来，看见小福换了一身干净衣服，神气地坐在板车上。一只瘦弱的母猪被绑得四脚朝天，躺在小福的脚下有气无力地哼着。

"开车啰，开车啰！上集去买油果子啰！"小福子快活地叫着，扶着板车的边沿，躬身站了起来，"啪"的一下，屁股挨了他爹一巴掌，赶紧乖乖坐下，扭过头来，看见了小梁子，马上又活泼起来，高兴地招着手喊道："晌午在家等我啊！"

小梁子会意地眨眨眼，明白他指的是那根诱人的油果子，便也跳起来，高兴地向小福子招手。

小福子欢天喜地地坐着架子车走了。

小梁子从早晨等到中午，从中午等到晚上，小福子始终没有回来……

哪知这一去，竟成了小兄弟俩的永诀。

那一天，小福的爸爸没有卖掉猪，因为母猪又瘦又小，斤两不足，收购站不收。但是，万没想到的是，这口猪本来就体弱，来的时候心急，捆紧了，再加上收购站这么一折腾，竟死了。

大禄心里的窝囊劲是不用提了，从收购站出来，用架子车驮着死猪，那神色就跟出殡差不多。身边熙攘的人声，兴旺的买卖，他一概都看不见。他的眼里，只剩下一家四口饥饿的焦黄的脸。

"爸爸，我要！"小福清脆的喊声惊醒了大禄，他抬头一望，只见前面是个烧饼摊，烤得焦黄的烧饼一摞摞地叠在案板上，油果子在巨大的铁锅里发出吱溜溜的响声，诱人的油香毫不客气地顺风钻进行人的鼻孔，仿佛这是做生意的最好的招徕。

大禄顿时也觉得又饥又渴，咽了一口苦涩的唾沫，咬咬牙，耐着性子对小福子道："好孩子，咱们家去，爸爸杀……杀猪给你吃。"

"你骗我！"小福用两只小脚直蹬着板车，"我不吃猪肉，我要吃油果子，我答应了梁子哥的……"

小福的哭闹吸引了不少行人，人们向这一对来自灾荒第一线的父子投以各式各样的目光，多数人是理解的同情的，但也有鄙夷的……不管哪一种目光，老实的大禄都无法忍受。他急于要把小福子哄走，可是越哄，小福子闹得越凶。这时有一个中年妇女，牵了一个打扮得花蝴蝶似的小姑娘，在摊子上买了两根油果子，小姑娘伸手就要拿，那妇女往小福这儿瞟了一眼，连忙摇摇手说："好孩子，咱拿回家吃去，在路上吃，野孩子要抢你的。"

大禄顿时觉得脸上热辣辣的，他低头看了看小福，便伸手在口袋里掏摸起来。心里想，奶奶的，俺就这一堆了，这回就成全了孩子，给他买一根吧。不料他在口袋里掏了半天，把所有的分币都集中起来，却一共只有九分钱。买一根油果子要一毛，还欠一分。

在众目睽睽下，大禄不得不硬着头皮再哄小福。这时人群里走出个教师模样的中年人来，掏出一分钱递给他，很有些感慨地说："大叔，我给你一分钱，给孩子买一根吧。"

"这，这……"大禄的脸唰地红到脖子根，他觉得好像应该说声"谢"，可是这个字却卡在喉咙里，像鲠住了的鱼骨头一样吐不出来。他讷讷地接过这一分钱，昏沉沉地买了根油果子交给小福。

"多可怜呀！"

"瞧这孩子瘦的！"

窃窃的议论声在大禄的背后响起来。他觉得所有的声音和目光像乱棒一样在身上打着，他感到无地自容，抬起头来，却一眼望见他的小福，正高高兴兴地坐在板车上，把那一根油果子，小心地撕下了一半……

"满意了吧？不争气的杂种！"大禄解嘲地往小福子的脑袋上打了一巴掌。

小福的思想正集中在油果子上，冷丁挨了这一巴掌，一个坐不稳，仰面从车上摔了下去，后脑勺磕在街沿石上，发出"咚"的一声响，随即就不动了。大禄急忙扑上前，把他抱起来时，孩子口里鼻子里流着血，已经没气了，只是手里还紧紧地攥着那半根油果子……

这以后的事更惨。大禄死了儿子，又痛又愧，心肝撕裂，觉着再也没脸见人，半路上就抱着死孩子跳了崖。后来，媳妇听说丈夫和儿子都死了，也寻根绳子上了吊。

就这样，不出两天，一家死了三口。

打那以后，整整三个月，老葫芦没有开口说话。从此，"没嘴葫芦"的外号就出了名。人们说他疯了、哑了，村里有些好心人，怕他把这些伤心事窝在心里憋坏了，便主动来找他拉拉呱，可是一提到这事，他的嘴就牢牢地闭上了。久而久之，这事不再被老一辈的人们所提起，也不再为后一代所知道，它被埋进了记忆的坟墓里。

三个月后，老葫芦开口说话了。他既没疯也没哑，坚强地活下来了，只是变得比以前更加沉默寡言……

怎能叫人相信，一根油果子，竟酿成这样一场悲剧。这件事给幼年的小梁子一颗纯洁无瑕的心，刻上了永不磨灭的伤痕。在他年纪稍大一些的时候，他后悔，后悔不该点头答应要那根油果子；更大一些的时候，他奇怪，奇怪一根油果子怎么会夺去一个幼小的生命！难道农民辛苦一年还不能吃根油果子？要到什么时候他们才能不愁吃穿？当他长大成人的时候，他发誓，发誓要用自己的双手，和人民一道，去改变农村贫穷落后的面貌，再不能让小福子的命运重演。以后，在文化大革命叱咤风云的年代，在烈日无情地曝晒着的农业劳动中，在农业大学孜孜不倦的攻读时，每当他处在生活的转折点需要决定自己今后的命运和前途时，童年的伙伴小福子的形象，总是鲜明而痛苦地出现在他的眼前，激励着他去选择自己的生活道路。

八年前，他和一群欢乐的青年来到虎山落户，当同学们嘻嘻哈哈地打闹玩笑时，他悄悄地离开了大家，一个人踽踽到村外，找到了一棵独立于田野间的白杨树，在白杨树下小福子低矮的坟前脱下了帽子：

"小福子，我回来了……"

……

"小福子，我又回来了。"梁子喃喃地说着，又环顾了一番葫芦爷爷的陋室，心里感到难忍的悲痛。他狠狠地往炉膛里塞了把柴禾，火烧得更旺了。

"咕嘟咕嘟"，锅里的水响起来，把梁子从遐想中惊醒。他拍拍身上的灰土站起来，顺手想给老人做点什么吃的，可是在屋里翻腾了一遭，只找到一把山芋干。他把山芋干放回去，努力忍住涌上眼眶的泪水，转身回去取来了治喘的药和一只他带在路上吃的已经有些干硬了的面包。

"爷爷，吃药吧！"梁子一手端着开水，一手拿着药和面包，小心地走到葫芦爷爷的床前。

老葫芦抬起头来，没有眼泪也没有叹息，他望着梁子焦虑的脸，终于低低地叫了一声："小梁子！"

三　娟娟的心

正是烧晚饭的时候，窗前的老榆树，垂下一串串密密的榆钱，几个半大孩子，提着篮子捋榆钱，吵吵嚷嚷的十分热闹，惹得几只蜜蜂归不了巢，嗡嗡嗡，绕着榆枝乱飞。

娟娟从外面归来，把两只泥鞋脱在门口，弯腰抱了把柴禾，走进锅屋，在灶门前的小板凳上一坐，立时觉得身子乏了，腿也软了，懒懒地靠了一会，才开始点火。这几年，她都是这样，不管在外头多精神，只要一踏进自家的门槛，便好像骨架子散了，非得坐一坐，喘口气，让自己的神经中枢重新紧张起来，然后才有精力挑水、做饭、打扫房间，把隔夜换下来的衣服抱到屋后的荷塘里去洗。于是日常生活，就像陀螺，按照它的规律，单调而重复地旋转起来。

柴禾受了潮，不易点着，好不容易对了火，娟娟又拿着火棍在灶门口拨拉来，拨拉去，半天忘了往里填柴禾。娟娟在想什么呢？这时她倒是歇过来了，精神也集中，此刻正仄着耳朵，在听里屋的动静。小李子——她的好朋友，刚刚闯了进去，绷着一张脸，横眉竖眼的，脚步通通响，这个丫头要闹！娟娟耐着性子坐在灶门前，不许自己动一动，为的是不在气头上去惹小李子。

娟娟的估计没有错，小李子此刻正像一个火药筒子，一点准炸。

其实，这个火暴性子的姑娘，对娟娟发这么大的火，还是头一回。说起来，这俩姑娘，比亲姐妹还亲呢。

小李子是村里一个寡妇跟前的独生女儿，大号叫李翠泉。中学毕了业，便回家来参加农业生产劳动。这个丫头黑磁磁的脸蛋，玲珑结实的身子骨儿，十分讨人爱。她有个自来熟的特点，待人特别亲。早几年娟娟刚来，她一见面，抱着就不肯放了，说起话来没完没了。回到家，见了娘，一个劲地叨咕："妈，人家打大城市来的，可不简单哩。""妈，俺属小龙，她属大龙，人家只比我大一岁。"

小李子的娘，是个绵性子的好心肠女人，自打守了寡，便把孩子看得重了。她疼女儿，疼跟女儿一般大的女孩儿，见女儿这般絮叨，也陪着叹了口气："是呀，人家娘老子，也不知怎么想哩。到了晚上，也不嫌孤得慌！翠哪，吃罢饭没事儿，陪人家说说话去。"

其实小李子是巴不得这一句话，她挤着眼笑了笑，撒着娇说："妈，我干脆抱铺盖去，跟她同睡了。"

妈也笑了："去吧，猴丫头！可要记着，人家大地方来的姑娘，自幼都是娇惯的，可不像你。别三句话一说，把人给得罪啦！"

"妈，你放心吧！"话音刚落，人就没影了。打那以后，小李子在娟娟的屋里安了张铺，每晚都来跟娟娟做伴，两只床并排放着，睡觉时总是头挨头，脚碰脚的。冬天的晚上，小李子带来一包葵花子，两人嗑着，静静地看书，像鸟儿似的吐着空壳。秋天的晚上，两人按着铡刀，把新鲜的山芋塞到刀片底下，薄薄的山芋片一片一片地落下来，堆在脚下，等第二天早早的起了床，扔田里晒去。其实，小李子不是不喜欢待在家里，不是不喜欢接受母亲的温存和爱抚，她只是怕娟娟孤单、想家，每晚舍了疼她爱她的母亲，来给娟娟做伴。

两个姑娘好得像胶似的粘上了。不过在各人的心目中，这好的程度可有差别。小李子把娟娟当成了亲姐姐，她觉着娟娟模样好，脾气好，知识懂得多，也能吃苦。她就是喜欢好看的姑娘。她样样仿效着娟娟。娟娟做一件浅蓝色的衬衫，她也做一件，让娟娟比着纸样子裁好，她拿去请人在机器上扎了，等穿上身，却笑弯了腰，拍着巴掌说："哎唷唷，可真洋式呀，出不去门啦！"

娟娟对小李子呢，喜欢她的热心肠，喜欢她的质朴、天真。但她认为自己的头脑比小李子复杂、成熟，自己的思想比小李子宽，自己的抱负比小李子大。在这方面，她把小李子当成了一个小妹妹，一个单纯可爱的小姑娘。当然在生活各方面，小李子像大姐姐似的照顾她，她也是知情的、感激的。

可这么好的，怎么就闹翻了呢？

说起来，是为了大队的老支书。

正是五黄六月，一场洪水，将大队新修的环山渠道冲毁了，大坝像豆腐渣似的坍塌下来，泛滥的洪水，淹了几百亩正在拔节的高粱，才刚黄梢的小麦，还有大片的芝麻、绿豆、大豆、山芋。水一直浸到了大路，路上行起了船；地势低的人家，水淹到了墙顶，站在屋脊上可以摸到鱼。

可是，水没退净，庄稼没抢，广播喇叭修好了，对着一片汪洋，播音员可着嗓子直嚷嚷，说大坝倒坍的原因是老支书选择的路线错了。紧接着，老支书被撤了职，大小会议，开始对他进行批斗。这件事，对于灾难中的虎山人来说，所受到的打击，跟洪水泛滥一样沉重，也跟在洪水面前一样束手无策。老支书叫崔福昌。打从土改后虎山成立党支部起，到批林批孔前，他一直是这儿的党支部书记。

因此长期以来，人们就叫他老支书。小一辈的，甚至连他的真姓名也叫不上来，只知道他叫老支书。老支书在批林批孔以后，已被降成大队专抓生产的副书记了，但大家仍习惯地叫他老支书。这次的洪水一来，老支书被兜底撤了，虎山的大部分社员，心里实在不是味，尤其是这个小李子最不服气。这丫头，尽管从小受她妈宠爱惯了，有时免不了要耍点小脾气，使使小性子，可她的一颗心，却像水晶般的透明剔亮，揉不得半点沙子。她认为老支书没有错，老支书是好人，是好人为什么要挨批？大队叫她写批判稿，她连纸也给撕了。可是她的好朋友娟娟，却不然，现任的大队党支部书记崔海赢怎么说，她就怎么做，在今天的批判大会上，她上台作了重点发言，批判稿密密麻麻地写了六张纸。难怪乎小李子要横挑鼻子竖挑眼地寻岔子了。

不过，要跟娟娟吵一架，也是不容易的。小李子跺脚也好，瞪眼也好，娟娟总是和颜悦色的，而且她讲的那些理，拿到大街上也摆得开。所以在会场上，小李子可不是娟娟的对手。

憋了几天的气，今日格，非闹开不可了。

她进了屋，咬着嘴唇，四下里打量了一番，箱子上，有她跟娟娟的合影，嵌在四方的玻璃镜框里；靠墙的木架上，排着娟娟的小说和小李子自己心爱的果木栽培书；窗台上还有个旧茶缸，里面插着一束野花，紫色的花瓣枯萎了，无精打采地低垂着……这时刻，要是娟娟走进来，跟她吵一架，或许她的心里会好受些。可是娟娟偏偏蹲在锅屋里，连大气都不出。小李子咋办？拿东西撒气吗？她抬眼巡视下来，哪儿也下不了手，摔什么都有点不忍。寡妇的妈从小教育她，一个针线头都是好的，不能随便糟蹋了。再说，摔锅子撂碗是无赖的泼妇干的事，她小李子再气恼也不能这么干。

小李子，干瞪着眼珠子直发愣，最后把目光，落到了并排放着的那两只床上。

床，对了，有一只床是小李子搬来的，她要把它搬走，连铺盖也卷走，永远、永远不跟娟娟睡一头了。

"哗啦"一声，小李子把床拉了出来，恰好碰到床脚的一只墨汁瓶，"砰"的一声，瓶子倒了，浓黑的墨汁流了一地。娟娟这才忍耐不住，扔了火棍，走进屋里。小李子好像没看见一样，只顾拖她的床，呼呼隆隆地卷她的铺盖。娟娟忍了又忍，没有吭声。但扶起那墨汁瓶子，只见一瓶墨汁已经见底了，心想今天刚从崔书记手里领来，一个大字没写，明天再去领，虽说不犯难，可她不愿意在这种细节上，给人家落下什么话柄，想到此，心里着实不快，熬不住了，就说："这墨汁是刚领来的，明天还要用。"

这么轻轻的一句话，就把个炸药包给点着了。憋了半天的小李子，终于找到了发作的机会，一边把床弄得乒乒乱响，一边狠狠地说："我瞎了眼，没看见！"

这明明是在指桑骂槐，但娟娟装作没听见，撮点灰扫净了地上的墨汁，好声好气地说："小李子，你有意见就对我提嘛，别这样拿东西撒气好不好？"

"拿东西撒气，哼！"小李子瞪着眼珠，一脚踢开空玻璃瓶，咬着牙说："写个屁！再领十瓶子来我也踢翻了它！老支书哪点对你不好，要你这么积极地去批判他？"

"我……"娟娟攒着扫把，埋下头，好一会没吱声。是呀，此刻她即使浑身都是嘴，也不能向这个小李子，说清她上台发言时的复杂心情啊。她又抬起头，一甩额前的碎发，见小李子那张脸，因气愤而憋得通红，便垂下眼皮，心里默默地说："小李子呀小李子，你是个好姑娘，我的好朋友，你能向我掏心，可是我，我不能，不能呀！你别怪我，别怪我，咱们相好一场，对不起你呀，对不起……

我只能这样说、这样做，我没办法，我……"

娟娟的心头，麻辣辣地热了一阵子，但很快就冷静下来了，严肃地说："小李子，你怎么能这样说呢？怎么能用个人的感情来代替党的政策呢？是的，老支书是对我们不错，可是，难道能因为这一点，就放弃对他的错误的批判和斗争吗？"

真是哪壶不开提哪壶。不谈错误还可以，一谈错误，小李子鼻子里哼了一声："错？还不知是谁的错哩！大坝塌了，也不调查研究，就把责任往老支书身上一推，这对头吗？大坝倒塌就不会是别的原因吗？"

小李子说的是气话，她一边说一边卷铺盖，抽出一根绳子用力地捆，死命拽，两手按不动就用身子压，好像用足劲也能出出气似的。娟娟的脸色很难看，愠怒地说："小李子，你总该有个全局观念吧，批判老支书，撤老支书的职，也不是崔书记个人能决定的，这是党委布置下来的呀。"

"哼，党委布置下来的又怎么样？管天管地，管不了我的嘴，管不了我的心！"

"我劝你先别乱放炮，看看报纸再说话！不要一头栽到你那个果木栽培书里去——对待老支书的问题，可是个方向问题，立场问题！路线不端正，你那个果木书变不出果子来的。"

"我劝你别给我来这一套大道理。俺们种庄稼的，靠的是干活吃饭，没有那么多曲里拐弯的黑肠子。可谁好谁坏，咱是哑巴吃饺子，心中有数的。"别看小李子粗，又在火头上，却也说出了一番道理。

这么一来一去，就吵上了火。吵了一会，小李子的铺盖卷也捆好了，她嘟着嘴，气喘吁吁的，猛一低头，连挣带扯，将身上穿的那一件浅蓝色衬衫脱了，撂在床上。那裸露在白土布半截袖衬衫下面的、黝黑结实的胳膊，一用力就挟起了铺盖卷，通通地朝门外走去，刚迈门槛，却跟一个人撞了个满怀，一抬头，愣了：这不是前几年读大学去的张梁吗？

张梁跟小李子也熟，他正要向她打招呼，她却只动了动嘴唇，便不好意思地低了脑袋，飞也似的冲了出去。

梁子目送了她一会子，才又扭过脸来，蹭了蹭脚，站着没挪窝，静默地打量着屋里的人：她低头坐在床沿上，煤油灯昏黄的光，勾勒出她丰满的脸部侧影。大大的眼睛，漆黑的眉毛，红润的嘴唇和挺拔的鼻梁……梁子的呼吸急促起来，靠在门框上，低低地叫了一声："娟娟！"

当娟娟抬起头来的时候，仿佛有道阳光溶进了她的瞳仁，两只大而美丽的眼睛，一下子放出了光辉，她那晒得并不太黑的两颊腾地升起红晕，一时间，她不知所措地慌乱起来，仿佛陷入了一种忘我的境地。直到她站起来，惊喜地向梁子走去，腿的动作和呼吸的力量，才使她意识到自己的存在。她慢慢镇静下来，招呼梁子坐下，一边把裸露着高粱秸、歪斜地横在屋子中央的空床靠好，地扫干净，乱丢的东西归置整齐。好像魔术一般，凌乱的屋子，在几分钟内变得一干二净了。这是几年插队生活锻炼出来的本领。当她做这一切的时候，梁子的目光始终追随着她，黑黑的睫毛闪了几闪，烁亮的目光中产生了一丝犹疑。他慢慢地抬起头，试探着问："你们怎么啦？刚才小李子，有些不高兴呢。"

"没什么，她耍小性子。"娟娟宽容地回答了一句。此刻她不愿意和小梁谈不愉快的事情。小梁的回来使她太高兴了。她用温柔的目光向他看了一眼，发出羞赧的会心的微笑，立刻，她的两颊现出了一对深深的酒窝。她拿起暖瓶想给小梁倒水，发现暖瓶是空的，于是马上又抱了柴禾去烧锅。梁子伸手拦住了她："不渴……"

"不渴？"娟娟揶揄地把头一偏，从尼龙绳上扯下自己的毛巾，轻轻扔给梁子："先给你这个——瞧你脸上的灰。"然后，迈着轻快的步子，抱着草往锅屋走去，显得那样调皮而轻松地摆脱了梁子，坐在锅灶前对起了火。她拿着拨火棍，一边拨火，一边又忍不住掉过头去，朝屋里望了一眼。是的，他回来了，现在他就在眼前，不是梦中的人物，不是渴想中的幻影，而是可以听到他的声音，触到他的目光，感到他青春的气息了……他那聪睿的目光是可以信赖的，他那结实的手臂是有力量的。他将帮助她，她不再感到孤独无援了。

怀着这样喜悦的心情，她把烧开了的水端给梁子。梁子仿佛很渴了，连连喝了几口，咂咂嘴说："真甜。"

"还甜呢，一股子土腥味。"娟娟撒娇地说。

"我就喜欢这土腥味。"梁子说。与娟娟见面的欢乐，冲散了他从葫芦爷爷家出来时的沉闷心情。他笑眯眯地望着她。

娟娟故意把嘴一噘："哪里比得上你们学院的自来水？"

"自来水有什么好？漂白粉味很重。"梁子认真地反驳。

"我要是每天喝自来水，也会说自来水不好喝，还是虎山的井水甜。"娟娟带着顽皮、活泼的姿态望着他边笑边说，露出整齐洁白的牙齿。

"别这么说好吧？我……"梁子突然语迟了，不自然地红了脸，"吃吃"了半天，不知怎么冒出一句和自己想说的意思毫不相干的话："我在村上看到很多大标语，都是写老支书的，这是怎么回事？"

"哦，这个……"娟娟沉吟了一番，笑意从嘴角隐退，她伸头向窗外望了望，老榆树下捋榆钱的孩子，已经散尽了，晚起的风吹来，榆叶索索地响。娟娟啪地关上窗，身子往墙上一靠，低声地说："小梁，你这次回来，说话行事，可要注意。咱们大队，变化大啦！老支书犯了方向性路线性的错误，已经被撤职了。现在崔书记——就是那个崔海赢，是大队的一把手，这人很……很有水平，要注意关系。"

"……"梁子明亮的眼睛，"扑扑"地闪了几下，目光，也变得凝滞起来。他逼视着娟娟，宽宽的前额上两道英武的剑眉中心，慢慢地涌起一个疙瘩。

娟娟被他看得有些惶恐，埋下头，拨弄着胸前的第二个纽扣，低声道："其实，我原先也想不通，后来崔书记给我讲了那一番道理，民主派怎么变成走资派的，这样我才算明白了老支书犯错误的根源……好了，不谈这些了。"说着，她抬起头，习惯地一甩额前的碎发，向梁子投去温柔的一瞥。说真的，她可不愿把时间浪费在这些枯燥无味的争论上。民主派是如何变成走资派的，老支书对还是崔海赢对，环山渠道又是怎样被冲毁的，这些只有天知道！而她要关心的实际事情却很多，比如：小梁的工作分配在什么地方，这次回来待多久？县招生组有没有他的熟人……最近，大学来公社招生，虎山大队分到一个名额，现在是关键的时刻，他回来了，多么好！娟娟想着，她觉得她心中的春天已经来临了，那薄薄的冰凌，很快就要化作爱情的春水了。于是，她又用含情脉脉的目光，打量着她的小梁。但小梁却仍旧一言不发。娟娟不由得走上去捅了他一下："你怎么啦？在想什么？"她知道小梁有个爱沉思的毛病，早先在学校的时候，就喜欢一个人静静地想。就说看一场球赛吧，别人拍巴掌跺脚大呼小叫，可他不，只是睁起眼睛，站在谁也不注意的地方，无言地观看。嘴巴闭得紧紧的，两只眼睛可是在忙活，黑黑的瞳仁里，时而闪出兴奋的火花，时而传出懊丧的神情，时而又紧张地瞪起，这就是他最活跃的表情，最热烈的语言了。上课的时候，他也从不说一句废话，哪怕是在大礼堂里听报告，同学们交头接耳的时候，他也坐得毕端毕正，睁大黑溜溜的眼睛，专注地望着讲台。只有最了解他的人，才知道他的眼睛在沉思，在说话……

　　娟娟终于忍耐不住了，用耳语般的声音轻轻问："你的工作安排了吗？分配在哪儿？"

　　"哦，工作。工作已经定了，就在虎山。是我自己要求回来的。"

　　瞧，事实就这么爱跟人开玩笑。梁子这句本来要引起娟娟极大兴奋与热情的话，竟这样平平淡淡地说出来了。不过尽管如此，娟娟的问话，或许是这句话的本身，也已把他从沉思中拉回。他那浓黑的眼睫毛又"扑扑"闪了几闪，带着同样热情的目光，像恋枝的小鸟一样，在娟娟的脸上长久流连，仿佛在告诉她："这一切，也是为了你！"

　　"这怎么可能呢？这……"娟娟的眼神变得惊慌起来，她想说什么，但张了张嘴，却没有说出来，一种微妙的矛盾，一种难言的苦痛从她的目光里流露出来。她不愿让小梁看到这一切，便把脸转向别处。

　　这不自然的冷场使梁子有些难堪，他把涌到嘴边的话咽了回去，于是，一阵激动慢慢地过去，他换了个话题问道："娟娟，你刚才说的，能不能再讲具体些，老支书的错误究竟是什么？"

　　这问题使娟娟感到不耐烦，但她没有作出这种表示，而是耐着性子，简略地告诉他说："最近几年来，老支书只管埋头拉车，不管抬头看线，凭老经验办事情，一意孤行。尤其是去年冬天，他提出了一条修筑环山渠道的线路。这件事本来崔书记就反对，但是老支书听不得不同意见，还摆出老资格来压人，渠道只好按照他提出的线路去修。结果好了，这次山洪暴发，人家别的地方都没受损失，唯独我们这个修了环山渠道的大队，水利变成了水害——渠道毁了，大坝倒塌了，虎山半山腰的水库决了堤，大水把全大队的庄稼都淹没了。公社党委认为这不是一般的责任事故，得从路线上找原因。最近已决定老支书停职检查，他的错误，由群众继续深入地揭发批判。"

娟娟的这一番话，有根有梢，有理有据，说得梁子的脸色由吃惊转为痛苦。看来他尊敬的老支书是犯了错误，这个打击太大了！

看着梁子难受的样子，娟娟有点不忍，同时也马上警惕起来，出于内心深处对小梁的爱，她不希望他陷进事端里去，于是，她努力克制着自己烦乱的心情，以十分理智的口吻提醒道："小梁，老支书的错误是严重的，事情也还没有完结。你刚到这儿，对许多情况还不了解，要千万注意，跟老支书划清界限。"

娟娟还想说什么，外面传来一阵喊声，她忙忙地开了门，见一个近五十岁的瘦老头，光膀子披着一件黑褂子，用麻绳束着的中式裤腰耷拉着，上面挂着烟袋，手里擎着烟管，一边吸一边说："崔书记喊你去。"

"嗳，老马头，我就来。"娟娟应着，急忙关上门，转身回到屋里，想着小梁还没有吃饭，挓挲着两手，乱了套。面是生的，菜也没有，正犹豫间，窗口又传来老马头的叫声："姑娘，崔书记要你马上就去啊！"

娟娟的神经中枢，高度地紧张起来了。她歉然而匆忙地对梁子一笑："我去去就来，你稍等一会儿。"

娟娟匆匆地走了，屋里只剩下梁子一个人。窗外晚风嬉弄着落叶，老鸹呱呱地叫。时间一分一秒地过去，老不见娟娟回来，惯于静默的梁子也感到时候不短了，四下里打量，只见窗台上撂着把韭菜，枯黄得像堆乱草。他没有别的事，只好顺手拿着拣了起来。忽然，门外响起了"通通"的脚步声，可进来的不是娟娟，是小李子。小李子一推门就嚷嚷道："走走走，到我家吃晚饭去！"

梁子还想推辞，冷不防从小李子的腋下钻出个孩子来。这孩子一把拽着梁子的衣角，不由分说地往外就拉，直把梁子拉到小李子家门外的合欢树下，才吐吐舌头，一溜烟跑掉了。怎么喊也不应。

"这是谁家的孩子呀？"梁子笑着问。

"老支书的宝贝孙子小宝。"小李子答道，"你走的时候，他才刚会走路。"

"唔，时间过得真快！"梁子感慨地说。

四 红红的麦闹花

一条大路，把虎山大队分成路南和路北两部分。小李子的家，住在路南西头，一溜三间土房，出门有个不大的院子，院当间有棵合欢树，院墙上爬着丝瓜、扁豆的翠枝绿蔓。墙角下垒了一个土花坛。土花坛上只种着一种花，这种花在麦收时节开得最盛，一朵朵好像大红的绣球，开得生气勃勃，十分热闹。这里的老乡叫它麦闹花。麦闹花的职责是向人们报告麦收的喜讯。在沉沉的暮霭中，麦闹花已模糊得分不清朵数了，但那火一般的颜色连成一片，却煞是惹眼。

花丛旁，小李子的妈，一个干净利落、花白头发的老大娘，正坐在草墩上编竹篮，只见那长长的、青白色光滑的篾条在手指间跳动。

"妈，客来了！"门外传来小李子快活的喊声。

"妈！"当小李子一脚迈进院落的时候，亲热的喊声突然变了调，本来笑嘻嘻的脸拉长了，嘴一噘，不满地瞅着妈手里的活计说："唉，跟您说过多少次了，怎么还在编这个？"

"好，好，俺闺女不乐意，俺不编啦！"好脾气的小李子妈，赶紧放下手里的活计，转过脸来招呼梁子："来啦！"说着，转身进屋，麻利地搬出一张小案桌，在案桌上摆了四样菜：一碟炒鸡蛋，一碟腌辣椒，一碟煮花生，还有一碟小蒜。小李子也风风火火地跟进锅屋，一手端着一黄盆玉米面稀粥，一手端着个小竹篓，走了出来。稀粥有些烫，她"砰"地放到了桌子上，娘略带讥讽地瞪了她一眼："看你能的！"小李子只嘻嘻地笑，掀开盖在篓子上的毛巾，于是那高粱面韭菜合子的热气和香味，立时弥漫开来，小小的院子里，充满着家庭的温煦的气氛。

从遭了灾的虎山来讲，这已经算是很阔气的晚餐了。但是好客的大娘还是一个劲地抱怨，说要不是遭了灾，无论如何不能叫孩子吃这个。梁子被弄得怪不好意思的，连说蛮好蛮好，接过小李子盛的玉米稀粥，稀里呼噜地喝起来，半碗粥下肚，满意地抹了抹嘴，伸手从小竹篓里拿了一个韭菜合子。大娘微笑着，一筷一筷地给梁子夹菜，恨不得把一碟鸡蛋全拨到他碗里，连连说："吃吧吃吧，俺就是喜欢实心眼的孩子，到这儿就跟到家一样。你葫芦大爷也是常来常往，俺小李子上他那儿，从来不空嘴。"说着，微嗔地望了女儿一眼。小李子却只顾自己埋头吃喝。大娘叹口气，连连向梁子表白，说她的丫头不懂事，但是心眼顶好，早先娟娟一个人睡觉怕，她闺女每晚都去做伴。说得小李子嫌烦："妈，你少说两句好不好？尽是那些陈芝麻烂谷子的事。"

"好，好，俺闺女不愿听，俺不说了。"可大娘是个嘴闲不住的人，马上又换了个话题，"要不是遭了水灾，这阵都接上小麦了，大娘一定蒸发面馍，烙发面饼给你吃。唉，你见过大娘蒸的发面馍吗？蓬松。上来头娟娟弄不好发面，我还去给她弄来着，赶明儿我再给你们烧锅去。"

"妈，你又来了。"小李子不满地咽了口饼。

"什么又来了，你要我说什么？"这回大娘有点生气了，朝女儿瞪了一眼，"在家吃着饭，也叫我说你们党里头、团里头那个路线斗争、阶级斗争？"

小李子噗哧一声笑了：她妈光知道这两个名词，再多，就说不上来了。

"你这个丫头，在外跟人家斗嘴，回家拿我撒气，还好意思笑呢。"大娘叨叨着，一抬头，见女儿站起身来，从篮里抓了两个韭菜合子，匆匆地向外走去，忙数落道："咋？又要上哪去？没见你这么野的，二十大几的丫头了，来了客，也不安稳在家吃顿饭！"

"楼娃叔家的小虎，在门口耍。"小李子轻轻地说了一句，大娘不再发怒，默许地点点头，瞅着闺女的背影，向梁子解释道："自打遭了灾，楼娃家每天晚上都不烧锅。"

"哦？"梁子吃惊地睁大了眼睛。

"唉，村里有半数人家，晚上都不烧锅哩。上头拨了救济粮，可又掏不出钱来买。俺家要不是我编些竹篮子去卖，这救济粮也买不来呀。可俺这猴丫头，还一个劲地批评我搞自发。她不想想，嘴里嚼的红面饼子是哪里来的？你评评这个理看！"

梁子听着大娘的话，心里头有股说不出的滋味在翻搅，此刻就是山珍海味，也难以咽下了。他轻轻地推开碗，爷爷、奶奶、老葫芦……童年时代不可磨灭的印象，一张张饱受饥饿煎熬的脸重又出现在他的面前。可是，眼前的灾荒，究竟是怎么造成的呢？他想着，不由得愣愣地望着小李子娘，答非所问地说："大娘，这环山渠道的线路，当初老支书是怎么选的？"

"唉呀呀，谁看不见哪，当初老支书为了选线路，把个虎山都跑遍了，鞋底都磨穿了几双，哪知道……唉！"说着，小李子娘朝正从外面回来的闺女望了一眼，"你问她吧，这是路线斗争，俺闹不清，也说不来。"

"什么路线斗争！"小李子愤愤地把碗一推，接口说道，"大坝倒塌了，也不调查研究，也不找找原因，就一股脑儿往老支书头上推，这对头吗！"

"哎呀，你这个丫头，真是旗杆上插鸡毛——好大胆子（掸子），会上叫你这么说的吗？"大娘惊慌地望着女儿说。话音刚落，外面响起了重重的脚步声，小李子娘使劲瞅了女儿一眼，恨不能上去捂住她的嘴巴。小李子倒是很坦然地夹了块鸡蛋塞进嘴里，旁若无人地说："会上我也这么讲，咋样？"

大娘生怕说下去她的女儿火更大，再讲出什么不中听的话来，便闭了嘴，忧心忡忡地向门口望去。门外一个黑不溜秋的小伙子，正闷头闷脑地往里闯。

"死大憨！"待来人走近了，大娘笑骂道，"也不吭一声，要把你大娘吓死啊！哟，腋下挟的是什么呀，拿过来我瞧瞧！"

"大憨！"梁子一抬头，也轻轻地、愉快地笑了——他熟悉这个黑小伙子，他还知道他的一段趣闻。

原来，大憨是个孤儿，平时少言寡语，只知闷头干活，一开口常好骂人，搞急了还有点结巴，被公认是全村第一个粗鲁的小伙子。而小李子呢，从小被寡妇宠在心尖子上，干活办事，嘴不饶人，是全村第一个机灵的姑娘。可就是这个机灵的小李子，有一次赶集买东西，竟把个皮夹让人给掏了，一年的分红都在里头，小李子急得直跺脚。人们见了她，免不了关心地问问钱是怎么丢的，说些同情话。只有大憨一声不吭地在旁听着，过了一会，突然来找小李子，结结巴巴地说："走，赶、赶集去，我替你把钱包找、找回来。"小李子盛情难却，只好跟着去了。可一路上心里直打鼓，不知道这个傻大个究竟要干什么。到了集上，大憨愣头愣脑地直往人堆里挤。小李子根本不相信他能替自己找回什么皮夹子，也懒得和人挤，便远远地站着，只叮嘱他，小心那装得鼓鼓囊囊的口袋。几个相识的年轻姑娘，路过这儿，见了，也笑着骂："死大憨，瞧那个熊样，他不丢钱没谁丢了。走，俺们今天等着听新闻吧。"

到了下集的时候，新闻真的来了。可这新闻不是大憨丢钱，却是大憨抓到了小偷。满集上，到处都有人活灵活现地学说这件事："啊呀呀，那个小偷刚一伸手，胳膊就被逮住了。那个被掏钱的黑小伙子，老鹰拖小鸡似的拽着他就跑。吓得那小偷，跟斗流斤，求爷爷告奶奶，哇哇直叫，手里还攥着从小伙子身上掏出来的东西，你知那是什么，一沓子草纸！……"

后来查清了，这个小偷是个惯窃，还跟本村里的一个泥瓦匠，有些亲戚关系。

打那以后，不仅小李子了解了大憨，村里人都认清大憨了——大憨并不憨，是个粗中有细的好小伙子。

梁子想着，快乐地招呼大憨，走上前去跟他握手。大憨腋下挟着什么东西，一握手，肩膀就耸起来了，小李子跳起来，一把抢了去，说："什么好东西，挟这么紧。"一看，是个破水泥口袋。

大憨望望梁子，又看看小李子，伸手夺回来，说："怕天要下雨，俺带着遮雨呢。"

小李子一听，笑得喷出饭来："我娘，你还怕雨淋？把你那褂子脱了，不就是现成的皮雨衣？"

连小李子的娘都笑了——大憨特别黑，干活又勇猛过人，夏天挑把子，脊梁一精，身上油亮油亮，雨落上去都沾不住。

"唉，谁叫俺黑呢！"大憨装作伤心地叹口气，依然把个水泥口袋挟得紧紧的，低了头，细细地研究桌上的饭食："嗬，真不赖呀！"

说着，两手抱在胸前大大咧咧地问梁子："咋没上那边去？"

"上哪儿？"梁子有点疑惑。

"崔书记那儿喝酒呀，人家八大碗呢。"

"群众生活这么困难，他们还喝酒？"梁子不由自主地皱起了眉头。在他的记忆中，崔海嬴可是滴酒不沾的呀。

"哈哈，哪天不喝呢。公社来了人，恐怕这会正喝在兴头上。"大憨说罢，哈哈大笑了，好像笑一个城里人分不清烟秧子和小白菜一样。

这时，又进来几个人，看来小李子家是个热闹所在。年轻人凑到了一起，大声吵嚷，肆无忌惮地说着俏皮话，挖苦话。小李子的妈生怕宝贝闺女闯下什么祸来，拾掇罢碗筷，也陪坐着。可是小李子偏偏不理解这份心意，一个劲地议论着老支书，议论着环山渠道。照她的说法，是崔海嬴存心坑害了老支书。她妈听了，叹口气，摇摇头说："我看不见得吧，老支书对他有救命之恩呢。那一年，崔海嬴上山被蛇咬了，这是最毒的脱灰蛇，三个小时内就得送命。那时大队还没有合作医疗，公社卫生院离这儿有几十里路，等抬了去，人也完了。这村里只有老支书懂点蛇医，他忙忙地赶了来，一见这形势，二话没说，扭头便走，跑到野地里，拔了一些草药，放嘴里嚼嚼，又和了些什么药，放在一边。接着，老支书又摸出半瓶子酒，咕嘟咕嘟地喝了个干净。看着的人都呆了，谁见过老支书这么喝酒的呀，只见老支书喝完酒，便俯下身，一口一口地吸起伤口里的淤血来。吸完血，再拿起那团草药，嚼嚼，敷上去……就这样，老支书在崔海嬴身边守了整整一夜，崔海嬴才算清醒过来，脱了险。村里人都说，要不是老支书，崔海嬴的小命早就没有了。当时就连崔海嬴那个薄情寡义的老娘，对老支书也是千恩万谢的呢。"

小李子听得入了迷，一时间竟忘了对崔海嬴的褒贬，只吐着舌头说："我娘，真神哪。以前光知道老支书会治蛇伤，还不知这么灵，那不成神医啦！"

"这可不假，这是救命之恩哪，救命之恩……"小李子的妈碎嘴地唠叨起来。

"什么救命之恩！"大憨的拳头，咚地敲到了桌上，"他父亲对他，还有养育之恩呢！可那一年，他父亲害腿，拄着棍要上医院瞧去。那天恰好他开机子到县里去，他父亲候在路口，想要儿子带了去，人都说反正是空车，带不带人都是跑一趟，那崔海赢高低不肯。完了公社还通报表扬，说这是限制资产阶级法权……"

大憨的话未说完，一个青年愤愤地插嘴道："照我看，这得通报批判才对！"

"是嘛，要是咱们开机子到了路上，遇见不相识的人病了，还能不带一下？旁人带得，父亲就带不得？"又一个青年接着说。

这话倒是讲到了点子上，大憨冷笑一声道："要不他的那些事迹、材料什么的，哪来啊？他那个共产党员的牌子，怎么捞到手哇？"

话不免粗鲁了一些，张梁听得心里发怵。在他的印象中，崔海赢是很能干的，对人也热情，虽然有时候有点夸夸其谈，但只要老支书说了，他总是照办的，从不打折扣。没想到群众竟对他有这样多的看法。大憨是个粗中有细的小伙子，他的话，听起来粗，但总有一定的道理，那么，难道……

天越发阴了，星星和月亮都躲进了厚厚的云层，风越刮越大，桌子上的一盏带罩的煤油灯，也被刮得飘忽不定。黑暗中，墙角的麦闹花前俯后仰，它好像也在关心青年们的议题，注意着虎山大队的变化。

小李子的妈见梁子愣愣的，怕他是瞌睡了；又见天不好，对着大憨这一伙人道："瞧你们这些人，扯起来没完没了，人家梁子赶了一天的路啦，让人早点休息去吧。翠，听见了没有？"

小李子应一声，站起来就要送客，走出门去，看看天黑得厉害，怕要下雨，就从大憨手里夺过水泥口袋，笑着说："把这个给客人吧，你洗个澡回去更好。"

小李子一边把水泥口袋递给梁子，一面笑道："快走吧，俺要撵客了。"

五　金凤凰的故事

　　梁子宛若躺在一只小小的船上，小船在一片混沌迷茫的大海里飘荡。天，是白茫茫的；水，是白茫茫的。白浪托着他，向何处去？……啊，这不正是涧湾奔腾的洪流吗？怎么没有航标灯呢？应该有，应该有……瞧，那不是，红色的航标灯，在熠熠放光。快，往那边去，往那边去！忽然，航标灯不见了，变成了小李子家的麦闹花。麦闹花深红、热烈，像一团团燃烧的火焰。麦闹花渐渐地向前移动。啊，是老支书擎着火炬走过来了，老支书！老……

　　梁子一机灵，完全清醒了。屋子里黑洞洞的，分不清哪是窗，哪是桌子。外面，山风打着尖锐的嗯哨呼呼地吹来，使门前的枣树叶子飒飒作响，偶尔还伴有树枝折裂时发出的清脆的咔吧声。

　　很久很久，他不能入睡……

　　张梁，这个在农村里长大，在城市里读书的青年，既有一般的干部子弟对于理论的充分的信仰，又有一般农民子弟对现实的深刻感受和由此而产生的天然淳朴的品质，这性格中互相矛盾着的两个方面，往往造成他精神上巨大的痛苦，也因而促使他的行动不为一般人所理解。

在农村度过的童年和小福子一家的遭遇，给他的一生留下了不可磨灭的印象。八岁那一年，他怀着对儿时伙伴深深的依恋和哀痛，来到了爸爸妈妈身边。在学校，在家庭，在街头巷尾，在少先队的夏令营里……他听到、看到、体会到了和贫瘠的农村完全不一样的东西。无疑，他的生活是幸福的。在甜蜜平静，不愁吃穿的环境里，他长成了一个勤勉好学、要求上进的青年。他在政治上是机敏的，他像所有的青年学生一样容易激动，并抱着极大的热情投入了各项政治运动。对于报纸杂志上的一切，总之，凡是用铅字印成的东西，他都当作经典来信奉。因此文化大革命开始时，他毫不犹豫地举起了"造反有理"的大旗，穿着用爸爸的旧军装改制的"红卫兵服"，拎着糨糊桶出入大街小巷……文化大革命使他的视野开阔了，思想产生了一次又一次的飞跃；文化大革命使他懂得了阶级和路线，也把他在过去学到的革命理论推向了实践的阶段，但同时他的思想也产生了矛盾和混乱。许多昨天仿佛已经清楚了的事，今天忽然又变得朦胧不清了。譬如说，批判修正主义教育路线吧，既然是报纸上这么说，上面还发了文件，学校在十七年来执行的是修正主义教育路线，那么，这一点他是深信不疑而且认为必须批判的了。可是，对于教师来说，最多也不过是执行者。像那样把他们抓了来，要他们整日整夜地念语录，不给水喝，也不许上厕所，再不就是要他们像耍杂技一样地把砖顶在头上，顶不住就打耳光……难道这种做法，就是无产阶级的？随着运动的深入和发展，更加惨无人道和令人发指的行径也不乏其例了。梁子觉得，这些非人道的做法，无论从道理上和情理上，都是不能容忍的。于是，有好几次，他只好以"批判"

为名，用暴力把教师从另一派手里抢过来加以保护——好在他也是造反派。而一些干部、教师，往往也都愿意到他这一派来接受批判、斗争。

然而能用暴力"抢"来加以保护的人毕竟是少数，特别是对他的邻居，娟娟的父亲，一位和蔼可亲的老科学家，他也只能眼睁睁地看着他在本单位、在里弄，接受各种体罚和人身侮辱。如果说娟娟的父亲是"反动学术权威"，按照报纸上的理论似乎还情有可原，但是，把他打成"特务"，他就在内心深处感到不可理解了。

他清清楚楚地记得，当他还是一个小学一年级的学生时，有一次在娟娟的家里玩，忽然，他发现了摆在案头的一株盆栽棉苗。这来自野外的植物，唤起了他强烈的兴趣和深厚的感情，他瞪眼望着不忍离去。这时，一位和蔼的伯伯——娟娟的爸爸，走过来笑眯眯地摸着他的脑袋："你喜欢吗？"

"喜欢，"他点了点头，随即又把大脑袋一晃，操着未脱的乡音说："俺老家，这个可多啦！"过了一会，他又指着满屋子的书问："谭伯伯，你要那么多书干吗？"

"唔，这些书可有用了，上面写的都是棉花、水稻的事儿，"谭伯伯继续抚摸着小梁的脑袋说："孩子，好好读书吧，长大了伯伯教你……"

后来，小梁的年龄一天天长大，他对于农业、植物的兴趣也越来越大了。每当他遇到什么疑难问题，他总是去找谭伯伯。谭伯伯也总是不厌其烦地给他讲解，一次又一次地把他领进了科学知识的神秘宫殿……当他谈到自己的志向——要把毕生的精力献给我国的农业科学事业时，这位头发已经斑白的老科学家兴奋地眯缝起眼睛，向他讲了自己的经历：有一年，闹大饥荒，赤地千里，饿殍遍野，父母都饿死了，他自己同几个青年搭一艘外国货船逃到了美国，在那里半工半读，终于从农学院毕业得到了学位。但他舍弃了国外的优越条件，毅然回国从事农业科学研究，决心为每个中国人都能吃饱饭而努力奋斗。

像这样一个人会是特务吗？小梁无论如何也想不通的。所以，当抄家的队伍冲进邻居家里，揪斗的口号响起来的时候，他就感到热血直冲脑门，一颗心也止不住地狂跳起来。

文化大革命的洪流一浪赶一浪地向前奔腾，所以，当轰轰烈烈的下乡上山运动掀起的时候，他终于摆脱了自己思想上朦胧的矛盾与烦恼，随着百万大军回到了自己的出生之地虎山。这时，他觉得，到处喊口号的时代已经过去了，应该用自己的实际行动，踏踏实实的努力，来改变农村的贫穷落后的面貌。他是一个意志坚定的人，也就是娟娟所说的好"认死理"的人，因此，当他确定了自己的方向和目标以后，决不会轻易改变。所以，有几次招工的机会，他都没有去；当贫下中农推荐他上大学时，他仍然选的是农业大学；当毕业前夕，有的人慷慨激昂地表示要限制资产阶级法权，走一辈子和贫下中农相结合的道路，而最终却各显神通，找到了一个个舒适的工作时，他却默默地遵循自己的诺言，回到了虎山。然而万万没有料到的是，他在虎山所面临的是这样一个局面。他那本来想"多做些事情，少喊点口号，踏踏实实地为改变农村贫穷落后的面貌而奋斗"的打算落空了。他发现，要在虎山待下去，他首先要参与的，不是生产斗争而是一场政治斗争。已经说过，张梁的意志是不会轻易改变的，所以，他准备迎接这一场斗争。

他躺在床上不能入睡，他想着老支书。娟娟说："老支书犯了方向性路线性的错误，是走资派。"是啊，最近，报纸上倒是又发社论，又登消息，天天在宣传从民主派到走资派的道理，可老支书，像他这样为人民的事业兢兢业业一辈子的老革命，能是走资派吗？太不可理解了。但是娟娟也不会诬陷老支书啊。娟娟的话不会错，娟娟要在农村扎根……他又想到小李子，小李子说："大坝倒塌了，也不调查研究，就把责任往老支书头上一推，这对头吗？"小李子、大憨、还有一些青年，他们激动、气愤，他们的话有理有据，有根有梢，难道……不，他们也不会错。

窗外，呼呼的山风摇撼着树木，发出哗啦啦的响声，它越来越强悍，越来越有力，最后竟从天上卷下了无数根雨柱。雨柱敲打着屋顶，敲打着窗玻璃，好像一根根利箭，刺着梁子的心。他想，要不是这样的雨，大坝不会冲毁，庄稼不会挨淹，老支书不会被撤职。这是大自然的罪过啊！但是，这岂止是大自然造成的后果呢？为什么别的大队都没受损失，而虎山的地势又不低洼，却倒被淹了呢？为什么大坝那么不结实呢？也许，真是老支书选择的线路有问题。

老支书真的犯了错误，而且是造成如此严重后果的错误？忽然，一道白色的闪电把黑暗的天空劈开了。紧接着，巨雷滚过山崖，好似有千军万马的力量，敲击着梁子的胸膛，他扑到窗前，借着不时闪现出来的摇摇曳曳的电光，凝视着那风雨中安然不动的虎山山峰，仿佛要从那里找出答案来。想着想着，老支书慈祥的脸庞，从狂风暴雨中显现出来：宽宽的额头，高高的眉毛，一双微微眯缝但是十分明亮的眼睛……

梁子不由得想起了早几年公社为了对青年进行革命传统教育而让他整理的老支书带领民兵英勇支前的事迹：解放战争的时候，三十来岁的壮年汉子崔福昌，已经是方圆几百里内赫赫有名的支前模范了。人们爱开玩笑说，崔福昌的"支前模范"是"走"出来的。

好一个"走"字呀！

那年月，西北风像刀子，鹅毛大雪一阵紧一阵，为了支援淮海战役，崔福昌领着十几个民工，推起独轮车出发了。可是，刚到涧湾，就被挡住了，原来，涧湾涨水了，而涧湾上的桥，却被国民党炸毁了，河身有三四丈宽，靠边还结了一层薄薄的冰凌，往河边一站，只觉得冷气逼人，十几挂小车，一下子全停住了。崔福昌望了望白茫茫的水面，又扭头扫视了一下装在小车上的胀鼓鼓的一袋袋粮食，猛地扒了小袄，大声喝道："乡亲们，解放大军需要粮食，俺们要往前走！"说着，他扑通跳进水里，举棒砸开冰层，一步步往前探路。同志们被他感动，全都脱了小袄，精神抖擞地站在岸边等待。崔福昌探路回来，大家争先跳下水去，把一挂挂小车抬过河去。他们用肩扛，用手举，抬着装粮食的小车在涧湾的冰河里往前走……说不出他们有多冷，只见他们走过以后，水面上留下一片片红，那是被冰凌划破后腿上淌下的血……

如今上了年纪的人，提起那一段，就忍不住竖起大拇指感叹："啊呀呀，我娘，那都是些怎样的硬汉子呀！去的时候，全都呼着口号：'犁不到头不卸牛，不打倒老蒋不家走！'每人腰里别了四五双硬邦邦的新布鞋。可回来的时候，腰里的鞋一双也不见了，血糊糊的脚裹着破布。你知道他们在一百多天的日子里走了多少路呀，泥路、水路、石子路、山坡路、冰雪路……足足有三千里地呀！崔福昌人瘦得脱了形，胳膊上还挂着彩，可他逢人就高兴地说：'淮海战役胜利啦，老蒋马上就要完蛋啦！'"

听了这些，梁子那时是以怎样崇敬的心情，来想象老支书——当年的支前模范的啊！在他的印象中，老支书的眼睛里，总是闪烁着温厚慈爱的光芒。他和娟娟刚来到农村不久，冬天，下起了雪，整整一夜，天空好像无休无止地扯着棉花瓤子。早晨，树披上了银甲，房屋盖上了白被，田野里无边的雪浪，反射着耀眼的蓝光。梁子很担心从小在城市长大的娟娟，怕是出不来门了，正想去看看她，娟娟却来了，用快乐的声音告诉他，早晨打开门来，面前就出现了四条刚刚扫好的路：一条通向大队社房，一条通向田野，一条通向社员们聚集的路北村庄，还有一条通向家后的水井。梁子感动了。他记起，天刚蒙蒙亮，老支书拿着扫帚从路南过来，他拿扫帚的姿势和别人不一样，他把扫帚像锨似的掭在背后，他掭锨掭惯了。他的锨把上箍着一个铁圈，铁圈亮光闪闪，这是让他的手磨的。他的手掌、手指肚上全是老茧，一天到晚在田里转，挖田拐、放水……人说全大队的土地，在他心里有一本活的账。这样的人，这样的手，他会把环山渠道的线路选错了？

又一道闪电，把屋子照得雪亮，乘着电光，梁子看清了，自己睡的这张床，正是八年前老支书亲自到集上去买来的。而现在床上垫的松软的麦秸草，也是当他在小李子家吃饭时老支书让人给他铺上的。可是这样对党的事业忠心耿耿、对工作兢兢业业、待人宽厚的老同志，会选错环山渠的线路？会走资本主义道路？会变成走资派？

梁子想着，他觉得在娟娟父亲的身上所想不通的问题，似乎又重复出现了，现实与理论的矛盾，又一次咬着他的心……

风声。雨声。水声。

天蒙蒙亮时，风雨渐止，窗外垄沟里的水哗哗地流着。哗哗的水声越来越大，越来越沉闷，最后变作滚滚的涛音，像牛吼，似虎啸，如雷鸣，在山谷间呼啸着、回荡着：山洪就要来了！

梁子翻身起来，轻轻地披起衣服，在屋里踱了个来回，心里想，山洪就要暴发，这是观察水情的难得的好机会。环山渠道的线路究竟对不对，要经过一番实地调查才能确定。于是，他悄悄地开了门，朝虎山的东山洼跑去。

浓云低压，湿漉漉的空气中弥漫着水腥味。梁子刚跑到一道山沟前，只见一股洪水带着泡沫、树叶和草团，顺着山沟，翻翻滚滚地下来了。他知道，山洪在瞬息间能上涨几十公尺，在瞬息间也能下降几十公尺，如果等这股洪水过去以后再到东山洼，那么，东山洼的洪水早就消失了。水库就筑在东山洼，倒塌的大坝就在东山洼，必须马上赶到东山洼去！梁子拧着眉头向东望了望，前面荒草丛生，乱石嶙峋，东山洼离这儿还有二里多路。时间不容他犹豫，梁子一跃身冲进坑坑洼洼的沟底，跃过一道道沟壑和石壁，一个劲地往前奔。

忽然，头顶上传来一阵异样的响声，他一边跑，一边迅速地抬头一瞥，只见前面几步远的头顶上方，好像被一只看不见的巨手抓了一把，土层松了，松动的土层在往下陷，接着"轰隆"一声巨响，好像山峰倒塌一样，泥土夹着石块，铺天盖地，滚落下来。

沙石土块依然往下落，头顶上的水流已经吐出了泡沫。梁子很清楚，瞬息之间，凶猛的洪水就会像一匹黄色的野兽，狂跳着扑下来，吞噬这里的一切。

梁子喘息着，大口地呼吸着带有浓重水腥味的空气，心里只有一个念头：冲过去，冲到这个洪峰的前面去。

土块夹着石头纷纷向他砸来，洪水也在他的头上张牙舞爪地逼近了。梁子镇定地指挥着自己的两条腿，拼命往前跑。

当他往水沟里迈出最后一步时，洪峰下来了。一个浪头向他扑来，眼前一阵发黄，什么也看不见了，泥沙和浊水盖了他一头一脸，直呛得透不过气来。随着洪水猛烈的冲力，他脚一滑，一个踉跄，身体不由自主地失去了平衡，向着滔滔滚滚的洪流倾倒……

忽然，梁子的身旁伸过来一只坚硬的手，一把将他拉住了。他还没明白过来是怎么回事，身子已经凭借着这只手的力量站立起来了。他一个箭步跳上一道石岗，一个熟悉的身影在他眼前一晃，"啊，老支书！"但他还没来得及叫出声，就被那只手猛然拉住往前飞奔了，只隐约看见老支书的嘴动了动，那意思好像是"快跑，到东山洼去！"

滚滚的洪流在身后奔腾着，呼啸着，但梁子已跟着老支书，来到了东山洼。

老支书眯缝起双眼，蹙着很高的眉毛，察看着水情。他的衣服全被洪水打湿了，紧紧地贴在身上，那微驼的背显示出来了，人变得更加瘦骨嶙峋，但那高大的骨架，却给人一种坚毅的感觉。梁子觉得自己的嗓子哽住了，他好像有一肚子话要对老支书说，但嘴里只激动地叫了一声："老支书！"

"唔，"老支书应着，眼睛没有离开水面，一面从口袋里掏出个小本子，全神贯注地在上面记着什么。

"老支书，你……"梁子忍不住又叫了声。

"我怎么？"老支书合上本子，回过头来，带着慈祥的笑意，打量梁子。

"你是好老支书！"梁子轻轻地说，墨黑的眼睛里浸出了泪珠。

"咦，怎么啦？都大学毕业了，还抹眼泪？"

一句话说得梁子不好意思起来，向四处打量了一番，还好，一个人也没有。他仍然略带孩子气地望着老支书，揉了揉眼睛。现在，就是有人说老支书天大的坏话，他也不相信啦！不过，这话没有说出来，他竭力使自己的心情平静下来。他觉得对老支书最大的支持，就是赶快把大坝倒塌的原因找出来。于是，他咬了咬嘴唇，腼腆地避开了老支书亲切温厚的目光，朝洪流翻滚的山洼里望去。

洪峰已经过去了，残余的洪水夹杂着混凝土的碎块在山洼里流着。梁子跟着老支书，又沿山洼走了一圈，一老一少的眉头都拧得很紧：奇怪啊，根据今天一早观察的水情来看，环山渠道的线路完全是正确的，那么，大坝为什么会倒塌呢？

梁子蹲在山洼旁，若有所思地盯着那浑黄的水流，忽然，他腰一弯，从水里捞出一把混凝土，手一搓，混凝土便像豆腐渣似的散落下来。

"混凝土的配料符合标准吗？"梁子认真地问。

"没问题。配料、搅拌时我都在场，为了确保大坝的安全，我是仔细检查过的。"老支书答道。

"那，问题八成出在这水泥上。"梁子扭过头来，高声对老支书说。

"咋？"老支书问了声，又迟疑地说："这水泥怎么这样孬？"

"这种水泥怎么能筑大坝？筑大坝得用 500 号水泥才行。"梁子连比带划地说。他在农学院学过水利工程的，对大坝工程和水泥的型号很熟悉。

"我们买的是 500 号水泥啊，"老支书沉吟着说，"我还特地关照娟娟的呢。"

"啊？不可能。这种水泥，我看肯定不符合标号！"梁子很坚决地说。

老支书也凑过来，仔细看了看梁子手里的混凝土碎渣，说："是啊，500 号水泥，质量不会这样差。唉，也怪我，事先没有好好检查。"

可是梁子想，怎么能怪老支书呢？不管是谁，水泥的标号不经过化验，是看不出来的。买的是 500 号水泥……水泥的标号不对……一想到这，他怒火直冒，"啪"地将手里的混凝土块朝地上一摔，手往裤子上蹭了蹭，抓住老支书的胳膊道："走！"

"上哪？"

"到公社去！"梁子愤愤地说，"明明是水泥问题，才使大坝倒塌的，却叫你背黑锅。不，你不能背这个黑锅！"

"背黑锅？"老支书转过脸去，遥望晨雾迷漫中的虎山村庄，慢慢垂下眼皮。风从山洼里吹来，吹得树叶子唰唰响，幼嫩的杨树条随风起伏，老支书的心里是多么不平静啊！

本来，大会批他，小会斗他，大坝倒塌的铁一般的事实，使他对自己所选择的线路确实产生了怀疑。他觉得批他斗他没啥。大坝倒塌了，自己作为大坝工程的负责人，大队分管抓生产的副书记，是有责任的，组织上对他的批判、处分，也是应该的。自己有错误有缺点，让别人轰一轰，即使有点过分，也不应当计较。但他是一个注重实际的人。他觉得错了，就应当知道，错在哪里，找到了原因，再改过来。他认为，不管怎样，大坝总是要修的，环山渠总是要挖的，虎山的面貌，总是要改变的。现在，听了梁子的话以后，他不由得想起了最近几年自己的遭遇和经历：文化大革命开始时，大队的一些小青年贴大字报批评他这个老支书右倾保守，经过反复的认识和思想斗争，他接受了这个批评。一九六八年，他特地步行上百里挑着一担山芋干到平原地区去换回了水稻的稻种，开始在虎山的低洼积水的地方引种水稻。但由于山区的水季节性强，有时很大，有时干枯，不能控制，因此水稻经常挨浸或干死，这样产量一直上不去。一九七四年批林批孔时，公社为了往上报粮食产量，规定取消水稻试种，扩大山芋面积，但老支书早有打算，修筑东山洼水库和环山渠道，修整好土地，然后大面积引种水稻。因此，他仍然种植了一部分水稻，跟梁子从农学院捎回来的种子，搞杂交试验。不料水稻种刚刚播下，他就受到了公社的点名批判，说他不听公社统一指挥，搞唯生产力论，复辟倒退，是破坏批林批孔的典型等等。批判以后，他就被降为大队的副书记，但仍要他抓生产。而原来的副书记崔海赢，则被提升为书记。在被降为副书记以后，他的工作劲头没有受到丝毫影响，他仍然一心一意地想着如何改变虎山的面貌。所以，只要一有空，他就上山来，到处转呀转，在早晨、在黄昏、在批判会的间隙……

昨天傍晚，听说张梁回来了，心里一喜，但为了避免误会，他没跟梁子见面，却悄悄地让大憨等几个青年替他收拾了屋子。整整一夜的暴风雨，也使他的心潮翻滚了一夜。天未明、雨未停，他就出来观察水情——正好和梁子碰了个满怀。但是万万没想到的是，大坝倒塌的原因，竟是水泥问题！这购买水泥的事，是崔海赢一手抓的，难道他……

"老支书，昨晚大憨他们都在议论，说崔海赢是存心给你穿小鞋！"见老支书不吭声，梁子又激动地补了一句。

老支书默默地点了点头，随即又把头摇了一摇。心里默想，他真的是存心破坏大坝坑害自己？他拿全大队的生命和财产当作儿戏？也许还不至于吧，崔海赢呀，小崔，难道他的良心真的被狗吃了？

崔海赢像梁子一样，是老支书一手培养起来的青年干部。崔海赢、张梁等知识青年，老支书始终把他们看作是一支生力军。特别是崔海赢，有文化，有魄力，人也机灵，又是本地土生土长的，对农村的情况熟悉，开展工作比梁子还容易。因此，他回乡后短短两年多的时间内，就在老支书的推荐和提拔下先后担任了小队会计、大队会计、大队团支部书记等职务。在崔海赢担任这些工作的期间，账目清楚，口才出众，开个会，写个报告，一、二、三、四，头头是道。劳动也好，哪里艰苦哪里上，算账从不误工。因此老支书十分器重他，在他入党时，群众对他的言过其实、爱出风头等毛病意见颇大，老支书严肃诚恳地帮助他认识了缺点，崔海赢也在一段时间里明显地改正了。老支书感到，一个读了十年书的青年人，能够这样安心在农村工作并做出了一定的成绩，不管怎样，主流是好的。他甚至把希望寄托在崔海赢身上，他认为虎山的未来是属于年轻有文化的新一代的。所以他待崔海赢就像亲生儿子一样，在崔海赢被毒蛇咬了的时候，冒着生命危险给他吸毒液。那个时候崔海赢也是那样亲密无间地出入在老支书家里，不管什么事，只要老支书一句话，他总是照办不误的。

自从张梁上大学以后，经老支书的推荐，崔海赢担任了大队党支部副书记。崔海赢担任副书记以后，开始有点变了。他经常单独到公社去开会，背着老支书送材料，搞汇报，这很快博得公社某些领导的好感，而公社领导对老支书却疏远了，老支书还常常受到莫名其妙的批评。

　　一九七四年批林批孔以后，老支书被降为副书记，崔海赢当了书记。但崔海赢当了书记后，只顾抓开会、写材料，给报纸写大批判文章和经验总结。生产上的事，他不过问，仍由老支书负责。七五年冬季，老支书提出了修筑东山洼水库大坝和环山渠道的事。开始崔海赢认为当前的头等任务是抓路线、抓大批判、批复辟倒退，搞大坝和环山渠道会把社员的思想引向唯生产力论，忘了国家大事，同时把握也不大，因此表示反对。后来因大部分支委都支持老支书的意见，他就在上报公社时写上了自己的保留意见。结果，一场洪水果然把大坝冲塌了。于是崔海赢对老支书的态度彻底改变，认为这是老支书不抓路线，只抓生产的必然结果，大会批小会斗，讲老支书是走资派。对于这些，群众中议论很多，有的甚至讲崔海赢在大坝问题上是存心同老支书作梗。但是这个宽厚的老支书，却始终认为，没有确凿的证据不能给崔海赢下结论，而且现在也不是追究个人责任的时候。遭灾以后，要做的事情太多了啊，虽然他被撤了职，但大队的事，没有一件不揪着他的心。现在他最痛心的事不在自己个人撤职、受批判，而是在于崔海赢一当上大队书记以后，就与公社的一些人打得火热，这么大的灾害，置群众的疾苦于脑后不顾，却经常吃吃喝喝、不抓生产，这样下去是危险的……

　　这时黎明的薄暗已经隐去，但是天上还有一疙瘩一疙瘩的浓云，风摇撼树木，不时落下一阵阵急雨。山洼里仍不敞亮，老支书想着，默默地登上了一个高岗。梁子尾随着他，也向上攀去，忍不住打破了沉默："老支书，咱们马上把这件事向公社党委汇报，让他们派人来调查好了。"他想，只要这事弄清楚了，那么，老支书也还是虎山大队的支部书记。至于理论，理论既然是上面下来的，当然不好随便怀疑，但是像老支书这样忠心耿耿的基层干部，是不在民主派——走资派之列的……可是，为什么事情有了眉目，老支书反而变得心情沉重起来，他在想些什么呢？难道他不怨恨那个颠倒是非、批他斗他的崔海赢？

老支书确实仍在沉思，但他已经不想崔海赢了。他觉得崔海赢这人安的什么心，日后总会搞清楚的。是真金还是沙子都可以在革命的洪流中淘清。真金是不怕火炼的，也不怕洪流的冲刷；沙泥即使一时泛起，最终也要被洪流所淹没……他在想的，倒是崔海赢的那些理论，绝非他个人的发明创造，而是紧跟报纸社论的调调的。现在社会上正有一股风，就像这阴沉的天气一样，味道很不对。但是，这些未成熟的想法，怎么去对梁子讲呢？他抬起微微眯缝的双眼，凝视着浓云密锁下的虎山顶峰，突然，他的眼角泛起了笑纹，拍拍梁子的肩膀，话锋一转说："小伙子，你知道虎山的来历吗？也就是说，虎山为什么要叫虎山？"

"这……我不知道。"梁子茫然地回答，他不明白在这个时候老支书为什么要谈虎山的来历。

"嘿，不知道吧？我来告诉你。"老支书说着，一迈腿，跨到了一块山石上，手往口袋里边探，想装袋烟吸，但摸了半天，烟丝早就打湿了，懊丧地抽出手来，就势一蹲，仍然兴致勃勃地对梁子说开了：

"很久很久以前，天地玄黄，日月洪荒。这一带是一片干旱的不毛之地。一天，这儿来了一群人。他们都是些勤劳、正直的人。为了逃避魔鬼的淫威，他们丢弃了自己原有的土地、房屋和财物，只带着一面小小的花鼓。靠这面花鼓，他们卖唱、乞讨，颠沛流离，来到了这个地方。为首的人，对着周围干旱的土地和巍巍的群山，大声说：'伙计们，我们已经远离了魔鬼，找到了自由；现在，咱们留在这儿创造幸福吧。我们的手，生来是要劳动的，不是向人乞讨的。'于是，第二天蒙蒙亮，他们上山了，开始刨那坚硬的土。刨呀刨，虎口震裂了，手上打起了血泡，石块扎破了他们的手脚，热风吹裂了他们的皮肤，但他们还是不停歇地干，决心用自己的双手，去开创幸福的生活。

"不知干了多少年、多少代，他们用热汗浇灌了土地，终于在荒坡上种上了一些庄稼，可是，水太少了，庄稼长得不好，他们还是吃不饱肚子，过着贫穷的生活。但是他们毫不气馁、毫不动摇，依然每天挖呀挖，希望找到能给他们带来幸福的泉水。为了表示他们开发荒山的决心，大家把卖唱、乞讨用的花鼓全都扔到山下去了。

"忽然有一天早晨，天上飞来一朵五彩的云。五彩云飘啊飘，放射出一道道绚丽的光柱。

"人们涌上山头，观看这奇迹。就在这时，五彩云变作一对美丽的凤凰，向山上飞来。当这对美丽的凤凰，落到人们跟前的时候，就又变成了一对年轻的夫妇。原来，人们的精神感动了天上的金凤凰，它们决心下来为人们创造幸福。年轻的夫妇立即带领大家找到了两个泉眼。从此，这里的山变青了，水变绿了，庄稼茁壮地生长着，牛羊爬满了山坡。

"大家欢呼起来，围着青年夫妇跳起了舞。

"可是，不知怎么一来，这件事被贪婪的魔鬼知道了。它想，如果让这些穷人都得到自由和幸福，都变成聪明、富裕的人了，那么，谁还来听我的使唤？当我的奴隶？自由和幸福是我永恒的私产，我决不能恩赐给任何人。于是，他立即派了两员大将——虎将军和狼将军去勒令人们交出自由和幸福。

　　"这两员大将，一个拿着魔鬼的令箭牌，一个握着魔鬼的宝剑，来到了这儿。他们乘这对年轻的夫妻熟睡的当儿，一剑劈去，只听得震天动地一声霹雳，夫妇俩又变作一对凤凰，腾空而起，和虎将军、狼将军展开了激烈的搏斗，最后一怒之下，把虎将军和狼将军变成了两块很大很大的石头。这对虎狼为了忠实地执行魔鬼的命令，就昼夜伏在那里，把泉眼压在身子底下，不许人们去开凿引水。人们得不到生命之泉，土地重又贫瘠荒芜起来，人们重新又过起了贫困的生活。后来，虎狼变成了两个山头，就是现在的虎山和狼山。虎狼当道，正直勤劳的人民，世世代代都得不到自由和幸福。

　　"瞧，这两个山头，不是一个像虎，一个像狼？"

　　梁子被老支书的故事吸引住了，听得入了神。这时他睁起明亮的眼睛，朝老支书手指的方向望去，只见灰色的天幕上，那微黑方圆的虎山山顶，确实像一只咆哮的虎头，而和虎山遥遥相对的尖削的山峰，真的像一只狼的脑袋。他看着，瞪着眼珠想，为什么老支书要讲这个故事呢？……

　　忽然，"呜——"的一声，有火车驰过丘陵大地，轰响带着长久的余音，在旷野回旋。梁子的遐想被打断了，老支书招呼他："天不早了，回去吧。"说罢，往前走几步，弯下腰，捞起一块混凝土，捧给梁子："带到公社去化验一下，顺便到供销社，了解一下买水泥的事。"梁子接过来，跟着老支书，一步步走下山岗。

　　晨风吹拂着他们的衣衫，马尾松飒飒作响，山洼里，滚滚的洪流仍在奔腾。

六　做人的诀窍

　　当梁子在床上辗转反侧的时候，娟娟也躺在床上睡不着。梁子的到来，给她带来了欢乐，也给她带来了苦恼。她一颗矛盾的心久久不得安宁。

　　小梁为什么会回来呢？不错，在他去上大学的前夕，是说过："我还要回来的。我要为改变农村的落后面貌贡献自己的青春。"可是，这誓言，他说过，自己说过，还有别的许许多多的人都说过。然而，究竟有谁，真正实践了自己的誓言呢？这些年来，一同来的青年们，进工矿的进工矿，上大学的上大学，还有的嫁给了萍水相逢的列车员，小站上的养路工，或者跟上了素不相识的采购员，从此下落不明……只有小梁，在大学毕业以后，回到了这穷山沟来。这是为什么？

　　娟娟想着，多少年来与小梁相处的朝朝夕夕，开始出现在她眼前。

　　从小学到中学，她和张梁一直是同班同学。到了中学，她是班级的学习委员，小梁是团支部书记。文化大革命开始的时候，他俩一起戴上鲜红的袖章，喊口号，作演说，贴标语，宣传破"四旧"，立"四新"。娟娟甚至也把自己曾经看过的属于"四旧"的书籍交出来和大家的一起当众烧了。她为自己的壮举激动得流下了眼泪。可是有一天，当娟娟哼着"造反有理"的歌子走回家去的时候，突然家里变了样，所有的家具、书籍，被抛到了门外，装上了卡车。一群像她一样戴着红袖章的人，向她宣布了她父亲的罪状：反动学术权威、洋奴、走狗、特务……

一夜之间，"红五类"的娟娟突然变成了"黑六类"，红袖章被没收了，还宣布不许她外出串连，不许参加群众组织，亲戚朋友再也不上门了。只有小梁还来鼓励她，劝她振作起来，还吸收她加入了自己所领导的一派组织，又把新的红袖章，发给了她。对于这一切，她睁大了迷茫的眼睛。小梁望着她，严肃而亲切地说："一个人的出身不能选择，但道路是可以选择的。要相信群众，相信党。你父亲的问题，一定会搞清楚的。"

这些话，任何人都会说，放到任何地方，也都是对的。但在娟娟听来，却有了不同寻常的意义。她感到十分亲切，好像有一股暖流传遍了全身。

在这场轰轰烈烈的大革命中，社会上的人们纷纷与自己的家庭、父母、丈夫、妻子、兄弟姐妹、姑嫂叔伯"划清界限"，于是娟娟也不得不选择"革命道路"，宣布和自己的父亲"划清界限"。

娟娟宣布和父亲"划清界限"的那一天，是个秋风萧瑟的日子。她在大会上发了言，表了决心，带着会场上的一股热情跑回家来，可是妈妈却要她把刚刚拆洗好的一件棉衣，给关在牛棚里的父亲送去。她一怔，抱着这件衣服，没说送，也没说不送，却一头扎在床上，失声痛哭起来。

恰巧在这时，小梁来看她。问明情况以后，他一句话也没说，从娟娟手里默默地接过这件被泪水濡湿了的衣服，沉静地走了出去。第二天，他告诉娟娟："衣服已经送到了。"

在这些日子里，尽管娟娟对"革命"的理解忽然变得朦胧起来，但是跟着张梁，她觉得生活的道路又向她展示了希望。

不久，轰轰烈烈、震动人心的上山下乡运动开始了。这又是一场革命，一股波澜壮阔的潮流。娟娟想，人要在自己的生活道路上走下去，就不得不顺应潮流。连小梁这样出身好的人都必须下乡去，更何况自己呢。既然父母亲靠不住，那就只有靠自己的努力到社会上去争得一席之地吧。于是，娟娟毫不犹豫地报了名。当时，小梁是那样的高兴，他一口气替娟娟捆好了全部的行李，还在晚上骑着自行车赶到日夜商店，给她买来了她忘记准备的手电筒。

因为有了小梁，她对离别家庭，并没有感到太大的难过。尽管和年迈的父亲"划清了界限"，而多病的母亲又必须马上带着四岁的小弟去干校锻炼，但当她一个人提着简单的行李，走出家门的时候，她也只是回过头来，劝回了妈妈的相送，对着她那居住了十六年、曾经充溢着父母亲的爱抚和天伦之乐的屋子哽咽了一下，然后转过身，昂起头，迎着冬天的寒风，坚决地走掉了。

列车徐徐起动的时候，无数双手伸向窗外，送行的人跟着狂奔，望不尽的人流像要把绿色的车身淹没。当送行的和被送的人们沉浸在一片抽泣声中的时候，娟娟微微仰起了脸。那时她心里的天地很高，她对车厢里的眼泪和哭泣不以为然。她想既然时代不允许她做栖息在爸爸妈妈身边的小鸟，既然生活不让她再得到父母的温暖，那么她就要勇敢地梳理自己的羽毛，向更高更远的地方飞翔。凝视着那淡绿色的人字形的月台，她祈求亲爱的爸爸原谅她的不辞而别，因为展现在她面前的生活是严酷的，她只有依靠自己的力量，到社会上去寻找一个安身立命的地方，也只有这样，才能不辜负父母养育她的一片苦心。

火车到站了，欢迎的农民是热情的。他们穿着黑粗布衣服，竖起森林般的扁担。一列车的人就在这里分散，好像小鸟飞进了广阔无垠的森林。庆幸的是，娟娟始终和小梁在一起。因此，她的心里是踏实的。她不怕山区的荒僻和艰苦，刚到的第二天就跟着小梁一起下地干活。但她也没有把这儿当作人生旅途的终点。她只是自信跟着小梁，就能飞到很高很远的地方去。

当然，娟娟也不会轻易把自己所想的一切告诉小梁。因为她和小梁的友谊，是建立在"志同道合"的基础上的。所谓"志同道合"，现在从娟娟看来，只不过是学生时代的一股热情而已。自从她和亲爱的爸爸划清界限的那一天起，她就对一切漂亮的理论失去了信心。如果说她还不得不用它们来武装自己的嘴巴，那也只是为了顺应潮流的需要、为自己从艰难之林中开辟出一条道路而做的努力罢了。特别是在小梁被推荐上大学以后，娟娟随着年龄的增长，随着对农村的深入了解和进一步的失望，她决不愿再拿自己的青春开玩笑，让它埋没在这个贫穷的山沟里了。可是她的小梁，倒是认了真，每次来信，都鼓励她在农村好好干。不过她并不怪小梁，她觉得原因是她和小梁的出身不一样，处境不一样，她在八年的农村生活的磨炼中，看到了、听到了、体会到了比他更多的东西。她觉得自己已变成了另外一个人了，而小梁，则还是学生时代的小梁。正因为她自认为已经脱离了学生气，她更觉得，带点学生呆气的小梁，是多么难能可贵。为了不挫伤他的积极性，不影响他的上进心，她把所有的矛盾、痛苦，通通埋在心底，而以明朗欢乐的笔调，给他写去了一封封含情脉脉的信。她很有文学才华，以致从她的信中，只看到感情的流露，而看不到粉饰的痕迹。所以只有娟娟才能体会到他们之间在思想上还存在着一条沟渠。但她相信，她是能够填平它的，而当她填平了这条沟渠的时候，她就会得到更大的幸福。在多少个静静的长夜，她一合上眼，就看见小梁穿着挺括的制服，在向她微笑。她和小梁并肩在城市整洁的马路上散步，梧桐的落叶在脚下发出轻微的沙沙声……她认为这不是幻想，而是完全可以变成现实的。娟娟是一个有心计的姑娘。她不是一个专好空想的人。为了实现自己的目标，她会作出极大的牺牲，甚至能够以一时的委屈去换得长远的利益。为此，她讨得了现任大队书记崔海赢的赏识与欢心。在老支书被撤后的短短几天内，她通过了入大学的第一道手续——大队推荐这一关。眼看着理想就要变成现实，远走高飞的一天，很快就要到来的时候，竟发生了这样的事：小梁回来了！

那么，现在该怎么办呢？反对他？劝说他？把自己的心剖析给他……啊，不，要知道，他还没有正式开口，就是说，目前他们还是一般的同志关系，又叫她怎么说呢？再说，八年来，她没有说过半句不安心农村的话，在大大小小积代会上的讲用，都是口口声声要扎根农村，干一辈子革命的。现在，如果冒冒失失地反对小梁回农村，且不说小梁会有什么看法，就是别人知道了，也会说自己不安心农村，这对于招生，无疑会产生不好的影响，八年来的心血，或许会毁之一旦。

想到这里，娟娟心烦意乱地推开了素花薄被，轻轻叹了口气，唉，也许不该写那样的信，可是，这能怪我么？难道我能在信上写："虎山大队的斗争很复杂，这里像一个虎狼窝"？难道我能在信上写："我在这里待不下去了，我想尽快离开这儿"？

娟娟竭力想使自己的心情平静下来，好慢慢把思路理出一个头绪。可是脑子不听她的使唤，始终像团乱麻。风从墙缝中钻进来，尽情地在小屋里逞威。挂在褐色的高粱秸屋顶上的一条条枯叶，扑簌簌地落到她的床上。枯黄的高粱叶使她想起了收割时的艰苦劳动。

她怨恨在小梁走后的这些漫长的寒暑里，竟没有使她能够向小梁交心和进言的机会。但她仍然不怪小梁，她觉得耿直与简单，仍然是一个人的美德。她只是恨为什么人与人之间总是要被一种冠冕堂皇的东西所隔开，也就是这种冠冕堂皇的东西，造成了她和小梁思想上的沟渠。

但是她又想，人总是有两面性的。就是小梁这次回来，也不能说完全是认死理吧？他那热情的目光，那不自然的脸红与微笑……不正是表达出了他语言所没有表达的东西吗？

"小梁啊小梁，你真是傻得可爱，"娟娟在黑暗中抚摸着自己发烧的两颊，喃喃自语，"如果这样的话，你为什么不说？你只要一开口，我就会毫不犹豫地陪伴着你，飞到高枝上去，共同建筑我们未来的、幸福的小巢！你……你又何必要回来呢？"

刹那间，一阵醉人的欢乐，一种无限的柔情，浸润了娟娟苦涩的心……

"是的，人总是有两面性的，"娟娟坚定地想，"人讲得再好听，也总是要为自己的前途、利益着想的。不管怎样，我要探索到小梁的心。同时，把自己的心，也剖给他。明天一早，我就去找他。"

第二天早晨，娟娟醒得很早。雨已经住了，她打开门，望着黎明的薄雾笼罩着的村庄，好几次弯了腰，换上半高统的雨鞋，但好几次又脱了。她一个劲地按捺着自己：现在还早、还早呢，让他多睡一会儿吧。

就这样，一直捱到早饭后。所谓的早饭，是很简单的——煮几片山芋干，抖半碗红高粱，稀稀溜溜地弄上一碗半，呼噜呼噜就喝完了。可是，要从泥泞的路上挑来水，把潮湿的柴禾费劲点着，工夫就不小了。娟娟把这一切都弄停当，天色已经不早，她赶紧锁上门，往小梁的住处走去。

雨后的空气很清新，家家户户屋前菜园子的篱笆上，粉红色的喇叭花开得格外鲜艳。一个外号叫快活奶奶的老太太，提着篮子在菜园子里摘青蚕豆。此刻娟娟见了，觉得把那长着细嫩茸毛的鲜绿可爱的豆荚从生长它们的翠枝绿蔓上分离下来，是怪可惜的。她隔着篱笆向老人招呼道："您早啊，快活奶奶！"

快活奶奶见娟娟走过来，很高兴，也笑嘻嘻地招呼道："你早啊，姑娘！哟，瞧你的脸色，今天是有什么喜事吧？"

娟娟一听，先是愣了愣，随即马上一本正经地点点头："嗯，是有喜事。"

"什么喜事？"快活奶奶认真地问，"快说给俺听听，让俺也快活快活。这几天又是下雨，又是发大水，可把人给愁死了。"

"你听着啊，"娟娟绷着脸，用手指了指自己的鼻子尖，一本正经地说："我呀，昨晚做了一个梦，梦见您老活了一百二十岁，后来被一个老乌龟驮着，上南天当老寿星去了。"

快活奶奶听罢，一边笑得合不拢嘴，一边举起巴掌佯作恼怒地来打娟娟。娟娟早已机灵地转身跑了，只留下一串格格的笑声。

娟娟脚步轻快地跑到小梁的门口，不料门上挂上了锁，问了几个在门口玩耍的小孩，都说他上县城去了。

"一大早就到县城去，走得这么匆忙，这是为什么？"娟娟奇怪地想，忽然，一个念头跳进她的脑子：也许是小梁到县组织部门去要求分配工作了。那么，看来小梁并不是真的回农村，而是为了自己才要求分到这个地区来的。唉，小梁啊小梁，说你傻，你真是傻。你怎么不事先跟我商量一下呢？你难道不知道我的心么？

整整一天，娟娟沉浸在甜蜜的心境中，甜蜜中还带着几分羞怯。她许久没有这样的感情了。她觉得她比任何时候都更爱小梁。她想，只要小梁今天一回来，她马上就把自己的心剖给他看，她要把一切都告诉他，用娓娓动听的语言……她要告诉他，这几年，她在农村吃了多少苦头，受了多少委屈；她要告诉他，崔书记的为人……

提起崔书记，真叫她又敬又怕。

那还是在四年前，小梁上大学去了。村里的插队知青就剩下娟娟一个。娟娟觉得孤寂极了。刚来时的一股热情早已过去，她觉着跟土坷垃打交道太没意思了。也许将来的农村会变得很好、很美，不像现在这个样子，但那是很遥远的事。眼下，一年、二年、三年、四年，农村还是这么穷，这么落后，大田的农活这样地累人，六月的骄阳是如此的可怕！不错，贫下中农都很关心她，她水缸里的水常常是满的，她的锅台旁常常放着一把鲜嫩的韭菜。老支书呢，更不用说了，总像老父亲般地关怀爱护着她。但是，她跟老支书哪有那么多话可谈啊，娟娟爱好文学，跟老支书谈诗、谈小说？笑话！

就在这个时候，全村唯一的文化最高的人，大队的团支部书记崔海嬴来找她了。

"冬天夜长，你要是闷得慌，上我家来找本书看看吧。"崔海嬴对她说。

娟娟毫不迟疑地跑了去。

崔海嬴从床底下拖出木箱来，打开盖，嗬，满满的一箱书！娟娟吃惊了，她急急地翻看着，只见里面古今中外的名著，应有尽有。

"县中学的图书馆，也没我的藏书好！"崔海嬴夸耀着说，又拖出另一只木箱来，这里头装的是一些政治书籍，娟娟兴趣不大，他就关了盖。

"你哪来那么多书？"娟娟睁大眼睛，好奇地问。

"文化大革命的时候，抄家抄来的。那时我是县中学造反派的头头。"崔海嬴得意地回答。

把抄家物资据为己有？不管怎样，这种行为是不好的。要在过去，她一定会马上对崔海赢产生反感的，但是此刻，她不但没有反感，反而觉着他有胆识、有修养，否则，拿书干吗呀？

崔海赢敞着箱盖，很大方地说："你爱看什么书，挑吧。"

"挑？"娟娟欢喜得心发抖了，好像一个在大海上漂流了很久的人突然发现了陆地一样。啊，书，书！她从小就爱看书，当她还是三年级的小学生时，她就开始吃力地读那《一千零一夜》里的故事了。她把不认识的字一个一个地用红笔勾出来。她读过的书页经常有一片红色的杠杠，但她居然也看懂了大概的意思。当她还是一个初中一年级的学生时，她就已经捧着大部头的世界名著在阅读了。她读过的书很多，对文艺的兴趣也广泛，从十八、十九世纪资产阶级文学家的作品到二十世纪俄国无产阶级文学家的作品，不管是诗歌、小说还是戏剧，只要找得到，她都津津有味地拿来读。她读书不像一般学生那样追求情节，她喜欢探索人物的内心世界。她为各种各样的人物感动得流过眼泪：为保尔·柯察金，为江姐、林道静，也为安娜、喀秋莎、牛虻……文化大革命，"横扫四旧"的运动开始了，她突然发现自己读过的书都是坏的，都是"封资修"，她像所有单纯的青年学生一样，在震耳欲聋的锣鼓声中，痛心疾首地一把火把这些"旧书"烧掉了。伟大的斗争激励着她，革命的理想召唤着她，她真的不再去读那些"封资修"了。她报名来到了这穷乡僻壤，但是现在……她死死地盯着箱子里的书，心里估摸着，有些她看过了，有些她没有看过。说实话，没有看过的书她当然想看，看过的她也想再看一遍。但是她犹豫地伸出了手，只挑了几本解放后出的长篇小说。她怕这个新任的团支书，心里会给她记一笔账，说她偏爱"封资修"。

崔海赢瞧着她这种畏畏缩缩的神态，心中暗笑。他刷地从箱底抽出了砖头厚的一本书，勾起手指弹了弹，送到娟娟的鼻子底下："这本，看过没有？"

娟娟一看，是法国批判现实主义作家司汤达的《红与黑》，她刚想点头，却习惯地把涌到嘴边的话咽了下去，摇摇头说："没看过。"

"没看过？唔，这值得一看。"

娟娟红着脸，吞吞吐吐地说："我过去，读过一半，很想看完它。"

"没关系。"崔海嬴亲切地笑了，"这本书，中央首长推荐过的，你拿去看吧。"

娟娟双手接过书，又挑了几本别的，满意地抱着，想告辞了。崔海嬴拉过一张板凳，指着说："坐一会，急什么呀。"

"你是哪一届毕业的？"崔海嬴在娟娟对面坐下，关切地问。

"六八届初中。"

"哦，那我比你高三届。"

"你是六八届高中？"娟娟吃惊地扬起了眉毛，打量着这个在各方面都显得比自己成熟得多的团支部书记。正说着，崔海嬴两岁的小男孩蹒跚地跑了进来，张着两只小手要爸爸。崔海嬴有点不耐烦，挥着手说："去、去，外头找你妈去。"可孩子不理会，他就一把将孩子抱了出去，回转来，对娟娟苦笑笑："看，有了家庭的拖累，可就什么也干不成了。在学校的时候，我大小还是个县中学造反派的头头，发个命令谁敢不听？现在，只能对儿子行使权力了，哈哈！"

崔海嬴自嘲的笑声，听起来很令人伤感。好心的娟娟，在一时间忘掉了自己的烦恼和身份，对他产生了深深的怜悯，一冲动，竟同情地问："你为什么也像一般的农村青年那样早婚呢？"话一出口，马上就后悔了，但崔海嬴并不在乎，他落落大方地笑了笑，说："我这个人嘛，就是同情心比较重。我小时候家里很穷，父亲又非常无能，母亲把我拉扯大不容易，她老人家想早早的抱孙子，加上家里又没人照顾，就逼着我答应了。现在……当然，我这辈子就算完啦。不过，我倒没什么可说的了，我担心的是你，你不应当在这儿埋没下去。"

一番话说得娟娟几乎感动得落泪。她颤着嘴唇，用耳语般的声音说："不这样，又有什么办法呢？"

崔海嬴稳稳地坐着，伸手拿过娟娟手里的《红与黑》，一边翻着，一边说："司汤达说过，一个人只要强烈地、坚持不懈地追求，他就能达到目的。"

"可是，像于连那样的自我奋斗，在我们国家里，是行不通的。"

"行不通？唔，对的，对的，是行不通。社会制度不一样，奋斗的途径不一样，当然就行不通啦。不过，目的，可是一样的呢。"

"一样的目的？"娟娟听了，心里一惊。她没有想到，一个大队的团支部书记，会有这样的观点。崔海嬴发现了她惊讶的目光，自觉有点失言，但他并不在乎，仍坦然自若地微笑着，那目光似乎在说："看，只有对你这样的知音，我才说心里话呀。"娟娟感到心里一阵温暖，她不由得吐出了在心里埋藏已久的话："如果有机会，我想上大学。"

"上大学？"崔海嬴皱皱眉，随口问道："哦，你想学什么科？"

"什么科？"娟娟暗自苦笑，是啊，在中学的时候，她为自己做过许多打算，她想学外语，也想学文学，但是现在，她觉得哪怕叫她去学那在学校时几乎不及格的体育，她也有办法让自己变成优等生。她不假思索地说："什么科都一样啊。"

"哈哈，饥不择食了。"崔海嬴开怀大笑起来。这洪亮的笑声叫娟娟有点惶恐，她望着他，低低地说："你有办法，给我帮帮忙么！"

"办法？唔，唔，是啊，你有这个愿望，我一定替你帮忙。唉，可惜权不在咱的手里。大队的事，得老支书说了算。"

"你不是老支书的接班人么？"娟娟天真地问。

"接班人。"崔海嬴打鼻子眼里轻轻地哼了一声，"啪"地关掉书，站起来，神情显得有点激动。他反剪双手，在屋里踱了个来回，渐渐平静下来，这才挨近娟娟，换了一种教训的口气说："你呀，太年轻、太嫩了，缺乏社会经验。当然，如果下来招生名额的话，我是可以为你向老支书提提的，但是，老支书那个死心眼你不是不知道，一提这种事，好像就显得你不安心农村了。就是我说，人家也保不准会讲闲话呢。"

娟娟无言可对。她第一次觉得，崔海赢是多么有水平，多么通人情，要是他当大队书记，该有多好！

"别泄气啊！"崔海赢笑了，两手交叉地抱在胸前，显出一副很有气度的样子，"所以，一个人要学会生活，学会做人，学会斗争的艺术。比如，你认准了前面的一个目标，照直走达不到，你就绕几步嘛。你很聪明，又有才华，但我觉得你缺少一种精神，一种刻苦的精神，一种为了达到自己的目的而忍让、牺牲的精神……当然，也可能我对你并不了解，也可能你是出身在大城市的关系。不过，我还是希望你好好读读《红与黑》，于连的奋斗精神，对我们应当有所启发，中央首长推荐这本书，总是有一定道理的。"

接着，崔海赢又谈了许多。他谈上大学所必须打通的各个关节，谈大田劳动虽然艰苦，但如何在必要的时候去"拼"一下……从崔海赢家出来的时候，娟娟觉得天高了，地宽了，花花草草在向她点头，一条光辉的道路在她的面前展现。

从此以后，田野里又响起了娟娟美妙动听的歌声，村子里又有了娟娟生动悦耳的笑声，讲用会上有娟娟激昂的发言，批判会上有娟娟慷慨的陈词……"信念"所产生的力量，使她的性格增添了坚强与深沉的成分。她确实聪明，也有能力，她跟着崔海赢出出进进，竭尽全力完成他所吩咐的一切事情。不久，她出席了县、专各级的积代会，她的社会工作多起来了，于是在大田劳动最难捱的时候，崔海赢可以从从容容地把她叫出来，两人待在社房的会计室里，悠闲地聊上半天的"工作"。到了春暖花开的时候，娟娟把读完了的《红与黑》还给崔海赢。桃花正盛，仰着粉红美丽的笑脸，远处犁田的号子，咿咿呀呀地拖着悠长尾音。崔海赢接过书，用目光问娟娟："怎么样？"

娟娟深深地一点头，目光闪闪地问："听说，今年春季招生？"

崔海赢微笑了："这，你就放心吧。"

话说到这样的程度已经很不错了。娟娟带着满意的心情离开崔海赢。许多金色的小蜜蜂在菜花间飞舞，她想着大学，想着那个已经在大学里的年轻英俊的人，要是她的理想实现了，不知道应该怎样来感激崔海赢。

在那些日子里，娟娟的感觉变得格外的敏锐，仿佛全身的每一根神经，都伸出了触角。清早，她担着水去栽山芋，姑娘们嘻嘻哈哈地打趣："娟娟，今年的春芋头，你还吃得上吗？"娟娟明白这是暗示她要离开这里了，虽然脸上淡淡的，心里却是一阵甜丝丝的骚动。歇响的时候，老支书含着烟管，笑眯眯地打量着她，她觉得那目光，仿佛也大有深意。到了大队讨论名单的那天晚上，她站在自己的屋子前面，远远望着那从弥漫的夜气里透出来的社房的灯光，心里想象着自己的名字怎样被提上去，又可能会遭到怎样的反对……第二天，她早早的下了地，仍希望能听到一些善意的玩笑。她走在人群里，大家对她很亲热，很客气，但是，谁也没有再开那样的玩笑。娟娟预感到气氛不对，放了工就去寻崔海赢。崔海赢不慌不忙地在脸盆里洗手、洗脸，向娟娟投来深奥莫测的目光。他问："你的理想就是上大学？"

"嗯，我的理想。"娟娟皱着眉，焦躁地扭过头。院子里，老母猪在呱唧呱唧地吃食。

"其实，这只是一种手段，不是什么理想。"崔海赢微笑着纠正她的话。娟娟也只好淡淡地一笑。崔海赢不再顺着往下说，他话锋一转，滔滔不绝地谈起了他所读过的书来。他从于连谈到了拿破仑，从拿破仑又谈到了希特勒。他说希特勒小时候家里很穷，也没上过什么大学，但是希特勒有惊人的意志力，读过许多书。不管怎样，他成了显赫一时的人物，这是不容否认的历史。他又问娟娟，古往今来，有多少英雄是大学毕业生？娟娟不吭声。他十分通达地说："如果说，上大学是一种手段，那么，它就不是唯一的手段，你不应该把它看得至高无上。要知道，事情往往是欲速则不达。"

听了这番话，娟娟的心"格登"一下，她知道这回恐怕是无望的了，但一时心上又热烘烘的。她承认崔海赢的道理是深刻的，她知道自古以来草莽里出过许多英雄，眼前的崔海赢，看来就是一个人物。她想起了自己的生活道路……不，她还是要上大学。她抬起头，用恳切的大眼睛望着崔海赢。崔海赢摇摇头："老支书不同意，我也没办法。不过，留得青山在，不怕没柴烧。我费了好大劲，为你争取到一个位置——大队会计，你看怎样？先干上一段再说吧。"

到高粱红了的时候，人们流着汗、弓着腰，在蒸笼般的地里把秫秸一棵一棵刨出来，娟娟却坐在有玻璃窗的、全大队最阔气的房子里，噼噼啪啪地拨拉算盘，把每个人该摊的粮食计算出来。她细心、敏捷，从来不出差错，别人要算几天的账目，她半天就能弄妥，余下的时间，可以看看书，想想自己的事情。体力上的消耗减轻以后，脑子就更加敏感了。她有时觉得，崔海赢并不那么支持她上大学，要不，为什么给她安排这样一个难以脱身的职务呢？第二年是秋季招生，崔海赢仍借口工作需要，老支书不放，又将她留下了。她的忧虑时时在增长，她担心自己的年龄一天天大起来，入学的机会也会随之一天天减少了。

到了一九七四年初夏，她回去探亲，家里没住几天，就带着崔海赢要她捎带的大包小包，匆忙赶回来了。崔海赢一口应承了娟娟，今年无论如何让她走。当然，在临走以前，工作是必须做得格外出色的。

过了没几天，崔海赢要娟娟整理一份老支书的材料。

对于写文章像写信一样容易的娟娟，这回却在会计室里枯坐了一个下午，一个字也没有写出来。晚上，她点起了自己的煤油灯，又在桌上铺开了雪白的纸。煤油灯的火芯，像一把极小而精致的扇子，轻轻地扇动着，扇出光亮来。事情的始末，清清楚楚地出现在娟娟的眼前。

前些日子，公社号召多种山芋，这样，把大队原来试种的水稻的面积给挤掉了。老支书为了不影响公社规定的山芋种植面积，起早摸黑，赤脚露腿，在寒冷的早春天气里开垦出了一片谷底的冷浸田，并在田边上开沟筑渠引水，累得他胃气痛病发作了，每天捂着心口还干。最后，他终于把稻种播下去了。现在稻种刚播，崔海赢却要她写材料，把老支书说成是在搞复辟倒退，破坏批林批孔。娟娟不知这二者如何才能联系起来，她写了又撕，撕了又写，第一次带着完不成任务的无可奈何的心情，去寻崔海赢。崔海赢淡然一笑："你这个人呀，怎么搞的，聪明一世糊涂一时了。来，我给你列个提纲。"说着，抓起笔，刷刷地写了几条，扔给娟娟，"行了吧，就照这意思写，大体上不离这框框就行了。"

娟娟接过纸，看了一眼，仍心情不安地说："这么写，不是昧……哦，要是核实起来怎么办？大家都知道的呢。"

崔海赢不耐烦地挥挥手："叫你写，你写就是了，上面需要的就是这个。这是政治，你懂吗？"

娟娟惊得说不出话来，但是她想到了"走"，想到了那个令人向往的大学，只好无言地收起了纸，很快写好了满满的几张，交给了崔海赢。一连好几天，她不敢正眼望一望老支书。到了晚上，用素色的花被蒙住脑袋，夜深人静的时候，她轻轻地抽泣起来，羞愧与悔恨的泪水，濡湿了被角。这时候，她觉得自己是在骗人。骗自己，骗别人，也骗了小梁。她觉得自己变成了一个演员，在人生的舞台上作起假、演起戏来。这样做，她本是不愿意的。但是，当她清早起床的时候，她的每一根神经，又都紧张起来，她又精力充沛地去干她必须要干的一切了，不管内心深处是如何想的。因为，她惹不起崔海赢呀。仿佛一个沙漠中的旅行者，已经见到依稀的绿洲了，哪怕前面有虎狼，她也要硬着头皮往前走。她写呀写，崔海赢要她写的材料没个完。从早到晚，娟娟躲在会计室的小房间里写，脸捂白了，下颏变尖了，吃饭的时候，筷子拨拉着碗里的山芋干，更觉得难以下咽。她每天希望黑夜赶快降临，在夜的幕布下，可以有一段属于自己的时光……

不久，报告批了下来，老支书受到了公社的点名批判，并被降职为大队的副支书；崔海赢担任了党支部书记。到了第二年冬季，队里开始讨论环山渠道的线路。崔海赢和老支书争得很激烈。娟娟兴味索然。一天，她有事要找崔海赢。全村唯独崔海赢一家的房屋是带院子的，进了院子，见房门虚掩着，门缝里飘出酒肉的香气。娟娟犹豫了一下。就在这时，崔海赢呵呵的笑声传了出来："瓦匠，这回可就看你的啦！"

"放心，放心！"瓦匠连声回答。

"咚"的一声，大概是拳头敲在桌子上，随即"哗啦"一声，仿佛酒杯也被碰翻了，紧接着，一个咬牙切齿的声音送进娟娟的耳帘："我叫你这回连锅端！"

这声音是疯狂而带着野性的，但这确确实实是崔海赢的声音！娟娟几乎不能相信。她只觉得头皮发麻，一颗心也通通直跳，她想赶快退出院子，但不小心把门弄响了。

"谁？"崔海赢吆喝着跑了出来，瞪着一双喝得血红的眼睛。

　　"是我。"娟娟轻声回答，低了头，连眼睛也不敢抬，便匆匆地说完了自己的事，赶紧走了。一路上，那拳头撞击桌子的声音和那双喝得血红的眼睛，老是在脑子里缠着她，使她的心境不得片刻的安宁。凭她的直觉感到，崔海赢和泥瓦匠刚才商量的事儿，可能与修环山渠道有关。聪明的娟娟把事情联系起来一想，越想越感到毛骨悚然，仿佛预感到要有什么可怕的事情发生一样。

　　娟娟的预感并非是唯心的猜测，它很快变成了现实。刚修好的大坝，在五月的连天暴雨中，轰隆一声倒塌了，无情的洪水扑向成熟了的庄稼地，把人们长期辛勤劳动的果实卷走了，看着就连娟娟也感到心痛。但是崔海赢，从他走路的姿势，从他说话的语调，从他待人接物的神态，都使娟娟感到，他有抑制不住的兴奋与喜悦。尽管他在一片汪洋的高粱地跟前，也挤下过几滴眼泪，但他内心深处的狂喜，瞒得了别人，却瞒不了娟娟……

　　在这样的时候，她——娟娟，只要对小梁还存在一分感情，就不能眼睁睁地看着他卷入这可怕的政治斗争的漩涡呀！

　　整整一天，娟娟的脑子没有片刻的休息。吃饭的时候，她也端着碗，情不自禁地倚在门框上，注视那通向县城的弯曲的路，好半天忘了往嘴里扒饭。她想把这一切都告诉小梁，恳求小梁不要在这里浪费青春了。天黑下来的时候，她望着虎山深褐色的剪影祈祷：让我顺顺当当地上了大学，愿小梁也通过县组织部在县里找个工作，到那时，就可以摆脱崔海赢，摆脱这一切，离开这是非之地……

七　飘忽的云雾

　　天黑透了，娟娟懒得烧锅，和衣在床上躺着，脑子十分的清醒，身子却软软的，一动也不想动，忽听门口玩耍的小孩子嚷嚷说，梁子哥回来了，精神一爽，翻身起床，把点亮的煤油灯移到窗前，对着擦拭得很洁净的镜子，抖开了乌云一般美丽的头发。煤油灯的灯光，轻微而活泼地跳动着，好像调皮的孩子的眼，嬉笑地注视着容光焕发的娟娟。娟娟很久没有这样细心地打扮过自己了，她觉得一切修饰、装束，都是进城以后的事，在这里嘛，一切都可以马马虎虎，越土越好。她那一头人人夸赞的黑发，也只是随随便便地扎了两根搭肩的短辫。因为留长辫是个累赘，剪短发嘛，隔不了多久就要剪一次，找人剪也麻烦，所以就留了这么两条短辫子，稍长便给它一剪刀。可是，不知怎么，她现在对自己的头发产生了兴趣，好像有了一种打扮自己的欲望。她微微侧着头，让那披散到肩的黑发，像黑色闪光的瀑布一样，悄悄地半遮起她那鸭蛋形的秀丽的脸，微黑但光洁的前额，生动而闪亮的眼睛。娟娟陶醉了，左边脸颊上，隐现出一个深深的笑涡。她细心地梳好了两根辫子，然后又换了一件雪白的衬衫，脱下来的衣服并不太脏，但她揉成一团，塞在洗衣盆里。就在这时，门咚咚地响了，娟娟惊喜地走过去，正要开门，老马头闷声闷气的喊叫，含糊不清地送进娟娟的耳朵："今晚到社房开会啊。"

娟娟答应了一声，惘然若失地皱了皱眉。这些日子来，娟娟对于队里的大小会议，真是厌倦透了，那满屋子的烟味汗味，那吭吭的咳嗽声。今天的会开得更不是时候。但不管怎样，对于会，她还是不敢怠慢的，她拿起手电，忙忙地出了门，往社房走去。

天上只有稀少的星星，树木、小路、社房的屋脊，在幽暗的夜色笼罩下，显得朦胧而神秘。社房就在娟娟住房南面不远的地方，一阵又一阵的笑声从里面爆发出来，打老远就能听到了。娟娟有些不安，她担心这会不知要开到什么时候，今晚来不及去找小梁了。忽然又听得一阵欢呼，原来是汽灯打足了气，小李子等一群年轻人在起哄。

娟娟不紧不慢地走进社房，只觉得眼前一亮，脸色顿时开朗起来，原来那汽灯的光，是从她的小梁手里发出的。梁子站在方桌上，正把一盏打足了气的汽灯，往房梁上挂。他只穿着件蓝色的运动衫，雪亮的灯光照着他英俊的脸和健美的身材，也照着整个屋子和娟娟的心。

"小梁！"娟娟不由自主惊喜地叫了一声。梁子挂好汽灯，轻巧地跳到了地上，睁起烁亮的眼睛望着娟娟一笑说："今晚开支委扩大会。"说罢，拉开板凳，在桌旁坐下，掏出笔记本刷刷地写起来，脸色十分的专注与严肃。娟娟有些无聊，也拉开另一条板凳坐下，向黑洞洞的门外望去，主持会议的崔海赢，还没有到来。这时屋子里倒好像静了些，大家都在等崔海赢。

　　此刻崔海赢正在路上。自从老支书被撤职以后，一切大小会议，他就是当然的主持人了。并非他对公众的事务感兴趣，而只是把这一切当作一种权力，行使权力，是他的乐趣和至高无上的享受。他晚饭吃得很早，从他家到社房也只有几百米，但是作为有点地位的领导，他不愿过早地在人前出现，所以又到路北瓦匠家那弥漫着烟味和酒气的小屋子里坐了一会。从瓦匠家出来，让夜风一吹，头脑非常清爽，浑身舒坦得很，走路的时候，腰板挺直，步履轻松，未满三十岁的崔海赢，在任何时候都有着充沛的超人的精力。

　　崔海赢的爸爸，是个老实巴交的农民，二十来岁的时候，从父亲手里接过了老辈传下来的十来亩地，安分守己地耕种起来。但是，自从娶了一个女人以后，家里就不安宁了。这个女人原是镇上一个小饭铺掌柜的女儿。小饭铺掌柜破了产，没奈何把女儿给了他，因为看他还有几亩地。这女人从小吃好用惯了的，到了这里，哪里吃得了田间劳动的苦？说闹就闹，闹起来没完没了，摔锅子撂盆地骂男人无能。她的意思是要男人把田卖了，去做生意。崔海赢的爸爸怕老婆，不敢不依，但一个庄稼人，哪里干得了这个？不几天就把老本赔尽了，日子过得益发艰难，到了土改的时候，已成了地无一垄的贫农。但是那个女人，却凭了一张能说会道的嘴，靠给人说媒，做"送娘"，变着法子生钱，仍然有办法叫自己吃香的喝辣的。崔海赢自打记事起，他就跟母亲吃一样的饭食，而他的父亲，又吃另一样的饭食。起先他不明白为什么这样，后来他渐渐地知道了，母亲掌着家里的经济大权，哪怕是一分钱，也归她管，她要笑就笑，要骂就骂。而父亲呢，完全变成了母亲镜子里的人，只有在母亲笑的时候他才敢笑一笑，在母亲发怒的时候，他连大气也不敢出。有时母亲搂着儿子，眼泪汪汪地说："儿呀，长大了可别学你老子的样，稀泥软蛋似的，一辈子受人欺负。"那时节他才七八岁，村里上学的孩子很少，但母亲把他送到了离家十几里路的完小，嘱咐他："孩子，娘供你上学不容易，你可要用心，事事走在人头里，好好混出个人样来，一辈子受用的。"

母亲是孩子的第一个老师，他从小就懂得权力的重要，从小就喜欢别人听自己的。他聪明，也用心，成绩总是名列前茅。农村的孩子大都腼腆，他却很能讲话，不怕羞，老师便着意培养他当干部。当他脖子上刚刚系上红领巾，臂上就别了两条杠的中队长标志。母亲很欢喜，每星期给他做好吃的。到了中学的时候，他是学校的团支部书记。担任的社会工作虽然很多，但是当他需要自己用功的时候，他可以一连几个小时坐着不动，所以他的成绩，始终拔尖，班主任老师很赏识他，经常借些书给他看，书籍开阔了他的视野，也激发了他的雄心。文化大革命开始了，他彻夜不眠，天天阅读报纸，听广播，凭他的敏感和勇气，贴出了全县第一张大字报，几天以后，他就是全县造反派的总司令了。在群众大会上，一摇臂，系动着千万人的眼神，他陶醉在自己的力量里。可是，正当他踌躇满志时，"知识青年到农村去"的指示下来了，他只好回到了虎山大队。叱咤风云的岁月像一场梦幻似的过去了，日落西山的时候，他孤寂地听着蛤蟆呱呱的叫声。但他是一个自信而又有自制力的人，他对自己的能力和才干是深信不疑的。他觉得只要是块金子，抛到任何地方都会闪出光来的。既然靠造反来青云直上的路被堵死了，那么就稳扎稳打地一步步地往上爬吧。机遇不好是一回事，但是，塞翁失马，焉知非福？所以，他来到虎山的第一天，抄起扁担就下了地，他让烈日晒黑了皮肤，寒风吹裂了手脸。他的意志是锻炼有素的，他抑制着自己的苦闷与愤恨，好像穿着一件湿冷的外衣，他坚信时机一到，就能甩掉它，舒展自己的身子，露出他英雄的本色来。

　　崔海赢劳动积极，工作努力，并表现出超人的领导才干来，很快就博得老支书的好感，当上了大队团支部书记。"他将来是老支书的接班人"，人们都这样认为，崔海赢自己也深信不疑。不料过了不久，一批知识青年下放到这个公社，虎山来了两名，娟娟和梁子。对于他们的到来，开始他是不以为然的，大城市来的学生嘛，哪里吃得了这个苦，迟早还不走？但谁知从小在虎山长大的张梁，和他一样的能吃苦耐劳，一样的靠拢组织，要求上进，也同样得到了老支书的喜爱，并很快入了党，当上了大队支委。这时崔海赢开始感到威胁，他懂得"一山不养二虎"的道理，再这么下去他的接班人地位要动摇了。他千方百计地想挤走梁子，但是梁子两次招工都让给了别人，仿佛铁了心似的要在这里待下去了。他第一次遇到这么强劲的"对手"。白天，他和梁子亲密无间地一起工作，晚上，在床上辗转反侧，难以入睡。他想着梁子，也想着娟娟，想着他们两人的关系。也许娟娟是梁子赖以"扎根"的支柱。他睡不稳了。他好几次试图接近娟娟，想从中插进个楔子，但是都失败了——娟娟和张梁的关系确实好。因此，尽管他为娟娟的美貌所倾倒，但他毅然地匆忙结了婚。这样的局面维持了一年多，一九七二年农学院招生，崔海赢感到时机来了，在老支书面前竭力推荐张梁去。张梁终于走了。但梁子走后，崔海赢并没有轻松。他知道向上爬需要一定的政治气候和条件，每天晚上，等老婆和孩子睡熟了，他就在煤油灯上加一个白纸剪的灯罩，反复研读、精心推敲报纸上的每一篇社论。有时候，娟娟美丽的面容会像不速之客一样地闯进他的脑际：两只大大的眼睛，一抹娇弱的神情……但是，他坚决地、毫不留情地把这些幻想驱走了，他的思想是被他坚强的意志所控制的一只鸟，只能停留在他所需要思考的地方。当他读到最受鼓舞的地方，他便让思想的小鸟活泼地飞出屋子，远离熟睡的老婆和孩子，发出充满力量的呼唤——未来是属于他的。但是，当清早走向田野的时候，他又失望了——尽管威胁到他的地位的梁子走了，尽管前几年的造反生活已经为他打开了局面，从公社到县里他都可以找到熟人；尽管由于他的经常汇报也取得了公社某些领导的信任，但是，由于老支书的威信和声誉，在虎山大队已经形成了这样一种局面：只要老支书在一天，大家就都听他的，谁也不听他崔海赢的。就是在老支书降职为副支书以后，大家还是一口一个老支书，情况仍没有改变。老支书成了他向上爬的羁绊，如何把这羁绊变成阶梯，踩着它，爬到阶梯更高的一级去呢？这使他很费一番脑筋。他知道光凭他个人的力量也是不行的，单枪匹马，纵有天大的本事，也成不了气候。他必须网罗一批人，这些人要听他的话，跟他走的，这些人也要有一定的才干，但又要在他的控制之下。在小小的虎山村寻找这样的人是太困难了，虽然听话的社员有的是，但他们都是高粱花脑袋，一心向着老支书，这些人只有在大局变了的时候才会听你的。所以，他考虑了很久，才挑中两个人。一个是瓦匠，瓦匠是远近出名的能棍棍，因为老爱搞自发，干些偷鸡摸狗的勾当，经常挨老支书的剋，对老支书一肚子不满。瓦匠这人好对付，他就是爱占点小便宜，只要经常给他点甜头尝尝，就有办法利用这根棍棍去打人。再一个就是娟娟。他看中了娟娟的一支笔头，写个材料什么的是个好帮手，再说娟娟比瓦匠更好办，更容易拉进领导班子来，培养新生力量，名正言顺的嘛。就这样，崔海赢终于在大坝塌方的问题上给了老支书致命的一击！他取得了第一步的成功。在这些日子里，崔海赢时常在傍晚迈着得意的步子到村外散步。他遥望那雄伟的虎山顶峰，好像他一脚就能跨上那深褐色的老虎背脊，再一脚就能登到高远的天上，让飘浮的轻云缠绕着他。不，那不是云彩，是娟娟轻柔的黑发……

　　但是就在这时，好像半路杀出了程咬金——张梁又回来了！

　　昨天晚上，梁子一夜没睡着，他也一夜没躺安稳。他对此番梁子的到来，作了种种的分析与估计。张梁在毕业以后为什么突然回虎山来了呢？真像他所说的"为改变农村的落后面貌，在农村实现'四化'贡献力量"吗？天大的笑话！那么，为了一个娟娟？不，好看的姑娘有的是，如果为了一个姑娘就跑到这穷山沟来滚一辈子泥巴，那不是白痴也是傻瓜！他张梁也是个聪明人，决不会干这号蠢事！那么张梁为什么而来呢？他想来想去，只有从"政治野心"这一点上来解释了。是啊，知识青年招工不去，大学不上，或者上了大学仍回农村，沽足了名，钓足了誉，最后当上了大官，可是有例在先啊！他张梁的父母都是干部，县里还有他父母的老战友，他会窝在穷山沟里蹲一辈子吗？他的到来，对自己来说，无疑是一种威胁，那么怎么办？把他挤走？不，挤走不是上策。俗话说，"知己知彼，百战百胜"，现在连张梁的底还没摸清，知道他是什么来头啊？再说现在老支书虽然不行了，但是老支书在虎山的群众基础还是雄厚的，张梁毕竟年轻，有水平、有能耐的做法是把张梁拉到自己这一边来，借助他的力量，把老支书彻底打倒，然后再在适当的机会，敲掉张梁。

　　这么分析下来，崔海赢心安了。天亮时分，也就是在浑黄的浊浪中老支书向梁子伸出坚强的手时，崔海赢在床上舒展了四肢，美丽的梦像轻柔的云朵一样飞来，压在他的身上，他飘然入睡了……

　　今天早上，日上三竿的时候他才起床，刷了牙，漱了嘴，不慌不忙地去看望梁子。但梁子早已走了。从娟娟那里知道，张梁到县城去了。他估计梁子是到县里找门路去了。那还用说吗？老干部的子女，在面前一站，甭开口，就啥都明白了。天长日久，以后多多关照就是了。

　　下午，梁子回来了。崔海赢拍着他的肩膀着实亲热了一番，连声说要开会欢迎他。梁子先是摆手，接着想了想说："那也好，开个支委扩大会吧，在环山渠道的问题上统一统一思想，以决定下一步该怎么办。"

这几句"当家做主"的话，崔海赢听了心里当然不舒服，但他没有流露出一丝不满的情绪，而是一口应承道："好，就在今晚吧，我找人下通知去。"

今晚的支委扩大会，就是这么确定下来的。

夜色倒是又静又美，路旁有低低的水流声、草虫的鸣叫声，和风吹动树叶的细碎响声。崔海赢从路北的泥瓦匠家里出来，穿过大路，绕过荷塘，直朝社房走去。他一边走一边想，召开今晚的会议，要达到一箭双雕的目的，既显见得尊重张梁，换取他的好感，又给他个下马威看看。张梁过去跟老支书的关系不错，现在，老支书犯了"方向性路线性的错误"，已经成了虎山大队的走资派，要是识时务的话，就得跟他划清界限，进行斗争……

崔海赢走着，夜风吹拂着他的脸，夜真是宁静得像深潭。不知不觉，喧闹的、闪着雪亮灯光的社房就在眼前了。

像往常一样，当崔海赢威严地咳了一声，宣布会议开始的时候，嚷嚷的人声顿时平息下来，屋子里，只剩下划火柴的"擦擦"声，和竭力压抑着的咳嗽声。于是蓝色的烟雾从四面八方升腾，崔海赢鹤立鸡群般地站在长方形会议桌的中央。

他有着高高的身材，笔挺的腰背，这使他哪怕穿一件普通的咔叽制服，也显得潇洒而和老实的山里人很不一般。他的脸色比他身边的几个人要苍白些，但要是城市里的人看起来，那还是相当健康，只是额上那两道细微并稍稍上扬的纹路，使他看起来比同年龄的人要老成世故得多。他的长脸盘上，有一双不大但是相当锐利的眼睛，时时都在忠实地执行着大脑的命令，敏捷地捕捉着与会者的每一种细微的反应和表情，所以他能得体地掌握各种会议，把大家的思路一步步地纳入他的轨道。必要时，他也能在每句话的话尾拖着长长的"啊"字，作官腔十足的冗长的发言，比起张口就讲山芋、高粱的老支书，当然要显见得有墨水得多。

崔海嬴首先代表党支部，对张梁的到来，表示欢迎，然后话锋一变，就转入了正题："最近以来，由于错误路线的干扰和破坏，致使我们这个地区的革命、生产形势遭到很大的破坏，特别是，原虎山大队的党支部书记崔福昌，在选择环山渠道线路问题上所犯下的严重错误，给虎山大队带来了灾难，造成了不可估量的损失。错误是严重的，教训是沉痛的，崔福昌为什么会犯下如此严重的错误，值得我们在座的每一位同志深思一下，我们只有从思想上、理论上找出错误的根源，并从各个方面，包括组织路线上把它批深批透，从而才能推动我们的各项工作，使我们的革命、生产形势出现新的局面……"

今天的会虽说是支委扩大会，但各个生产队的队长都参加了。娟娟虽不是党员，但她是大队会计，每次开会都是让她做记录的，因此也通知她参加了。几个不愿坐在桌旁而固执地蹲在墙拐的人，一听这开头，知道冗长的批判又要开始了，便都咬着烟杆闭目养神起来，有的还发出了轻微的鼾声。崔海嬴用眼角扫了一下——这几个人都是他挑选的老实听话的人，指望他们发言是不可能的，要他们来，只要他们带着耳朵听听，受点教育而已。他要左右的，是围在桌旁的这几个人，这几个人是虎山大队的支柱，而他呢，是摆弄这些支柱的人物。当然尽管这样，有一个人打鼾声太响，还是冒犯了他的尊严，他勾起食指，敲了敲桌子，要大家集中注意。这么一吆喝，把那几个人的瞌睡虫全赶跑了，睁起惺忪的睡眼，望着他，显出一副专心听讲的样子。崔海嬴不再计较了，他两手按在桌子上，很有风度地将那留着分头的脑袋微微一侧，自信的目光从在座的每一个人身上溜过。娟娟被看得有些不安，低了头，望着自己的脚尖，她后悔没换一身衣服来，穿得太挺，太好了，显得有些触目。但崔海赢已经不再注意她。他的目光，久久地落在梁子身上。

梁子有些激动，尽管他的眼睛一直没有离开笔记本，但也已经感觉到了崔海赢的目光。这目光使他浑身难受，但他仍沉着地站起来了，要求发言。

梁子也是善讲的，他的发言向来条理清楚，逻辑性很强，今天因为激动，开始竟有些结巴，说着说着，就渐渐流畅了："昨天我下了汽车，在回来的路上，看到了人家的夏粮作物，那小麦、那高粱、玉米和山芋……我是咋想的呢？我想这都比不上我们虎山，我们虎山今年一定是个丰收年。但是，万万没有想到，我们遭了这样大的灾，作了这么大的难，从昨天到今天，我一直在想，我想，这是什么原因呢？……"

"大家注意听啊！"得意的崔书记，竟不顾礼貌地打断了梁子的发言，用手指敲着桌子，插了几句话："我们都要像张梁同志这样开动脑筋，要从思想上理论上挖挖根源。"

梁子皱了皱眉头，"啪"地合上了本子。他决定不再兜圈子了，便直截了当地说："我认为，大坝倒塌的原因不是线路选错了，而是水泥有问题！"

"水泥有问题！"这简单的一句话，犹如闷雷在屋子里炸开了：几个支委，睁大了眼睛望着梁子，恨不得把他下面想说的话一下子掏出来；蹲墙拐的老汉，瞌睡虫早跑了，虽然还抱着脑袋，却分明竖起了耳朵，衔在嘴里的烟管都忘了吸。人们的心底在念叨："水泥有问题。有什么问题？真要是水泥问题，那该给老支书平反啦！"

山风在窗外呼啸、盘旋，但玻璃窗把它严严实实地挡住了。屋子里静得出奇。刚才还心神不安、盼着会议早早结束的娟娟，一下子好像听到了自己的心脏"怦怦"跳动的声音，她咬着辫梢，心里后悔没来得及向小梁再叮嘱一番。小梁啊，你太冒失了，怎么搞的，一来就陷入了事端。崔海赢不是好惹的，小梁他……娟娟的心猛一沉，不由自主地将目光转向崔海赢，仿佛要从崔海赢的脸色变化中猜测小梁的凶吉。雪亮的灯光下，崔海赢的脸像石刻般的无动于衷，一根香烟吊在嘴唇皮上，两只手捂着衣袋摸呀摸，摸了半天没摸出什么来，伸手从桌上拿了盒火柴，低头点着烟，轻轻吹了口气，他的脸便埋没在蓝色的烟雾里。娟娟再也看不清他的脸色了，却听得他的轻松的、不无讥讽的声音，打破了刹那的沉寂："东、西山洼你去过吗？洪水的上涨你看见过吗？"

这当然是在问小梁。

"我去过，也看过了。"梁子平静地回答，声音里有的是勇气和力量。这力量是滚滚的浊浪里伸出来的坚强的手给予他的，教他在激流汇涌的潮头中站稳脚跟。他不慌不忙地将东西山洼的水情做了详细的介绍，用充分的事实证明环山渠道的线路是合理的，紧接着又提出了，修筑这样的大坝，应该用 500 号的水泥才对，可是我们的大坝，用的却是 300 号土水泥。

直到这时，人们才交头接耳地议论起来：

"嘻，你听听，这话有理，当初我就觉得，这水泥颜色不对头。"

"你别事后诸葛亮了，当初咋不提？"

"唉，谁想到这一层啊。"

"当时咋不留心看看口袋上的标号？"

"嗨，现在水泥厂出的水泥，有许多是不打标号的，你哪能看得出来？"

"老支书可受屈了，明明不是他的过错，硬把个屎盆子往他头上扣。"

"本来是奇怪嘛，老支书整天在山上转，说句良心话，我们也一起去勘测过，怎么到头来还会把个渠道的线路给选错了？"

"这水泥，明明买的是 500 号，怎么变成了 300 号，这究竟是怎么回事？"

人声嗡嗡，这压抑已久的声音，一经爆发，就谁也平息不下去啦！只有娟娟奇怪地想，水泥买的是 500 号，单据都在呀！这时，崔海赢向她望了一眼，平静地说："300 号水泥？这不可能，我们买的都是 500 号，由娟娟经手的。娟娟办事仔细，一般不会出差错的。"

娟娟机械地重复了一遍："是，我们买的是 500 号水泥，有单据在。"

"这是化验单！"梁子把一张纸放在桌上，"这是从倒塌了的工程中取的水泥混凝土化验的。同时，我还带了一个用过的水泥口袋去供销社核对过，他们说，供销社出售的 500 号水泥口袋上都有标号，这种口袋外面没有标号，装的是 300 号的土水泥。"

人们极有兴趣地传看着这张化验单，崔海赢也迅速地瞥了一眼，尽管梁子步步紧逼的发言完全出乎他的意料，尽管这铁一样的事实足以使他出丑，但他绝不是无用的软蛋，否则他也不会今天在这儿主持会议了。他稍稍动了一下脑筋，不到几分钟的时间，就话锋一转，又侃侃而谈了："小张同志提的问题很好，很及时，我同意大家的意见，一定要把水泥问题调查清楚，500 号水泥为什么会变成 300 号水泥，这是阶级斗争的客观反映。长期以来，由于崔福昌只抓生产不抓革命，所以大家脑子里阶级斗争的概念淡薄了，水泥事故的出现，不是偶然的……"

梁子万万没有料到，崔海赢会说出这样的话来，有这样不顾事实，颠倒黑白的人么？啊，他怎么讲都能把火引向老支书，把赃栽给老支书！

梁子真正地被激怒起来了。他的心发抖，胸口有一团火在烧，憋闷得透不过气来，但他尽一切所能，控制着自己。这时他的耳朵里响起老支书亲切的嘱咐："切记，不要过多地为我辩护，不要纠缠在具体事件上，关键是依靠支委的同志们，团结起来，做出重修大坝，抢种晚秋的决定，只有这样，虎山大队才有救。"梁子平静了一些，跟坐在边上的一个支委耳语了几句，那个支委早被崔海赢的这一套批判的理论弄得腻烦透了，他连连点头，又对另外几个人叨咕了一阵，蹲墙拐的老汉也忍耐不住了，你一言、我一语，嗡嗡地开起了小会。

"有话放到桌面上来谈啊，喂喂，不要开小会！"崔海赢嚷道。

一个支委和梁子交换了一下眼色，霍地站起来说："我来讲几句。我同意崔书记的意见，水泥的事，要有专门人去调查，不过，我们几个支委不能全去查水泥，全去查水泥，生产谁来抓？"

"还有百十口人吃饭的事儿呢，"蹲在墙拐的一位老人附和道，"我现在都肚饿了，每晚要这么开会，那地里也不能再长出庄稼来！"

崔海赢刚要瞪眼——这时候吐出这么几句话来，好啊，这可正是上纲上线的好材料。可就在这时，那个支委却一拍大腿，叫道："说得对，我就是这个意思。我们一方面要查清水泥问题，一方面要组织群众，搞好生产自救。"

梁子喜悦地听着这些发言，站起来，睁起明亮的眼睛，对大家说："我建议，立即组织生产自救，排掉积水，将晚秋作物种下去，把洪水冲毁的大坝重新修复起来。"

梁子的发言引起踊跃的反响，人们纷纷要求崔海赢做出生产自救和重修大坝的决定。崔海赢挥挥手，示意大家安静下来，说："小张同志的问题，提得非常好、非常及时，水泥的事故一定要调查清楚。重修大坝，我们也要考虑，现在的问题是——没有资金。这次拨下来的救济粮，还没有钱去买。"说罢，他面有难色地望着娟娟，又道："你说是吗？"

"是。"娟娟应了一声。但是，不知是误会了崔海赢的意思，还是被群众激昂的情绪所感染，她忽然想起了一件事，不由得兴奋地说："昨天刚拿到通知，救济款已拨下来了，明天就可以去领。买救济粮的问题，完全可以解决了。"说完以后，她看见梁子烁亮的眼睛放出了光彩，于是忘了去留神崔海赢的脸色。崔海赢也没有再说什么，——他无法把会议引导到他的轨道里去了。

会议就这样草草结束了。人们走出会场，只见天放晴了，满天的繁星微笑地眨着眼，圆圆的月亮挂在头顶上。

八　人好月圆

散会了，人们被一种兴奋的情绪所鼓舞，都在大声说着话，仿佛舍不得离开会场似的。梁子也被几个老汉包围了，兴致勃勃地聊着天。这些人都是从小看他长大的，这回见了面，难免要叙叙家常，亲热一阵子。娟娟很聪明，只装作扫地、抹桌子、收拾板凳的样子，也磨蹭了一会。当这一切都弄完了的时候，梁子还正说得起劲，没有一丝要走的样子。娟娟有些气恼，用微微含怨的目光望了他一眼，但他仍没有注意到。娟娟咬了咬嘴唇，一转身独自走掉了。

社房离娟娟的住所很近，几分钟就到了家，她在窗前，点起一盏小小的油灯，托腮坐着，一动也不动。

这儿是从社房到路北去的必经之地，所以，不时有闹嚷嚷的说话声和杂沓的脚步声从门前经过。她静静地听着，好像在希望着什么，又像在期待着什么，但她一次又一次地失望了，埋怨和不满的情绪一分钟一分钟地在增长……

娟娟轻轻地叹息着，把头伸向窗外。在大路的那一边，白茫茫的田野一直延伸到黑魆魆的远山脚下。头顶上是高蓝辽阔的天空，上面点缀着无数颗闪亮的星星。这无边浩瀚的天和地，曾在她初来农村时引起她无限的新奇和赞叹。但是现在，她觉得这一切对她这一个微不足道的人来说，实际上是毫不相干的。在这无极的宇宙中，她只需要一个能够栖身的温暖的小巢。这个美丽的幻想，曾经已经变得那样鲜明而具体了，可是不知为什么，现在忽然又像梦一样地朦胧起来。这种朦胧的感觉使她的心头升起一种无名的空虚和惆怅，她便又回想起刚才那个不愉快的支委扩大会。她回味着梁子从容的面容，坚定的神态和冷静的目光。她心里很不舒服，仿佛从这里面体会出了一丝冷酷的意味，一种不祥的预兆。她觉得如果要找一个不很适当的比喻的话，那就是，她像一棵秋天里才出土的幼苗，渴望着尽可能多地得到温暖的光和热力，可是晚上那圆圆的月亮，却只发出清冷的光芒，并没有把温暖多给她一丝一分。可不是么？他千里迢迢地回到虎山，在如此明月皎皎的夜晚，不来和自己谈心，却去建议开那个倒霉的支委扩大会。她恨他丝毫不理解她的心情，恨他在会上那么急匆匆地追查水泥的事故。什么线路啦，什么水泥啦，难道这一切，比她和他的关系还重要、比她和他的前途更令人关心吗？唉，小梁啊小梁，你究竟想干什么？你不知道，这水泥，是我亲手买来的啊！

娟娟心烦意乱地想着，去年购买水泥的情景，清清楚楚地出现在眼前：

这是一个初冬的早晨。瓦匠驾驶的拖拉机，在门外突突地吼叫。

娟娟急急忙忙地把钱、介绍信等东西锁在黑色的人造革挎包里，向机子跑去。

瓦匠大概是等得不耐烦了，没等娟娟坐稳，他就把机子开着跑了。

　　拖拉机在初冬的山野里奔驰，翻犁过的土地袒露着胸膛，割过了的玉米地一块一块，黄色的玉米茬还残留着。早种的小麦已经出苗了，呈现出星星点点的绿意。娟娟心不在焉地望着这些看厌了的景色，心里盘算着到了县里，如何顺便上县知青办和教育局去活动一下，为明年的招生打下个基础。

　　"给我们带几捆草！"快到大场上了，一小队的队长老远就挥着手招呼。

　　瓦匠嘴里应着，却依旧把机子开得很快。一队长摇着手臂追上来，他不得不放慢速度。

　　"带几捆草！"

　　"不行，你没看着车上有炭。"

　　"炭我给你搞一边去！让你开一趟机子，就那么横！"一队长气呼呼地说，原来大队正式的拖拉机手是大憨，因为今天有事，临时让瓦匠去跑一趟。瓦匠是个能棍棍，他会盘锅灶会开车，什么都能来一手。

　　瓦匠看了看场上，皱着眉头咕噜道："我也是给公家办事，你耽误我多少工夫！"

　　"瓦匠，一样跑一趟，把这几捆草给带上吧！"老支书推着小车从场上过，插了一句。

　　"那好，快！"瓦匠无可奈何地叹了口气，刹住了车。

　　一队长是个青年，他有点性急，抱起大捆大捆的草往上堆，堆得实在不能堆了，就来拉绳子。娟娟看得心烦，瓦匠看来比她更急，一个劲地催促着。草终于堆好了，因为堆得高，横七竖八地捆了好几道绳子，这才摇摇晃晃地开跑了。

　　路不太好，颠得厉害，刚一开车，拖斗上的草就开始动摇。

　　"快，快，停车！"一队长睁大眼睛，咧开嘴，直跺脚，急得不知怎么说才好。

原来，边沿上的一捆草开始晃晃悠悠，马上就要掉下来了。

娟娟觉得好笑，瓦匠眼皮也没眨，依旧操纵着方向把向前开。

这时，由于大捆子没捆牢，一颠，大草捆里的小把子就晃晃悠悠地往下掉。随着车速的加快和颠簸，一把、两把，草越掉越多了。

"快，快停！"一队长眼睛睁得大大的，在后面直喊。

娟娟叹了口气，把脸扭向一边：几捆草能值多少钱？这就是农村！

碰巧，老支书推着小车在前面走，听喊，站住了。他对着迎面开来的机子挥了挥手，瓦匠只好刹了车。

老支书围着草垛来回看了看，对追上来的一队长说："你太着急，草没堆好。要是一捆捆头朝里、杆朝外，排齐崭了，再多也不得掉。"说着就动手帮着一起拾掇。娟娟也不得不跳下车，弯弯腰，动动手。好不容易拾掇完了，老支书又叮嘱娟娟道："这回买的水泥是筑大坝用的。记住，别把水泥的型号弄错了。"

娟娟心不在焉地应了声，老支书推着车，往另一条路去了。

拖拉机开到县城的时候，天确实不早了。卸了草，瓦匠和娟娟又一块去买了水泥。买完后，瓦匠说有事，上街了。剩下娟娟一个人，看着一大堆水泥，动弹不得，急得心里直冒火。要知道，进一次县城不容易，要不乘这次出差的机会到县知青办活动一番，下次不知什么时候才能来呢。但是，这一大堆水泥怎么办呢？谁来看呢？老支书临走还特地关照了，万一少了，出了差错可不是开玩笑的。她踮起脚尖，在大街上左看右看，也看不到一个熟人。天快晌了，院里静悄悄的没一个人影，她看了看腕上的手表，时针已经指在11上了，再不去，人家机关就要下班了。想到这里，她心一横：我快去快回，也不见得会有什么人来扛这沉重的水泥，哪那么巧呢？主意打定，她匆匆走出院子。说也巧，刚上街，迎面遇上了崔书记。崔书记一见她，马上吃惊地说："咦，你不是来买水泥的？他们人呢？"

"都没影了，"娟娟抱怨地说，红了脸，"我也有点事，想出去一下，所以就……"

"那水泥谁看着？"崔书记叫起来，"瓦匠哩？"

"说是有点事，去去就来，可这半天了，还不见回来，不定又是在哪儿喝上了。"娟娟气呼呼地说。

"嘻，瓦匠这人真是！"崔书记一跺脚，对娟娟道，"你在这看一会儿，我去把他给找来！"说着，抬脚就走了。娟娟只好叹口气，眼睁睁地坐在这水泥堆里。待崔海赢领着泥瓦匠来的时候，街上的广播响了，机关也都下班了。

崔海赢和娟娟并肩走着，关心地说："有什么事，快去吧！"

"不。"娟娟摇摇头，面有难色。

"有啥难处的，对我还不能说？"

娟娟开始考虑，是说呢还是不说。崔海赢朝她望了一眼，自顾说道："据说今年招生的名额比往年多了，但是推荐还得自下而上，我想等会儿到县教育局的一位同志家里去一趟，把你的情况介绍介绍。你要是没事，一起去更好。人说招生是过五关、斩六将，一点不假，每个环节，都不能差一分一毫。如果大队、公社把你推荐上来了，县里还是个关口呢。临时抱佛脚来不及，这工作，得及早做起来啊！"

崔书记这一番话，既原则，又具体，完全说到了她的心上。娟娟感动极了，仿佛整个虎山大队，只有崔海赢最理解她，最体贴她，她毫不犹豫地跟着崔海赢，到教育局的那个同志家去了。

从教育局的那个人家里出来，她又跟着崔海赢到县知青办去了一趟。回来的时候，已是下午四点来钟了，瓦匠直抱怨她来晚了，娟娟心情很舒畅，一看到水泥都已经搬上了拖拉机，更是十分高兴，连连向瓦匠说好话。

……

现在，娟娟想来想去，想不出在购买水泥的哪些环节上有问题。除非自己离开的那阵子……这使得她对村里那个唯利是图、而且在大坝施工中受到重用的泥瓦匠产生了怀疑。但是，泥瓦匠和崔海赢的关系那样好，他要是有问题，崔海赢会不知道？而且，大坝的倒塌与老支书的下台有直接关系，崔海赢正是利用了这件事才把老支书搞掉的，那么，水泥的事是崔海赢策划造成的？难道他把全大队的生命与财产当作赌注？

想到这里，娟娟发怵了，在她年轻的二十四岁的经历中，还没有碰到过这样的恶棍，一种正义感使她本能地激动起来，她忽然想到小梁跟前去，把自己所知道的一切统统告诉他。

但是，当她站到门口，望着那静卧在黑色天幕下一幢幢黄色暗淡的土房时，心也仿佛灰下来了。她想，水泥问题要是真的查得水落石出，那可能就说明了崔海赢、瓦匠等有问题而老支书没有问题。这样，老支书也许又是虎山大队的支部书记了，那么，且不说自己整过老支书的材料，光就这购买水泥的事，夹在中间也缠不清了。上大学呢，在上大学的问题上，老支书能像崔海赢这样热心帮助自己吗……

娟娟回到屋里，无力地倒在床上，把脸埋在枕头里。

忽然一阵熟悉的脚步声传来，由远而近，在她的门口停住了，仿佛犹豫了一下，随即响起一声熟悉的呼唤："娟娟！"

"小梁！"娟娟忽地坐起来，一只手按在突突直跳的心窝上。

"娟娟！"又是那个熟悉的亲切的声音在喊她，这声音传入她的耳膜，溶进她的心胸，刹那间把她心头的乌云驱散得一干二净，她的心情顿时像雨后的晴空那样明朗，那样充满了欢乐和生气。她赶紧跳下床，开了门，用清澈明亮的眸子，紧盯着小梁微微发窘的脸，好像刚才什么也没想过，什么也没发生过一样。

"看灯还亮着，想你大概还没休息。"梁子微笑着说。

"我每天都睡得很晚，现在还早呢。"娟娟急急忙忙地说。

"那……我们出去走走吧。"梁子提议。

娟娟听了心里很高兴，急于想要挽留小梁的兴奋已经过去，她俏皮地笑了笑，用略带讥讽的口吻说："好是好呀，可这……不耽误你的工夫吗？"

梁子没有回答。他从她的目光里看出了一丝微微的埋怨，这埋怨反而使他的心变得更加温柔、激动。他站在那儿，会心地微笑着，等待娟娟。

娟娟很快地吹熄灯，和小梁一起走了出去。

天气很好，月光如透明的流动着的溪水，轻轻地滑过远处的山坡、树影、闪光的池塘和斜斜的小路，一直倾泻到他们的身上。娟娟在离梁子半步远的地方轻盈地往前走着，秀丽的脸上泛着红晕，苗条的身段富有曲线，这一切在月光下显示出一种和谐的美。梁子注视着她，一时间恍若进入了梦境，一切争论、一切纠纷和烦恼，现在仿佛都不再存在了。他只觉得一切都是娟娟。他的眼里只有娟娟，他的心里只有娟娟，连自然界里的一切，那月亮的清辉，那吹动的微风，那争鸣的草虫和摇曳的树木都是为娟娟而存在，和娟娟分不开的。几年来一直萦绕在心头的形象，突然如此鲜明地近在咫尺了。好像黎明的曙光在谁也不注意的时候突然变成了太阳的耀眼的光芒一样，他的心情起了奇异的变化。娟娟形体的美对他产生了一种前所未有的魅力，这种魅力是他不能抗拒的。他不由自主地靠近她，轻轻地喊了一声："娟娟！"

"嗯。"娟娟低应一声，也把身子靠近了他，抬起头来，静静地望着他的脸。这时她的心完全软了，一切她都原谅了他。他们的目光相遇了，一种怜爱、幸福的暖流充满了两个人的身心，他们细步慢行，宛若置身在甜蜜的梦境里。

不知什么时候，他们已经来到了村外。这里原先是一个荒凉的所在，坡上长着高高的洋槐树、低矮的茅草和酸枣棵，还有一些有主无主的乱坟。后来平整土地，乱坟被扒掉了，改成山芋地。因为地势较高，这里倒没怎么挨淹。他俩找了个干爽的地方，依着一棵洋槐树坐了下来。这时微风送来洋槐花沁人心脾的甜香；野地里，蛤蟆"呱呱"的鼓噪，蝈蝈"矍矍"的清唱，纺织娘"唦——唦——"的低吟，融成一片协调的大合唱，奏起了大自然生命的歌曲。

娟娟抬头一看，只见墨黑深邃的天幕上，圆圆的月亮好像一个小姑娘天真的笑脸，那样纯洁和美满，那样温柔地俯视着远近的山坡和树丛。流云在它旁边轻轻飘散，繁星羡慕地眨着眼。娟娟看得痴迷了，她想到古往今来，许多咏月的名句。于是，她俏皮地抬起头来，考问梁子："苏东坡咏月的词，你背得出来吗？"

梁子的心弦也被对方扣动了，他不由自主地脱口背诵起来：

明月几时有？
把酒问青天。
不知天上宫阙，
今夕是何年。
我欲乘风归去，
又恐琼楼玉宇，
高处不胜寒。
起舞弄清影，
何似在人间。

转朱阁，低绮户，照无眠。

不应有恨，

何事长向别时圆？

人有悲欢离合，

月有阴晴圆缺，

此事古难全。

但愿人长久，

千里共婵娟。

"对，"娟娟说，"可那时的月亮，有今天这样圆吗？"说着，她沉醉在幸福的柔情里，完全忘记了考虑了整整一天的话。

娟娟发自内心的问话使梁子的心情也难以抑制了，他激动地说："今天的月亮特别圆，特别亮，应该是'有情无恨'了吧！"

听到"无恨"二字，娟娟忽然清醒过来了。过了一会，她颤动着嘴唇，轻轻问："小梁，你这次回来到底是为了什么？"

"你说呢？"梁子含笑地望着她反问道。

"我……我问你呢。"娟娟埋下头说。

"你猜猜看。"梁子还是温存地笑着。

"……"娟娟拨弄着胸前的纽扣，不知如何回答。

"有两个原因，其中一个，就是为了你。"梁子望着她，深情地说。话音刚落，一朵红云飞上了娟娟的脸颊。这句她日夜期待着的话语，终于从她心爱的人的口里说出来了，少女的情怀，在诗情明月之下，此刻像鲜花一样盛开了。好像寻求保护的幼小的动物一样，她慢慢地向梁子的身上靠去。

一股女性的柔和的气息向梁子扑来，他的心头猛地翻起了一个热浪，热浪向着全身蔓延，刹那间他周身的血液沸腾起来了，整个心胸激荡着一种对异性的向往和好感。他看到娟娟闪闪的目光里，脸颊的红晕里，丰满起伏的胸脯上，无一不流露出热情的期待。他明白，此时如果伸出双臂，那么就像采摘一颗成熟了的果实一样，是合情合理的。但是，也就在这时，他一抬头，看到了前面不远的地方一棵高高耸立的白杨树。白杨树伟岸、笔直，树干泛着银白色的光亮，茂盛的枝叶投下浓密的阴影。风吹起来，叶子哗哗地响。这棵树是十五年前他亲手种在小福子的坟上的。现在坟虽平了，树却越长越旺盛，它忠实地守卫在小福子的身边，向人们启示着严酷的生活的真理。

看到这棵树，梁子犹豫了一下。他想，他虽有充分的把握相信娟娟接受自己的爱情，但是他还没有充分的把握相信娟娟能理解自己回虎山的动机。他要把一切的想法告诉娟娟，取得娟娟的同情、理解和支持，然后恳求娟娟，在今后生活的道路上，做他终身的伴侣。所以，他没有伸出拥抱娟娟的双臂，只是将身子向她更紧地靠了一靠，轻轻拿起她的一只手，握在自己滚烫的手心里，说："娟娟，叫我一声梁子。"

"我叫不好，"娟娟故意撒娇说，"绕着舌头，土里土气的，不好听。"

"叫不好也要叫。"梁子也故意一本正经地说。

"偏不！我就叫你小梁，永远叫你小梁！"说着，她把头依偎在梁子的肩上，仰视天上的一轮明月，甜蜜地笑了："你看，今天的月亮为什么这样圆？"

柔软的秀发摩擦着梁子的脸，一种仿佛是从头发里透出来的、女性特有的醉人的气息，又一次激荡着梁子，但他还是抑制住了自己，只是把握着娟娟的手捏得更紧了一些，怔怔地说道："哦，今天不是十五，就是十六吧。"

娟娟的手被他捏得有些发痛，但她很高兴，摇着头说："不对！"

"不对？"梁子柔声笑了，"嗯，是了，月亮这样圆，是因为我们俩在这里的缘故吧，对么？"

娟娟没有再回答，只是喃喃地说道："要是月亮天天这样圆，就好了……"

"可是，月亮有圆也终有缺的时候，"梁子纠正她道，"你是文学家，古人不是有'天若有情天亦老，月若无恨月常圆'的诗句吗？可见月亮是不能常圆的。但是，如果我们的理想完全一致，当我们在生活的道路上并肩前进的时候，我们的未来将比今天的月亮还要圆满。"

好像要把娟娟从感情的沉溺中唤醒，梁子略微直了直身子。但是娟娟并没有感觉到，反而更紧地靠着他。此刻她的心情也好似晴空里的一轮明月，把人间的一切都看得那么美好。既然小梁已经说过了，他回来是为了她，那么，在今后生活的道路上，还有什么分歧不能解决，还有什么鸿沟不可逾越呢？她想着，小梁热情的话，一句句送进心窝："娟娟，我一生有两个理想，第一个是为了你；第二个是希望你……"

听着这笨拙的表白，娟娟"吃吃"地笑了。梁子有些发窘，但马上又坚定起来。他轻轻地抽回了紧握娟娟的那只手，往前指了指说："你看见前面那棵白杨树么？"

娟娟茫然地抬起了头。

"这棵树，是我小时候亲手种的……"梁子缓缓地说道，接着用沉重的语调，讲了自己童年的小伙伴小福子之死，讲了葫芦爷爷一家的遭遇。微风托着梁子哀痛的话音，它使得流动的月光变冷了，团团的树影变暗了，虎山深色的轮廓变得更加阴森了，一切仿佛都蒙上了一层凄惨的色彩。紧紧相偎的两个人渐渐松开，慢慢站立了起来。

九　阴谋与手腕

开过支委会的第二日，天放晴了。许多人家的门口，晾着衣服和尿布，摊晒着从水里抢出来的潮湿的山芋干和红高粱，这些宝贵的粮食都有专人看守，任何一只贪嘴的鸡都别想接近。向阳的路面已开始干松，只有在被雨水破坏得凹凸不平的低洼处，一不小心踩上去，仍会溅得一腿泥水；种在家后的芝麻、豆子等作物，软软地匍匐在地上，仿佛再也爬不起来了。大路中央的荷塘里，高高挺立的荷花箭上残留着斑斑泥点，空气中的湿度还很大，整个村子弥漫着一种在太阳的蒸烤下所发散出来的、混合着各种味道的湿潮的气息。

孩子们总是高兴的，三五成群地挎了篮子上野地里挑小蒜去。这是一种野生的蒜，小小白嫩的蒜瓣带着翠绿的茎，腌起来可以当菜吃，家家的饭桌上少不了它，雨后初晴的时候，田野里最多。

今天不同往常，大家挑罢了小蒜，都不愿家去，把篮子和镰刀搁在地上，坐在黄土堆起的高坡地上，翘起下巴，眼睁睁地朝那向西延伸的通往县城的唯一的大路望去。

他们是在等娟娟。今天一早，娟娟到县城去领救济款了。这些孩子们的妈妈在他们临出门的时候都叮嘱过了，要他们注意，娟娟回来了没有，救济款什么时候发。要是中午回去吃饭的时候，不把确凿的消息带回去，妈妈就会骂他们"死孩子""懒蛋"，弄不好还要饿上一顿。

"来了！"领头的孩子——路北楼娃家的女儿，一个顶伶俐不过的小姑娘，忽然叫了一声，两手一拍，跳下了土墩，别的孩子听了也都纷纷跳下来，喊喊喳喳地聚在路口上。

来的正是娟娟。她还是大清早啃了两块干饼离开家的，现在头顶上的太阳都偏西了，两只脚已经没有多少力气，嘴也焦干，地上蒸发出来的热烘烘的潮气使她昏昏欲睡。她机械地迈着步子，右手紧靠着挎在腰间的黑色提包，这里装着宝贵的救济款。

快到村里时，她加快了脚步，心里盘算，到家以后，得赶紧烧口吃的，接着就开始工作，把账算好，晚上才来得及分发出去。要不，会计室里没有保险柜，这笔款子，要是万一出点意外的话，她可负不起这个责任。

没提防，她被一群孩子包围了。

"娟娟，领来了吗？"

"领来了，领来了，什么时候发呀？"

"快告诉俺，什么时候发，俺妈让来问你的。"

"俺爹叫来问的！"

孩子们欢蹦乱跳地叫着，脸上流着热汗，娟娟见了，心底涌上一丝怜悯，她刚想回答，话到嘴边忽然改变了主意。

"明天发，明天发。"娟娟说着，不停步地往前走去，她想要是告诉他们今晚发款，那么，整整一个下午可就别想安静了。

孩子们得了回答，一哄而散了。他们小小的心灵已得到满足，家里有秣面稀饭等着他们。

只有淑孩没有走。她神气地把她三个弟弟：大虎、二虎和小虎，打发回去报信，自己舞动着小镰刀，还要挑一会儿野菜。她的妈妈常年有病，她稚嫩的肩膀上已压上了生活的重担。

娟娟走进了村，竟像一个得胜归来的将军，不管谁见了她，都要放下手里的活计，远远地向她行着注目礼，等走近了，问一声："娟娟，救济款什么时候发？"

"明天"，"明天"，她已经不知道说了多少声"明天"了，她暗自庆幸自己回答得巧妙，像逃一样地回到了自己的屋子。

缸里的水，刮起来仅够和面，但是娟娟实在懒得去挑水，就匆匆贴了几张红面饼子，口渴得难忍，又去隔壁人家的锅屋里，贪婪地舀了满满的一脸盆水，一半烧了开水，一半痛快地洗了把脸。

吃罢饭，娟娟把自己关进了会计室。

身子已经歇过来了，账目也摊在桌上。屋子里相当的静，一只样子很像蜜蜂的小虫子，从半开的窗缝里钻进来，嗡嗡叫着转了一圈，又飞出去了。

没有任何妨碍娟娟工作的干扰。

可是娟娟的思想，无论如何也集中不到这简单的账目上去。她的思想处在矛盾的状态中。昨天晚上，当她慢慢地从洋槐树下站立起来的时候，就明白，感情的激动已经过去，好像有一种什么力量把渐渐溶合在一起的两颗心又分开了一样，她感到惘然若失。小梁的话，并没有使她加深对虎山的感情，相反，更坚定了她离开这里的决心——纵使小福子的遭遇是令人同情的，纵使老葫芦的命运是十分悲惨的，但是千百年来，农村就是这个样子，这样的贫困，这样的落后。虽然农民也是人，他们也向往幸福的生活，他们应该有获得这种幸福的权利。但是几时才能改变他们的命运，几时才能够改变农村的贫穷落后的面貌呢？古往今来，人们编织了多少美丽的神话，然而他们的希望和理想，迄今为止，还只是传说中的金凤凰。年复一年，永远是那样的肩挑人担，永远是那样的赤脚露腿，栉风沐雨，全年的口粮，又永远是不足数的山芋干和红高粱，难道一个张梁的力量能把那缥缈的理想变成现实？能为农村变出大米、白面、牛奶、饼干吗？不，不行啊！我们不是救世主，我们救不了别人，还是救救自己吧！

但在当时，娟娟一句话也没说出来。梁子的坚定态度使她只能保持缄默，她不敢说出自己心底的想法。如果失去了他的爱……啊，当青春的热血即将交融的时候，思想上的鸿沟却突然加深了，这是多么不幸啊！就这样，她低着头，默默地离开了幽会的地方。

娟娟痴痴地坐着，偶尔一抬头，忽见玻璃窗上出现了一张瘦瘦的瓜子形的小脸，两只乌黑的眼睛正瞪着她。当发现她抬起头来的时候，那张小脸已经不见了。但娟娟已经认出来，这是淑孩。无疑，淑孩是来关心救济款的分发的。在虎山所有的孩子中间，娟娟最喜欢的是淑孩。淑孩长得清秀美丽，眉眼的轮廓纤巧而分明，有几分像娟娟。每当天真的小淑孩热心地来帮助娟娟收拾山芋干、捆柴草的时候，娟娟总是注视着她那张可爱的小脸，心里想，如果这个孩子生在城市里一个经济条件好的人家，她会被各种各样的毛线和的确良打扮成洋娃娃的，她会在饭桌上挑精拣肥，她会成为父母向亲戚朋友炫耀的骄傲。但是，因为她是一个山沟沟里的农民的孩子，她就不得不从早到晚蓬着头、赤着脚，为了一根芭根草、一片山芋叶子，在野地里奔忙……现在，这张小脸的倏忽一现，忽然又引起了娟娟无限的感慨和联想。她不由得想起今天取款回来时，一路上那无数焦灼期待的目光，这些目光揪住了她的心。她低头望了望自己一身虽旧但还整洁的衣服，心里想，我虽然宣布和家庭划清界限，但有时总还有母亲偷偷寄几块钱来接济，再说我没病没灾，没有负担，出来时做了一些衣裳，现在也不用再添。可是农民就不同了，他们上有老、下有小，生病养孩子，什么都要靠两只手，什么都要从工分里出。这样一比，农民确实更苦。如果小梁真是为了同情他们而立志留在虎山，总不能不说是一个有良心的好人吧，他既有这样宽广的同情心，那么，如果和他在一起生活，将来对自己……想到这里，娟娟一阵脸热心跳，她回味着昨晚幸福的接触所带来的欢乐，眼前出现了幼时的一件小事。

那一年暑假，刚读完小学二年级，小梁子跟着妈妈回虎山探望爷爷，她非要跟着一起去农村玩，拼命地和爸爸妈妈闹，爸爸妈妈只好同意她跟着一起去了。在农村的这些日子里，她在小梁爷爷家里过得很愉快。有一次，小梁指着村子边上的一片竹林，说比赛看谁先到那儿。她答应了，并认真地打量了一下眼前的路。通向竹林的路有好几条，她拣了最近的一条，可她的小伙伴，却往最远的一条走去。她高兴了，蹦蹦跳跳地往前跑啊跑，当她看见快乐的小鸟，扑棱棱地从青翠的竹叶丛里飞出来的时候，脚下突然出现了一条小河，河上没有桥，河水欢畅地流着。她急了，沿着河岸拼命跑，跑到这边没有路，跑到那边也还是过不去。最后她还是绕了最远的一条路，才来到小竹林。这时小梁早就到了，正得意地冲她笑呢。

这件小事使娟娟想起了"殊途同归"的道理，那时他们不是走的一条路，但是最终都到达了一个目的地。现在，能不能这样呢？难道她上了大学以后，就不能再回来和他共同建设未来的生活了吗？

她必须离开虎山，这是毫无疑问的，不仅因为这里艰苦，更因为这里复杂的斗争和人事关系。只要她离开了虎山，有了工作，纵使他在天涯海角，又有什么关系？难道距离和空间能够割断人与人之间的感情吗？再说生活的道路变化无穷，小梁即使留在了虎山，谁又敢断定，他能坚持多久呢？当他在现实中碰了壁的时候，他会醒悟的。如果说，那苍翠的生机蓬勃的竹林象征着他们幸福的未来的话，那么，幼年是他走了近路，而现在，很可能他却是绕道而行，选择了一条远路了……

"笃笃！"忽然门响了两声。

"是小梁！"娟娟惊喜地想。是的，一定是小梁，小梁是那样关心救济款的分发，因为这层原因，她才在今天起了这么个大老早，把救济款领回来了。她想他一定是来看看救济款分配情况的，那么，我的心事，应该怎么对他说呢？

这么一犹豫，娟娟伸向门闩的手，竟迟疑了一下。

"笃笃！"敲门声固执地又响起来。

娟娟一拨门闩，那人就侧身闪进来了，不是小梁，却是崔海赢！

崔海赢做梦也没有想到，支委扩大会竟开成了这样。昨天他是最后一个离开会场的。他漫步在朦胧的月色下，心情忽地变得十分沉重。他望着田野里的一汪汪积水，东一片、西一块，泛着幽白的光。他想，他搞的这一手很厉害，后果也是严重的。但是政治斗争，无毒不丈夫啊！现在半路里杀出了个张梁，要查水泥问题，能让你查下去吗？你这小子不要敬酒不吃吃罚酒，不信，咱们走着瞧吧！

崔海赢激动起来，刹那间他感到一种面临角斗的快意。他相信自己的力量。是的，在他年轻的未满三十岁的生命中，任何一个使他难堪的人，都没有逃脱过他的手腕。

在他第一年进中学的时候，班上有个县城里出身的学生，指指点点地嘲笑他土里土气的衣服，他一直暗暗记在心里，不到一学期，他当了班主席就立即利用各种机会巧妙地讽刺他、挖苦他。文化大革命中，还把他整成了反动学生。

在中学快毕业的时候，一次测验音乐，老师听完他唱的歌后，摇摇头说："我知道你已经尽了很大的努力，但是没办法，五音不全。往往从农村里来的学生，都有这个毛病。"

在一片交头接耳的议论声中，崔海嬴觉得他的自尊心受到了无情的侮辱，他咬着嘴唇，一声没哼，悻悻地回到了自己的座位，望着女老师那无可奈何的微笑，想，你现在瞧不起我，将来有了机会我一定加倍地鄙夷你，总有一天，你不会这样来看我的。

文化大革命中，他的造反兵团把许多老师打成了牛鬼蛇神，音乐老师也在内。他便亲自谱曲写了一首"牛鬼蛇神嚎歌"，命令音乐老师教唱。音乐老师害怕得唱不成调，他在一旁厉声地喝道："走音了，重来！"于是，音乐老师一遍又一遍地从头唱起："我是牛鬼蛇神，我是人民的罪人，我有罪，我该死；我该死、我有罪！人民要把我砸烂砸碎、砸烂砸碎！"……

这一切都是过去的事了，这些小事显示了当初他那初具雏形的性格。当然时间的推移和年龄的增长会使人的性格有所改变，但是这种改变只是使他那种幼稚的、对一切比他优越的人所抱的复仇心理变成了追求权力的欲望。很难说这种演变的界线在什么时候，因为在他的童年，还不知道"权力"这个名词时，他就看到他的母亲，因为优越的经济地位而成为一家之主，让他那无能的爸爸乖乖地听从摆布。不过，当他参加了无产阶级文化大革命中的一次次大大小小的夺权斗争以后，他对权力的认识才有了质的飞跃，宛如从朦胧到清晰，从本能到自觉。"权力"真是一种奇妙无比的宝贝啊，它赐人以自由和幸福，它能使人从穷变富，从无能变成有用，甚至在一小时以前你还是个愚蠢的笨蛋，但是当你有了权以后，在人家眼里，你就是个聪明高尚的人了……崔海赢自信他的观察，自信他的体会，于是他的一切理想和抱负，一切思念和行动，都归结到了这一点：对权力的追求！

他知道这是一条充满风险的路，但是他不怕！冒险和斗争只能增加他的乐趣，更何况，从社会的风向和斗争的形势来看，现在正是他顺风扯帆的时候。当然，暗流不能不防，比如，张梁的出现，水泥问题的提出，这一切，他都要经过周密的部署去慎重对待。

他想着，漫步朝路北的泥瓦匠家走去。

水泥的事，有牵连的只是娟娟和泥瓦匠。娟娟不知内情，料她也揭发不出什么问题来。泥瓦匠是经手人，不到走投无路，是不会说出半个字来的。现在的问题是，这批水泥还有一部分存放着，没有出手，可是个麻烦事，不能不防备。要是那里出了娄子，捅到这儿来可麻烦了。要是当初一手进一手出，把水泥搬个干净，连影子也没有了，查哪门子去呀？唉，一时疏忽，买了个教训啊。

原来，那天娟娟离去以后，就由瓦匠动手，把水泥调换了一批，调换的水泥，是瓦匠弄来的 300 号土水泥。而娟娟买的那批水泥呢，照崔海赢的意思是要瓦匠立即高价卖出去，可是瓦匠却想留一部分，给自己盖房子用。当时急于要瓦匠办成此事，他也没有坚持。后来瓦匠就把这批水泥寄放在一个亲戚家里。现在突如其来的追查，使这一切变成了一块心病，沉甸甸地压迫着他。所以，他必须马上找瓦匠商议，要他立即神不知、鬼不觉地把水泥卖掉，这样，他就可以放开手脚干了。

可是，当他走到荷塘边，远远望着瓦匠那三间土坯房的时候，突然改变了主意。他收住脚步思量了片刻，没往里进，却折身走了回去。他想，瓦匠这人奸猾得很，又自私又势利。只要有利可图，再大的风险，也敢冒，他崔海赢所赏识利用的，也正是这一点；但是他还有另一面，那就是一旦发现无利可图，就会躲得远远的，任你嘴上抹了蜜也没用。他是注重实际的，你看他这三间土坯房，外表并不中看，可是里面呢，立柜、收音机样样俱全，就等着造瓦房了。所以，这水泥的事，如何跟他谈，还得斟酌一番。另外，就这么黑更半夜的去找他，他一定会敏感到出了什么事，若他对他的靠山开始怀疑，那么，自己的话在他面前就会打折扣，也会给今后的一切带来不利。所以，崔海赢决定现在不去找瓦匠了，而是在明天，找一个机会，在闲聊的时候把这件事说出来，既要让瓦匠认真地去办，又要叫他心悦诚服。他必须在瓦匠面前始终保持尊严与威信，这样，才能叫瓦匠听他的指挥。

想到这里，崔海赢又掉头往回走。他绕过荷塘，好像只是在溶溶的月光下散了一回步，看来那样的悠闲自如。

泥瓦匠的问题这么决定以后，接下来要思考的就是娟娟了。娟娟跟张梁好，这是明摆的事，对于这种好，他的心底早就存在着妒意。但是他从没让自己的妒意露头，相反他想利用这层关系，叫娟娟拖张梁的后腿，说服张梁到城里找个工作。这层意思在昨晚他已对娟娟说了，他也深信说到了娟娟的心里。不料娟娟不但没能说服张梁，看来倒要听他的了。她在会上是那样地不懂眼色，迫不及待地说出了有救济款的事，逼得他不得不做出重修大坝的决定。尽管决定离行动还差得远，但无疑是给他造成了被动。

"明天一早去找娟娟，告诉她一点利害。现在是节骨眼上，决不能让她跟张梁粘上。"他这么边想边走，忽见一男一女两个人影走过来，便往旁边一闪，待走近了才发现，是张梁和娟娟两个，肩挨肩地往村外走去。于是一股说不出的滋味，不由得涌上了他的心头。

第二天，他起床后就去找娟娟了，没想到，娟娟竟起了个大早去领救济款了。这种热心使得崔海赢更加愠怒。现在，他走进会计室，拉了一张板凳，自己坐下。他注意到娟娟意外的表情，但是不动声色。

"在算账吗？"崔海赢随手翻着账本问道，"也不休息一会。"

这话的语气很平淡，但敏感的娟娟却听出了讥讽的意味，她不敢反击，局促地推开算盘，算珠"哗啦"一声脆响，又叫她吃了一惊。

崔海赢望着这一切，含蓄地一笑，把脸转向别处，轻轻叹了口气说："你一片痴心对人家，可知道人家是怎么想的？"

"什么？"娟娟迷惘地睁大了眼睛，仿佛这是一种本能的反应。当她明白过来怎么一回事时，红潮泛上了双颊，情不自禁地埋下头去。

崔海赢皱了皱眉头，冷冷地说："你这个人不懂爱情，爱情是要服从政治需要的，现在人家首先需要的不是你，而是在虎山大队打开局面来。因此，查水泥，就是查到你头上来，他也要硬起头皮搞的。"

"水泥！"这两个字使娟娟的心一跳，她竭力控制着动乱的心情，抬起头来，睁起惶惑的眼睛望着崔海赢，自语般地悄声问："水泥问题，究竟是怎么回事？"

崔海赢迎着娟娟的目光，生硬地答道："水泥是你经手买的，怎么回事，大队会计还不清楚？"

这声音，这目光，叫娟娟不由自主地打了个寒战，但这时，崔海赢已经改换了语调："要我说，这是没问题的，我对你还不了解？可人家要是为了政治目的，那就难说啰！"

"政治目的？"娟娟不解地问。

"唔，"崔海赢点了点头，好像还怕娟娟不理解，更加赤裸裸地说："你以为查水泥就是为了弄清那个水泥型号？不，他是想通过水泥的事打开缺口，打着为老支书叫屈的名义，实际上想自己上台啊！"

"不，不……"娟娟惊慌地为梁子辩护。

　　"你呀，说来说去还是不懂，"崔海赢冷冷地笑了，"人家到咱穷山沟里干啥来了？真的扎根来了？骗鬼去吧，还不是想捞点资本？现在他一心抱着老支书，你想，要是老支书上台了，能有你升学的日子吗？那时，你只能成为他的垫背，也许你在虎山埋没一辈子，倒变成他的光荣与成绩了呢……"

　　崔海赢的话，一句比一句冷酷，一句比一句更刺激着娟娟的心。她的心在顽强地抵抗：不，不，小梁不是那样的人。可是，他为什么非要插进这些矛盾中来，自讨苦吃呢？……

　　娟娟埋下头，习惯地拨弄着胸前的纽扣，她再也没有心思算账了，慢慢取出手提包里的人民币，"啪"地锁进抽屉。

　　崔海赢见了，心里一动。

十　见钱眼开的人

爹妈不争气，给瓦匠生成了个红面。

所谓红面，就是一般人说的阴阳脸：右边脸颊上，有一大块皮肤是红的，这是打胎里带下来的印记。

眼下瓦匠五十多了，老婆孩子一大堆，腰荷包里票子一大沓，管它红面也罢，绿面也罢，都不在乎了。但是在他年轻的时候，红面却是他最大的一块心病。

原来，这瓦匠不但红面，五官也搭配得不端正，绿豆眼，蒜头鼻，再加上又懒又馋，庄稼活一样也拿不起，整日在街上闲逛，谁家的姑娘见了他，都躲得远远的。

上了年纪的人都说：这孩子得打一辈子光棍。

话说得不假。那时瓦匠的母亲到处求人，可一直到了二十好几，还没说上一个媳妇，连全村顶丑的麻脸姑娘，都讨厌他。

可是，谁也没想到，在瓦匠三十挂零的时候，突然交上了桃花运。

这是虎山村的奇迹——红面瓦匠，娶来了一个白白净净的标致女人。这女人不但模样儿在村里数一数二，而且还是镇上人，没有出过阁的大闺女。

凭瓦匠这一副尊容，怎么能娶上这样一个漂亮女人？说来，话就长了。

原来，瓦匠虽然懒，不肯好好干庄稼活，却有几分小聪明，很会盘算。他觉着庄稼活又苦又累，一年到头挣不到几个大钱，便拜师傅学了手艺。他的脑子是灵活的，在技术上，一点就会，师傅倒也喜欢，可就是有一条：懒和馋，怎么说也改不掉，这叫师傅很头疼。譬如说，给人家做活，一个不留神，他就躲懒使滑。有一次他竟偷偷钻进人家锅屋，把主人家煮的一锅肉捞了一大碗藏起带走了。师傅气得说不出话，想这样的徒弟，再能也要不得，一气之下，没等出师，就打发他走了。

瓦匠离了师傅，并不懊丧，没人管束，更加自由自在起来。技术虽然一般，但他有一张能说会道的嘴，一根三寸不烂的舌头，还有一双惯于察言观色的眼睛，这几样东西一起动用起来，人们由不得就相信他。活计，也就揽到手了。这还不算，他在钻营取利，搜刮钱财方面，可有着特殊的天才。有一次，他给一个老太太盘锅台。这老太太家里没人手，招待方面怠慢了一些，菜蔬也不出色。瓦匠暗记在心，盘好锅台以后，便顺手在出烟的孔道里搁了一块石头。表面上看起来，锅台砌得很漂亮，做工也道地，但是一烧，一股股浓烟回出来，把人呛得不住声地咳，没奈何，只好又去请瓦匠。瓦匠来了，东摸摸，西看看，爬到烟囱上，将石头一竖，出气通畅了，烟也不回了，这么一来，半天工钱到手了。可是等他转身一走，那石块倒下来了，孔道堵住，又回烟了；再去请他，折腾几回，钱也捞足了。有时候，干个半天，就赖着人家不走了，说："随你找什么活给我干吧，我干到这时候了，还能上哪去？"人家没办法，只好管饭，还给他工钱。

就这样，瓦匠走东闯西，顿顿酒肉，日子过得挺不坏。财多气粗，慢慢的，人们对他也就另眼相看了，瓦匠现在的女人，就在这个时候看上了他。

当然，女人看中的并不是他的人，而是他的钱，他那揣在怀里、掖在腰里、塞在口袋里的一张张、一沓沓崭新的人民币。女人见钱眼开，心甘情愿地嫁到了这穷乡僻壤。但万万没有想到的是，自从跟上了瓦匠，要想从他的手指缝里抠下一分钱来，却比登天还难。家里事无巨细，凡是要花钱的，一厘一毫瓦匠都算得清清楚楚，大把的票子攥在他手心里，女人进进出出，身无分文。这样的日子她忍耐不了——在娘家的时候，左右街坊，漂亮的小伙子有的是，要不是为了钱，怎么也不会嫁给红面瓦匠呀。实指望过门以后吃香的喝辣的，哪知这么穷受！所以她看瓦匠，越看越难看，越看越讨厌，出个门，上个街，回去走娘家，从来不要和瓦匠走在一块。瓦匠当然怨恨在心，总想把这女人治一治。

有一次，他老婆赶集买东西，他恰巧也在集上，远远见了，便走过去，显出一副很亲热的样子，要给老婆提篮子。这时周围人很多，老婆一时脸上下不来，气哼哼地将他推开，扭头要走，瓦匠的气性也上来了，他死拽着篮子不放，扯着嗓子喊道："嫁鸡随鸡，嫁狗随狗，你是我的老婆，你他妈的还卖什么乖？"

没想到，这次集上，没有熟人。人们看见这个红面大汉跟一个妇女拉拉扯扯，以为他是耍流氓，竟围上来将他揍了一顿。

本来瓦匠是存心让老婆出一出"丑"的，想不到目的没达到，白挨了一顿揍，回家以后，找了一条绳子，将老婆捆起，吊在梁上，打了一夜。

从此以后，瓦匠算是把老婆制服住了。他不但从不给老婆一分钱，而且还逼着老婆下地干活，挣下自己的吃穿来。所以，瓦匠虽然成了家，添了人口，负担并不增加，酒肉照吃，手里的票子，依然不断加厚，壮年的瓦匠，成了虎山村屈指可数的富户。

瓦匠开始给人做活的时候，崔海嬴还只有七八岁。瓦匠有时做到本村的活，小孩子常围着看热闹，瓦匠便吆喝他们帮点小忙，递个东西什么的。他发现，孩子中间，崔海嬴特别伶俐，不管干什么，都比别人会动脑筋。到了吃饭的时候，门前的小桌上，摆了酒，摆了肉，瓦匠吃着、喝着，高兴起来，也夹一块肉犒劳小海嬴，摸摸他的脑袋说："长大跟你大叔学手艺，保你天天有肉吃。"

小海嬴嘴巴里嚼着瓦匠给的肉，却摇摇头，露出鄙夷的神情说："俺不当瓦匠。"

"不当瓦匠？噢，那你要干什么？"瓦匠讥讽地挤着眼睛说，"种田吗？"

"俺不种田。"小海嬴更坚决地摇了摇头，并使劲把肉咽了下去。

"那你想干什么？当干部？哈哈哈！"瓦匠放声大笑起来。

这一笑，已是二十多年过去了。时间冲刷着人们的记忆，也无情地铸成新的现实。当年拖鼻涕的小海嬴，现在已是虎山大队的顶梁柱，更是他瓦匠死死抱着的大粗腿了。

对于瓦匠来说，这倒没有什么，只要有利可图，有钱可捞，叫他当孙子，也干。他还到处吹嘘，说起小他就觉得崔海嬴跟别的孩子不一般哪，什么什么的。眼下崔海嬴水平再高，听了这些蹩脚的吹捧话，也不见得会讨厌。所以嘛，他们两个，一个有意识地拉，一个心领神会地靠，不出多久就黏糊上了。

这次水泥事件，崔海嬴完全把他当作了心腹，使他受宠若惊。大坝倒塌了，虎山遭灾了，他的高兴不亚于崔海嬴。特别是，管束他的老支书倒了台，这乱哄哄闹饥荒的日子，可正是他到外面去搞投机，抓大钱的好机会呀！

这些日子，瓦匠比往常更加声高气粗、得意非凡，每天夜里，他都要悠然自得地喝上几盅。

这天晚上，他从外面回来，屋里的老婆孩子都已经吃过睡下了。他打开碗橱瞅了瞅，见里面除了半黄盆冷山芋以外，啥也没有，便"砰"地关上橱门，从怀里掏出个油浸浸的纸包，这是些肝子、杂碎等下酒菜。接着，他拿起酒瓶，给自己倒了一盅酒。晃晃瓶子，发现瓶已见底了，便摸出一张五毛的票子，把老婆吆喝起来，到小店给自己打酒去。

瓦匠老婆接了钱，见外面风挺大，就披上了一件破棉袄揣揣摸摸地走了出去。瓦匠端起酒杯，自顾喝起来。

酒下肚，瓦匠的神经兴奋起来，一天的劳累消散了，身上舒坦得很。他慢腾腾地嚼着猪杂碎，心里感慨地想，这二年便宜可是捞了不少啊！倒腾一次水泥，人民币就哗哗地淌进腰包来，这比起过去那样的小吃小做，一张一张地数票子，可痛快多啦！他知道，这都是有崔海赢这棵大树挡着，要不是崔海赢，他十个瓦匠捆起来，也不敢干这么些违法的事啊！过去他只敢偷鸡摸狗的干干，像这样大规模的倒腾，可还是大姑娘上轿——头一回呢。他虽然"能"，但一直不敢太过线，也许这正是他"能"的地方。自打跟着崔海赢以来，倒是锻炼得胆子大起来。不但胆大，而且他认为从崔海赢身上还看透了一点，那就是不管你是多高的干部，挂着多响的招牌，脱了褂子，精着脊梁，还不是跟俺瓦匠一样的人？你也要吃、要穿、要票子花。如果说有不一样，那就是当官的还要权、要地位。

这权真是奇妙的东西，瓦匠呷了口酒，眯着眼睛想。他虽不想要什么权，可也不得不去巴结有权的人呀。他要是不去巴结崔海赢，票子会从天上落下来吗？当然，像老支书这样的人他是巴结不上的。他觉着老支书是属于另外一种人，这种人死脑筋，只会认死理，不会看风使舵，不会做人。从老支书的不吃香到崔海赢的吃香，他暗暗感到世道有点变，但是，变在哪儿，又为什么会变？这里头的道理他可没去想。他想这，还不如盘算盘算，如何用剩余的水泥，去调一批盖房子需要的砖瓦来呢。他又不要当县委书记，他只要喝酒吃肉，住上新瓦房就得了。

瓦匠的一心想盖新瓦房，可不是像有些人那样，要给后辈挣点家业，而是纯粹为了自己享受。原来这虎山一带的房子，大都是泥墙草顶，十分简陋。瓦匠在外闯荡得久了，见过一些世面。他觉得南方那种二层楼带阳台的瓦房，住起来可是又气派又舒服。再说自己虽然钱捞得不少，可要是什么时候两腿一伸，把花不了的钱留给女儿，那可才亏！这么着，还不如自己花掉，活着，就得享受，半夜起来当皇帝——痛快一时是一时。

经得崔海赢的同意，这次倒腾的水泥，没有完全出手，留了一部分，存放在一个亲戚家，就是准备盖房子用的。

瓦匠端着酒杯，抬起绿豆眼，在屋里四下打量着，一边看，一边想象着未来的新房子，不知不觉，杯里的酒已经喝干了，纸包里的猪杂碎也吃掉了一大半，可是出去打酒的老婆，还没回来。瓦匠放下杯子，扭过头来冲着里屋喊道："素芳，素芳！快给我起来街上看看去，你娘怎么还不回来！"

喊了一气，里面没动静，他不由得站起来，进去看了看，只见女儿的床上空荡荡的，连个人影也没有，便咕噜咕噜地骂了几句，重又坐下。

瓦匠的女儿，三日两头不在家住，因为瓦匠平时对她太苛刻了，所以她对她的爹，对她这个家，一丝感情也没有。本来，素芳已经到了快出嫁的年龄了，她知道，要指望老头子给她买嫁妆，除非日头打西边出。去年冬天，她从公社加工厂接了一批编结的活计，晚上没事，便在灯下做，准备积几个钱，好给自己买买东西。这事瓦匠倒也没怎么干扰，而且还帮她缠了几回线。不料，在素芳交货结算的时候，瓦匠竟毫不客气地向女儿要灯油费和缠线的工钱，这样，素芳辛辛苦苦地干了一冬，只落得了块把钱，气得素芳背着人痛哭一场。

素芳的脾气很倔，虽然不敢当面和老子顶牛，却咬着牙把这一切都记在心里。她想，你不把我当女儿看待，我也不把你当老子，咱们走着瞧，看看到时候谁求谁！气不过她就躲，有时去找小李子，有时就干脆住到未婚的婆家去了。

对于素芳的行径，瓦匠并不在乎。女儿不在家住，他倒腾的水泥，也少不了一包；他自留地里的大蒜，更不会少长一瓣。他离死还远着呢，不要人到坟上哭去。

瓦匠夹了一块肝子，撂在嘴里慢慢嚼着。这时，外头脚步响了，他的老婆，提着瓶子走进屋来。

瓦匠一只手接过瓶子，满满地给自己倒了一杯，另一只手一伸，不耐烦地问：“找下的钱呢？”

“嗳，嗳，在这。”老太婆赶紧伸手往口袋里掏，掏着掏着，突然脸色变了：那找下来的两分钱硬币，怎么也摸不到了。

“钱呢？”瓦匠又在催了。

“怎……怎么不见了？”老太婆结结巴巴地说，“我记得明明是放在这口袋里的。”

“他们找你啦？”瓦匠皱着眉头问。

“找了。”老太婆想了想，肯定地说。

“找钱的时候，周围有人没？”瓦匠注意地问。

"人可不少，都在说笑。"

"噢，都是些什么人？"瓦匠进一步追问下去。

"有楼娃、大憨、小李子……"老太婆认真地回忆着，"楼娃离我最近，抱着头站在柜台前，小李子靠门站着，笑嘻嘻地说什么这下可好啦，要重修大坝啦，还要追查水泥……"

"什么？"瓦匠听到"水泥"二字，突然一惊，忙问，"什么，你说清楚点。"

老太婆不知丈夫的心里怀着什么鬼胎，见瓦匠问，就絮絮叨叨地说开了："他们说，昨晚开了会，会上决定要重修大坝，还说大坝倒塌的原因是什么水泥不对号。哎呀呀，这水泥怎么会不对号呢？都说有人在里头捣鬼，查出来可不能轻饶……"

这番话，说得瓦匠心神不安了，水泥的事真要是抖搂出来，还有他瓦匠的好处吗？想到此，他火烧屁股似的再也坐不稳了，酒杯一推，就要去找崔海赢。走到门口，忽然又转过身来，对着老婆道："把那两分钱，好好给我找找。"

老太婆没奈何，低下头细细在袄子里摸，一边摸一边嘀咕："我明明是装在口袋里的，怎么不见了？"

"过来，我来找。"瓦匠命令道，扯起老太婆的衣襟，一点一点地在边缘上摸起来，忽然，他的手指触到了一个圆圆的硬东西。原来，这袄子的口袋破了，两分钱漏到有棉絮的夹层里去了。

瓦匠又费了好大劲把硬币从夹层里取出来，然后，出了门，穿过大路往西走，径直向崔海赢家去了。

十一 咽不尽的苦水

太阳在雾海般的天上向西沉去。风紧起来，吹得路旁山丘上的茅草，俯仰起伏；林子里的鸟儿，叽叽啾啾地叫着。三两个孩子，从稀疏的小树林里钻出来，侧身背着大大一捆柴禾，向邻近的村庄走去。落日的余晖映着他们小小的身影。大地更显得空旷无边。

涧湾里的流水哗哗地响，仿佛不甘寂寞的样子；横跨两岸的石板桥，静静地蹲着，显得清冷寂寞。

不一会儿，太阳收敛了它最后一丝光线，薄暮笼罩的大地上，一切景物渐渐模糊起来。迎着石桥的路上，孤零零地过来一个挑担的女人。

远远望去，她挑担的姿势是很美的，扁担在肩上有节奏地起伏，步子不紧不慢，是个熟练的劳动妇女。但要是走近一看，就可以知道她现在是多么的累：浑身汗珠滚滚，一件白底蓝花的短褂贴在身上，两根黄褐色的长辫，湿漉漉地绞到了一起，零乱地从左肩垂下来。

背上，还背着个孩子——一个三四岁左右的男孩，用宽布带缠着，伏在母亲汗湿的脊背上，睡得很沉。母亲的脚下，已经没有多少力气，但是被重担压着，只能气喘吁吁地往前赶，一步又一步，机械地走着，不管前面还有多少路，也不敢考虑歇一歇。

当她走到涧湾跟前的时候，仿佛被那高高的石板桥慑住了，只觉得脚步更软，头也晕起来，但她只是略微犹豫了一下，仍然咬着牙，摇摇晃晃地走上去。她刚迈步，突然一个趔趄，身体猛一歪，眼看着就要跌倒，忽然斜刺里冲过来一个女孩子，一把将她搂住了。人没摔倒，但箩筐翻了，雪白的大米，撒了一地。紧接着，背上的孩子也"哇"的一声哭了起来。

仿佛被孩子的哭声惊醒，那妇女睁开眼睛，从女孩的怀抱里挣扎出来，感激地笑笑说："是你……小李子，谢谢。"说着，努力支撑着，蹲下去，把散落的米，一把一把地捧进箩筐。

小李子皱起眉头，瞪着地上的米，一种愤怒的感情使她不愿对这些米伸一伸手。但是，当她望着这个背孩子的妇女，跪着、爬着，辫梢扫着地，两只手在地上扒，发疯一样地捡着米的时候，心又软下来了。不由得愣愣地站着不吭一声。

原来，这妇女不是别人，正是崔海赢的老婆树霞。树霞在做姑娘的时候，是队里的一等劳动力，从来不知吝惜自己的力气。她挑起担子，一个人抵两个；割起麦来，两个小伙子加起来也赛不过她。再加上她性情温柔，脾气随和，女孩们都把她当作一个憨厚的大姐姐。但是自从嫁到崔家以后，不出两年人就瘦得落了形，整日的没精打采，少言寡语。小李子只有从她那两条黄褐色的、又粗又长的辫子上，才能想象出她当年的青春活力、当年的神采风韵，但是这张脸上已经有了明显的皱纹……树霞还只有二十六岁！

小李子想着，同情心占了上风，她弯腰把树霞扶起来，关心地说：

"树霞姐，你……歇一会儿吧。"

"嗳！"树霞一只手扶着膝盖，喘息着站起来，不料刚一站定，又摇摇晃晃地要倒。小李子赶紧把她扶到路旁坐下，只见树霞嘴唇煞白，脸色很难看，背上的孩子，哭得气噎。

"树霞姐，你怎么啦？"小李子着急地问。

"我，有点头昏。"树霞无力地说。

"你也真是，去挑粮食，还背着个孩子。"小李子一边替她拍着背上的孩子，一边抱怨地说。

"唉，好妹子，你不知道，我这是没办法呀！"树霞叹了口气，说着解下背带，将孩子搂在怀里。

"怎么没办法？"小李子的火气也上来了，"你婆婆不是人，你丈夫不是人？他们对你不好你就斗争嘛，你以后就把孩子撂在家里，看他们怎么着。"

"好妹妹，使不得呀，你哪里知道，我……"树霞难言地摇摇头，仿佛有说不出的苦楚。她把孩子贴在自己的心窝，愣愣地望着天上飞过的鸟群，喃喃自语道："我有什么办法，我已经嫁给他了，我生是他家的人，死是他家的鬼。"

"树霞姐，别丧气，要斗争！"小李子天真地攥了攥拳头，一边踮起脚，向大路上望去。

原来，小李子是在这儿等大憨的。今天上午，他俩一起到县城去，给队里办事。办完事，小李子想起前些日子在县城拍了一张照，不知洗好了没有。她叫大憨在街上等着，自己到照相馆看看去。不料大憨鬼得很，非要跟去不可。小李子生怕照得不好，叫大憨看了，在年轻人中间取笑，就不愿意他去，但大憨非去不可。就这么，一个要去，一个不许去，没说几句，小李子就赌起气来，照片也不拿，抬腿就先走了。从虎山到县城二三十里路，走到涧湾，是一半路。

小李子走到这儿，腿酸了，气也消了，心想还是等大憨，搭他的机子回去吧。

就在这时，"突突突"一阵马达响，大憨开着机子过来了。小李子好像听到了什么音乐，她跳了几跳，迎上前去。大憨刹住机子，擦擦手，从口袋里掏出一张纸片似的东西，在小李子面前一晃。小李子一看，急红了脸，原来大憨拿的不是别的，正是她的宝贝照片！她顾不得多想，伸手就要夺，可大憨早就灵巧地塞进了口袋，捂得紧紧的。小李子急得直跺脚，抡起拳头捶大憨："死大憨，你坏！你坏！"

大憨被她捶得连连求饶："好了，好了，我给你！"

小李子信以为真地伸出手来，大憨却从口袋里摸出一把水果糖，放在她的手心里。小李子又是气，又是恼，却忍俊不住咯咯地笑弯了腰，原来刚才只顾打闹，没留神大憨已把取相片的单据悄悄拿去了。

树霞怀抱着孩子，万分疲倦地倚在树干上，用毫无表情的目光望着这两个打打闹闹的年轻人。她恍惚觉得自己什么时候也这样欢乐过，但这已经是很远很远的事了，她不知道现在他们为什么这么高兴……

树霞正在呆坐，小李子数着手里的糖块，欢天喜地地站到了她的跟前。

"树霞姐，一共九块糖，咱们平均分配，一人三块，来！"说着，小李子给孩子三块，给树霞三块，还剩下两块，装在自己的口袋里，因为她的嘴里，已经含着一块糖了。

孩子吃着糖，高兴得不哭了。树霞连声道谢，小李子又把分给树霞的糖拿回一块来，剥了纸，塞到她的嘴巴里去，一边说："你大概是饿了，所以头昏，吃块糖是有好处的。"

树霞含着糖，甜甜的汁水，顺着喉咙流进胃囊，但是，她的心里，却有一股压不住的苦水在翻搅。今天一早，婆婆吩咐她吃过午饭到公社机稻去，但是家里来了人，喝酒一直喝到两点，还没喝好。煮好了的一锅饭，她不敢动，只喝了一碗早晨的剩稀饭，就匆匆忙忙出来了。

"树霞姐，上车吧。"小李子亲热地招呼她说，并朝大憨狠狠地瞪了一眼。

树霞怔了怔，垂下眼皮，瞅了瞅自己的一副担子，怯怯地说："这……使得吗？"

大憨见树霞这副老实巴交的样子，哈哈笑起来："这有什么使不得的？"

树霞埋下头，想起有一回自己生病，搭了机子上县医院去，回来以后被崔海赢没头没脸地骂了一顿，说是限制资产阶级法权，干部家属要带头，还举了个例子，他自己父亲生病了，挡在路口他也没让搭机子。

大憨仿佛是看透了树霞的心思，挤挤眼说："你是怕书记吧？哈哈，没事！他那一套是稀饭里下元宵——混蛋！"

小李子听着也来了气，忍不住冷笑一声道："是啰，一样遭了灾，楼娃家都揭不开锅了，可书记家的大米挑不动。"

小李子一边说，一边动手帮大憨把米箩搬上机子。树霞抱着孩子，一言不发地在机子上坐好。大憨和小李子的笑声，没有引起她任何反应，仿佛她的脑筋已经麻木，她只是觉得头晕、晕……不知过了多久，她从朦胧中惊醒，发现前面就是自家的村庄了。她赶紧央求大憨把机子停下，然后振作精神，用力挑着米，一步一步走回去。

树霞把米挑到婆婆屋里，让她过了目，然后悄悄地走进锅屋，挖了一碗中午的剩饭，狼吞虎咽地吃起来，刚吃几口，婆婆在屋里喊道："树霞，下午分了草啦，看什么时候了，还不赶紧去挑回来。"

树霞放下碗，又弯腰拾起扁担来，约莫过了一顿饭的工夫，她把柴草挑回来了，然后赶紧忙着点火做饭。崔海赢的娘估摸儿子中午喝了酒，晚上恐怕想喝点稀的，便吩咐树霞把刚机来的新米煮点稀饭。米刚倒进锅里，崔海赢回来了，他背着两手踱到锅屋前，皱了皱眉头说："擀点面条子，再烙几张饼。弄麻利点，我吃过还有事。"

树霞把米盛出来，马上又去舀面，但她怕婆婆想喝稀饭，另外又在小锅里，煮了半锅稀饭，不料稀饭端上来，崔海赢的娘望了望，说："又擀面条又煮稀饭，你怕撑不死啊！"

"就煮了小半锅，够你一个人吃的。"树霞分辩说。

"什么？你叫我光喝稀饭？你是什么东西？你……"婆婆突然气得发抖，点着树霞的鼻子，破口大骂起来。

"我……"树霞被骂得满脸通红，步步后退，出于一种女人的本能，她用求援的目光，向崔海赢望了一眼。

可是崔海赢连眼皮也没抬，只是挥挥手，不耐烦地说："吵死了，你给我出去！"

崔海赢的话，像冰块一样向树霞砸去，顿时，多少年来的郁闷、忧愁，像决了堤的河水一样，在她心里汹涌地翻腾起来。她摇摇晃晃地转过身，走到门外，抬起泪眼，对着黑沉沉的夜空，问自己：天啊，我活在这世上是为什么啊？

年轻的树霞，自从进了崔家，就像一头牛犊套上了笼头，再也不得自由了。从此以后，压上了数不清的重担，永远只有干活的义务……

每天天不亮，婆婆的咳嗽声把她从酣睡中惊醒，她赶紧起床，摸了扁担去挑水，然后烧锅做饭，煮猪食，给孩子穿穿弄弄，等一家人端起碗吃早饭的时候，她就得去喂猪了。喂完猪，婆婆和丈夫都吃过了，她这才端起碗来，忙忙地划上几口，常常没吃饱，出工的哨子就响了。崔海赢是从来不许自己的女人劳动迟到的，树霞哪怕没吃饱，丢下碗也得去。中午回来，又是烧锅做饭，忙自留地，然后心神不定，像抢一样地扒上几口饭。到了夜里，把一切都弄妥了，她就得坐在油灯下纺纱织布，给婆婆和丈夫缝衣做鞋。

这就是树霞的生活，一年三百六十五天，天天如此，从来没有一分钟消闲过。当然树霞并不怕劳动，她在七八岁就会帮妈妈烧锅了。她在队里干活从来不讨巧使滑，她觉得人生下来就是要劳动的，但是，为什么只有她劳动的义务而没有她做人的权利呢？二十岁那一年，她是被崔海赢当作一头牲口，带到家里来的。在崔海赢的心中，她是没有位置的。崔海赢只是把她当作一件劳动的工具，他只需要她干活！在家里，赶集是婆婆的事，她永远只能围着锅台转。当婆婆滥发淫威的时候，崔海赢是不会替她说一句话的。

"出去，出去……"这冰冷的声音在树霞耳边响着，她渐渐冷静下来。"我离了这个家了，我走！"她想着，牙一咬，拖着疲乏衰弱的身子，一步一步朝前走去。她几乎没有思考要到哪里去，但是她的腿带着她，朝村西她妈妈住的小土屋走去。

夜风吹拂着她零乱的发辫，汗湿的衣服贴在身上，彻骨地凉。她打了个哆嗦，一抬头，远远地望见了从妈妈的小土屋里射出的朦胧的灯光。她突然收住了脚步。她想起五年前，也是这样的时候，她受不了婆婆的气，跑回家去，向母亲哭诉。但是母亲搂着她叹了口气："儿呀，做媳妇的从来就是这样的嘛。现在还好多啦，你娘小时候当童养媳，被婆婆打得跑到别人家床肚下，躲着不敢出来。熬一熬吧，等有了孩子，就好啦！还记得你爹吗？没有你的时候，你爹对我并不怎么样，可是你一生下来，你爹就欢喜得了不得。熬一熬吧，来个孩子，孩子是你的指望！"

娘不许她在家里过夜，又亲自把她送了回去。打那以后，她就开始盼孩子，她懂得了娘的话，孩子，是妻子和丈夫之间最可靠的联系。

孩子生下来了。但是，她也更苦了。婆婆不给她带孩子，她只好整天背着下地。北方没有背孩子的习惯，只有她，缝了一根背带，把孩子背在身上。然而崔海赢，并没有因为有了孩子而对她的态度有丝毫的改变。崔海赢的心是一块冰，一块铁。他常年的在外面开会。但是，从来没有想到过她。她连一些生活的必需品，连草纸之类，也得央求别人捎带，崔海赢从来不会替她买一次。有时候，崔海赢嫌孩子闹，就在半夜里，突然把树霞推起来，叫她带着孩子睡到锅屋去。

可是，这一切，又如何叫她向娘开口呢？

"有了孩子就好了。"这是娘的话，"啊，孩子，孩子，已经有了两个孩子了，可是……"树霞想到孩子，于是，千百年来，一代代农民为孩子奔忙、为孩子辛苦的传统的本能，在她的心头升起。尽管孩子使她的生活更苦，孩子使她的手脚更受束缚，但是，孩子是她的未来，孩子是她的希望，孩子是她辛苦麻木的生活中的一线光辉！再苦再累的时候，只要孩子的小手搂住她的颈脖，她的心里，就充满了母亲的慈爱。啊，她能舍弃这个家，但是她不能舍弃孩子；她可以不要崔海赢，但是不能不要孩子。两个孩子还睡在床头上，等着她回去喂饭。

想到这里，树霞擦净了屈辱的眼泪，掉转头，往回走去。她回到家里的时候，婆婆坐在自己的屋里剔牙齿，崔海赢靠在床上想心思，好像什么事也没发生过。树霞也像往常一样，把吃过的空碗拾掇到锅屋里去。当她又盛了一碗饭走进屋里，来喂她的孩子的时候，瓦匠走进来了。崔海赢向她望了一眼，她马上低下头，一手端着碗，一手抱着孩子，走到锅屋里去。

十二 权力是个好东西

　　尽管瓦匠与崔海赢常来常往，但瓦匠来见崔海赢，是很少空着手的。刚才他一出家门，就拐到大队的小店，掏出一张崭新的十元票子，买了一条大前门，两瓶濉溪大曲，还给崔海赢心爱的大黄狗，割了一块猪头肉，裹扎好了提拎着，来到了崔海赢的家。

　　瓦匠一进门，随手就把烟和酒放进了崔海赢家床背后的一只大筐里，并没有说一句话。"人为财死，鸟为食亡"，这是他所信奉的一条颠扑不破的真理。瓦匠觉得，在水泥的事情上，崔海赢给了他这么多好处，不管怎么着，崔书记自己也总想捞一点的吧。小钱不花，大钱不来；不拍崔海赢，不抱他的粗腿，又哪来的便宜可捞呢？这个道理，瓦匠是想得透的。他给崔海赢送礼，花钱像流水。这是在给财神爷烧香，再大的本钱也舍得。

　　送礼是一门艺术。这不但需要恰如其分地掌握对方的心理，还要考虑到时间、地点、场合等等因素。要灵活掌握，娴熟应用，可是不容易呢。对于这门艺术，瓦匠也是在实践中逐步精通起来的。开始他并不理解崔海嬴需要些什么，崔海嬴刚结婚的时候，他送给树霞一块白的确良的料子。不久他发现，这块料子，树霞并没有拿到，而是穿到了她婆婆的身上，联想到自己对老婆的态度，他懂得了树霞在崔家的地位。他觉得在这一点上他和崔海嬴是相通的。从此以后，他再也不给树霞买什么了，但是使他不解的是，他给崔海嬴悄悄送去的几块裤料，也始终没见他穿出来。后来，在一次闲谈中，崔海嬴无意露出话说："现在，摆阔气不是时候，要有，还是吃在肚子里好。"于是，瓦匠心领神会，再也不给他送穿的了，而是源源不断地给他送吃的、喝的。当然，他是不会在大白天，或者是有外人在的时候，提着酒肉冒冒失失地到崔家去的。

床背后这只筐很大，里面装的全是空酒瓶。这些空酒瓶，都贴着花花绿绿的商标。其中有的是瓦匠送的，也有的是别人送的，现在堆得快到筐的边缘了。但是这只筐在床的后面，很背，不了解情况的人进来，就是看见了筐，不留心也根本不知道里面装的是什么。瓦匠把烟酒撂进去，崔海嬴装着躺在床上看书，好像什么也没看见。但是他心里明白，要是瓦匠特意来送礼，那么，一定是有事要求自己了。

"水泥的事，他大概听到风声了，这样更好……"崔海嬴心里想，不动声色地欠身坐起来，给瓦匠指了一条板凳，让他坐下，掏出香烟，丢给他一支，让他抽。

崔海嬴的对策，在晚饭桌上，他不耐烦地挥手把树霞赶出去的时候，已经想好了。原来，他傍晚从娟娟那儿出来，从那一笔锁在抽屉里的救济款上，突然得到了启发。眼下，这救济款是全村半数以上的人生活的指望，度过灾荒的依赖。要是丢了救济款，粮食买不来，社员就要饿肚子。那样，张梁也好，崔福昌也好，纵有三头六臂，也不能把大坝吹起来。再说这饥荒一闹，谁还有心思来查水泥？一路上，崔海赢想来想去，觉得只有从救济款下手，这是一着妙棋。只有这样，以攻为守，才能变被动为主动。

当然，把救济款弄出来，最合适的人选，就是瓦匠了。瓦匠是个铜钱眼里钻得过的人，只要让他捞到实惠，估计他是不会不干的。但是，瓦匠会不会把事情走漏出来呢？当然，在一般情况下是不会的。他自己干的事，自己得了利，怎么会抖搂出来？但是，万一呢？万一他把自己这个出谋划策的人讲了出来，那又怎么办？凡事，不能不考虑一个万一……

崔海赢考虑着这个"万一"，从娟娟那儿出来，就没有径直去找瓦匠，而是回到了自己的家里。

他躺在床上，一支接一支地抽烟，狭窄的屋子里，很快变得烟雾腾腾了。崔海赢的头有些发昏，走出房间，吩咐树霞做饭。

不料晚饭端出来的时候，娘和树霞发生了争执。对于娘的脾气，他是深知的，娘可以把黑的说成白的，白的说成黑的，树霞在她的面前，是没有还话的余地的。他对这一切已司空见惯。不过，话又说回来，树霞也好，娘也好，还得听他的。他一挥手，树霞就不得不退了出去。望着树霞退出去的背影，他感到满足。他引起一种联想，觉得自己的奋斗目标，就是要让越来越多的人像树霞似的成为他忠实的奴仆。这一点，在虎山已经基本上实现了。可不是吗？他整的老支书的材料，有几句是真的？但是，又有谁敢说一个"不"字？想到此，他用力揪下了一块烙饼，大口嚼起来。这时他觉得，万一瓦匠把事情漏出来，也用不着自己去推脱，凭自己虎山大队党支部书记的地位，就完全可以反过来将他置于死地！只要我有权，你就攥在我的手心里，要你圆就圆，要你扁就扁。难道上级会相信你一个瓦匠而不相信我一个党的支部书记？更何况现在自己正是在官运亨通的时候！这样想得太多，瞻前顾后的太没出息了。政治斗争总是会有风险的，不靠手腕，不靠阴谋，那天天向往着的权力又如何会得到？人与人的关系，不就是人欺人，人骗人，人压人，尔虞我诈吗？什么阶级斗争，说穿了，就是人整人——我不整崔福昌，他就要整我。听凭他们把救济款发下去，把大坝重新修起来，还有我安稳的日子吗？我此时不下手，更待何时？

就这样，当树霞在夜风里饮泣，渴求她生活的权利的时候，一个罪恶的阴谋，在崔海赢的心里形成而且成熟起来。

现在，屋里只有崔海赢和瓦匠，两人面对面地坐着。

崔海赢并不着急，和瓦匠闲扯着，等他先开口。

瓦匠坐了一会儿，沉不住气了，把凳子挪了挪，身子凑近崔海赢，惴惴不安地问："听说，外面在查水泥的事？"

"是啊，有这么回事。"崔海赢拿起一支香烟，微微一笑，"怎么，你害怕了？"

"嘿嘿，"瓦匠也掩饰地笑笑，划了根火柴，给崔海赢点烟。

崔海赢轻轻地吸了口烟，吐着烟圈，一摆手说："这没有什么了不起的。今天我告诉你，还有一件好事，等着你呢。"

"什么事？"瓦匠瞪起眼睛问。

"今天上午，娟娟把救济款领来了，钱就锁在会计室写字台的抽屉里。这可是一笔不小的数目啊！"崔海赢故意兜着圈子，用轻描淡写的语气说。

瓦匠是个聪明人，一听就明白了崔海赢的意思。他的心，激烈地动荡起来。固然救济款是一笔巨额的数字，对他有着强烈的诱惑力。但是，这毕竟是犯法的事啊。再说，崔海赢又为什么给自己出这个主意呢？上次水泥的事，已经让我捞了不少油水，这次还会给我那么多便宜吗？即使把钱偷到手，落进自己腰包的，还会有多少？……

这么一考虑，瓦匠就支支吾吾地不吭声了。他装作没听懂的样子，反过来再向崔海嬴打听水泥的事。

崔海嬴冷笑一声道："你要水泥的事不暴露，只有去把这笔款子也弄来。因为现在大家都在等着这笔钱。如果这笔钱没有了，群众就生活不下去，人心就不稳，大坝就修不成。人都要跑光了，谁还来追查水泥的事？"

瓦匠没想到，偷款和水泥的事，还有这样的联系。听了这番话，他的心里又动了几动，但再一想，这笔钱不比旁的，这是全大队几百口人的命根子。要是饿极了的人知道是他干的，那不把他撕成碎片才怪呢！于是，瓦匠胆怯地摇摇头："话是这么讲，可是俺怕，怕……"

"怕你就别搞！让他们得势，让张梁上台，让崔福昌复辟，把环山渠修成，那么，你瓦匠干的事，逃得了他们的手掌心？"崔海嬴狠狠地说道。

瓦匠的脑门上霎时冒出了冷汗。是啊，水泥的事查出来可不得了，自己本来就是为这事来的……真要让他们得势，还有我的好日子过？瓦匠想着，好像被霜打了的葱一样，顿时蔫巴了下来。他抬起一双绿豆眼，求援似的望着崔海嬴。

崔海嬴好像在看别处，但是他那双能穿透一切的目光，始终没有离开过瓦匠。见瓦匠被自己的几句话，激成了这个样子，不由得微微一笑，跳下床来，走上前，拍了拍他的肩膀，亲切地说："他大叔，你也是见过世面闯过江湖的人了，怎么这胆子忽地变得比针尖还小了？政治上的责任我来负，有我在，你怕什么呀？你没看看现在的形势，到处都在批走资派，像崔福昌这样的人，全都难保啰。你放心吧，只要我崔海嬴在一天，我就会给你撑着腰。放着个大便宜不捡，你还想干什么？"

瓦匠的绿豆眼，灵活地转动起来。他显然是被说动了。他觉得崔海嬴办事，有魄力，有手腕，这一着，确实比自己高明得多。有这样的靠山，看来是不会吃亏的。正想着，只听崔海嬴又道："弄成功了，这笔款子，就全归你啦！"

"全归我？"瓦匠听了，倒是一喜。但是眼一眨巴，心里又嘀咕起来：不论办什么事都得花钱，难道他会嫌钱多了扎手？瓦匠觉得不可理解，他慢悠悠地掀动嘴皮，对崔海嬴道："这回大叔听你的了。不过，这笔款子，将来咱们还是二一添作五吧。你住得这么拮窄，房子也得翻造一下啦。"

"哈哈哈，"崔海嬴放声大笑起来，"我现在不需要，不需要。咱们还是考虑考虑，怎么干吧。"

"怎么干？"瓦匠像是自语地反问了一句。

崔海嬴凑过来："你是瓦匠，难道不懂得穿窬凿隙可以迷惑人吗？"

瓦匠"哦"了一声。两个人，在灯光下凑得更紧了……

崔海嬴把瓦匠送走的时候，一轮弯月刚刚穿进浓厚的云层，夜雾弥漫的虎山村落，显得宁静而朦胧。崔海嬴刚回到院子，他娘突然从西屋里走出来，指了指院前的空地，笑眯眯地对儿子说："听说瓦匠还想盖房子。我看哪，咱们也在这盖上三间平房，先把这一溜地基都占上，以后再翻成楼房，你说好不好？"

这个主意，在娘的心里，已经酝酿很久了。她兴致勃勃地瞅着儿子的脸，满以为会得到赞同的，不料儿子淡淡地摇摇头，心不在焉地说："别胡想了，我不盖。"

"不盖平房，那么直接盖楼房，像瓦匠那样？"娘又问。

"去去，我什么也不盖。"崔海嬴有些不耐烦了。

"不盖……那……你想要什么？"娘吞吞吐吐地问。

崔海嬴猛地伸出两条手臂，在半空中划了一个弧形，手掌猛一合，大声说："我现在要的是'权'！你懂吗？权力是个好东西，拿稳了它，别说盖个土楼，就是带花园的洋楼，我也能给你闹来！"

娘被儿子的话说得目瞪口呆，痴痴地在月光如水的当院里站着，好久没有挪步……

十三　雨狂屋漏

在没有月亮的路上，泥瓦匠的身影，很快融进了无边的暗夜，仿佛墨水滴进染缸，一下子就消失了。

天光像水一样地凉下来。夜，很深了。参差不齐的房屋，好像一块块巨大的、黄泥捏制的土坯，不规则地掩映在大路两旁深黑色的槐树丛里，隐隐露出发白的草顶。那些房子的窗洞里，已经没有了煤油灯的昏黄朦胧的光。睡不着的人，在枕上听得树叶子在风里哗啦啦地响，仿佛发大水时泛起的浪声。

这时候了，楼娃家还亮着灯。

一盏用小墨水瓶子自制的煤油灯挂在床头，没有罩子，媒纸卷的灯捻上，随着黄黄的火焰的跳动，升起一缕缕黑色的烟灰，望去好像长长的飘忽不定的带子。

屋里没有什么东西怕熏的：床上没有帐子，地上没有板凳，一张粗劣的用木头钉成的小案桌，摆在中央，几只代替坐凳的草墩，东一个西一个地撂在地上；靠墙并排放着三个半人高的泥窝子，本是盛粮食用的，现在堆满了孩子的破衣烂鞋。

三个男孩：大虎、二虎和小虎，蜷缩在一张凉床上，盖着麦秸睡熟了；闺女淑孩，团在絮着麦穰的被窝里，也睡熟了；全家唯一的一床棉被，盖在楼娃的老婆身上。

这几日，楼娃老婆的老粗腿，又犯了。从脚腕一直肿到大腿根，全身烧得像火炭，白天还想省把草，不叫丈夫烧开水，到夜里，渴得耐不住，从枕上抬起头，央求楼娃给她烧口喝的。

楼娃听得老婆叫唤，赶紧披衣下床，点起灯，抱了一把草到锅屋里，"呼嗒呼嗒"地拉起了风箱。

灯影里，淑孩娘满脸红潮，晕晕乎乎地哼着。楼娃烧开了水端进来，见她虚弱得不行，便托起她，让她靠在自己的臂弯里，另一只手，端着碗凑到她的唇边。

喝了几口水，淑孩娘仿佛觉得精神好一些，便接过碗说："我自己来。"

这时，淑孩醒了，把脑袋钻出被窝，睁开眼睛，说："爹，我想起来了，上次我娘犯病时吃的药片，还剩几片，现在怕还在呢。"

"你快起来给你娘找找。"楼娃说。

"嗳，"淑孩应了一声，赤着脚片跳到地上，小身子趴在泥窝子上，埋头翻起来。翻了半天，翻出一个积满灰尘的小瓶子，晃了晃，里面还有几粒白色的小药片。

"这是不是呢，别吃错了，可不是闹着玩的。"楼娃端着小瓶子，疑疑惑惑地说。

"就是的，"淑孩肯定地说，"上次二虎要拿去玩，我没给，藏在这里的。"

"嗬嗬，还是丫头有心计。"楼娃咧开厚嘴唇笑了笑，服侍老婆把药吃下，吹了灯，重又睡下。

躺在床上，两口子谁也睡不着。楼娃的手搭在老婆的热身子上，心有愧疚地说："孩他娘，明天领了救济款，说什么也先给你瞧病去。"

淑孩娘叹了口气说："我不碍事，还是先把粮食买了来。"

说着，一股风从墙缝钻进来，在黑洞洞的屋子里，扬起一阵灰，楼娃掖了掖被子，淑孩娘翻个身道："我是心疼那几十个鸡蛋呀，白白攒了一冬。要不，现在拿到集上去卖了，也可买几斤粮食了。"

"唉，不交又咋办呢，你没看见西头的老爹，把鸡蛋藏了，被大队发现以后，挂了牌子，拉到大街上去游街，多丑！"楼娃老实巴交地说。

淑孩娘一听，不吭声了。她记起那一天，西头的老爹，胸前挂着一个"抗交鸡蛋犯"的牌子，在大街上敲锣。她见不得这个，一想起来，心里就打鼓，但是却不同意丈夫的说法："丑什么？自己的鸡下了蛋，非要拿去给他们做摆设，天底下没这个理。"

"照这么说，老支书辛辛苦苦几十年，忽然把他给撤了，还能有理？"楼娃直通通的一句话，把老婆给问住了，仿佛这里头有深奥的道理，谁也说不上来。过了一刻，楼娃叹口气道："快睡吧，明天早起，去领救济款。"

"可能摊多少？"淑孩娘强打起精神问。

"反正人家摊多少，俺们也摊多少呗。摊多少，俺也先给你瞧病去。"黑暗中，楼娃坚定地说。

"那粮食咋办？让孩子喝西北风？"淑孩娘发愁地靠近丈夫。

楼娃想了想说："先买一部分，再叫淑孩到苇塘东那几块洼地里去捞点泡麦子和山芋藤，能对付着撑过去就好。"

淑孩娘"嗯"了一声，好像再没有答话的力气了，楼娃也闭上眼，朦朦胧胧地睡去。

到了五更头上，楼娃就醒了，一睁眼，再也睡不着。他一是担心老婆的病，整夜不住声地哼，丝毫也没见轻；二是怕地里的麦子和山芋藤，让人给捞光了，要把孩子们唤起来，但想想昨晚连锅都没烧，黑更半夜的叫孩子出去也不忍心。横竖睡不着，就靠在床上吸烟。

吸了两袋烟，窗洞里透进一点白，楼娃觉着是时候了，轻手轻脚下了床，从床底下拖出一个笆斗来。笆斗里还有最后一把红面——这还是前几天老支书叫小宝送来的。他舀出一瓢来，想了想，又倒回去半瓢，然后小心地端着，向锅屋走去。

楼娃把水倒在锅里，刚想对火，又拍拍手站了起来，他决定还是先把淑孩叫起来，等下吃了早饭，好叫他们去捞——他实在不放心那些泡麦子和山芋藤。他自己也得排队去领救济款，这事，可怠慢不得。

楼娃回到屋里，发现淑孩已经不见了，三只小老虎，你压着我，我挤着你，睡得正甜。楼娃弄醒了这个，那个又睡着了，最后只好打消了要叫醒他们的企图，仍去烧锅。

菜篮不见了，还有一把山芋藤撂在锅台上，楼娃洗净了，细心地在案板上切，切得碎碎，倒锅里煮，煮开了锅，就端起瓢，一点点地把红面抖下去，拿起一双筷子，熟练地搅着。

这时，淑孩"叭哒叭哒"地跑进屋里来了。她穿一件破花夹袄，把半篮子野菜放在门口，鞋帮透湿，嘴唇又青又白，哆哆嗦嗦地叫着："娘，娘，我早起来啦，你看，我还挑了一篮野菜。"

娘从枕上抬起头看了看，眼里含着泪说："孩子饿了，叫爹给你盛碗红面糊糊喝，暖暖肚子，等下爹领了救济款，上街买粮食去。"

淑孩把菜糊糊喝得稀里呼噜，说："我们什么时候，才有馍馍吃呀？"

　　说完，她望着爹爹。楼娃低下头，抱着脑袋，眼睛盯在脚底下那一块地上，心里想："等下领了救济款……"

　　吃罢早饭，楼娃吩咐淑孩带大虎到苇塘东的那块洼地去捞麦子；关照二虎在家带弟弟；自己替淑孩娘整了整床铺，服侍她喝下半碗菜糊糊，也出了门，朝大队部走去。

　　楼娃今年三十八，但看起来，却像四五十岁的人了。跑鬼子反那一年，娘在日本鬼子的炮楼底下生了他，所以取名叫楼娃。楼娃是从小跟娘拉旱蒿、打狗伢子、吃千家饭长大的。解放后，光景一天天好起来，娶了媳妇，生了孩子。但是这几年，家里人口多了，老婆又病，所以年年透支。老支书在的时候，每到青黄不接的当口，总给他送些吃的用的。他是个老实人，收别人一点东西，心里就很不安，又没有东西报答，便拼着命埋头干活。日子虽然拮据，但总还能过得去。没想到今年的一场大水，把家里冲得像水洗过一样。他家地势低洼，那天大雨下来，水呼呼地往上涨，为了顾老婆孩子，猪啦鸡啦，全都给淹死了。大水过后，还剩下一篮子鸡蛋，本想卖了换点粮食，不料却给大队一个不剩地收走了。一累一急，老婆的病又犯了，真是屋漏又遭连天雨啊！眼下他什么也不想，只盼着早早的领了救济款，给老婆治病，给孩子买吃的——这是老实本分的楼娃的最大心愿。

　　楼娃来得并不早，大队部门口已经排了一溜长蛇阵，排在头里的是一群妇女。她们迎风站着，"嘶啦嘶啦"地纳着鞋底，有的手里坠着根羊骨头在捻线，领救济款的兴奋刺激得她们高声说笑。大家早晨都喝了菜糊糊，所以并不感到身上冷。

　　楼娃老老实实地在队尾排下来，心里有事，就觉着时间过得慢。他一时担心孩子他娘身上的病，一时又担心救济款摊得少，唉，是先瞧病呢，还是先买粮食……

不知过了多久，队伍有些骚动，人们等得不耐烦，三三两两地议论起来：

"天都快晌了，怎么连个动静也没有啊。"

"什么时候发，也不说一声。"

"早起喝了两碗糊糊，肚子已经在叫唤了。"

"饿了，那就先回家烧锅去。"

"拿什么烧呀，等着钱买粮呢。"

正说着，忽见娟娟从会计室里跑出来，大家一窝蜂地围上去，高兴地问这问那。但是娟娟脸色煞白，一句话也不说，拼着命推开众人，头也不回地跑掉了。

大家面面相觑，不知发生了什么事，但依然排好了队等着。楼娃觉得眼皮老是跳，心里直打鼓。

又过了好一会儿，有人传下话来说："大家都回去吧，救济款丢了。"

"什么，救济款丢了？"楼娃奇怪地想，仿佛他的脑筋一时还不能接受这件事。但是队伍已经彻底地乱了，有人挤上前，把会计室的大门擂得咚咚响："他妈的，钱怎么会丢了？会计是干什么吃的？"

人们聚成一团，失望地喊叫，骂娘，但是无济于事，会计室是空的，娟娟早不知跑到哪里去了。

楼娃不会跟人一起骂，他愣愣地站着，愁苦地垂下头，脑子里翻来覆去地想着这几个字："粮食……孩子他娘的病……"

一阵风吹起来，田野里，白色的兔儿草俯仰起伏，楼娃不知怎么办才好：是在这儿候一时呢，还是先家去。很多人都还没走，好像仍抱着希望。

正在犹豫，七岁的二虎，扎撒开两只小手，跌跌撞撞地朝他爹跑过来。

楼娃见孩子的神色不对，忙喝住："二虎，跑什么？"

二虎浑身打颤，惊得说不成话。

楼娃的心里"格登"一跳，拉住二虎问："快说，你娘怎么了？"

"我娘没……没什么，我姐姐……"

"啊，你姐姐怎么啦？"

"姐姐掉……掉水里了。"

"什么？人呢？"楼娃的呼吸急促起来。

"在家，睡……睡在牛背上。"

楼娃铁青着脸，拉起二虎就走。

果然，家门口围了一圈人。大家见楼娃走来，都自动闪开一条道。楼娃三步并作两步扑上前，只见大女儿淑孩头朝下趴在牛背上，身子弯成了一张弓。乌黑的脑袋无精打采地垂在一边，一只手里，还紧紧地捏着把湿麦穗。

淑孩娘披头散发地从屋里跑出来，跌在牛脚下，一头撞过去说："孩呀，我跟你一起去了！"

几个妇女怕出事，连连喊道："快拉着，快拉着！"

楼娃的脑子"轰"的一声响，一抄手抱起了淑孩，发疯似的叫道："淑孩！淑孩！淑孩！"

淑孩再也不会应声，美丽的眼睛失去了光彩，小鼻孔里塞着淤泥，嘴唇乌紫，嘴里面冒出白色的泡沫。

大虎站在一边，哭哭啼啼地说："我们到苇塘东去，麦子让人捞光了，姐姐说，到西边去，那里水深，没人去。我说，水深，害怕，不去；姐姐说，捞不到，中午回去饭没的吃了。我就跟姐姐一起去。到了地头，姐姐说，你人小，站在这儿，我先下去看看。地里全是水，姐姐走下去了，弯下腰在里面摸，后来，人不见了，我喊她……她不应……"

说到这儿，大虎呜呜咽咽地泣不成声了，听的人全都心里酸酸的，你一言我一语地夸起淑孩平时的好处来。楼娃没有听全儿子的话，也不知大家在说些什么，但是那些只言片语灌进他的耳朵，却似利箭扎着他的心。他的耳朵嗡嗡响，思想几乎停止了活动。他搂着淑孩在她的胸口上拼命地揉，好像要使她的心脏重新跳动……

有几个人，看不下去，说："楼娃哪，孩子已经死了。"

楼娃的眼泪，滴在冰冷的小尸体上，心里想：淑孩死了；我叫她去捞麦子，掉在水里淹死了。我是她的爹，我……

"楼娃，孩子死了，活不转来，还是快准备后事吧。"

"是啊，大人的身子骨要紧，你看淑孩她娘……"

经人一说，楼娃这才发现，老婆倒在地上，哭得晕过去了。他赶紧放下孩子，去挽老婆，大家七手八脚地把淑孩娘抬进屋里。

过了好一会儿，淑孩娘才缓过气来，睁开眼，望着众人，很不过意地说："我不碍事了，天不早了，你们都回去烧锅吧。"

大家见没什么大事了，便好言安慰几句，一个个离开了。

楼娃坐在床头上，握了握她的手，低下头问："孩他娘，这阵觉得怎么样？"

淑孩娘刚要答话，眼泪先扑簌簌地掉下来了，她抓住楼娃的手不放："孩子他爹呀，淑孩是个好孩子，临死连块馍也没吃上。俺们养她一场，也不能亏了她。你……你那救济款，领了多少？"

一听"救济款"，楼娃的眼珠子都要瞪出来了，望着淑孩娘，讪讪地说："没……没领到。"

"怎么没领到？"淑孩娘奇怪地问。

"听说救济款丢了。"

"丢了？那还发不发？"

"瞧你问的，丢了，还发哪门子呀？"

"照这么说，就是不发了。"

"唔，不发了。"

"哇"的一下，淑孩娘哭出了声："天呀，这叫俺们一家子，怎么活呀？"

这一哭，可慌了楼娃，他又是揉胸又是捶背，淑孩娘住了声，倚在枕上，眼泪汪汪地望着楼娃说："这二年，我老是害病，可把你拖累苦了……"

楼娃摇摇头："一家子人，哪来的这话？还是想想办法，眼下怎么办？"

淑孩娘低下头，说："有什么办法呢，要么去找老支书。"

"老支书……"楼娃抱着脑袋沉吟了片刻没有作声。淑孩娘想了想，也摇摇头说："不，别去找了吧。上次小宝给俺们送了点红面，叫瓦匠看见了，他们还批他来着。这回……就别再去难为他了。再说，他家也够困难的。我看，你还是先去找找崔书记吧。"

楼娃觉得事到如今，也只有这么办了。他说声"好"，站起来，向外面走去。

"孩子他爹！"淑孩娘突然叫了一声。

"怎么？"楼娃转过身来，望着她。

"没……没什么，你去吧！"淑孩娘蓦地把脸转向了别处。

楼娃又朝她望了一眼，就匆匆地走出去了。

正是晌午时分，路上很静，有几家黄泥房子的屋顶上，冒着缕缕的炊烟。

崔海赢家里正喝着，吆五喝六的好不热闹，楼娃站在门口觑了一眼，想进去，抬抬腿，又缩回来了。唉，这求人的事啊，连楼娃自己也说不清楚，为什么那样怕开口。

但是，老婆带病的面容，孩子们饥饿的小脸，还有淑孩手里攥着的麦穗，都在楼娃的眼前晃动着，像有一股力量推着他，他鼓足勇气，一脚迈进了门槛。

"汪汪"，随着一阵狗叫，一只大黄狗从柴禾堆后面猛扑了出来。楼娃赶紧蹲下，但他那本来就不结实的衣襟早已叫狗咬下一块来。他低低地胆怯地叫了一声："崔书记！"

"哦，是楼娃哪，来，坐，坐！"崔海赢连声应诺，把一块骨头扔给黄狗。黄狗抢着骨头向主人表示亲热，不再去扑楼娃。

楼娃哪里敢坐，一桌的酒菜，和团团围着的人，叫他眼花缭乱，看也不敢看。他把脸转向一边，吃吃地说："崔书记，我想找你说个事。"

崔海赢眉头一皱，撂下筷子，把楼娃带到外面，嘴里喷着酒气问："什么事？"

楼娃意识到自己来的不是时候，但他还是舔着厚嘴唇，硬着头皮说完了自己的事。

听完楼娃的话，崔海赢点燃一支烟，吸了一口说："大队没有钱啊！"

"可我已经断顿了。"楼娃难过地说，抬起头，恳求地望着崔海赢道："多没有，就是三块五块，先借我使一使，把粮食买了来。到秋后，我一定还。"

"楼娃哪，"崔海赢亲切地拍了拍他的肩膀道，"不是我不借给你，是起不了这个头哇。眼下遭了灾，大队确实困难，断顿的也不止你一家，要是借给这个不借给那个，可怎么行？"

"我这是……"

楼娃刚开口，就被崔海赢打断了："我知道你情况特殊，是有困难。但是，我们不能只想到鼻子尖底下的一个'我'呀，脚踩烂泥田，也要胸怀全球，放眼世界嘛。要正确处理国家、集体、个人的关系，要当革命派，不能当伸手派。"

"那我……我只好去拉旱蒿，要、要饭了。"楼娃一急，憋出了这么几句话。但是，当他一想到真的要把三十年前的要饭棍重新捡起来的时候，遽然眼圈红了，沉默片刻，突然激烈地叫道："不，不，我不能去！现在新社会了，我去要饭，人家会骂我懒蛋！"

崔海赢轻轻一笑："那不要紧，让队里给你出个证明。"

"出证明？"楼娃奇怪地睁大了眼睛。

"唔，"崔海赢从口袋里掏出一沓纸，翘起膝盖当桌子，在最上面的一张上写了几行字，交给楼娃道："拿去，叫娟娟盖个章。"说完，把还剩的半截烟蒂捻灭了，往地上一扔，表示谈话可以结束。

楼娃呆若木鸡，攥着这张纸，找娟娟盖了章，然后一步一捱地走回家去。

不知怎么，家里的门关上了。楼娃轻轻一推，推不开，一用力，听得里面"咣啷"一声响。他侧身走了进去，只见小案桌被自己掀翻在地，再一抬头，发现他的老婆用两只草墩垫了，正往房梁上系绳子呢。楼娃"扑通"一声跪倒在地，抱着老婆的双脚，失声叫道："孩他娘，孩他娘，你死不得呀！"

淑孩娘听得喊叫，心一软，丢了绳子，倒在楼娃的怀里，哭得发颤。

楼娃搂着淑孩娘，把手搁在她的抽动着的瘦削的肩上，刹那间，十几年来的情爱，一齐涌上了他的心怀。

楼娃是打狗伢子长大的苦孩子，从小没吃过一顿饱饭，没穿过一件新衣，长成小伙子了，衣服脏了没人洗，鞋袜破了没人补，累了一天回到家，锅灶冰凉，还有一个瞎妈妈躺在床上哼哼。

那一年淑孩娘才十七，小名叫多儿，因为她娘想来个男孩，没承望生下还是个女的，所以起了个名叫多儿。多儿才长身个，细细的腰身，红润润的脸蛋，整天价笑啊唱啊，有使不完的精力，常常过来帮楼娃烧锅做饭，照顾他的瞎妈妈。

这一来二去，两人都有了感情。但是楼娃人长得老相，家里又穷，还有瞎妈妈的拖累。所以，老实憨厚的楼娃，从来没想到又年轻又漂亮的多儿会爱上自己，更没有想到要娶她。那时瞎妈妈到处央人，给儿子说亲。但是楼娃的家底薄，拿不出聘礼，要说个媳妇着实难。好不容易，有人给说了个寡妇，是邻村的，丈夫刚死，带一个孩子，年纪比楼娃长一岁，媒人约好了时间，要楼娃去见面。

这一天，楼娃换了一身新衣服，上上下下收拾得干干净净，手里还提着包点心，准备相亲去。但是，刚出村，背后突然传来一声喊："楼娃哥！"

楼娃回头一看，是多儿。多儿两眼盯着他，目光咄咄逼人："楼娃哥，你去干什么？"

唰的一下，楼娃的脸红到了脖子。他低下头，嘴里讷讷地说："这，这……你知道了嘛，还问！"

多儿不再追问，只是焦急地说："楼娃哥，昨个刮大风，把俺家的屋顶掀翻掉一半，你帮俺看看去。"

楼娃一听，把相亲的事丢到九霄云外去了，忙忙的跟着多儿往回走。等把多儿家的事情忙完了，媒人也找上门来了，狠狠地把楼娃说了一顿，约他明天再去。

第二天，楼娃刚走到门口，多儿又来了，一边跑一边喊："楼娃哥，楼娃哥，俺娘病得不行了，家里一个人也没有，你帮俺去喊趟医生啊！"因为多儿的姐姐出嫁了，又没有哥哥弟弟，因此家里没有人手。

楼娃一听，心想相亲可以等一等，病人可等不得，人命关天的事啊，于是他二话不说，掉转头，就跟着多儿去了。

第二次约会又给耽误了，气得媒人直跳脚，点着楼娃的鼻子说："天底下哪有你这样的傻蛋？打一辈子光棍活该！"

楼娃正在垂头丧气的时候，多儿来到了他家里。她睁起两只大眼睛望着他说："楼娃哥，咱村那么多姑娘，你就挑不上眼？要去寻……那个人？"

楼娃不敢朝多儿看，把脸转向一边，吃吃地说："俺穷，没人……愿意。"

多儿说："有人愿意。"

楼娃固执地摇摇头："没有。"

多儿说："有！"

楼娃眼一睁，抬起头来看多儿。多儿的脸，羞得像块红布，一涡笑意，从她的眼角泛起，楼娃止不住心头的跳荡，问："谁？"

多儿突然把脸埋在巴掌里，就势一歪，靠到了楼娃肩上。楼娃又惊又喜，一动也不敢动……

这一天，两人脸对脸地坐着，知心的话儿像泉水，流也流不尽。

多儿说："听说人家别的地方都成立合作社了，咱们这儿，也快了吧。等入了社，大家凭劳动吃饭，俺也有一双手，谁比谁差呢！"

到了小麦黄梢的时候，楼娃把多儿娶了过来。多儿手不离锄把，身不离三台。楼娃回到家里，一拎罐子有水喝，一掀锅盖有饭吃，一上床有人做伴儿，再累再乏，也都消除了。为了一家人的吃用，多儿白天干活，晚上织布，一双脚被蚊虫叮得又红又肿，就这样传染上了血丝虫病，发一回，肿一回，脚腕粗得像大腿，老也不见消，人一天天地黄瘦下去。但是，多儿对楼娃没有发过脾气，没有丝毫怨言，也从没叫过一声苦。只要能走动，她都撑着下地去……

一时间，楼娃觉得，淑孩娘对他的情义比什么都重，在这个人世上，除了淑孩娘，他再没有别的亲人了。但是，自己身为男人，连个老婆也……想到此，楼娃伸出拳头，猛捶自己的脑袋。这一捶，倒把淑孩娘吓愣了，她抓住楼娃的胳膊，问："孩子他爹，孩子他爹，你怎么啦？"

"我？"楼娃无力地垂下手，大滴的泪珠从眼眶里渗出，"我讨饭，也要背着你。"

太阳偏西的时候，一家人还没有烧锅。楼娃寻了一领破席，把淑孩埋了，在小小的新坟上添了一个六角形的土块，洒下几滴眼泪，然后，搀着老婆，挑着孩子，慢慢走出村子。

西斜的太阳从云缝里钻出来，照亮了虎山群峰，照耀着被水淹过的虎山土地，照得黄土大路上的水潦里反射着光芒。楼娃一家沐浴着夕阳的余晖，在泥泞的路上艰难地走着……

十四　花鼓声声

　　冷汗一阵一阵地从背脊上渗出，头晕得不行。娟娟倚着墙，失神地望着门外空荡荡的场地——刚才还是人声喧闹的地方，现在很静。阳光照耀着，地上有许多黄色的草节儿，被风吹得飘起来，还有一副白粉画的棋盘，上面摆着弄乱了的泥捏的棋子儿。

　　等到救济款的希望已经没有了，娟娟素来坚强的意志，也无法使自己马上镇定下来，去思考相应的对策。好像害了一场重病，她的身子瘫软了。她此刻什么也不能想，她仿佛看到一个个被激怒的人，从前面走过来，伸出粗大的手，将她的招生登记表撕得粉碎……啊，救济款的遗失，将意味着什么！她的政治表现，她的入学希望，她的理想和前途，就这样毁之一旦了？

　　她在窗前站了很久，不知道要干什么。此刻，她渴求有一个亲爱的人的安慰，好从那里得到勇气和力量，然后凭着这点儿力量，重新振作起来，去应付复杂的一切。

在这远离父母亲的异乡，除了小梁，她还能希望谁呢？她在心里默念：小梁啊，小梁，你快来吧，你帮帮我，救救我，我把一切都告诉你……

不知过了多久，她所盼望的人终于在门口出现了。梁子一头是汗，满脸焦急，瞪起两只眼睛望着娟娟："救济款丢了？"

娟娟在他的逼视下，一肚子的话不知从何说起，只是低下头，轻轻"嗯"了一声。

"作为会计，怎么能这样缺乏警惕性！"梁子弯腰拾起掉在地上的一把拧歪了的锁，放在手里端详着，"连个保险柜也没有，这笔款子能放在这儿过夜吗？本来讲得好好的，昨晚发钱，为什么又变卦了？你不想想，这损失，这后果，你……你有责任！"

因为着急，梁子像放连珠炮似的责问起娟娟来。娟娟万万没有想到，小梁会这么没头没脸地给了她一顿乱棍子。她脸色煞白，张口结舌，一句话也说不出来。

娟娟又怎能理解梁子的心呢？

在娟娟为自己的前途担心的时候，梁子在想，救济款遗失了，全大队几百口人的救济粮拿什么去买？如何渡过眼前的灾荒？大坝叫谁去挖？支委会的决定会变成什么？……这一系列的问题把梁子的心烤得火烧火燎，一向稳重的他，这次在娟娟面前也沉不住气了。

梁子向娟娟望了一眼，发现她的脸色很难看，意识到自己的态度有点过火，便住了口，竭力按捺着性子，走到墙角下，弯下腰，注意地打量着一个被挖开的壁洞。望了一会儿，他扭过头问娟娟："这会计室的钥匙，昨天有谁拿过？"

提到钥匙，娟娟一惊，昨天倒是崔海赢拿过她的钥匙来着，但是话到嘴边，她又咽了回去。她想小梁这个愣头青正和崔海赢顶着，再扯上去，不是擦着火往火药捻子上点吗？崔海赢这个人惹得起吗？

于是她冷淡地把头一摇。

这时门"通"的一声响，小李子闯了进来，她比梁子更加气急败坏，进来就嚷："娟娟，你怎么这样粗心大意啊？几百口人吃饭的大事啊，你就当作儿戏啊？你的心到哪儿去了？叫夜猫子叼走啦？……"

小李子还要说，梁子担心娟娟吃不消，而且光是这么一味的批评指责并不利于问题的解决。于是，赶紧耐着性子接过了话茬，平心静气地问娟娟："你再好好想想，钥匙真的没离身？还有谁，拿过会计室的钥匙吗？"

"早给你说了，还问什么，你们是审问我还是怎么着？"娟娟在两人的批评下，心烦意乱，已分不出好歹了，没好气地顶了一句，心里想，我想你盼你，是为着你来给我上大课？

"娟娟，你这是什么态度？"小李子气不过地又插了一句。

娟娟向小李子望了一眼，又向梁子望了一眼：他们俩，一样的焦急，一样的激动。娟娟的心里很不受用，想发作，又觉得理亏，而且开不出口来。她竭力咬着嘴唇，脸憋得发红。

梁子见这形势，怕谈崩了，又急着想弄清问题，便不再理会娟娟，悄声对小李子道："走，咱们找老支书去。"

"嗳呀，你瞧我这记性，老支书叫你吃过饭上他家去呢。听说丢了款，他急得要命。"小李子将大辫子一甩，急急地说道，打头里走了。梁子一听，忙跟上去，没有朝娟娟望一眼。

小李子这一辫子，恰好甩到了娟娟的脸上，她捂着脸，心里一阵痛楚。她望着他们的背影，又是一阵头晕目眩，身子无力地倒在了椅子上……

打老远，梁子就听见老支书的孙子小宝含混不清的哭骂声，等走近了，听得他是在骂大憨。梁子知道，大憨和小宝是忘年交的好朋友，怎么会闹起来了呢？他走过去，弯下腰，耐心地问："你大憨哥哥，怎么就得罪你啦？"

"是啊，快说给俺们听，俺去打他！"小李子伸出拳头，在小宝鼻子跟前晃了晃。

"大憨捆俺家的老母猪，还说要拿到集上去卖了……哼哼……"小宝哭咧咧地说。

"噢，有这事？你爷爷哩？"梁子问。

"俺爷爷帮他一起捆，俺不许，还打俺两巴掌。"

小李子"噗哧"一声笑了："你爷爷帮着一起捆，那怪谁呀？你爷爷要卖猪，谁能拉得了呀？用得着你在这儿哭？还不快起来？瞧，卖小鱼的来了！"

可是小宝哭得不住声，两只脚在地上乱踢蹬，圆溜溜的脚趾头，从开了口的鞋帮里探出来，一伸一缩，好像要饭吃的小娃娃。

小李子忍住笑，推他一把："瞧，瞧，卖小鱼的来了，把小宝的脚趾头叼去了。"

小宝住了声，但是低头一瞅脚上的两只小破鞋，又咧开嘴，"嗯嗯"地哭开了："……俺爷爷说的，到秋卖了小猪娃，给俺买新鞋，还有铅笔盒子，带拉锁的……"

小李子和梁子相对望了一眼，一时都觉得有些奇怪。老支书家的老母猪，已经养了好几年了，这头猪的品种好，下崽多，再难，也不该现在捆了去卖啊。小李子弯下身，捧起小宝满是泪痕的脸蛋，问："告诉俺，你大憨哥哥他们在哪儿？"

"在家后……嗯嗯，走掉了，追猪去了……"小宝伸出黑黑的小脏手，直揉眼睛。

梁子赶紧掏出手帕给他擦了擦脸，对小李子说："走,咱们看看去。"

说着，两个人一前一后，进了院子，但院里没有人，猪圈也是空空的，依着小宝的话绕到家后，还是不见踪影。这时传来一阵"嗷嗷"的猪叫，循声找去，在密密的柳子棵里找到了他们。只见大憨半跪着，死命地攥着两只猪耳朵，老支书拽着猪脚，低低吩咐道："好，快捆。"但是大憨稍一松手，想去拾绳子，老母猪又嗷嗷叫着挣扎起来，大憨赶紧用膝盖去抵，老支书慌忙叫道："小心肚子！"大憨只好缩回腿，两只大手，下力扯着猪耳朵不放。

老支书一抬眼，看见了梁子和小李子。他脸上滴着汗珠子招呼："嗨，来得正好！"大憨喘着粗气喝道："愣站着看熊！还不快来帮我拽腿！"

梁子和小李子笑着，跑上前，一人拽着一条腿，四个人七手八脚地把个老母猪给降伏了，四脚朝天地捆绑好，让它躺在那柳棵里哼哼。

大憨一抬手，抹了抹脖子，甩掉一只黑色的大蚂蚁，轻松地吐了口气说："奶奶的，比伺候他姥姥还难！"

小李子白了他一眼："狗嘴里吐不出象牙！"

老支书宽厚地笑笑："怨不得大憨，俺这老母猪，肚里有崽子，下不得重手，这半天，可累得他不轻！"

梁子睁起明亮亮的两只眼睛，望着老支书说："怀了崽的老母猪，要卖它做什么？"

"是啊，小宝哭得可伤心啦，说你答应卖了小猪娃给他买鞋呢。"小李子笑着说。

"孩子嘛，"老支书笑道，"也难为他，在家里，我不大管事，这猪是他一把草一勺食喂大的。累了一冬，下雪天还背着筐去寻猪草，冻得小手都裂了。"

"卖了可惜。"小李子喁着嘴心疼。

"我想卖了猪，给困难户应应急，让他们先买一部分粮食回来。"

老支书沉着地说。

话音不高，却似重锤，在每个人的心上有力地敲了一下。小李子是从小知道俭省的农家姑娘，当她像小宝那么大的时候，也帮着妈妈喂过猪。妈妈卖了猪，给她买来了花褂子、回力鞋，还有红漆小饭桌、暖水瓶、漂白的细纱帐子……她比别人更清楚这只怀了崽的老母猪对一个家庭的重大意义。她想，像老支书这样，为了社员的利益能把自己的一切都献出来的人，就算是"走资派"，咱也要跟着他走！

正午的阳光，静静地照耀着柳树丛，小李子沉浸在老支书崇高的精神境界里，一时激动，浑身燥热起来。她望了望大憨和梁子，他们俩都不吭声。梁子低着头，紧盯着脚下那一片松软的沙土。那儿有凸起的蚂蚁窝，黑色的蚂蚁在辛勤地工作，竟不客气地顺着大憨赤裸的脚趾头爬上去，吸食他身上的汗液。

对于梁子的沉默，小李子感到有点不是滋味。"城里来的人，到底不及俺乡里人实在，"她暗暗地想，"别看嘴上说得好听，碰到实际问题，哑巴了。"

正想着，柳棵里一阵窸窣的脚步声，老支书的老伴牵着小宝走了过来。老伴正在害眼，迎风流泪，一手攥着块土布手帕，不时擦着眼睛，走到跟前说："老头子，俺没本事问你那些事，可你把孩子惹成这样，俺心疼。小宝别哭啦，你爷爷卖了猪，给你买双新鞋，再买一个铅笔盒子，带拉锁的，好不好？"

"俺不要新鞋，也不要铅笔盒。"小宝带着哭腔说，"俺要小猪娃，小猪娃！一头母的，俺再把它养大，俺不怕苦，俺还要搞杂交试验，爷爷说的！爷爷耍赖、耍赖……"

老支书温和地笑了，把小宝揽到怀里："爷爷几时耍过赖？到明年春天，爷爷一定会给你抱小猪娃来的。哦，爷爷还要办一个养猪场，养许许多多的小猪娃，让小宝吹着哨子，训练它们，好不好？"

"好，"小宝忍住了眼泪，"那你不要卖它，让它下崽嘛。"

"傻孩子，爷爷卖猪，是为了支援社员伯伯修水渠呀。要是不修水渠，山上发起大水来，把小宝的养猪场冲掉了，咋办呀？"

"那别人家怎么不卖猪呢？"小宝眨巴着眼睛问。

"傻孩子，人家的猪，都淹死了。"老支书哄着说。

"崔海赢家的猪就没淹死，他们天天吃肉，狗也吃肉，吃猪头肉，我看见的。"小宝气呼呼地说。

梁子激动的心情，再也不能抑制了。刚才他看着小宝哭闹，就不由得想到了童年的伴侣小福子。一头老母猪诉述着贫穷的山沟沟里的农民多少辛酸和血泪啊！而且，更令人揪心的是，这些悲惨的命运，仍然在戏剧性地重复，当年的小福子，现今的小宝……难道一个有良心的青年，能容忍历史永远这样重复下去吗？！当然，在崔海赢的所作所为中，在老支书舍己卖猪的行为里，梁子也看到了人思想里醒龌和闪光的东西，而这些东西，正是激励和鞭策自己为理想而斗争的动力。想到这里，他一把拉过小宝，说："老支书，别难为孩子了。我还有几百块钱的积蓄，存在县人民银行里，把它取出来吧。"

老支书刚想答话，小李子突然跳起来："梁子哥，真的？"

大憨也心里一热，嘴上却说："嗬，几百块钱，你不留着娶媳妇啦？"

"娶媳妇？"梁子一怔，闹了个大红脸。

"是啊，俺们这个地方，可不比你们大城市，没有千儿八百块的，娶不来媳妇哟。"

小李子觉得大憨说这话，简直是在亵渎梁子高尚的心胸。眼下，梁子在她的心目中，已经变成和老支书一样好的好人了，她为自己刚才的想法感到脸红，便嗔道："死大憨，什么时候，还有心肠说笑。"

"我说的是正经话，不信你问老支书。"大憨笑着说，"你不知道有的人家娶媳妇，一切都办好了，临过门，女家还跟你要一百块。她也不是要你的，就是放在口袋里揣着，过得门来，再还你。只是看你拿不拿得出来，拿得出来，说明你有，就跟了你，拿不出来……"

"呸！这是往妇女脸上抹黑！"小李子毫不客气地打断了大憨，忙对梁子道："这是吓唬你哪，甭理他！娟娟会要你千儿八百的？"

小李子说完，自个儿捂着嘴嘻嘻笑了。老支书默默地望着他们。年轻人青春的活力是无穷无尽的。老支书感到一阵欣慰，说："都别说笑了，事情紧急。梁子的心意，俺们虎山人领了。日后，你要是真愿意在这儿成亲，一切俺们都给你办了。"

梁子红了脸，望着老支书吃吃地说："您……您不是喊我有事么？"

"是呀，"老支书点头道，"我看这丢款的事情有些复杂，为什么支委会刚刚作了决议，这笔款子就丢了呢？丢得可真在节骨眼上，恰恰让我们买不来粮食，修不成大坝。会计室那个壁洞我去看过了，依我看，这壁洞挖得蹊跷，拆下的砖头都在屋里，显然不是从外面往里挖，而是从里面往外挖的。"

梁子一听，忙接着说："我刚才也去看了，心里老觉着疑惑。"

老支书沉吟了一番，点下头说："这里头有文章哪。不过，天大的事也得先搁一边，好歹得把救济粮给买来。这样吧，你马上到县里去一趟，取出钱来，捎带把俺这口猪也给卖了。"

"梁子一个人，能行么？"大憨问，刚才老支书是叫他去卖猪的。

"俺跟梁子哥一块儿去吧。"小李子自告奋勇地说，一闪念间，她想起了娟娟，但是很快这个印象就放下了，坦然地等待老支书的决定。

"也好，一块去有个帮手。"老支书说，"大憨，你就留在家里，回头俺们商量一下，看看哪几家生活最困难，怎么搞生产自救！"

小李子听罢，扭头就跑。

"小李子，跑什么呀？"三人在后头喊。

"回家拿馍去。"小李子头也不回。

"拿什么馍呀，待会到了集上，我请你吃热面条。"梁子笑道。

"小李子，别费那个事了，俺家烙的有现成的馍，叫大娘给你们包上吧，快吃了好赶路。"老支书钻出柳棵，站在路当央，叫道："小宝哪，快上园里给你姐掐几根葱去。"

不一会儿，大憨又拉来了架子车，大伙吭吭哧哧地把猪抬上去。老支书把热乎乎的红面饼子塞到梁子的挎包里，摸着他的肩膀说："去吧，快去快回，路上小心。"

梁子扶车把，小李子在后头推。小宝从塘里摘了张大荷叶扣在头上当草帽，跟着车跑了二里路，在爬坡的时候，被落下来了，小光脑袋上流着热汗，荷叶掉到沟里去了……

他们在县里事情办得很顺利，卖了猪，又取了钱，一共只花了一个多小时。两人拖着空车，在小县城新修的、热闹而拥挤的马路上走。路旁有两层楼的琳琅满目的百货店，也有卖包子、烧饼的简陋的小铺子。有的铺子搭出个凉棚，安一张油锅，面制的馓子在油锅里翻身、沉降，吱溜溜地变得焦黄和绷脆。大师傅不时地扇着炉子，于是，煤灰和油烟一齐飞扬，诱人的油香，溢得老远。

"火烧芋头，赛过龙肉，不香不面不要钱哟——"卖烘山芋的老头，拉长声音招揽着孩子们，用长长的火钳从炉里掏出一个软乎乎的滚烫的山芋。焦甜的香味，强烈地钻进行人的鼻孔，叫人不想吃也不由自主地站下来，望一望……

梁子和小李子，都饿了，嘴又渴，但是小李子不愿进任何一个饭馆，她怕大票子在人前显了眼，不保险。梁子听她的，跟着她走。两人花一分钱的硬币买了两碗开水，喝下去，然后掏出挺硬的高粱面饼子嚼。梁子学小李子，把大葱咬得咯吱吱的。

吃完高粱饼子，也出了县城。六月天长，太阳西沉以前，颜色艳丽得像鲜花。小李子早就热得脱掉了外衣，只穿一件浅红色的衬衣，脸蛋晒得比衣衫还红。她拖着空车走到头里，脚步不大，但是又快又有劲儿。

从县城到虎山，是一条黄土铺的路，在晴天是很好走的，地上有槐树花的白色落英。

这条路，从县城往东，过了涧湾便又成两路，往北是虎山，往南是狼山。溪水在山里受到约束，在断崖间奔腾呼号，形成黑色的深涧。但是它一出山，进入坦荡的谷地，便温和绵软，在厚厚的卵石沙滩上流淌，安静得像产后睡眠的母亲。从虎山和狼山流下来的溪水，在涧湾汇合，然后摇动婀娜的身姿，向绿色丰饶的平川流去。它娇羞地湿润身边的五谷，用乳汁把丰收带给田野。

在晴天的时候，涧湾是来往行人天然的休憩所在。黄色的土坡并不美，但是土坡下有清澈的溪水。春天，水是满满荡荡的，如同名贵的杯里溢出的酒浆；秋天，水是湍急清浅的，好像艺人精心制作的透明雕刻。就是冬天，也有汩汩细流，在湾底光滑的卵石间滚动，仿佛圆润的珍珠一样。它流动的时候，只有一点点细碎的声音。这声音叫人不由得走下去，捧一掬润润干渴的嗓子，洗洗路途的灰尘，然后赤着脚走上对岸的坡地，让坡地清凉湿润的风吹着，收干身上的汗迹。

此刻，有一个老大爷，坐在涧湾的土坡上吸烟，已经有一个时辰了。他的伴侣是一群雪白的鸭子，它们欢乐的场地在湾底的清流。老大爷站起来，想唤他的鸭子，这时大道上过来两个年轻人。眼力很好的老人，眯眼一笑，又坐下来。

梁子和小李子，来到涧湾跟前，也想歇一歇。他们把拖的车靠在一棵大柳树下，脱了鞋想下水，被一群嬉戏的鸭子吸引住了。梁子一下认出，蹲着吸烟的老头，正是那一天在这儿摆他过河的放鸭老人。他刚想招呼，听得小李子叫："咦，鸭老头，您在这儿望个甚？"

"我望见大路上飞来一对小鸟儿，要到虎山垒窝去了。"老人掀动眼皮，慢悠悠地说。

"小鸟儿？我怎么没看见？"小李子拍着巴掌，弯下腰笑。

"你光顾挨着肩膀跟人家说话，哪看得见呀？"老头一句话说完，吐了一个烟圈儿。

"大爷编排！"小李子红了脸。

放鸭老头满不在意，望着梁子道："听说，你们城里姑娘出嫁，送聘礼不用担挑？"

"唔，"梁子老实地点点头。

"那么，是使车拉？用牛车对不？"

梁子张口结舌，不知怎么说好。

老人很满意自己的发问，使两个年轻人陷入了窘境，他磕了磕烟灰说："俺乡里人送聘礼，也用车拉了——打从你们这儿兴起。"说着，溜了一眼大柳树下的架子车。

架子车上并没有什么东西，不知是老人看离了眼还是故意打趣，说得两个年轻人脸热心跳。但他还不放松，对着梁子笑道："小伙子，你可真有眼力呀！俺这翠丫头，棒槌上捻麻线，样样活计，拿得起放得下，心眼好，模样俊，早几年给俺做了一件衣裳，现在俺还穿着呢！百里挑一的好姑娘啊，远近谁不知……"

"大爷你，尽胡说些什么啊！"小李子急得直跺脚，放鸭老头却瞅瞅这个，望望那个，满意而自得地哈哈大笑起来。

这时太阳正向着虎山背后沉落，把那浑圆的峰顶映得格外明朗艳丽。不知什么时候，小李子把两根油黑的辫子扯到了她丰满结实的胸脯上，用手里攥着的一条花手帕，把它们系上，又解开；解开，又系上。偶尔抬起头，睁起火辣辣的大眼睛，望一望梁子，当她发现梁子也在望她的时候，那目光便像受惊的小鸟一样，赶紧飞向别处。

梁子望着小李子，想起了娟娟。他愿意今天和娟娟一起，在这儿接受放鸭老人善意的调笑，但是娟娟没有来……他惘然若失地转过身，轻轻地吩咐小李子："咱们还是快赶路吧。"

小李子应声去拉车，两人告别了放鸭老人。

初夏的田野，是美丽的。涧湾附近的那一片谷地里，小麦已经黄熟，鸟儿在一片金黄的麦垄地里飞起又落下。夕阳映着无边的青纱帐，映着那一片碧绿的芝麻、花生，映着锄田的妇女鲜艳的头巾和依着锨把的种种姿势。

梁子走在小李子边上，热汗的气息一阵阵向他扑来。说实话，在过去，除了娟娟以外，他还没有和任何一个农村女孩子这样接近过。被放鸭老头的话所撩拨，两个人都有些心跳，很长的一段路，谁也没开口，彼此听着对方急促的呼吸。最后，梁子打破了沉默，他问："小李子，你和娟娟在一起生活的时间很长，这几年她的思想情况，你了解吗？"

这样的问话很知心，但是很难回答，过了半晌小李子终于说了一句："她的心不在这儿。"

"嗯……"梁子紧走几步，跟了上去，让自己跳荡的心稍稍平静一些，挨近小李子，诚恳地说："小李子，我觉得她的思想有些沉闷，对自己缺乏严格的要求，精神上也比较悲观，你要多多帮助她。"

小李子是最容易动感情的，她马上为梁子的诚意所感化，忘记和娟娟的一切纠缠，庄重地点了点头。忽然，小李子一侧脑袋，直率大胆地盯住梁子问："你怎么不在城里找个工作，要跑到咱山沟里来呢？"

"那你怎么不想离开山沟呢？"梁子微笑着反问。

"我？"小李子咯咯笑起来，"俺怎么能离开这儿呢，俺的家在这儿，俺舍不得俺娘，舍不得俺家，舍不得俺喂的四只花母鸡，一对小白兔，还有那果树园、环山渠……哎呀呀，这环山渠还没修好哩，俺就能离开么？再说，俺又笨、又傻，就是想走，谁要咱呀？"

"你说得不对，凭你的聪明能干，到县纺织厂当一名女工，可是神气得很哪。"梁子笑着逗她。

"纺织厂来八乘大轿抬，俺也不去。俺们都走了，老支书不孤得慌？环山渠谁来修？"小李子认真地说。

这时，道路在他们的面前渐渐地模糊起来，但是小李子的形象，却在梁子的面前，变得无比鲜明。他熟悉娟娟的温柔妩媚，熟悉娟娟的文学才华，熟悉娟娟对理想的追求和坚强的自制力，这一切无疑是一个农村的女孩子所不能比拟的。但是小李子淳朴坦率，为了一个目的而热情、踏实地去办的勇气与魄力，却正是娟娟所缺乏的。他望了望灰色的天幕上那几颗早出的星星，忽然产生了一个奇妙的联想：要是两个人的优点能够合在一起，岂不理想？但是，这个念头只是像流星一闪，很快就消失了。很长时间，他的心不能安定。望着暮霭中逐渐变得朦胧的虎山，他的思念又回到了那个坐在煤油灯下的人那里去了。一种青春的苦恼，在他的心里腾起，他用坚强的意志，尽力把它克服下去，好像要用夏天的急雨，洗尽空中的燥热。

梁子的心又平静下来。他拉着车，沉静地走着，望着前面说："小李子，咱们都是在农村长大的。我们国家的农村还很穷，很苦。我在农学院的时候，曾和同学们到祖国的边远地方去作过土壤调查，那儿的少数民族还在刀耕火种。我亲眼看到他们用人拉犁，用碗片刮稻，用兽皮当衣服，生了孩子，用不起尿布，把小孩的下身，裹在沙袋里……"

"这么说，俺们虎山还算可以哩？"小李子天真地问，说着又把手往东一指，高兴地叫起来，"梁子，你快来看，那边是我们省里有名的引河工程，瞧，多气派！要不是遭了灾，俺们虎山也要派劳力去的。"

梁子顺着小李子手指的方向望去，只见远处那黄褐色的、苍茫起伏的地方，真是一个开山劈水的战场呢。民工大概正在交接班，有人打出了一面红旗，人流在旗下聚集，又在旗下散开，他们拿着扁担和筐系，推着小车，好像无数辛勤的蚂蚁，开始了漫长而有秩序的工作。

梁子望着，心里感叹人民力量的伟大——他们的肩膀和双手，曾经完成了多少这样艰巨的工程，虎山大队未来的环山渠道，也将这样去完成，但是……

他没有回答小李子的话，目光移向那深蓝色的高远无际的天空，注视着天幕上那几颗早出的星星，说："现在的时代，是向星球发射卫星的时代，但我们的农民，还在肩挑人担，有的甚至连一碗高粱糊糊也喝不上……我们农村的面貌不改变怎么行呢？你不知道，在有些国家里，一个人可以种上千亩地。"

小李子听了，惊得直吐舌头，想问，又怕打断了梁子，没好意思开口。梁子的声音，变得激动起来："小李子，几千年的封建社会给我们留下的贫困、愚昧和落后，要从我们这一代的手里改变它。中国要发展，一定要攻下改造农村这一关。但是农村的面貌，绝不是几句口号所能改变的。这需要我们大家团结起来，用双手去干。所以老支书要带领大家修环山渠，所以你要去栽培果木——千里之行，始于足下啊！这一切就是你问我，为什么要留在虎山的理由。"

梁子说完这番话，心情像暴风雨后的天空一样明朗，是的，出征的战士骑在马上的时候，是很少想到爱情的。但是小李子的心，却像马上的红缨，迎风抖擞起来。她想起自己过去跟着老支书，在美丽的果树园里搞嫁接，在乱石堆里挖沟，在荒山上寻找环山渠的线路……梁子所说的，正是老支书领着大伙所干的，但是梁子的话把这一切都照亮了，使这一切更加明朗和闪烁着理想的色彩。小李子想着，青春的热血在她身上沸腾起来，她觉得在她年轻的未满二十三岁的生活道路中，从没有见过像梁子这样可敬可爱的人。从记事起，她所到过的地方，最远要数县城。但是现在，梁子把她带到了一个无限广阔的理想境界，认识梁子，真是她一生中莫大的幸福。现在，梁子就走在她的身边。他的洁白的衬衣袖子不时摩擦到她的胳膊，当他们的手臂无意间相撞的时候，小李子感到，一股暖流注入她的心怀。但是她马上闪电般地离开了。这个淳朴好心的姑娘，抬头望了望苍茫的天空，忽然觉得，梁子就像那天上的星星一样，虽然看起来近在咫尺，却是可望而不可即的。因为梁子不是属于自己，而是属于娟娟的。但是，娟娟……

"怎么样，小李子，有信心吗？"梁子微笑着侧过脸来问。

小李子迎着梁子的目光，庄重地点了点头。梁子的目光是明亮聪睿的，她像要把它印到自己的眼底，她愉快地想：如果是天上的星星，就应该照亮更多的人……

风紧起来，五月的风绵软轻柔，有一朵白色的槐树花，落在梁子的肩上，小李子把它拈下，轻轻搓揉……

忽然，风里传来一阵悲哀的歌声。他们一怔，有些不相信自己的耳朵，又往前走，侧耳细听，断续的歌声，越来越清晰了：

> 说凤阳，道凤阳，
> 凤阳本是好地方。
> 自从来了虎和狼，
> 十年倒有九年荒……

　　沙哑低沉的歌喉，并不动听，但里面包含着一种内在的感情，使人感到，不是饱经风霜的人，决不会做此哀音——这是解放前凤阳人民逃荒要饭时唱的花鼓小调啊！两人喜悦的心情顿时消失了，急急忙忙地循声而去，登上了前面的一个小山包。

　　通向虎山的路，清晰地呈现在他们眼前——路上挤着黑压压的人群，路中央，一个微微驼背但却十分结实的老汉，稳稳地站着。老汉的一只手举着红漆剥落的花鼓，一只手握着竹篾制的鼓槌，随着急雨般的鼓点，那辛酸的歌声，分明从他的嘴里吐出……啊，他不正是老支书！

　　又惊又急的梁子，心头突突跳着，从人群里看到了他村子里的楼娃叔、淑孩娘、快活奶奶……奇怪啊，这些人，仿佛脚下生了根似的，一动不动地站着，微微低垂着脑袋，听凭山风呼呼地吹，掀动起他们的衣角，和抱在怀里的包袱皮。

　　天上，浓云低锁，起伏的虎山群峰，犹如黄绿色的浪头，一个接着一个，默默地向前奔涌，仿佛有意要冲破它们上头那一片灰蒙沉重的天幕。

　　有几分钟的时间，梁子忘记了自己在什么地方。这血泪声声的花鼓调，这悲痛压抑的场面，把他带到了黑暗的旧中国。他仿佛看到了那些号称"中国吉卜赛"的流浪人，怎样携儿带女，用他们沉重的脚步，踏遍了亚洲和大半个欧洲……他从遐想中清醒过来的时候，歌声戛然而止了。

　　老支书怀抱着花鼓，双手交叉地放在胸前。他缓缓地抬起头，沉着有力地说："乡亲们，不能走，不能走那条路哇！尽管我们遭了灾，可是我们有党、有毛主席的领导，我们一定能战胜灾害，重建家园的！"

　　这话使得两个人心头一震。他们怀着沉重而有几分迷惘的心情，一步一步地向老支书，向他们亲爱的虎山脚下走去。

那从虎山顶峰降落下来的夜幕，为山间道旁，一畦畦被洪水冲毁的田地，盖上了一层朦胧的保护色；但洼地里的一汪汪积水，则反射着亮光；高秆的庄稼从积水里探出脑袋，在晚风中瑟瑟摇晃，发出轻微的窸窣声。这声音，落进人们低低压抑的抽泣声中，刺得梁子心发痛。不错，虎山这个地方，解放前确是十年九荒，全村人一半以上都是以打花鼓要饭为生。解放后，人们在党的号召下才返回家乡，重建家园的。但是今天，难道因为救济款的遗失，又迫得人们要流浪外出？

"楼娃哩——"突然间，人群中爆发出一声凄厉的喊叫，只见淑孩娘，几乎把身子扑在楼娃的身上，摇晃着他的肩膀，撕心裂肝地哭道："楼娃哩，俺走不动，走不动了……俺们听老支书的，不走了……"

壮实的汉子，微微一震，小小的铺盖卷从他的腋下滚落下来。淑孩娘跌跌撞撞地去拾那个铺盖卷，风把她凌乱的头发，吹得飘拂起来。

顿时，人们低低压抑的抽泣声，变作了号啕的痛哭。这里头有妇女在骂狠心的男人，有娘老子在训不争气的儿孙……老支书低沉的声音盖过了一切："乡亲们，回去吧！"

"回去吧——回去吧——"山山谷谷在响应着。

凤阳花鼓小锣啊，既然你已搅起了淮河的陈年苦水，那么，对于这些曾经在秋风萧瑟时敲打着你到处流浪，在大雪纷飞时怀抱着你向人乞讨过的人，现在，又将作出何等有益的启示啊！

人们撩起衣襟擦着眼泪，互相招呼着往回走，有的女人扯着男人的衣袖，轻声咒骂："都是你，血迷心窍，干出这号事来，要不是老支书，我看你……哎！"男人涨红了脸，分辩道："是我发明的？

无路可走啊！再说崔书记也同意的。"

"快走！"梁子一拉小李子，两人冲到了人群里。

这时，红面瓦匠一手拎着块肥肉，一手提着瓶酒，一摇一晃地从路上过来，挡住梁子的去路，笑嘻嘻地搭讪道："大兄弟，几点啦？"

"不知道！"梁子没好气地回答。

瓦匠吃惊地叫起来："嗬，你没表？城里人都有钱，一个月好几十，怎不买块表戴戴？"

梁子懒得和他搭腔，脸一扭，大步走到了老支书跟前，一振臂，眼睛里爆出了火星："婶子、大娘、大叔们，老支书说得好哇，我们有党的领导，只要大家拧成一股绳，天大的困难，也一定能克服！……"

"什么老支书，是走资派！"瓦匠不阴不阳地打断了梁子的话，又声嘶力竭地指着老支书叫道："走资派逼得大家没有饭吃，连条活路也不给呀！"

"瓦匠，你住口！"随着绷脆的一声喊，小李子从梁子背后闪了出来，点着瓦匠的鼻子尖斥道："你屎壳郎爬在面缸里，充什么白胡子老头！哼，走资派走资派，你带着人在外头干私活，是走什么派？"

小李子的话，又快又急，像炸芝麻盐似的。人们听得哄笑起来，瓦匠气得那半边白脸也发红了。小李子得理不饶人，跺着脚继续逼问："说，你走的什么路？你算什么派？"

瓦匠忍住气，晃了晃脑袋："小丫头，跟我撒气管什么劲？有本事找崔书记去！崔书记开的证明，还在我口袋里呢。"说着，他真的捂了捂口袋，一摇一摆地走了，还撂下一串丑话："丫头太厉害了，小心寻不着婆家哇——哈哈！"

"你！"小李子咬着嘴唇，脸颊也因气愤而变得通红。

梁子皱着眉朝瓦匠望了一眼，胸中充满了激愤的心情。他想，连瓦匠这样的人也会用这最时髦的理论来骂人了，这种理论在实践中是多么的令人费解啊！他用支持和同情的目光望了望老支书，只见老支书悄悄扭过脸，用粗大的手掌抹掉脸颊上一颗晶莹的泪珠。梁子看见，鼓槌夹在他的指缝里，一个褪色的绒球在颤动。

"乡亲们！"梁子一咬牙，把挎包高高一举："大家回去休息吧！明天，发——救济款！"

"救济款？"

"救济款！"

"救济款！！"

多少目光传递着这个喜讯！人们的脸上闪出笑容，人们的眼里放出光彩，淑孩娘拖着沉重的腿，走到梁子跟前，攥住他的胳膊，眼泪簌簌地落下："孩子，你把救济款找到了？……救了俺一家，谢谢你……"

这是一张久病后黄瘦的脸，头发很乱，但是眼睛里的光，还是那么强烈。梁子心里发酸，摇摇头说："婶子，不用谢我，这是党的关心。小李子，你快扶婶子回去休息吧。"

"嗳！"小李子应了一声，一手挽着淑孩娘，一手抱起小虎，招呼大家往回走。

人流缓缓地往回移动了。他们走的是一条大路。这条路，把虎山大队的村落——虎山脚下的一小块谷地，分成了路南和路北两部分。所以人们一上路，就自动分成了两股，一部分往南，一部分往北。梁子跟着老支书，绕过打麦场，往路北走去。老支书住在路北。

十五 感情的波涛

圆而明净的月亮，贴在虎山旁边一小块深墨色的天幕上，五月的软风像轻柔的细纱，在田野里轻轻飘动。花鼓声的余音，已经消失得不留一丝痕迹了。

好像暴风雨后安详的大海，梁子从老支书家里出来，心里已经完全平静下来。但是，被风暴兜底搅动了的海的深部，却产生了涌。有经验的航海者都知道，涌所蕴藏着的无比强大的内在力量，能倒海翻江，冲决一切。现在，正是这股力量使得梁子浑身激荡着新的战斗的血液。他在塘边擦洗，泉水流在身上，好像流在灼热烧红的铁片上。

他想到，刚筹来的款子应该及时分发下去，解决困难社员的燃眉之急，如何发放，必须马上去找娟娟商量一下。白天自己过于急躁，对她的态度不好，娟娟一定很伤心。他们之间现在有了隔阂，甚至产生了裂缝，这是不应该的。他要去找娟娟谈谈，用他对事业的追求，对理想的向往，用他青春的热情的火焰去烧熔他们的隔阂，焊接他们的裂缝……

他想着想着，抬头望见了横贯在天幕间的银河和河上的牛郎、织女星。织女向牛郎投来闪烁的温和的目光。他遗憾织女为什么一时间竟同牛郎闹翻了，一失足成千古恨。他奇怪为什么牛郎竟追不上逃亡的妻子？这真是亘古奇事。但又想生活的道路，远比传说中的故事更加神奇。他是为娟娟而来的，但是为娟娟买的水田袜竟还没送去！一直无比鲜明地在他的呼吸、感觉、思想中活动着的娟娟，在来到她的身边以后，怎么会为了一些工作上的分歧而变得模糊疏远起来，这是多么不可思议的事……再抬头看看那挂圆月，里面的小白兔，正带着她那活泼可爱的姿态窥视着他。他好像听到远处有小李子生动的笑声。他又弯下身子，把毛巾浸在水里，这会儿进入他耳膜的，是鱼儿打跳时扑喇喇的水声……

于是他直起腰，用湿毛巾擦着脸和脖颈，向前望去，只见远处夜气弥漫的枣树枝桠间，透过来一缕黄色的亮光，这是会计室的灯火。他想此刻娟娟正在灯下忙碌，她一个人在这样的灯光下，度过了多少个寂寞的夜晚啊。她给自己那么多热情洋溢的信，也都是在这样的灯光下写出来的……一种对青少年时代的伴侣的温情，突然在他的心中升腾。梁子心里一阵难过，于是一切杂念都消失了，占据他的身心的，又是娟娟妩媚的形象。他很快地绞干毛巾，匆忙踏上幽静的夜路。

夜很静，路旁有草虫的低鸣。洋槐树白色的清香的花，在沉重地下垂。梁子深深地呼吸着夜间清新的空气，充塞在他心头的，是感情的波涛。他想，娟娟是他生活的道路上第一个出现的可亲可爱的人，他热望着她能陪伴自己，走完今后的万水千山……

梁子想着，走着，那闪着煤油灯幽暗的光线的社房不觉就在眼前了。这是全村最阔气的建筑。所谓阔气，也就是从地基往上，垒了半截子砖墙，屋顶也盖上了瓦。因为离开村子比较远，它的前面，是一片谷地，一湾水荡，十分开阔。到了夏天，雨水涨满，水荡里摇动着一片绿色的芦苇，谷地里翻滚着金色的麦浪，红皮小枣树到处生长，骄傲地迎着阳光舒展枝桠。但是现在，洪水泛滥过后，地下的碱被泡起来了，月光下的田野一片白花花，分不清哪是水荡，哪是麦地。社房像汪洋大海中的孤岛，它的灯光，也显得微弱而孤独。

顺着感情的力量，梁子急急地一把推开了社房的门。

娟娟抬起头，吃惊地扬了扬秀丽的眉毛，灯光下，脸很苍白，下巴也显得尖削，眼窝有深深的黑晕。

梁子看着，顿时一切感情的波涛，都化作了深深的爱怜。他的鼻子有些发酸，一手扶着门框，低声叫道："娟娟！"这成熟的男中音，带着轻微的金属般的颤抖。

不知是因为疲惫还是光线太暗，娟娟竟没有留神梁子的态度，这接二连三的打击，使她感到自己的神经近乎麻木了。中午小梁和小李子的出走，又给她的伤口撒了一把盐末，现在，小梁又来干什么呢？她想不出，猜不透，觉得迷茫，勉强地笑一笑，重又低下头去，继续她的工作。

屋子里顿时又静下来，村里唯一的一个单身汉老马头站在娟娟身旁，垂手立着，恭敬地望着娟娟正在写字的手。娟娟把头埋得很低，额前散乱的碎发，有几绺擦着煤油灯的罩子，嘶嘶作响，好像随时都有烧着的危险。

见有老马头在，梁子有些尴尬。这沉闷，对他来说，是多么难忍。尽管他能在万人大会上，从容不迫地侃侃而谈，但却无法在这个场合下，找出一句合适的话来。好像满湖的水在激荡，没有沟渠，又如何能流向那干旱的田地？

梁子动了动嘴唇，笨拙地走到娟娟跟前，凑上去看她在手下写着的东西。

突然，梁子呆住了，他简直不相信自己的眼睛。原来，娟娟在写着的是一张介绍信，一张逃荒要饭的介绍信！

刹那间，梁子的心像被什么咬了一口，他向娟娟瞥了一眼，一伸手，按住了娟娟正在写字的纸："别写了，拿来我看看！"

娟娟感到了梁子急促的呼吸，突然一阵心跳，苍白的脸泛出了微红。

"嗳，等一等。"她慌乱地将虎山大队的红红的圆图章，盖在介绍信上。

梁子拈着这张薄薄的纸，一行娟秀的字迹，映入他的眼帘：

> 兹证明虎山大队贫农社员马有财，因本大队遭受水灾，无法克服困难，出去要饭。希沿途干部群众给予照顾。
>
> 1976 年 5 月 25 日

梁子默读着，只觉得这薄薄的一张纸，灼热地烧炙着他的手，沉重地压迫着他的心脏。

站在边上的老马头，见梁子拿着这张纸，翻过来掉过去地看，连忙上前一步，扯了扯梁子的袖子，赔着笑说："嘿嘿，大兄弟，别看了。快把这信给我吧，有个证明就得了，字儿写好写孬，俺可不问。"

梁子不出声地望了望老马头，这是一张窄窄的长脸，略微倒挂的眉眼，好像总是在笑。老马头并不老，今年才四十挂零，有过几个女人，都因为嫌他穷，先后跟人跑了。最末的一个，就是在这次发大水的时候跑掉的，走时还带走了他八岁的儿子，和一口袋山芋干。这样，老马头就闹起了饥荒，晚上睡觉的时候，一个人躺着叹气："唉，没良心的婆娘！连山芋干也背走了，害得我肚子直咕噜。"
但是老马头是个乐天派，早晨一起床，向邻居借碗高粱煮了三碗高粱菜糊糊一喝，撑圆了肚皮，就又高高兴兴的了。因此他下午没有参加逃荒的人们的行列，也没有遇见老支书打花鼓。可到了晚上，肚子又叽里咕噜地发牢骚了，正准备发愁，听说大队可以开证明让大家去要饭，心里又舒坦了些。他想，真是天无绝人之路啊！因此，尽管天这么晚了，他还是兴冲冲地来找娟娟开介绍信，眼下见梁子攥着介绍信不吭声，自己刚才说了那么一番话还不见效，怕生出变故来，梁子扣下信，把他这最后一条生路也卡断，于是就转了转眼珠，慌急慌忙地说："你不给证明，可是冤枉呀。俺累了一年啦，虽说俺没有多大能耐，留不住老婆，可是这一年来，俺也没偷过懒，冬天上河堤，夏天挑把子，开会、读报，哪样也没落后，每年到秋俺也能干个二千五六百分啊……"

这一番"表白"，梁子实在不忍听下去，他痛苦地摇了摇头，打断了老马头的话说："不，这证明不能给你。"

老马头一听，更急了，连连叫道："哎呀呀，不给证明怎么行哪？到秋，不，俺现在就干了一千六百分了，没分到，能怪俺么？你不给俺开证明，到了外头，人家还以为俺是懒汉哩。再不，把俺当作逃亡地主给抓起来，俺就说不清了。"说着，他转过脸，冲着娟娟说："姑娘，你咋不吭声呀？我说的还有假？"

看得出来，乐天派老马头，这会儿也真的发急了。梁子望着这张没有哀愁只有焦急的脸，感到刺心的疼痛。他把老马头按着坐下，一字一句地说："老马叔，我相信你说的都是实话。但是，我们有共产党领导的人民政府，解放已经二十多年了，怎么能够……"

"俺懂，俺懂，"老马头赶紧截住了梁子的话头——他先一听说梁子相信他，心里就一块石头落了地，接着又见梁子提起"解放二十多年"，知道要给自己讲道理了。他怕上大课，就抢着说："你放心吧，俺就是讨饭，也坚持革命。崔书记的动员，俺听得可明白哩。俺一定记着崔书记的话，灾难面前不低头，坚决不向国家伸手，俺自力更生，俺讨饭……"

"老马叔！"梁子简直想扑上去，捂住老马头的嘴。但是老马头的话正说得顺嘴。他自信自己所讲的一套道理都是符合新任大队书记的意思，因此也是符合当前的政治的。他那通红的小眼睛眯缝着，继续滔滔不绝："那天，崔书记在社员大会上说的，人家长岗大队，白天让社员出去讨饭，晚上回来搞农田基本建设，苦战一冬春，评上了全县农业学大寨的先进典型，得了一面大锦旗，还是县委书记亲自奖的哩，这些个，俺都记得。"

"老马叔，你别说了！咱们是社会主义制度，怎么能让你去讨饭呢？"梁子几乎是含着眼泪说出了这句话。

"俺讨饭，也是干革命嘛。"老马头眨巴着眼睛，重复他的道理。他认定，只要坚持讲这套大道理，你小伙子再狠心，总也会放我这条生路的。

"……"梁子第一次发现，他的语言，在这个固执的农民面前是多么苍白无力。他感到再也没有办法说服老马头，忽然灵机一动，拍着老马头的肩膀道："明天还要发救济款哪，谁开了证明去要饭，救济款就不发给他。"

果然，这句话比什么都灵，老马头忽地站起来，睁起两只小眼睛，盯着梁子问："多咱发？"

"不是跟你说了，明天。"梁子道。

"对，对，大兄弟，可别漏了俺呀，俺也不出去了。"老马头说。

梁子笑了笑说："你先回去吧，少不了你的。我还有些事情，要和娟娟商量商量，等商量完了就发。"梁子说着，把老马头送到门口。

老马头不放心地叮嘱了一句："可别漏了俺呀！"走出几步，又回过头来声明："俺哪儿也不去啦！"

老马头渐渐走远了，嘴里还哼着自编的轻松的小调。梁子仰起头，凝视着灿烂的星空，突然他的眼前，出现了这样一幅画面：少先队的夏令营，鲜艳的红领巾，洁白的衬衣，队鼓齐鸣，号声阵阵，面对熊熊的篝火，少先队的辅导员举起右手领誓："准备着，为共产主义事业而奋斗终身！"他，刚满九岁的新队员，也第一次把右手举过头顶，用稚嫩的嗓音喊出："时刻准备着！"

火光、领巾，仿佛连成了一片，在梁子的眼前变幻成庄严的团旗和党旗，他猛地想到了自己的责任，一个普通共产党员的责任——解放全人类！

这时，五月的软风送来老马头断断续续的小调，梁子慢慢转过身来，只见娟娟低着头，默默地咬着嘴唇，不由得开口问道："你怎么能给他开这种证明？"他还想责备娟娟几句，但看着娟娟的形容，心里又不忍，便不作声地打量着娟娟。他的目光饱含痛苦，但仍是温柔的。

这温柔的目光，犹如一把锋利的小刀，一下子划破了包裹着娟娟心灵的外膜。她心一酸，不觉动情地望着梁子，一时忘了分辩。望着望着，一滴泪珠忽地落在她蓝色的衬衣领上，突然，一种更强烈的委屈，更强烈的情爱，更强烈的痛苦和追求，全被梁子温柔的目光和声音唤起来了。本来，在这穷苦的异乡，除了梁子，她并没有希望别的人理解她，关心她，真诚地赐她以人生的温暖和幸福。但是今天，梁子走掉了，带着不明不白的裂痕走掉了，没有给她助一臂之力，没有给她出一个主意。整整一个下午，梁子再没有来找她，来找她的是崔海赢。崔海赢告诉她，白天张梁和小李子一块进城玩去了，两人打得火热，要她多生个心眼；崔海赢还命令她给外出讨饭的人开介绍信。对崔海赢的话，她将信将疑，这一天，她像坠在云雾里一样，她怀疑过小梁，她怨过小梁，她骂过小梁。但后来，她又把一切都否定了，她擦干眼泪，默默地干崔海赢吩咐她的事情……现在，凭着女性特有的敏感，她从梁子的态度和举止上，感到了一丝转机，她想抓住这一丝转机，好像溺水者碰到了岸，她的眼睛突然明亮了。

风从门外吹来，把桌上的纸刮得飞起来，娟娟赶紧去拾，梁子也跟了上去，随手带上了门。

娟娟心不在焉地理着桌上的纸，梁子也帮着她一起拾掇。两人凑得很近，梁子柔和的气息不时在她的发际起落，她感到脸热了，血液也流得快了。她突然又记起小说上的话来：爱情似闪电，应该眼明手快，抓住时机，否则就一去不复返了。在前天那个明月皎皎的夜晚，如果不是小福子悲惨的故事浇灭了她的热情和勇气，她早就把自己心里的一切——理想和爱情，统统告诉小梁了。也许他们之间的关系已经确定了，不会产生今天这样的误会和隔阂了。想着，一颗心激烈地跳荡起来。但是少女的羞涩与骄傲，迫使她紧张地控制着自己。

"娟娟，这一天来，你是怎么想的？"梁子沉静地说，同时，终于把那双珍藏了好几天的水田袜，从口袋里掏出来，放到了桌上。

"我？"娟娟动情了，"你以为我心里好受么？你以为我要开这种信么？你……你好狠心呀！"

"别怪我，我也是急的，早上态度不好。"梁子说着，往前凑了凑，见娟娟低头不语，又轻声道："别生气了，原谅我吧。"

亲切的声音，像春天的风，溶进了娟娟的呼吸；又像轻柔的羽毛，拨开了娟娟心上感情的闸门。几年来的辛酸苦辣，一时间翻搅起来，泪水汹涌地流出来，她身子一歪，突然倒在梁子的怀里，抽泣地发出断续的话音："你……你不理解我的心。"

一股暖暖的细流闪电般地注入了梁子的胸怀，一种本能的冲动使他伸出滚烫的手掌，轻轻地抚着娟娟的肩膀，深深叹息了一声。

"你，你不要像早晨那个样子，我是没有办法的，我不得不听崔书记的，我有什么办法……"娟娟抽泣着，哭得很伤心，哭得梁子心里酸酸的，他抽出手帕来让她擦泪，附耳低语道："别哭了，坚强一些，挺起胸来，面对现实，进行斗争……来，起来，咱们坐下，好好谈谈。"

梁子想使娟娟镇静下来，但是娟娟身子打颤，抖成了一团，梁子只好扶着她，哄着她，百般温存。

娟娟靠着小梁，好像暴风雨中紧贴枝干的一片树叶。她仿佛感到了他心脏的跳动，她想，此刻不把我的心剖析给他，更待何时？

于是，她慢慢仰起脸，睁开泪光闪闪的红肿的眼睛说："你读了我给你的信么？你知道这些年来我是怎么熬过来的么？不，不，你是不会知道的，你想象不出我受的苦和罪。你同情老马头这样的人，是的，我也同情他。但是，老马头并不认识他的苦，他还好过一些；而我是清醒的，所以我时时都在受着煎熬，有时我还羡慕老马头……你不要以为我怕苦，物质上的苦，我并不害怕，我能吃山芋和高粱。我怕的是冬天的夜，长得没有尽头；我怕的是春天的风，刮起来天昏地暗；我有家归不得，独在异乡为异客，除了你以外，又没有任何亲人……我终于熬过来了，我是靠自己的力量熬过来的。这些年来，我已看透了，别人说得再好，也是没有用的，凡事只有靠自己。我想你盼你，可是并没有希望你到这儿来安家。在这个地方，我待不下去了。不错，这儿的人是值得同情的，但是，凭我们的力量能改变这一切么？难道我们的青春，就浪费在这个穷山沟里？你这么做我不能理解。我以八年来经历的一切告诉你，洪水发起来是可怕的，它会吞没你。我不能让你陷进事端，这里是是非之地。我求你，离开这儿吧，为了我，也为了你自己……离开这儿吧，离开这儿吧！"

娟娟的声音，渐渐升高，仿佛是绝望的哀鸣，仿佛是求生的呼叫。她说完了，用惨然的恳求的微笑望着小梁，希望得到亲切的温存，更希望得到满意的答复。

但是，梁子没有点头，也没有更热烈地拥抱她。他只是愣愣地呆在那里，一言不发。娟娟感觉到了，但依然带着惨然的微笑希望和期待着他。过了好长一段时间，只见他的目光变得冷静而严肃起来，眉宇间显出一种凛然的神气，身子挺直了，好像是为了驱赶掉心上的痛苦才这样做的。

娟娟的心一沉，但是来不及思想。梁子的嘴唇动了几动，开始没发出声音来，过了一会儿，他沉重而缓慢地说："娟娟，过去，我以为我了解你，懂得了你的心。现在，我知道我是错了。同时，看来你也没有完全了解我，懂得我的理想和抱负。"

听说到这儿，娟娟只觉得自己的心和整个身子在往下沉，一直沉向无底的深渊。但是梁子继续一字一句地说下去："生活的道路是复杂的，每个人都有选择自己道路的自由。现在，我得坦白地告诉你，我来到虎山，虎山就是我的家，这儿的贫下中农是我的亲人，我一辈子也不离开这儿了。中国有五亿农民，我的理想，我的抱负，就从这儿开始。我知道我选择的道路是不平坦的，但我相信它是正确的。为了一个正确的目标，我愿意献出自己的青春和生命。本来，我选择这个地方的原因是为了你，我热切地希望你能和我一起走下去；但我也不能勉强你……"说完，他的手，已经从娟娟的肩上，轻轻地滑落下来。

娟娟听着梁子的话，再也没有回答的勇气和力量，甚至不敢抬起头来，看一看他的眼睛。

一时间，屋子里静得彼此可听见对方沉重的喘气。娟娟迷迷糊糊地想，会有他这样的人么，他……沉默了一会儿，又听梁子道："当然你想上大学，我也不反对。但是像你这样的家庭情况，据我了解，可能性是不大的。你还是要做好思想准备啊……"

"……"

听到这里，娟娟的脸变得煞白，一股怨气夹着怒气直往上冲，她想说什么，但是嘴唇抖得厉害。如果说，那天晚上小福子的故事好比秋天的风，使娟娟爱情之树上的绿叶停止了生长的话，那么，今天梁子的这番话，则是冬天的北风，它要把这些树叶统统吹掉，枯死。娟娟的心在颤抖，她好像第一次认识梁子似的打量着他，心里想，看来崔海嬴说的并没有错，原来你也是一心想靠政治吃饭的人物，你也在变着法子阻止我上大学，你自己读完大学回来唱高调了，却反对我去，你好狠心呀，你……你明知水泥和救济款的事都是我直接插手的，可你不但不帮我出主意，想办法，相反的却拼命追查，一味穷究，连对自己最心爱的人也丝毫不手软——这一切都是为了你的政治需要啊！你和崔海嬴有什么两样呢？崔海嬴有时还说几句心里话，在上大学的问题上还表示愿意帮我一把。你呢，你却永远是那一套，用那一套漂亮的理论和死硬的教条来吓唬和教训人！够了，我不能再糊涂下去了——生活已经教会了我，所有唱着政治高调的人实际上都是为了踩着别人往上爬，都是最自私的！自私，自私！利用爱情把我留在这里为你的权力斗争作牺牲，这更是极端的自私！可怕啊，政治上的冠冕堂皇所掩盖着的内幕都是自私！

娟娟想着，尽最大的努力从梁子身上缩回身子，站了起来，从牙缝里迸出这两个字来："自私！"

　　她一边说，一边摇摇晃晃地向紧靠墙边的一张小凉床扑去。梁子见她这个样子，一时心里十分惶恐，忙走上前，一把拉住她，焦急地喊道："娟娟！娟娟！"

　　娟娟挣脱了他，咬着牙，转过脸，扑倒在床上，眼泪像断线的珠子一样涌出来，任凭梁子怎么喊，她都一动不动。

十六 信仰的力量

梁子跌跌撞撞地在田野里走着。娟娟惨然的微笑，在他的眼前浮起，又消失；消失，又浮起。四外是月光照射下的碱地，好像白茫茫的无边无际的水流。

生活的波涛啊！

他一抬腿，仿佛又听到了娟娟绝望的哀求；他一伸手，仿佛又触到了娟娟颤栗的身体……突然，他的衣服叫什么给挂住了，他抬头一看，是一棵酸枣树。在虎山丘陵，有很多这样的树。它干巴巴的，发芽很晚，落叶很早，但在寒冬腊月里，枝头却还常常挂着鲜红的小枣儿。这种小树不怕干旱，不怕贫瘠，不论在崎岖的山路旁还是在坚硬的石缝里，都能顽强地扎下根去，开花结果。梁子不由得对这些不声不响地生长在山区的小树产生了敬意。他轻轻地拨开它的枝条，扯下挂着的衣襟……忽然又想起，小时候自己家的院子里，有一棵大枣树。大枣树枝繁叶茂，结实累累。他经常给枣树浇水、治虫。有一个暑假，他和妈妈回家探亲，娟娟也跟着来了。一天早晨，他和娟娟一起趴在屋里的小桌上做功课。大枣树正对着窗子。娇艳的枣儿在枝叶间探着含羞的脑袋使劲地摇晃。他望着望着，口水直往嘴里淌，忍不住了，跑出去摘下两颗；一颗自己放到了嘴里，另一颗递给了娟娟。娟娟没有接，反而拿小手指头刮着脸羞他："馋痨鬼，馋痨鬼，不做功课喂舌头！"他就把那个枣子塞进娟娟的领子里，弄得她咯咯笑着跑去找爷爷告状……他又记起在他的邻院，也就是老葫芦爷爷的院子里，栽着一棵夹竹桃，除了大雪纷飞的严冬，几乎常年都会开出粉嘟嘟、红艳艳的鲜花。娟娟十分喜爱它，但自己却不十分欣赏，嫌它只会开花不结果实。城里的小姑娘爱美，有一次，娟娟摘了一朵粉红色的夹竹桃花插在自己的头上，村上的孩子们见了，围着她齐声唱道："小花蝶，小花蝶，会采花，不酿蜜；会跳舞，飞粉屑；看见蜜蜂吃甜饭，馋得口水滴滴滴！"娟娟被羞得哭了起来，还是自己上去替她解了围，答应带她到田里去捉纺织娘，把她哄高兴了……

在城市，他们的居民楼前，有一大片梧桐树。在升入中学以后，他们还是常常一起在阳台上做功课、谈理想。有一次，两人默默地看着一些鸟儿，从别处飞来，唧唧喳喳地在枝头聚会，显得十分亲密。但是一阵风吹来，鸟儿扑扇着翅膀，各自往天上四散冲去，一会儿又落到了别的枝头，于是认识的和不认识的，都不知道能不能再聚到一起……为这事，娟娟显得很伤心，梁子却不以为然；但现在品味起来，又是一番滋味了……

这种回忆是朦胧而奇怪的，也是使人难堪的，梁子回过头去，只见会计室的灯火，像梦里的花朵一样，时而鲜明，时而昏迷。娟娟的斥责，如此清晰地在他的耳边响起，好像无情的鞭子一样抽打着他。他觉得委屈，又感到一阵揪心的疼痛。

　　梁子扶着酸枣树，抬头遥望深远的天幕和迷茫的田野，想用一种理智的力量，来约束自己的思想和感情。他想到了从少年时代就产生的雄心勃勃的理想和抱负，想到即将分发的救济款和全大队数百成千双期待的眼睛……他努力想着这一切，借此把无休止的烦恼，从心里抹去，好像用快刀斩断乱麻。

　　但是，娟娟的身体的余温还留在他的心上，这也是一种力量。爱情的种子，不管在什么地方，用什么形式孕育，一旦冒出芽来，它就要生长，要发展。培植它是一种无上的幸福，扼杀它则是一种莫大的痛苦。任何意志坚强的人，当他需要把自己亲手培育的爱苗又亲手去掐断时，都不能抗拒那从身心里流出来的、激荡着的感情力量的冲击。这种痛苦的激动，是对一个年轻战士的严峻的考验。

　　梁子迈步往前走着，但是漫无目的。

　　村庄安睡了，黑夜静悄悄。

　　在静谧的夜里，有婴儿的呼吸，在愉快地起落；也有睡梦中的人们，在享受着巨大的幸福。枣树在风中摇撼，溪水从山上泻出，顽强地跳过乱石，汩汩地向前流去。

　　梁子走啊走……黑夜沉沉，生活的道路，走向何方？

　　前面有亮光。

　　啊，这是怎样的亮光啊，好像茫茫的大海里突然出现的一盏航标灯，梁子满心激动起来。他想，这时候了，除了他和娟娟，还有谁也不能安睡？

　　好像被磁铁吸引一样，梁子不由自主地一步步朝灯光走去。快到跟前时，才发现，这闪着亮光的窗口，正是老支书家西头的一间小屋。他站定下来，灯光，像一只明亮温和的眼睛，注视着他。梁子感到一阵高兴，心想老支书还没睡，可以把自己的烦恼与痛苦，统统亮出来，说给老人家听，这样心里会好受一些。于是他走到窗洞口，向里望去。

老支书正伏在窗前的桌上画图，旁边搁着一盒彩色的蜡笔。他画几笔，就掏出蜡笔来描一描，然后拿起纸，眯缝着眼睛欣赏一番。多皱的脸，像孩子般的专注与天真。梁子又往前凑了凑，这才看清楚，老支书画的是一张虎山大队改山治水的规划图。画图的纸是拼起来的，就是用那种带格子的报告纸。这种纸在老支书的案头还有厚厚的一沓，是大队发给老支书写检讨用的。

一时间梁子的心里热乎起来了，他默默地在窗口立着，忘记了自己要说的话。

过了一会儿，梁子悄悄地转过身，绕到房子跟前，轻轻推开了虚掩的门。

这间小屋，本是老支书家堆放杂物的。因为老支书常常好熬夜，为了不影响家里人，他便打扫出来，变成"工作室"了。

屋子不大，墙上打扫得很干净。三面墙壁，有两面挂满了图。一面墙上挂的是地图，一幅中国的，一幅世界的。地图下面，有个土坯垒的小案。案上端端正正地放着一个很大的土布包袱。包袱里装着土改以来他从报上剪下来的政策条文，边上还搁着几本书，有理论书，也有怎样兴修水利的书。这一切使这间土气的屋子，增添了几分文化的气氛。另一面墙上，挂着一幅大红年画。年画上五个胖娃娃，抱着一尺多长的金黄的玉米穗，咧开嘴向人们憨笑。这张画使得整个屋子变得喜气洋洋。年画下面的墙根下摆着一溜坛坛罐罐，这里存放着不同品种的种子……

梁子低低地、激动地叫了一声："老支书！"

老支书见梁子进来，高兴地招呼他坐下，然后把图纸移到梁子跟前，兴致勃勃地说："来，你看看。"说着，又用一支红蜡笔在纸上点了几点，"瞧，这几个地方，水退得快，盐分也不重，可以种庄稼了；那几个地方，地势低注，水退得慢，盐碱也重。这几天我到山上转了转，倒是明白了不少新问题。我们原先的线路图，还不够完善哪！"

梁子捧着这张彩色的草图，好似看到了虎山大队的锦绣前程。他的精神振奋起来，与娟娟决裂的痛苦和烦恼，像烟云一样消散了。

"老支书，你的远景规划，什么时候能实现啊！"梁子被老支书对人民事业兢兢业业的精神深深感动了；但同时，他的脑子里，马上又出现了那逃荒要饭的人群和那一张张外出逃荒要饭的介绍信。想到这里，梁子把图还给老支书，不无忧虑地说了这番话。

"会实现的！"老支书说着，多皱的脸上放出了光彩。他眯缝起眼睛，从头到脚认真地打量着梁子，好像他是第一次同梁子认识似的。看了半天，才饱含感情地说："梁子啊，那天在东山洼看水时，你提的问题，俺没回答你，但是俺一直在心里揣摸。认识一个人不容易啊，可是，俺终于认识了你，了解了你。俺从你这样的好孩子身上，看到了咱们党的希望，国家的前途。因此，俺还要画远景规划，俺相信这规划一定能实现！"

"可是，有人在拼命变着法子阻碍和反对啊！"梁子现在觉得，要把老支书图上画的东西变成现实，的确是不容易的。接着，他又提出了眼下的问题，"你看，水泥问题没查清，救济款又被偷走了，接着，崔海嬴又公开开介绍信鼓励人们外出要饭……"

"是的，要取得真经就会有虎狼、妖怪挡道；要吃甜葡萄就会有毒蛇蜈蚣拦路。日久见人心啊，孩子，眼下这些个事，俺联系起来一琢磨，觉得里面确实有文章：水泥被掉了包，是为了把俺搞垮，把权夺过去；现在又偷走救济款，这是在节骨眼上卡大伙的脖子，扰乱人心，把人们逼出去逃荒，让支委会做出的重修大坝的决定落空。这样，他们干的坏事才不会露馅，他们夺到的'权'才可以保牢……"

梁子深深地佩服这位饱经风霜的老人的革命经验和宽厚性格。他知道，老支书不经深思熟虑是不会轻易对一个人或一件事做结论的；现在这么一讲，梁子对崔海赢的一套，心里也就有了底。他心情激动地说："老支书，事实真相总归要暴露的，搞阴谋的人一定要垮台的。现在，我明白了，要改变咱们农村的面貌，要使我们的国家真正繁荣富强起来，首先要同这一些打着党的招牌，霸占着人民给的权力而在贪婪地吮吸着人民血汗的阴谋家进行斗争！"

"好孩子，有志气！"梁子这些出自肺腑的话语，深深地打动了老人的心。老支书诚恳地说："你我都是党员，俺对人，尤其是对年轻人，过去一向是往好里看，往前边看的，但事实有时候实在是叫人揪心啊！咱们办事情，考虑问题不得不多一个心眼，多防人一手啊！"老支书说着，又语重心长地向梁子看了一眼，轻轻地叹息了一声。可以看得出，老人此刻的心情是很不平静的。但过了一会儿，他又恢复了沉静，对梁子说："眼下，筹来的款子要马上分发下去，让部分社员能应应急，也是好的。"

梁子也逐渐恢复了从容不迫的神态，开始考虑起目前该做的工作来了。好像他今天就是为了研究这些问题，才来找老支书的。他低头沉思了一会儿，拧了一下眉头，对老支书说："发完款子，咱们还要及时组织大家搞生产自救；在短时间内把社员的生活安定下来，否则，人员就又要外流了。"

"这我想过了，咱们熬硝，怎么样？"老支书望着梁子说。

"熬硝？"

"唔，过去我出去逃荒的时候看见人家熬过。咱这儿是谷地。大部分的土地，经水一泡，碱都上来了，秋庄稼也不能马上种。把上面一层含碱重的表土铲掉，熬出硝来，既改造了土壤，硝还可以卖掉，积累一些资金。"老支书给自己点上一袋烟，不慌不忙地说。

　　"好是好。"梁子皱了皱眉头说，"可这还不是长久之计啊，表层的土换过以后，下面的碱还会通过土壤的毛细管作用渗上来的。"

　　"唉，这里历来如此。"老支书摇摇头，又叹了口气说。

　　"不，我们用科学的办法，彻底改变这里的土层，不让下面的碱分蒸发上来。"梁子沉思了一下说，"记得我曾经在学院里看到过一个外国资料，人家改造盐碱地是把表层的土都挖掉，然后在下面垫层石子，再把土覆上，这样就隔断了土壤的毛细管作用，使下面的碱分渗不上来了。不过，人家是大机器生产，咱们这样做，恐怕工程太大了。"

　　老支书想了想说："只要行得通，工程大倒不怕，咱们一向是凭着愚公移山的精神改山治水的。"

　　"那我最好还得到学院去一趟，请教请教搞土壤的老教授。因为我也是从资料上看到的，究竟效果怎样，心里还是没有把握。"梁子望着老支书说。

　　"行，我看就这么办吧。"老支书说，"明天你准备准备，抓紧时间，速去速回。"

　　梁子高兴地点点头。

　　"你等着，我再给你看一样东西。"老支书说着，眯着眼睛笑了笑，转身朝东屋走去。过了好一会儿，听得一阵翻找东西的窸窣声，老支书捧着个包裹进来了。

　　梁子笑着说："什么好东西呀？快打开来我看看。"

　　"等一等，"老支书端端正正地把包裹放到桌上，摸了又摸，然后小心翼翼地解开，捧出一把黄灿灿的稻谷来，送到梁子面前，"瞧瞧，多结实，多饱满。"

　　"是您留的稻种？"梁子仔细端详了一番问。

　　"对喽，还是前年你从学院捎回来的良种，这是第二代啦。"

老支书喜滋滋地说，"我们这里，过去因为水受季节的限制，无霜期又短，所以种不好水稻。可我觉得环山渠道修好以后，水的问题解决了，还是应该大面积推广水稻的。所以我想拿本地的旱稻和你捎来的水稻种杂交，想培育出一种能在咱们这个地区生长的既耐旱又早熟的良种水稻。可这次大水一来，这第二代杂交的秧苗刚出不久，就被淹啦。好在前些日子下种时，因为秧田面积不够，还留下了这些，可是宝贝哩。"

"这么说，真是宝贝呢，快收好吧，等咱们铲掉了碱，改治好了地，就赶紧把它种下去。"梁子也充满感情地抚摸着稻种。

两人正说得起劲，没提防大娘走了进来，气呼呼地指着老伴道："我就知道你又要翻腾这稻种了，唉，还有脸夸呢，为了这些种子，差点没给累死。"

"哟，大娘，这么晚了，您还不休息？"梁子惊奇地说。

"她呀，在等我哪。从来都是，我什么时候睡，她等到什么时候，怎么说也没用。"老支书诙谐而风趣地笑了起来。

"看美的你！"大娘瞪了他一眼，把怀里抱着的一件东西，狠狠地扔过去："还不是为了给你缝这个！"

"好好好，快睡去吧，俺们还有事哩。"老支书要把大娘推走。

"你给我戴上我就走。"

"行行行，"老支书一边答应一边动手脱衣裳。大娘给他缝的，是个贴身兜肚。眼看着老支书穿戴服帖了，她才过去。不一会儿，那屋传来剌啦剌啦纳鞋底的声音。

"大娘是怕您犯胃病特地给做的吧？"梁子问。

"可不是。"老支书笑笑。

"大娘对您真关心呀。"梁子有点感动地说。

老支书乐了："俺俩是经过生死考验的老伙计了。"

"怎么回事？"梁子颇有兴趣地问。

"解放战争时俺去支前的那阵子，敌人把你大娘抓起来，关进大牢，逼她把我交出来，不说就拷打，还威胁要枪毙她。她坐了一个月的牢，一个字没吐。解放大军把她救出来时，只剩一口气了……好，不谈这些了。明天的救济款怎么发，你跟娟娟商量了没有？"

"还没有，"梁子难过地低下了头，"还没来得及商量，我们就谈崩了……"

"噢？这是怎么回事？"老支书吃惊地扬起了眉毛。

"她劝我离开这儿，我没有同意；她说她想上大学，我表示把握不大，她就、就……"梁子吃吃地有些说不下去的样子。

老支书听了，长长地叹了口气道："唉，这孩子，前几年也不是我不推荐她，几次都是刚把名字报上去，公社就刷下来了，说是父亲问题没结论，不予考虑。你得好好做她的工作啊。"

"她现在一心想着上大学离开这儿，一点不同的意见也听不进去。"梁子垂头丧气地说。

"不要这样，应该团结她、帮助她。改造一个人，就像我们改山治水的工程一样，决不会那么容易就收到效果的。但是只要我们努力，碱地也能变成良田。"老支书认真而诚恳地说，接着，又问了一句："娟娟父亲的问题，到底作了结论没有？"

"不知道。"梁子摇了摇头。

老支书见天不早了，便拍了拍梁子的肩膀："你回去休息吧。关于熬硝搞生产自救的事，你出发前，最好找崔海嬴谈一谈。"

"好吧，那我走了。"梁子告别老支书，出了门。

夜很黑，风也大起来。但这初夏的风是湿润温暖的，吹着给人带来了睡意。

"老支书的话是对的，要把娟娟改造和争取过来……"梁子一边往家走，一边望着狼山和虎山深色的剪影。但是爱情呢？他认真地思考：爱情的结合，不同于同志间的亲密关系，也不同于青梅竹马的少年伴侣，只有在共同的生活道路上，有共同的理想；在劳动和斗争中有共同的语言的爱情，才能真正牢固。当然，爱情的嫩苗可以在暖房里栽培，也可以在风雨里成长，所以它们的花朵，有的只能开放在风和日丽的庭院里，害怕霜雪和蛀虫，不一定能结果；有的却能开放在贫瘠的土地上，不怕干旱和寒冷，结出鲜艳的果实……

　　"明天一早去找崔海嬴。"梁子振作了一下精神，对自己说。

十七　当药吃的咖啡

自从当上大队书记以后，崔海嬴强迫自己养成了这样一个习惯：在一般情况下，早睡早起。因为他知道，在农村，起得早和起得晚，是衡量一个人勤快和懒惰的标志。农民是不管你熬夜不熬夜的。所以，常常天还没大亮，崔海嬴就酒肉一饱，容光焕发地下地或召集支委们开会。

这就苦了他女人树霞。每天晚上吃罢饭，崔海嬴呼呼入睡了，她还要拾拾掇掇，缝缝补补，做一家人的鞋袜。夜里还要给孩子把两回尿。睡不到天明，就又睁着眼不敢睡了，怕误了时间。要是崔海嬴睁开眼，酒肉还没端上来，那就没有好脸色了。所以每天五更头，树霞一下床，头不梳、脸不洗，先就得抱草烧锅，烫酒炒肉。有了早晨这一顿垫底，崔海嬴就揣着两个干馍出去了，开会也好，参观也好，走到哪里都可以显示他的"艰苦奋斗"。

这几日崔海嬴从报纸上看到，酒对人的身体有害，所以他想克制一下，把早晨这顿酒戒了，每天晚上关起门来喝一杯。但他是喝惯了的，乍不喝，真是浑身难受，走到外面，人也没精神。于是，最会察言观色也最能体贴他的瓦匠，给他送来了一个花花绿绿的罐头，说这叫咖啡，是从大城市捎来的，每天早晨煮一杯喝，比酒还提神。

崔海嬴虽然在县城念了六年书，后来又造反跑过不少地方，但他也只是从翻译小说上看到过咖啡这个词，却不知道咖啡是怎么吃的。所以这漂亮的罐头，一直撂了好多天。

瓦匠偷了款以后，崔海嬴一直在仔细观察着村里的动态。他的第二步棋，就是鼓励人们出去逃荒。只要村里的大部分劳动力一走散，任你张梁和崔福昌有三头六臂，几个支委上蹿下跳，在今冬明春想修好水渠和大坝就根本不可能了。而只要再给个半年多的时间，他这个支书的权力就可以巩固得多了：眼下，在公社里，他已经有了一个知交和后台，但这个人很贪，很馋，政治上的头脑不怎么灵敏，而且官也不大，只是个党委常委，武装部长。因此，需要抓紧再在公社里甚至县里找到一二个稳固点的靠山；在大队里培养一些亲信……可昨天，老支书把去要饭的人截了回来，他便预感到情况的发展并不顺利，他在思忖着可能出现的情况和应付的办法。因此，这几天他一直没有睡好觉，早晨起来脑袋昏昏沉沉的，天亮了还躺着不想起。现在，忽然记起那个咖啡罐头来，便吆喝树霞进来拿。

"可是放油炒么？"树霞捧着罐头，望了望里面像焦大麦一样的颗粒，小心翼翼地问。

"唔，"崔海嬴心不在焉地应道，"还要加一碗水煮啊！"

"搁盐不？要不要辣子？"

"盐？"崔海嬴想了想，说："不用盐，把柜子里的白糖，拿出来搁一点。"

崔海嬴说罢，翻了个身，闭上眼，不再搭理。不一会儿，树霞把一碗浓黑的、上面漂着金黄色的油星星的汤液端了进来。屋子里顿时弥漫起一股芬芳的香味。不知是受了香味的熏染还是突然想到了什么事情，崔海嬴翻身坐起来，从被子上拉过他的衣裳，披在肩上。

崔海嬴的小儿子本来在床上爬着玩，看见床头的桌上放了一碗香喷喷的热汤，也凑过去，伸出小手去抓那碗的边沿。

"啪"的一声，崔海嬴照着孩子的后脑勺给了一巴掌。孩子一惊，哇地哭出声来，小手一松，碗翻了，咖啡流了一桌，屋里的香味更"冲"得厉害。崔海嬴赶紧扶起碗，一见只剩下小半碗了，不由得更加恼火，照着孩子的屁股，又啪啪给了几巴掌。就在这时，外面响起了敲门声，梁子走进了屋子。

一清早，梁子就去找娟娟。经过一夜痛苦和矛盾的思想斗争，他觉得他的理智已经战胜了感情。他想找娟娟再好好的谈谈。他想向她解释清楚他对她是没有任何私心的；在上大学的问题上，他昨天晚上提醒她的困难是确实存在的；他要告诉她，在当前应该保持清醒的头脑，不要上了崔海嬴甜言蜜语的当；但是，如果她一定要上大学，他也愿意为她尽力。他准备告诉她，自己今天下午就要动身到农学院去了，同时也顺便回家看看，问她有没有信要捎给她妈妈，需要带点什么东西出来？……但是，他在娟娟的门上敲了多少遍，也轻轻地叫了好几声，娟娟始终没有反应。他立在门口踌躇了一会儿，看见有人朝这边过来了，只好挪动脚步，往崔海嬴家走去。

此刻，一进门，他嗅着这股浓烈的咖啡香，觉着奇怪，再一看，桌上有半碗咖啡，崔海嬴把儿子打下地去，自己正端着喝呢。

梁子见状，刚才的难过心情不知跑到哪里去了，一股怒气冲上心来。他想，好哇，社员正闹饥荒，你还喝咖啡消食呀！

崔海嬴见梁子进来，点头招呼他坐下，然后直着脖子吮喝树霞，把孩子抱出去。孩子又哭又闹，非要喝他那个碗里的汤汤。他竖起手指头威胁道："去去，药也是混吃的么？"

梁子一时又觉得好笑，坐定下来，不慌不忙地问："崔书记，你喝的什么呀？"

"药，"崔海嬴皱了皱眉头答道，"唉，身体不好，一大早起来就得灌这苦药，真是难受死了。"

"你有什么不舒服？"梁子问。

"神经衰弱，睡不好觉。"崔海嬴又叹了口气。

"可是你这个药是提精神的，吃了就更睡不着了。"梁子微微笑道。

对于梁子的讥讽，崔海嬴并不以为然，他斜靠在床上，懒懒地答道："是一个朋友给我的方子……"

"怎么样，喝了有效吗？现在睡不睡得着？"

崔海嬴摇摇头，真是一副病恹恹的样子。

"我学过医，我也懂得你这个方子。"梁子辛辣地一笑，"不过，睡不着还是起来吧。现在是什么时候，大家都睡不着。我就是找你商量这睡不着的事情。"

崔海嬴见梁子咄咄逼人地摆开了这宣战的架势，鼻子里哼了一声，漫不经心地穿好了衣裳。他自己去刷牙、洗脸，吩咐树霞给梁子倒一杯水。

崔海嬴又走进屋来的时候，把估计梁子会提到的问题，都想了个透。他面对面地在梁子的跟前坐下，胸有成竹地等待梁子开口。

"你是为昨天的事，睡不着吗？"梁子目光炯炯地望着崔海嬴问。

"唉，大队遭了灾，又丢了款子，几百口人吃饭的大事啊，我能睡得着吗？"崔海嬴垂下脑袋，心情显得十分沉重。

梁子也叹了口气："我昨天也一夜没睡，我想的是，不管怎样，你的讨饭的方针是错误的。"

崔海赢苦笑道:"你的心情我可以理解,但是,你虽是这儿人,却是在城里长大的,因此你不了解这儿的实际情况。咱这儿地力薄,盐碱重,灾害多,讨饭棍是咱们这块地方的传家宝,咱这儿的花鼓也是全国驰名的。现在,款子丢了,阶级斗争严重复杂,当然,我没抓好,我是有责任的,但是在目前的情况下,我也无能为力。几百口子要吃饭,难道我们再伸手向国家要?同意大家出去讨饭,是出于无奈。但是从某种意义上来说,也是为国家分担困难,我们看问题不能光看形式,要看实质。从实质上来说,这种艰苦奋斗、自力更生的精神是值得发扬的。……"

"可是我们是社会主义制度,是人民的政府!"梁子愤怒地打断了崔海赢,痛苦地说出了他不止说过一次的话,"怎能让我们的社员去沿街乞讨?"

崔海赢见梁子激动起来了,嘴角露出一丝讥讽的微笑:"嗬,照这么说,你有何高见啊?"

"咱们应该按支委会的决议,搞生产自救。"梁子斩钉截铁地回答。

"怎么个救法?"崔海赢冷静地问。

"熬硝!"梁子像扔石头一样,吐出了这两个梆硬的字。

"熬硝?哈哈!"崔海赢竟放声笑起来,"可是这几天,怎么熬过去呢?"

"这有办法,"梁子忍着怒气,认真地说,"据我了解,真正断顿的还是少数。"

"就是这少数怎么办?"崔海赢进一步逼问。

"这……"梁子想了一下,低下头道,"我已经筹了一笔款子,让真正的缺粮户把救济粮买回来。然后我们组织大家熬硝,搞生产自救，同时鼓励社员，发展合理的家庭副业。这样等社员的生活安定下来，就着手把冲毁的水渠先修起来，为重修大坝和明年的丰收打好基础。"

梁子越说越兴奋，低下的脑袋抬了起来，两眼放出了光彩："我觉得这才是自力更生，这才是大干社会主义。否则，我们天天在给社员说的'灾难面前不低头，誓夺农业大丰收'的话，不完完全全是骗人的空话吗？"

崔海羸拿眼梢瞟了瞟梁子，心里想，嗬，劲头还真足哪，这小子是存心想跟我顶下去了。真要是让他们把人拉回来，按照支委会的决议去搞生产自救，太太平平地渡过灾荒，明年大坝再一开工，不就证明了崔福昌这老头子是对的？只要崔福昌一得势，这水泥的问题就会露出来，我的权就要不稳固……看来，这张梁不但为了解决眼前的问题，还要想为崔福昌翻案，夺我的权哪！

想到此，好像突然冒出了一个什么念头，崔海羸的眼里闪出了一丝不易为人觉察的凶光。他决定利用当前丢款子的事件狠抓一下阶级斗争，而这阶级斗争的矛头，当然是指向"还在走的走资派"。在虎山大队，这"还在走的走资派"自然就是崔福昌了。至于事由，那容易，抓几件由头，上上纲就行了。只要符合大方向，把材料往上一报，怕你崔福昌有一百张嘴也分辩不清。弄好了，上面一赏识，还可以作为典型经验在报纸上"红一红"。不过，张梁这小子也要认真对付一下，不能再让他联合那几个愣头青——大憨、小李子等一起和我作对。还有娟娟，娟娟倒是挺乖巧的……听说前晚和张梁谈得很晚，又"热"起来了。张梁这小子野心也真大，你到虎山来想一举几得：既想要权力，还想拐个漂亮的老婆！天下有这么便宜的事吗？哼，我叫你两头落空，赔了夫人又折兵！想到这里，他的脸马上换了一副可掬的笑容，突然满口应承道："好吧，既然你为大队的事这么操心，目前又没有别的办法，那就照你的建议办吧，我同意了。熬硝的人，你去组织。"

梁子没料到，冷了一会儿场，崔海赢突然转得这么快，睁起眼睛问道："是不是还要开个支委会，统一下意见？"

崔海赢淡淡地挥了挥手："不必，我同意就行了。"

"那好，"梁子想了想说，"我再个别找他们聊聊去。"

梁子站起来想告辞，崔海赢又按住了他："等一等，你我都是党员，有几点意见，我要向你提。"

"哦。"梁子重又坐下。

"刚才提的建议，我全都接受，你的干劲很大，这是好的。但是作为一个党员，你的组织观念比较差。这表现在，第一，"崔海赢顿了顿，又往下说："唔，第一，你的那笔款子，是从什么地方筹来的？你向领导汇报过吗？另外，作为救济款发下去要得到组织上的同意，你这么擅自发款，是目无组织目无领导的行为。"

梁子见崔海赢这么说，耳朵里又响起了小宝的哭声，他百感交集，瞥了一眼桌上那喝剩的咖啡碗，冷冷地说道："时间太紧迫，没来得及向领导汇报，这是我的疏忽。现在，实话告诉你吧，筹来的款子是老支书卖掉老母猪的钱和我的积蓄。但是我觉得，一个干部应该为群众着想。作为一个共产党员是应该大公无私的，你也可以拿出一些来，还可以动员其他经济条件比较好的党员也拿出一些来，帮助更多的社员解决困难。"

崔海赢见梁子这么一说，对这笔款子的来路，心中有数了。尽管梁子的话噎得他不好受，他却没有反击，只是不慌不忙地说下去："第二，你和娟娟的关系要注意。你是党员，要注意在群众里的影响，要正确对待和处理个人的问题。第三，"崔海赢好像不屑与梁子多谈个人的事情，没容梁子回答，他就提了第三个问题："你擅自收掉了老马头的证明，这是一个对领导的态度问题。不管怎样，我们的证明是代表组织开的，你没有权力随便收掉！"

崔海赢说到最后，才提高了嗓门。其实，他的前两个"第一，第二"，只是想摸摸情况，后一个"第三"，才是因为触犯了他权力的尊严，是他所不能忍受的。所以，尽管他在同意梁子的建议时显得那样大方而有气度，但是在这个问题上，他觉得还是不能让步。

这番话刚说完，梁子的气也憋不住了，他咬着牙，一字一句地说："对领导的错误决定进行抵制，这不是你经常说的反潮流精神吗？你开了证明让瓦匠出去揽私活，让群众出去讨饭，这走的不是社会主义，而是资本主义道路。对于这种走资本主义道路的决定，任何群众都可以抵制！"

"按你这么说，我在走资本主义道路？我是走资派？"崔海赢听罢，情不自禁地激动起来。

梁子向他望了一眼，冷笑一声："你不是天天看报嘛，反正走资派，就是走资本主义道路的当权派！"

大概长这么大，还没有人这么刺激过他。崔海赢一时不能控制自己，声色俱厉地嚷道："岂有此理！你根本没有看懂报纸。什么叫走资派？走资派就是民主派；民主派才是走资派！老子在红旗下长大，老子是文革派！老子是造反派！"

梁子也从来没见过崔海赢这么发急，这么凶相毕露。他轻蔑地笑了："管你什么派，都要看你往哪条路上走。但摆在面前的道路总是两条。"说罢，他从容地站起身，迈着有力的脚步，头也不回地朝外面走去。

望着梁子的背影，崔海赢砰地一拍桌子："他妈的，你懂个屁！权在老子手里，老子就是革命派！"

十八　清新的早晨

　　梁子从崔海赢家里出来的时候，浓重的晨雾还没有退净。起伏的虎山群峰，隐没在珍珠色的雾霭里；遍地野生的酸枣树，迎着清冷的晨风，骄傲地摇摆着身上的露珠，在等待那初升的太阳的温存。

　　梁子向那绯红色的天边望了一眼，心情很快地平静下来。刚才，在崔海赢提到娟娟的时候，他是有点儿不舒服，甚至感到窝囊。但是，随着激烈的争论，这种情绪只是一闪而过，现在，这场争论结束了，梁子感到无论在精神上和实质上他都取得了胜利。他舒展开双臂，深深地呼吸了几口，洋溢在他心头的，是斗争的乐趣。此刻，失恋的痛苦和彷徨已经不再存在，他想到要做的事情还很多，他必须马上把救济款分发下去；他还要整理一下为虎山大队改碱造田的材料。下午就要动身到农学院去了，从虎山到这个东海之滨的大城市，要有两天路程，还要准备些简单的行李……他举目望了望横在面前的几条道路，便毫不迟疑地朝小李子家的方向走去。因为娟娟不肯开门，让他吃了闭门羹，发救济款的事现在只有找小李子帮忙了。她对村里的情况很熟悉，又是个热心、大方的姑娘。

太阳终于冲破了层层迷雾，金色的悦目的光辉在枝头跳跃，连那野生在家前屋后，田边路旁的小枣树也被打扮得容光焕发、生气勃勃。面对这清新的早晨和初升的太阳，梁子的心境，也渐渐明朗和开阔起来。

打老远，就听见小李子脆亮的嗓门在嚷嚷，语调里带着娇憨的蛮横，好像在跟妈妈斗嘴。梁子注意地听了听，声音又没有了，他微微一笑，一脚跨进那个黄泥墙的小院落。

小院落里永远是生气勃勃的：合欢树如同开屏的孔雀，麦闹花仰着嫣红的笑脸，露珠在浓密的丝瓜叶上闪烁。所不同寻常的是，不少刚剖好的青白色的篾条，零乱地堆在地上，还有几个崭新精致的竹篮，东一个、西一个，横七竖八地躺着。小李子的妈妈，一边拾掇一边在唠叨。小李子凛然坐在麦草墩子上，一动也不动。

梁子站在门口，看着她们母女俩说："哟，怎么闹矛盾啦？"

小李子和她的妈妈，真是闹矛盾了，而且，矛盾得还挺厉害呢。

事情是这样的：

昨天晚上，老支书等好不容易把外出讨饭的人拦回来了，泥瓦匠却又在煽动马有财等一伙人去倒腾小买卖。小李子见了气不过，上去争了几句。不料瓦匠眼一瞪，蛮横无理地骂道："小丫头片子，也不照照自己，你娘整天在家编篮子卖，还有嘴说人哪！"

一句话把小李子说得气噎住了。虽然小李子是个不饶人的角色，可一想自己的娘真是在编篮子卖，这不是搞自发又是什么呢？说过多少回了，她就是不听，一个不注意，她又悄悄地干上了，真是拿她没办法！想到此，小李子憋红脸，咬着牙，低下头悄悄地离开了人群。她还从来没有像这样窝囊过呢。

　　回到家，娘已经睡下了，她不好发作，就气呼呼地把那些篾条啦什么的从里屋找出来，一股脑儿扔到院子里去了。不料这稀里哗啦的声音太响，惊动了娘。娘哼哼着睁开眼，问："翠哪，你在干什么？"

　　小李子见娘被弄醒了，倒有点后悔，心想不管怎么着，娘也累了一天，自己要是再一闹，娘连个囫囵觉也睡不成了，心里又是怜惜又是恼火，只好忍着气，支吾道："没什么，你睡吧！"说着，"噗"地吹灭了灯，挨着娘躺了下去。

　　小李子的心里，揉不得半粒沙子。有了娘这件事在心上搁着，翻来覆去地怎么也睡不着觉。她想无论如何要说服娘，不能再干了。要不，自己怎么能说别人？村里这股资本主义妖风，又怎么刹下去？她想来想去，觉得这件事意义重大，跟娘这一仗，只许打胜不许打败，一定要耐心说服，让娘心悦诚服。最好还叫她当众去检讨一番，这样就更有教育意义了。

　　可是，怎么说服娘呢？要是有梁子那样的水平，道理说出来一套一套的，保管叫娘服气，可是自己，唉……

　　小李子越想越睡不着，便轻轻地爬起来，走到西间小屋，点上灯，哗啦啦地翻了好一阵报纸，直到脑子昏沉沉地想睡了，才悄悄回到床上去，一边叮嘱自己：明天一定要耐心，不要发脾气，要照报纸上说的那样讲。

　　可是今天一早，刚说了几句，就沉不住气了。因为娘对于她这一套从小生产到资本主义的理论根本听不进去，说她"这么大丫头了，不学好，尽耍嘴皮。"小李子还想发作，却又讲不出更多的道理来，正在发愁时，梁子进来了。

　　看见梁子，母女俩一齐高兴起来。小李子想，这下可好，有梁子在，不愁说服不了娘。可是还没等她开口，娘也告起状来。娘扯着梁子的袖子说："来来来，你给我评评这个理。俺这死丫头，一早起来，锅不烧、地不扫，就来跟我怄气，说俺编篮子是、是什么……"

"说你是小生产！"小李子神气地顶了一句，并微笑地望着梁子："你来给俺娘说说，小生产怎么变成资本主义的道理。"

娘狠狠地瞪了丫头一眼："俺不管你什么主义，反正每天要吃饭。像楼娃家那样没得吃了怎么办？我把你拉扯这么大，靠的就是两只手。我是凭劳动吃饭，怎么是资本主义了？梁子，你来评评这个理！"

梁子听了，温和地笑道："大娘，正当的家庭副业是要提倡的，怎么能说你是资本主义呢？"

小李子一听梁子这话，完全出乎自己的意料，不由得吃惊地睁大眼睛望着他。大娘却是逮住理了，冲着小李子道："你瞧瞧，人家说得多明白。你这丫头要是再这么跟俺找岔子，学那三斤半的鸭子二斤半的嘴，就算俺白养了你。要不是俺编篮子，你能长这么大？土改前一年，你爹病在床上不能动，为了治病，把分得的几亩田都卖光了，全靠俺编篮子赚几个钱，才换点粮食。生下你没几天，你爹就病死了。你爹死后，你哥哥又打摆子，俺产后体虚不能干活，实在没法再活下去了，俺硬着心把你装在竹篮里拎出去，放在进城的大路口，想让哪个好心的人拾了去，给你找条活路。可到了晚上还是没人捡，被老支书看见了，又把你拎了回来。后来你哥哥打摆子，没钱治，也死了。只有你命最硬……"

小李子的娘说着说着，就动了感情，眼圈也红了。小李子听得也心里酸酸的不好受，过了一会儿，眨眨眼，望着梁子说："那报纸上不是讲，要反对小生产，破除资产阶级法权吗？小生产是经常地、自发地每日每时地产生着资本主义和资产阶级的，这可是列宁说的呀。"

梁子沉静地想了想说："对列宁这段话要全面正确地理解。列宁指的是建国初期生产资料私有制的情况下的个体劳动。现在，咱们的生产资料已归集体所有，主要的生产劳动也是集体的。我看，适当地搞些家庭副业不但可以帮助解决社员的生活困难，而且还可以促进集体经济的发展。"

在小李子的眼里，梁子是权威。听他这么一说，马上觉得有了十二分的道理，真的心悦诚服地同意了。小李子的娘见丫头跟自己斗了一个早晨的嘴，被梁子几句话说得低头认了输，不由得高兴起来，笑嘻嘻地望着梁子道："这丫头只听你的。"

小李子红着脸为自己辩护："俺是服从真理。"

"没见过你那个理！"娘嗔道，拉着梁子的一只胳膊，越看越爱，"人家说的理，才是正理哩，又清楚又明白。娟娟可真是有福气啊，打灯笼也难得找着这么个好女婿。唉，俺这傻丫头，整天疯疯傻傻的，也不知能找个什么婆家。人家素芳，只比她大一岁，今天就是喜期了。"

梁子笑了笑，巧妙地接嘴道："大娘，先给你这竹篮子找个婆家吧。"

"怎么的？"

"让小李子拿到供销社去卖呀，大娘！"

"对，对！"大娘连声应承。

"不但这样，我们还要请你当师傅。"梁子认真地说。

"请我？"

"对了，请你。"梁子接着说，"我们邀请你当师傅。是这样的，大娘，眼下社员生活都困难，为了搞好生产自救，打算组织一部分妇女和年老体弱的劳动力，搞点家庭副业。所以想都集中到你这儿。你带着大家编篮子，好不好？"

"那敢情好，你叫大伙儿来呗，俺就是喜欢热闹。"大娘听说，高兴得张着没牙齿的嘴巴直乐，一时又热心地规划起来，"我把这院子拾掇拾掇，把西头那间小屋也打扫出来……"

"大娘安排吧。"梁子笑着说，"我跟小李子，还要商量个事。"

"行，行，你们说吧，我给你们烧锅去。"说着，乐呵呵地往锅屋里去了。可是，等她烧开了锅，拍着身上的土，走出来招呼梁子的时候，院子里连个人影也不见了。

梁子和小李子，发救济款去了。

刚才小李子一听梁子约她去发救济款，马上点头答应了，压根儿没把吃早饭的事放在心上。两人一前一后出了门。小李子想了想说："先上楼娃家去吧。"

梁子笑着说："这会儿听你的了。"

小李子真的高高兴兴地跑到了前头。

天气是那样的晴朗，叫天子停在半空中一个劲儿地唱着，声音十分悦耳动听。头顶上的天空，像新染出来的布一样蓝得鲜亮，偶尔有黄泥的茅草屋里飘出的炊烟，宛若那流散的薄云。

小李子的心情非常好，走了几步，掉过头来，调皮地问："你听，这是什么鸟在叫唤？"

梁子认真地侧耳听了听说："是云雀。"

"对了，你们说云雀，我们说叫天子。"小李子仰脸眯缝着眼睛说，"你找得到吗？"

梁子睁大眼睛，往路旁的树上直瞅，找了半天，也指出几只鸟儿，可都不是云雀。小李子咯咯笑了："叫天子不在树上，天晴的时候，它爱停在半空中叫，一动也不动，可是你找不着，光听得见叫声。你听，多好听！"

梁子笑了："是好听，可是今天早上，你妈妈让你气坏了吧？"

小李子听了，益发不好意思。要是换了大憨，这么揭她的疮疤，她早就跳上去给他一拳或干脆堵他的嘴了，可是梁子这么说，她只能埋了头笑。梁子温和地说："怎么，你想通了没有？"

"你讲的那个辩证法，俺是懂了，可就是……"小李子两手拨弄着衣角，想了想，抬起头来说："可就是为什么你说的，和报纸上说的不一样呢？"

一句话把梁子问住了，他沉思地望了望前面的道路，又朝前走了几步，回过头来静静地说："这我也想不通。报纸上说的那个理，我也不懂，咱们还是今后好好学习吧。"

小李子眨巴着眼，惊奇梁子竟也有想不通的事情，一时不知说什么好，忽而又愣愣地想到了老支书，想到村里的种种不平事，不由得愤愤地接上去说："反正是好人受气，坏人神气呗。"

梁子望着晴朗的天空叹了口气："唉，怪事多，真叫人想不通啊！"

小李子见梁子这忧心忡忡的样子，一下子觉得和他的距离近起来，原来他并不是那么神秘和高不可攀，他也有他的苦恼，有他想不通的问题。而且，他想不通就说出来，和俺们乡里人一样实打实……

梁子看小李子不吭声，以为她还在钻那个理，觉得再深谈下去也不妥，便指了指前面的路说："嘿，咱们还是讲点实际的吧，等会从楼娃家出来，再上哪家去哇？现在得算计好了，要不，一个上午还转不过来呢。"

"再上老马头那儿去吧。"小李子有点心不在焉地答道。忽然，她又想起一件事来："咦，你怕转不过来，咋不叫娟娟一块去呢，娟娟是会计呀。"

虽然梁子不愿提到娟娟，可小李子这么直截了当地问出来，他也并没有感到太大的难堪。他坦然地招呼小李子跨过一道小水沟，踏上了一条已经晒得干硬的路。路旁有苍翠的小草，草顶上开出了淡紫色的小花朵。梁子知道，这花虽不美丽，但是它那为了吸收水分和养料的根，却向地下作了坚韧不拔的努力。因此它干旱旱不死，洪水冲不垮，什么力量也挡不住它的探求。这大概就是它生命的宗旨。

"咱们去叫娟娟吧，等会儿上老马头家的时候，路过会计室那边的。"小李子跳过沟，跟上来热心地说。

"不，"梁子摇摇头，望着前面的路，平静地说："我和她谈崩了。"

小李子一听，站着不走了，吃惊地睁大眼睛问："怎么回事？"

梁子停住脚步，两眼凝视着前方，没有说话。

"什么时候？"小李子又急急地追问了一句。

"昨天晚上，"梁子低声回答她，用脚尖蹭着地上的泥。

"真的？这怎么可以……"好心的小李子，突然为娟娟难过起来，一时间，她把跟娟娟之间的一切不快都丢到了脑后，真心实意地同情着娟娟。她比方来比方去，想娟娟一个人又要哭了，昨天一夜肯定没睡……想着，眼也湿了，失声责问梁子："那娟娟怎么办？"

经过一夜暴风雨考验的梁子，此刻他的心，已经顶得住感情的浪花的冲击了。他淡然一笑说："你去看看她吧，我要到农学院去一趟，今天下午就出发。"

"那我还去陪她睡吧……"小李子深表同情，怜悯的泪花，一下子蒙住了眼睛。

小李子这一句淳朴的富有感情的话，重重地叩击了梁子感情的窗扉。他咬了咬嘴唇，呆呆地望着小李子，词不达意地说："你真是个好心人。"

小李子感觉到了梁子紧盯自己的目光，也向他望了一眼，突然一阵热血涌上了脸颊。

前面就是楼娃家的茅草小屋。屋前种着的一排葵花，带着被大水冲渍过的印记，无精打采地低垂下脑袋，好像在思念什么。有几棵洋槐树，长得很高，雪白的槐花垂在枝上，风吹过来，一瓣一瓣地落下。

一直到走进楼娃家低矮的屋门，两个人都没有再说话。

楼娃是个老实人，昨晚被老支书拦回来以后，便在家等着发救济款，抱头闷坐，大门也不敢出。淑孩娘催他去问一问，他叹口气说："唉，这村里的事，俺长十个脑袋也闹不清哪，去问谁好呢？算了吧，有俺的跑不了；没有俺的，问也白搭。还是等着吧，等两天要没动静，再另想办法。"

"你也太老实了。"淑孩娘有气无力地说，想着丈夫吃亏就是吃在这老实上，自己要是身强力壮，说什么也不能这样眼巴巴地干等，可是如今病魔缠身，要强不得，还要拖累丈夫、孩子……想着，忍不住又滴下泪来。

楼娃一见淑孩娘又伤心了，心上着慌，连忙安慰道："好好的又怎么啦？唉，你这个病身子，就别焦心啦，明天我说什么也……"

说到一半打住了，因为明天究竟怎么办，他楼娃又哪能说得清呢，只好叹口气，说声"早点睡吧，"便"噗"地吹熄灯，挨着淑孩娘躺下去，连衣服也没脱。

刚睡下，孩子又闹起来，嚷着肚饿，要吃饭。楼娃心烦，照着大虎的屁股蛋，给了一巴掌，打过以后，心里又不忍，便摸到锅屋里，把早上淑孩捞来的薯藤，切碎了撂到锅里煮煮，稀稀的一人刚够一碗。盛出去，二虎说大虎的碗比他满，大虎不服气，两个人打起来了，抓着揉着又撒了半碗。小虎见两个哥哥打架，趴在床上哇哇直哭。楼娃叹口气，骂道："死孩子，淹不死你们！"骂着，把自己碗里的东西全拨在两个孩子的碗里。

三个孩子好赖肚里有了点食，又加上打得乏了，不一会儿，便都呼呼入睡。楼娃夫妻俩心上想念淑孩，担忧今后的生活，一直折腾了一夜不曾合眼。

大清早，听见有人敲门，楼娃以为是救济款有什么消息了，忙忙地下了床，打开门，见是瓦匠的女儿素芳。

素芳手里拿着块布，眼红红的，进门就问："我婶可好些了？"

淑孩娘在里屋听得响动，少气无力地忙招呼："是素芳吗？快进来坐。"

原来素芳跟淑孩娘平日里感情很好，素芳在家里受了气，常向淑孩娘来哭诉。淑孩娘虽然穷，但只要有，什么也不吝惜。有时素芳跟爹闹翻了，一气跑了出来，淑孩娘总要留她饭。反正他们吃什么，她也吃什么，哪怕地瓜干，也是香喷喷的。

昨天素芳听说淑孩掉水里淹死了，一个人悄悄地难过了半夜，虽然今天是她的喜期，可也没什么心思。想着淑孩娘平日对自己的好处，现在人家有了难处，自己呢，要钱，拿不出钱来，挣几个体己钱，都让爹刮皮刮去了；要粮，拿不出粮来，家里虽然不缺吃，可平日里自己吃饭，爹还要计算几碗，哪能去动一粒呢。素芳想来想去，想到自己过去织的还有一块布，藏在箱底，爹不知道，好歹送了去，也算表表自己的一番心意。

素芳在淑孩娘的床头坐下，一拿出这块布，淑孩娘的眼泪就滴下来："苦命的儿呀，到死也没穿上件新衣裳。"

素芳也陪着落泪："淑孩，我的好妹子呀！"

素芳哭了几声，觉着老这么难过也不是办法，更何况眼前还有个病人。她擦擦眼泪，站起来，强忍着说："楼娃叔，病人要紧。你可烧锅了？"

楼娃苦笑笑："我烧什么哇？"

"不是说要发救济款吗？"素芳问。

"还没消息。"楼娃摇摇头。

"那么，把我这块布卖了，去换点粮吧。"素芳低了头说，"总不能叫孩子挨饿呀。"

一句话说得楼娃垂下了沉重的脑袋，半天不吭气，屋里只剩下淑孩娘微弱的呻吟。

　　"楼娃叔，楼娃叔！"外面忽然传来小李子的叫喊，这声音清脆明快，和屋里的气氛很不协调。

　　不等人请，小李子已经自动跑进来了。她身上带着一股新鲜的气息，通红的脸颊和蓬松的头发上闪烁着青春的热情和光彩。梁子跟在她后面，心里也奇怪过去为什么没有发现她的脚步这样轻盈，身子骨那样的玲珑结实。

　　"吃过啦，楼娃叔！"小李子热情地招呼，伸手把爬在床上玩耍的小虎，抱到了怀里。孩子嬉笑着，屋里沉闷的气氛，顿时减掉了几分，淑孩娘在枕上强笑着说："猴丫头，我要是像你这样，再退回十年就好了。"

　　"婶子不用退，等大虎二虎小虎长大了，您就净坐着享福啦！"小李子说着，不停地在小虎的脸上亲亲吻吻，孩子黄黄的小脸蛋叫她那充满青春热情的脸一陪衬，也显得出色了。

　　素芳羡慕地望着她，说："小李子，什么事这样高兴呀？"

　　"财神爷来了，"小李子笑道，"梁子哥给你们送救济款啦！"

　　"救济款？"楼娃夫妻俩，眼里都放出了光彩。

　　梁子点点头，把一个小纸包，放到楼娃粗大的手掌里。

　　"俺说在家候着嘛，候着嘛。"楼娃接过钱，欢喜地重复着没有意义的话，心里的一块石头，落了地，拉着梁子的胳膊强要他坐下，"大兄弟，是你把丢了的钱找回来的吧？多亏你呀，救了俺一家的命。"说着，简直像要磕头的样子。淑孩娘也在枕上欠起身，挣扎着招呼小李子："来，说给你婶子听听，你们是怎么把钱找回来的？"

　　梁子支支吾吾地不吭声，小李子却沉不住气了，指着梁子道："丢了的钱，哪还找得回来呀。这钱是他自己的积蓄，还有老支书卖了老母猪凑起来的款子。"

　　屋子里的人都动情了，楼娃夫妻俩打心眼里感激，却是说不出一句话来。过了片刻，楼娃嘴唇颤颤地自语道："人是有各种各样的人啊，是有各种各样的人啊！"

素芳听了楼娃这句话，深有感触，不由得愣愣地望着梁子，拿他和自己的爹比，和崔海赢比，比着比着，心上奇怪，世界上竟有这样好的人。可是，偏偏又为什么这些人不当权，却让崔海赢他们掌着权胡作非为呢？

正在胡思乱想，忽听梁子对楼娃说："大叔，别说了，这笔钱的数字很小，不过是眼前应应急，渡过这个难关。真正解决问题，还要靠我们组织起来，搞生产自救。"

"说得对呀，俺也有两只手。"楼娃惭愧地说。淑孩娘接着道："梁子兄弟，你可别见怪，俺这一家，是被逼得没有办法才想走那条路的。俺怎愿意去讨饭呢？拖着个病身子，走又走不动，活受罪呀……"

"婶子你安心养病吧，这不怪你们，"梁子好言安慰道，从黄挎包里取出几包药，放到床头，说："这药是我那天进县城去时顺便给你抓的，你先吃起来看，要是有效的话，告诉我。"

"叫我拿什么谢你呀。"淑孩娘在枕上说。

"都是阶级兄弟，一家子人，谢什么呢？"梁子笑了，"我们还要来求教楼娃叔呢。"

"求教他？木头疙瘩一块，能懂个啥？"淑孩娘说着也笑了，心情好多了。

"是真的，"梁子望着楼娃说，"我们准备组织一些人熬硝，听说你以前干过这活？"

"熬硝？嗳，这倒可以试试。"楼娃听了，高兴地一拍大腿，"对对对，我以前是干过，解放前有一年我出去逃荒，给人熬过。"

"那咱们就请你当技术顾问了。"梁子愉快地笑着说，"你看，要多少人，要几口锅，还要些什么家伙，你通通提出来，我给你配齐。"

　　"这，这……"楼娃一听"顾问"两字，吓倒了，一味憨笑起来。淑孩娘撇了撇嘴，嗔道："叫你干是看得起你，别像那个属牛屎的，捧不起来。你熬了一年的硝，还都忘了不成？"

　　"哪里会忘？嘿，说起来也简单——"楼娃舔舔嘴唇，一五一十地把熬硝的具体办法和需要解决的问题，都提了出来。从楼娃家里出来的时候，梁子对于怎么组织人力去熬硝这件事，心里已经有了底。他心情舒畅地催促着小李子，往老马头家走去。

　　这时候太阳已经开始发挥威力，天很热了。向阳坡地上的野花开得正盛，引来无数蜜蜂，金晃晃的一片。梁子对小李子说："今天的收获真大，看来我们只要关心群众，群众就会支持我们，就有力量。我们依靠了群众，就不会感到孤单了。"

　　小李子擦过梁子的肩膀走上前，含笑说："你不必感到孤单，我一定支持你。虎山再穷，也要让它变得富裕，要让传说中的金凤凰飞回来。我跟着你走到底。"

　　听了这番话，梁子很感慨，深情地向她望了一眼，心里又觉得充实了许多。

十九 生活的道路

"有这样的人么……"

娟娟朦胧地想着，好像受到了很沉重的鞭笞，从灵魂到肉体，感到一阵麻木。和小梁分开后，她躺在凉床上，身子动弹不得，只听凭那熟悉的脚步声，渐渐远去。

突然，她跳起来，冲到门外。夜色像神秘的深水湖，无情地包围着她。她想喊，发不出声音；想追，迈不动脚步。她绝望了，无力地靠在门框上，垂下了脑袋。两行泪水，无声地从眼眶里涌出，顺着脸颊，流到了嘴角。她没有擦拭，还想要强地把它咽下。但是，当苦涩的泪水从咽喉流进她空空的胃囊时，她的心里一阵剧烈的绞痛，奔放的感情，终于冲破了麻木的神经的抑制，倾泻而出了……

娟娟失声痛哭了。这哭声是深沉的，压抑的，里面没有女孩子惯有的娇气和委屈。她本是坚强而有自制力的人，但是在情感这个天地里，女人往往逃脱不了最后的软弱，更何况现在正是深夜，没有谁会到这里来，没有谁会听到这悲哀闷塞的抽泣。在黑夜的帷幕下，她还有倾泻感情的自由……

不知过了多久，娟娟哭得累了，乏了，她坐下来，觉得房子很空很大。两只橡皮水田袜，软软地吊在桌沿上。风从窗外吹来，水田袜微微抖动了一下。她的头有点发晕，眼前恍惚出现了第一年下水田时的情景。那时虎山新开了几块稻田，打破了过去不栽秧的老习惯。一个栽秧季节下来，心灵手巧的娟娟，已经能赶上一般的社员了。在明镜般的水田里，她把两根油黑的辫子用手绢扎在背后，一只手灵巧地分着秧撮，一只手把嫩绿的小秧苗捺进泥里。这水田的泥土是松软细糯的。她故意溅起一串串珍珠般的水花，把小梁抛在后面。小梁并不在意，只是在她累得心慌手软的时候，不吭声地在她边上多栽一撮秧，和她一同栽到地头。后来，她的脚烂了，发炎，小梁说，听说有一种水田袜，穿着下田可以保护皮肤。在那汗流浃背、蚊叮虫咬的日子里，娟娟是多么的需要这样一双水田袜啊！但那时没有，因为这一带没有栽秧的习惯，所以也不出售这种东西。现在，有了……唉，生活是这样的捉弄人啊！她慢慢地伸手拿起袜子，以一种异样的心情抚摸着它。一时又觉得，她不能没有小梁。

记得她第一次跟小梁上他爷爷家里度暑假，那时她才十岁。农村的孩子有些欺生，嘲笑她害怕牛犊，害怕长虫，连一条小水沟也不敢跨过去。只有小梁，这个圆脑袋、大眼睛，和娟娟同岁但比她结实得多的小男孩，处处维护着她，带她到田野里去割草，采喇叭花，从来不嫌麻烦。

记得小梁刚进城时，和娟娟在一个班级念书。那时娟娟是少先队的墙报委员。班上谁要是敢笑一笑小梁的土气，那么，第二天保证有一篇辛辣的小品文，出现在壁报上，这当然是出自娟娟的手笔。

记得在文化大革命中，娟娟的家被抄了，她变成了"可以教育好的子女”，变成了“狗崽子”，开会只能坐在边上，国庆节的时候，不许外出。这时候的小梁，已是班上红卫兵团的一名干部，只有他仍经常来找她，和过去一样亲切。

如果说，学校里九年同窗，再加上文化大革命中结成的友谊是难能可贵的话，那么，几年来朝夕相处、同甘共苦的农村生活所产生的感情，就更要贵重十倍！

娟娟清楚地记得，有一次她发疟疾，正烧得迷迷糊糊的时候，小梁走进了她的屋子，手里拎着一个热水瓶，还有一袋子梨。好像在沙漠里行走久了的人看见清泉一样，她抓起梨就要啃。小梁笑了，他一把夺过来替她削好了皮再送给她。吃了梨，娟娟的脑子清醒了些，她靠在枕头上笑着对小梁说：“你知道我刚才在想什么？”

小梁摇摇头。

她说：“我在想，小时候有一次我病了，躺在水果、蛋糕和洋娃娃中间，你到我家来看我，我对你说，我要是生一种不难过的病，让你天天来看我，该多么好……”

“别胡思乱想，”小梁低下头说，“我要走了。”

“走？”娟娟吃惊地问。

“唔，上农学院的事，已经批下来了。我刚从县里回来，这梨，就是才买的。”小梁说着，好像并不显得高兴。

“这么快？”娟娟的声音有点哽塞。

“你好好休息，”小梁着急地望着她说，“我还要回来的。”

“回来？”娟娟的心情很复杂。

“只要你在这里，我一定要回来的。”小梁坚定地说，握了握她滚烫的手……

小梁一去就是四年。她怎能忘记，在无数个寒冷的冬夜，突然西北风折裂树枝，把她从睡梦中惊醒过来，小梁明亮的眼睛，在黑暗里显现，好像闪光的灯，照在她心上，使她感到了温暖。

她怎能忘记，在僵硬的盐碱地里从事着单调而机械的体力劳动，当自己筋疲力尽的时候，想着小梁，便不再感到孤单，便有了勇气和力量。

小梁是她的希望，凭着这点希望，她忍受着一切，她期待着明天……

她想着，回到自己住的屋子里，从锁着的抽屉里，取出一沓子信来。四年来小梁给她的信，全在这儿。

她翻着翻着，一个个熟悉、秀气的字，跳入眼帘。这些字，排列得整齐、端正，就像小梁英俊、持重的外表一样。但是，用这些字组成的语言，却是枯燥、乏味，政治术语淹没了亲切的问候，豪言壮语代替了体贴的关怀。当初，每当娟娟读毕信的时候，就好笑地想，这些内容，应该用一、二、三、四，或者 A、B、C、D 来划分。但是，那时她原谅了他，因为她给爸爸妈妈写信，给亲友同学写信，也用的是同样的语言啊！她之所以珍藏这些信，是想有一天，小梁会用他实在的行动，否定那空洞的原则，跟她娟娟一样。但是，她错了，你看，小梁真的回来了，可她得到了什么？一双已不再需要了的水田袜！

她失望了，也冷静了。这时她觉得，信上的字，依然使她只能看到小梁的外表，而无法触到他的心。当她在热病中他来送水果的举动，是温柔体贴的；但他现在对她的态度又是多么冷漠无情。他的思想高深莫测，而自己过去对他的了解和估计，虽然不能说全错，却至少是不全面的。

想到这里，她收起所有的信，默默走到窗前。

月亮还没落山，窗外的苇塘里闪着幽邃的光。要不是那箭一般的苇子狠狠地往上钻的话，那黑绸子般微微抖动的塘水看起来倒是十分温柔的。

苇塘上吹过来的风，轻抚着娟娟的脸，吹干了她脸上的泪痕，也吹掉了她心里缠绵的感情。

娟娟想，小梁硬要插进虎山大队复杂的矛盾纠葛中，投入那政治斗争的漩涡里去，看来，他是有毅力、有决心，甚至有狠心搞政治的了。当然，一个政治家，是需要这样的狠心的，也许，这正是他的成功之处。但是，在未来的生活中，她娟娟需要的，是体贴的丈夫，不是狠心的政治家……就这样，娟娟和衣躺到床上，思前想后，翻来覆去，难以入眠。夜，越来越深了，四周万籁俱寂，娟娟觉得累极了，乏极了，好像有一块很重的石头压在心上，压得她喘不过气来；她一直好像在混沌的梦境中，也不知道是睡是醒。

风吹起来，槐树叶子哗哗地响，她觉得这是梦；狗咬起来，疯狂的吼叫在无边的暗夜里显得那么凄厉，她觉得这是梦；老鼠在磨牙，发出讨厌的吱吱声，她觉得这也是梦；公鸡啼明了，发出此起彼伏的叫声，仿佛这仍是梦……梦，梦，一切都是梦，但愿自己永远沉落在这巨大无边的梦境里，不要醒来。

朦胧中，她听见"笃笃"的敲门声，好像还有小梁的喊叫——又是梦，她迷迷糊糊地想道，疲惫地翻了个身，没有去理会。不知过了多久，敲门声又响了起来，而且很粗、很重。她一惊，睁大了眼睛，只见满屋子的光亮，太阳的光线已经透过窗洞斜射到床边的墙壁上了。老马头十分自得的嗓门毫不含糊地送进屋来："姑娘，崔书记叫你马上到他家去。"

娟娟听来觉得很丧气。她懒得起来，便隔着门在里屋问道："什么时候？"

"马上就去，越快越好。"老马头敞着嗓子叫道，"姑娘，你可得快一点啊，回头别说我老马头给耽误了。"

这样一来，娟娟只得马上起床，来不及烧口吃的，便赶紧往崔海赢家走去。

打老远，就闻得一阵扑鼻的肉香，料想是公社来了人，娟娟的心开始忐忑不安起来。她使劲咽下了一口从空空的胃囊里涌上来的苦水，一步迈进了崔家的院子。

树霞正埋着头在锅屋里忙碌；崔海赢的大孩子在泥地上打滚玩耍。娟娟来不及上去招呼，就匆匆地往崔海赢的房间走去。

一进门，只见床上两条厚厚的新被子叠在一起，旁边靠着枕头，形成了一个很舒服的"沙发"，一个油光满面的胖子，躺在这"沙发"里。这胖子个儿不高，上身一件蓝褂子敞着，露出了里面的白衬衣，下身穿条又肥又大的灰裤子。他跷起二郎腿正在抠脚丫子，一只尼龙花袜子吊在脚趾上，随脚轻轻地晃动。崔家的大黄狗和气地伸着舌头，围着客人撒欢，惹得这胖子发出一阵阵开心的旁若无人的笑声。

娟娟看着一阵恶心，低了头想退出去，只见崔海赢从靠墙的一条长凳上站起来，匆忙拦住她道："来，我来介绍一下，这是公社武装部的温部长。"

娟娟只得上前一步，恭恭敬敬地叫了一声："温部长！"

温部长微微欠起脑袋，用眯缝在肿眼泡里的一双小眼睛打量了她一番，扭头对崔海赢道："这是……"

"就是她，我们大队的会计谭娟娟。"崔海赢向温部长连连点头，接着又对娟娟道："温部长今天是特地来调查救济款遗失的情况的，你要好好向温部长把情况汇报清楚。"说完，他殷勤地给温部长递过去一支香烟。胖子用抠脚的手接过烟，离开"沙发"，坐直了身子，然后掏出打火机，点燃了香烟。

"你是大队会计？"只见温部长眼皮一耷拉，黄胖的脸上顿时阴沉下来，严肃地发问。

"是。"娟娟一阵心跳，连大气都不敢出。

"好，我问你，那笔款子是怎么丢的？"温部长继续厉声责问。

"这……"娟娟心里一阵慌乱，脸上红一阵、白一阵的，结结巴巴了一会儿，终于把丢款的大致经过，说了一遍。

"你这会计是干什么吃的？你的魂到哪里去了？"温部长激动起来，脸上越发显得油光锃亮，橄榄核一样凸起的肚皮直颤动。他"噗"的一声吐掉嘴里的香烟屁股，站起身威严地踱到桌前，缓了口气道："听群众反映，你一心只想找对象，对工作吊儿郎当，不负责任。这次救济款的丢失，和你一贯的工作作风，是分不开的。眼下正闹饥荒，全大队上千口人吃不上饭，大家要是闹起来，看把你这会计给'吃'了！对这严重的后果，你要负全部责任！"

胖子说着，见娟娟战战栗栗地不出声，觉得还不过瘾，一时性起，"啪"地一击桌子，喝道："谭娟娟，你不要装哑巴。你要知道，你丢的是救济款，这不单是个经济问题，你丢的是党和国家对贫下中农无微不至的关怀和爱护！这还是个政治问题，可不是儿戏！你不把问题说清楚，这笔款子查不出来，你要受刑事处分！"

娟娟一听"刑事处分"这几个字，顿时脸色煞白，脑子里"嗡"的一声，眼前觉得有无数金色的小蜜蜂乱飞，两腿软软的，几乎站立不住了。

崔海嬴见状，连忙把刚才沏好的茶倒了一杯，递上前去，赔着笑脸说："温部长请先喝杯茶吧。丢款的事，我们大队支部也有责任，现在正在组织专案组追查。相信在上级领导的帮助下一定能查清楚的。"接着，又转过脸对娟娟道："温部长对我们大队特别关心，所以今天亲临指导。部长刚才讲的话你要认真领会。他是从党的原则出发，严格要求啊！俗话说'打是亲，骂是爱'嘛。这样吧，你先回去好好想想，向上级写个汇报材料，晚上拿来给我，我再给部长送去。"

崔海嬴说完，得意地向娟娟和胖子各望了一眼，好像在欣赏自己处理问题左右逢源的本事。可温部长没管这些，他喝了两口酽酽的浓茶，觉得肚子里开始咕噜起来。锅屋里飘出的油香直钻进他的鼻孔，他用力嗅嗅，一歪身倒在枕被垫成的"沙发"上，又抠起了脚。善于体察领导意图的崔海嬴立即意识到了，马上转过脸向锅屋里吆喝起来。正喊着，树霞进来了，望着崔海嬴怯生生地说："肉炒好了，就是鸡还没炖烂。"

"蠢蛋！"崔海嬴不耐烦地摆了摆手，"把酒杯洗洗干净，熟菜先端上来。"说完，回过头来对温部长笑了笑："您稍等一会儿，我先送她出去。"

娟娟失魂落魄地跟着崔海嬴走了出去。被室外的强光一照，她觉得头晕得厉害。崔海嬴见她摇摇晃晃的样子，一面上前扶她，一面关切地问："怎么啦？哪儿不舒服？"

娟娟艰难地摇摇头，推开了崔海嬴。

两人默默地走了一段，崔海嬴向前凑了凑，俯下脸低声说："你别发愁，放宽心好了。温部长是我的老上级、老朋友了。这事全包在我身上。我会替你解释、承担的。"

娟娟抬起头，似信非信地望着崔海嬴。

崔海嬴又向娟娟凑了凑，更加亲切地说："你对我还信不过嘛？唉，告诉你吧，大学招生的事有准消息了，今天晚上你就来拿登记表吧。"

娟娟一愣，呆呆地望着崔海嬴，泪水慢慢地从眼眶里渗出，不知是感激、惶惑还是恐惧。

崔海嬴站定下来，深深地向她望了一眼，说："我也不送你了。别哭了，叫人瞧着多不好看。快回去休息吧，别忘了晚上来找我。"

眼看着娟娟点点头，朝自己的小土屋里走去了，崔海嬴才转过身，慢慢地往回走。

崔海嬴回到屋里的时候，桌上已经杯盘狼藉，温部长正手撕口咬地啃着一只鸡腿。大约是等着崔海嬴不回来，这位好吃的部长先生的食欲已经按捺不住了。

"你跟那小娘们嘀咕些什么？怎么送到现在才回来？"温部长见崔海嬴进来，醉醺醺地问。

崔海嬴笑笑，没有回答，上屋角的脸盆里洗手去了。

温部长"吱"地抿干了杯里的酒，咂咂嘴，又道："这小娘们长得倒真不赖，你这小子有眼力……"

正在这时，树霞端着一盘通红的虾子上来，崔海嬴忙举起筷子，点着盘子说："部长吃菜，吃菜！"

温部长夹了一只虾子撂在嘴里胡乱地嚼着，崔海嬴凑上前，悄声问道："部长，最近的形势怎样？你可听到些什么没有？"

"你听到什么了？"温部长的筷子又伸到了一个油漉漉的肉碗里，抬起已开始发红的眼睛反问道。

崔海嬴四下里环视了一番，压低嗓门道："听说咱们的江青首长最近和一个外国娘儿们谈话，捅了娄子，要被逐出政治局了，可有这事？"

"你问这个干什么？"温部长醉眼一翻，满不在乎地夹了一大块又烂又肥的红烧肉。

"唉，这可是关系到你、我的前途和命运啊！"崔海嬴叹了口气，忧心忡忡地望着温部长说。

"哈哈哈，"温部长发出一阵炸耳的笑声，伸手拍了拍崔海嬴的肩膀："老弟呀，你这不是新闻，已是旧闻啦。如今省里已经布置下来了，正在追查这些个政治谣言呢。"

崔海嬴先是一惊，随即长长地舒了口气："那敢情好！"说着，欠身给温部长斟满了酒："这形势，真叫人捉摸不定啊！"

"管他妈的什么形势，老子是今朝有酒今朝醉！"温部长举起杯子，乜着蒙眬的醉眼道："今天你可得慰劳慰劳我，我把这小娘们唬得不轻。"

"哈哈哈！"两人同时大笑起来。

……

直到日头偏西，崔海赢才送走了温部长。树霞下午收工回来，进屋收拾碗筷，崔海赢向她和气地说："你放着吧，快把东西拾掇拾掇。"

"干什么？"树霞一时还没听懂，呆呆地问。

"带孩子上你娘那儿去住两天。"崔海赢说。

"小的正发烧哩。"树霞有些不愿意。

"不碍事的。"崔海赢皱着眉头说，"你没见我这几天正忙，大哭小闹的，搅得我不能工作。"

"嗯哪。"树霞一肚子委屈，但还是转身默默地走到里屋去拾掇了几件孩子替换的衣裳，打了个包袱搁下，又出来问崔海赢："什么时候走？"

"嗯，这就去吧。"崔海赢只哼了一声。

"那你们的晚饭哩……"

"这你就别管了。"

"孩子怕风。"树霞抱起小孩子又说。

"唉，你真啰唆，多穿上点不就得了。"崔海赢这时已很不耐烦了。树霞不敢再说，连忙抱着孩子，走进了苍茫的暮色里。

上午，娟娟从崔海赢家回到自己屋里以后，心里又翻肠搅肚地折腾起来，一刻也不能安静。她提起笔来，想按崔海赢的要求写材料，但一下笔，马上又掉进了现实矛盾的深渊。她觉得这纸、这笔，连同那横在天幕下的那尖尖的狼山和浑圆的虎山山顶，一齐都变成了那个黄胖橄榄——温部长的可怕的油光发亮的脸。他正向她张开着血盆大口……她害怕，她想尽快找一条出路，摆脱这一切。

可是，出路在哪里呢？在人生的道路上，娟娟究竟走到了哪里，今后将往什么方向走呢？她不由得又想起了在这里和小梁一起度暑假时，两人赶路的比赛来。是的，人都在走自己选择的路。小梁、老支书、崔海赢，都按照他们的心愿和目标，在走着各自不同的道路……

娟娟放下笔，在屋里徘徊，随手取下了叠放在一起的报纸，翻看起来。这是娟娟这几年来养成的习惯了。在学校的时候，娟娟对政治不感兴趣，一听报告就头痛。可是，生活教会了她，使她认识到，无论是谁，纵有天大的本事，就是想在这偏僻的小山沟里，掀起一个浪头的话，不借助社会上的风，也是无济于事的。崔海赢是能干的，他的手段是高明、毒辣的，但他要不是借助于批判走资派、批判唯生产力论的政治形势，他能把几十年任劳任怨、虎山大队人人尊敬的老支书搞下去吗？

娟娟随意翻着报纸，此刻她并没有心思去研读那些大块文章，只是浏览一下大字的标题而已。仿佛这样，已是够促进她的思考了。

老支书是个好人。娟娟始终是这样认为的。虎山人传说，老支书在抗日战争时，曾用一把杀猪刀，砍掉过日本鬼子的脑袋；在解放战争时期带队推小车支前立过功；在合作化运动中，曾用牛一般结实的身躯，在虎山贫瘠的土地上拖犁，使那些等着看合作化笑话的富农，灰溜溜地垂下了脑袋……这些传奇般的壮举，娟娟没有亲眼看见，但是她亲眼看见老支书风里来，雨里去，锨把上的铁箍，磨得亮光闪闪。刚来的时候，娟娟的小锅灶回烟，有人说，南方蛮子，烧不来锅。可老支书见了，却来仔细检查了一番，并当机立断地把灶砸了，然后花了整整一天的时间，亲自替娟娟重新盘了灶。类似这样的小事多得数也数不清，她娟娟不是铁石心肠的人。但是，老支书的目光短浅了些，他只能算是一个没有脱离朴素的农民本质的好人。他不懂政治，他没有看清时代的潮流。可不是吗，在这些大批唯生产力论的日子里，他何苦要去修环山渠道，大搞远景规划呢？你看崔海赢，他用的锨早已上了锈，他家里的空酒瓶堆成了筐，但他却是"大批判的先锋"，"朝气蓬勃的新干部"。

报纸一页一页地翻过去，娟娟没有看到一则关于老干部、老模范的报导，没有看到一则关于抓生产的报导，除了从民主派到走资派的理论的大块文章外，就是大批唯生产力论。她联想到自己的处境，回顾起前一阶段走过的路来。前一时期，她靠拢崔海赢，疏远老支书，得到了好处。她觉得这样做是聪明而识时务的。尽管在崔海赢硬逼她做的某些事情上违背了自己的良心，她感到对不起老支书。但是……但是她那像时钟一样准确地上下班，一辈子勤勤恳恳地工作的爸爸，被当作"特务、反动权威"拉出去戴高帽子、坐喷气式的时候，有哪一点"罪状"是公道的，又何曾讲过良心呢？可见，人要适应社会，有时也不得不干一些违背良心的事，只要不超过一定的限度。特别是像她这样的处境，跟着崔书记走，是迫于无奈，应该谅解的，更何况她在崔书记的手下，当上了大队会计，得到了上大学的应允，像今天这样为难的场合，崔海赢还帮她过了关……这一切是她在老支书手下所不能得到的。

那么，就顺着前面所走过的路，一直往下走吗？不，潮流有起必有落，人有福必有祸，像崔海赢这样的人，历史会给他做出什么样的结论？潮流会把他推向何处？

娟娟埋下头，又顺手拿起了桌上的一个工作日记本，打开一看，这是那天晚上开的支委扩大会的记录。看着这些记录，娟娟又想到了支委会上，崔海嬴那狼狈的招架之势。

娟娟想，尽管整个形势对老支书不利，但是小梁一来就站到了老支书一边。他提出的水泥和救济款问题，看来真是疑案。这两件事都是自己经手，这两件事又都是和崔海嬴有联系……

想到这里，娟娟不由自主地打了个寒战。因为大坝的倒塌，使老支书问题的性质起了根本的变化；而救济款的遗失，又使全村陷于混乱，使水泥事件追查不下去。难道说，为了搞掉一个人，他崔海嬴真的不惜把全村人的生命和财产作为赌注……要真是这样，跟着这个人走，也实在危险啊！

那么，像幼时走道一样，改换方向，绕道前进，走小梁和老支书的道路？

这在娟娟，也是可以做到的。她想，只要向小梁认个错，说出自己对水泥和救济款问题的疑问，并积极配合他进行追查这两件事，那么，她会重新取得小梁的信任和好感的；老支书也会谅解她，老支书待人是宽厚的。

但是，这个念头只是在心头一闪，望着飘忽不定的煤油灯，她想，不，不，这么做，就等于把自己卷进了政治斗争的漩涡。政治，固然可以使崔海嬴飞黄腾达，也可以使老支书那样倒霉。就是小梁有再大的本事，也不可能例外。政治是可怕的，卷进了政治斗争的漩涡里，不被淹死，也会被弄得身败名裂。

娟娟忽然又想到了那场可怕的大水，涧湾的洪流。她感到自己既无法与崔海嬴抗衡，也不能跟小梁匹敌。自己万一被卷进去的话，只会淹没得更快一些。

娟娟想得心烦意乱，她再不觉得屋子太空太大，而只是感到压迫和窒息。她昏昏沉沉地想，世界这么大，难道就没有她走的路？

路，路在哪里？出路在哪里？！娟娟想着，忽然记起了鲁迅先生的一句话："地上本没有路，走的人多了，也便成了路。"娟娟心里一动，她是个有性气的姑娘，她决心用自己的努力去为自己开辟出一条道路。她决定晚上去崔海嬴家时，好好和他谈谈。既然大学招生的登记表已经下来，这次机会无论如何也不能再错过。只要这件事办妥，那么她就可以立即远走高飞，摆脱在这儿的一切烦恼，斩断与这儿的一切联系——包括小梁，包括崔海嬴。

娟娟想到这里，把积在胸中的闷气轻轻地舒了一口，提起笔来很快地写好了崔海嬴要的材料——这在娟娟来说本来就不是件难事。她把桌子收拾好，把房间归置整齐，再对火做了点吃的，然后对着镜子，梳理她那油黑的发辫。她望着镜子里被瀑布般散开的黑发半遮起的秀丽的脸，心里一跳，又想起了小梁。她想也许自己错怪了小梁，因为……他的话也是有道理的呀！几年来自己在考大学的问题上几起几落，多少次这样忐忑不安地去寻找崔海嬴，多少次低声下气地出入于县知青办的大门，又是多少次被深夜的噩梦所惊醒，眼睁睁地捱到天明，为的是早一刻探听到一丁点儿关于招生的消息。然而，她所得到的结果，是一次又一次的失望，不明理由的落选……现在，崔海嬴真的大发慈悲让她去上大学吗？再说，即使崔海嬴这一关完全通过了，到县里还得"过五关斩六将"。父亲的问题还没解决，不知道现在的政策怎么样，据说"可以教育好的子女"也有名额，可是，难道这幸运的光环，真的会照耀到自己的头上？

娟娟想着，又心烦意乱起来。她睁大迷惘的眼睛，向窗外望去，只见天色已经暗下来了，心里一惊：崔海嬴还等着她呢。于是她咬了咬嘴唇，对自己说：事到如今，也只有这条路了；纵使前面有"五关六将"，我也必须先闯过崔海嬴这一关！

掌灯时分，娟娟匆匆来到了崔家门口。大黄狗迎上来围着她亲热地献媚，又摇尾巴又咬她的衣角。娟娟讨厌地甩开了它，轻轻地叫了一声："崔书记！"

这会儿，娟娟的头发梳得整齐，衣服换得干净，尽量不露出一天来痛苦煎熬的痕迹。此刻她的心情，好像是去赴一个可怕的宴席，宴席上有珍馐美酒，但守卫宴席的，却是一个恶鬼。她的全副精力和本事，要用来对付这个恶鬼。这一着赢了，才有可能自由取食那美味的食物。

"成败就在这一遭了，可别慌神呀。"娟娟暗暗对自己说，心里准备好了一套又一套的话，不达目的，决不甘休。

崔海赢闻声出来，喝退大黄狗，把娟娟领进他的房间里。他向娟娟满含深意地望了一眼，也没问娟娟写材料的事，就走到放在床铺侧面的那只用得很古旧了的一头沉书桌边，拉开抽屉，取出一张纸说："这次大学招生，我们大队，只分到了一个名额。瞧，表在这儿，我已经替你填好，只消你签个字就行了。"

娟娟万万没有料到，这梦寐以求的招生登记表，会这样轻易地到手，也许崔海赢，并不像她过去想象的那么厉害……但此刻她也顾不得去多想了，情不自禁地走上前，伸出手，准备去拿。

崔海赢按住表格说："明天公社就要汇总报到县里，你不来，我也要去找你了。"

"那么，给我吧。"娟娟高兴极了，只想马上拿到手，看一眼心里也舒服。

崔海赢微微一笑，拉开抽屉，又把表格放进去，然后"拍嗒"一声，抽屉关上了。

娟娟看了有些吃惊，心怦怦跳起来，小心翼翼地问："不是说，明天就要报上去了么？"

"看你慌的。"崔海赢满面春风地望了娟娟一眼，"你急什么呀，表格放在我的抽屉里了，还怕它飞了不成？"说着，又从一头沉书桌上拉开另一只抽屉，搬出几碟小菜和两只酒杯来，仰头对娟娟说："来，为了祝贺你上大学深造，今天我请你一杯酒。你上咱们大队这么多年，吃了不少苦，出了不少力。我过去没有好好关心你，也让你担了惊，受了怕，这些都不说了，现在，咱们是要'将军不下马，各自奔前程'了，因此我准备了一杯酒，算是给你饯行吧。"

娟娟见他这么搞，慌得不知如何是好，一片红晕从脖根直飞到脸上，连连说："崔书记，不，不……"

崔海赢笑眯眯地望着娟娟："这有什么关系？难道你连这点面子都不给了？来吧，我知道你不能喝白酒，给你准备了甜的。"说着，从床后的筐里拿出了两瓶酒。一瓶是洋河大麯，他给自己斟满了；一瓶是红葡萄酒，他倒在了给娟娟准备的杯子里。接着，又拉过边上的两只方凳，招呼娟娟坐下。

娟娟临来时想到了各种可能出现的情况，就是没有料到崔海赢竟然会对她这么客气。她现在坐上去也不好，不坐上去又觉得自己太不近情理，正尴尬着，崔海赢又道："你不要怕嘛，我这个支部书记也是个人，也是通情达理的。今天这儿没有旁人，咱们不要唱高调了，讲点人情味吧。老实说，在咱们虎山，真正懂得我的思想感情的，恐怕只有你了……"崔海赢摆出一副遇见了知音的样子，诚恳地一把拉过娟娟坐下，"来吧，喝完了这么一杯，我就把表格给你，你好早点回去休息，这几天你也够累的了。"

不由得娟娟不领情，在这样的情况下，娟娟只好坐上去拿起了酒杯。

酒是甜的，颜色很浓，娟娟抿了一口，觉得甜酸中还带点苦涩，抬头望望崔海赢，只见崔海赢举杯一饮而尽，伸着筷子劝娟娟吃菜，并说："你不会喝酒吧。其实，这也是平时解闷消乏的玩意儿，味道是并不十分好的。就拿这白酒来说吧，又辣又涩，不过喝惯了，这也就算是一种刺激罢了。好像是人们吃辣椒一样，本来是辣得舌头起泡，却偏要说辣得好痛快！"说完这一番道理，崔海赢又替自己倒满了一杯，举起来，望着娟娟说："来，为了你的前途无量，干了！"

娟娟本来正在品着这酒里的苦涩味，经崔海赢这么一解释，觉得自己也太不豪爽了，喝酒还能怕苦？于是，也站起来说："谢谢崔书记，我将来一定不忘你的帮助。"说完，仰起脖子，也不管它是什么味，一口灌了下去。

喝完这杯酒，娟娟觉得从喉咙口到胸口都热烘烘、麻辣辣的。她意识到不能再喝了，怕喝多了有失检点，就挡住崔海赢递过来的酒瓶，站了起来，讷讷地说："崔书记，那表格……"

崔海赢用略带酒意的笑眼望着娟娟，开玩笑似的说："现在干什么都要讲条件，你给我什么报酬呢？"

"呵，原来是这样。"娟娟轻轻地吁了口气，她知道崔海赢爱喝酒，便用调皮的语调说："我给你买两瓶茅台酒？"

崔海赢对娟娟微笑着摇了摇头。

娟娟又说："那就给你买身的卡衣服，你要什么颜色的？"

崔书记还是摇头。

"那给你买块上海牌手表，怎么样？"

娟娟说这话，是有思想准备的。如果崔海赢真的要表或者要比表更昂贵的东西，她也准备考虑。为了自己的出路和未来，她不但可以卖掉自己的箱子、铺盖，甚至还可以动员妈妈把自己家里的任何东西，包括吃饭的桌子和睡觉的床全卖掉。

崔海赢仍然摇摇头，嘴角浮起一丝莫测的笑意："我不要物质的东西。"

"那……你要什么？"娟娟茫然地望着崔海赢。

"我要精神的东西。"崔海赢也望着她说，站起来，把门关上，

"今天晚上……"

娟娟一下子明白过来了，她竭力躲开崔海嬴逼视她的目光，浑身的血液直往上涌，好像全身每个毛孔都竖了起来。突然，她别转身，拉开门冲了出去。

这时伏在门口的黄狗从暗地里跳了出来，冲着娟娟直叫唤，拦住了她的去路。

娟娟一惊，走不动了，颓然地靠在崔家院子里的一棵树干上。

没有星星，也没有月亮，夜像漆黑的布，蒙住了一切。但是那张招生登记表，却如此清晰地在娟娟的眼前晃动，她一伸手，抱住了树干，汹涌的泪水夺眶而出……

"看你，想到哪儿去了？"不知什么时候，崔海嬴站到了娟娟的背后，亲切地拍了拍她的肩膀，压低嗓门道，"我是说，今晚没别的人了，咱俩好好谈谈。话还没完呢，你……你怎么就跑了呢？"

听了这番话，娟娟慢慢转过脸，睁大犹豫的眼睛，凝视着黑暗中崔海嬴的脸。远处传来猫头鹰的惨叫，那样悲哀，那样凄凉，渗透在整个黑夜的幕里。崔海嬴在暗中莞尔一笑，温和地责问道："我是那样的人么？嗯？"

娟娟摇摇头，身子发起抖来。崔海嬴摸了摸她单薄的衣服，关切地说："外头冷，还是屋里坐去吧！"

娟娟依然说不出话，她觉得头有点儿发昏，同时思想也激烈地斗争起来：是进去呢，还是不进去？招生登记表还没有拿到，如果真是因为自己多心而错过了这次机会，岂不误了终身？

娟娟正在出神，忽见崔海嬴的身子晃了几晃，两手捂着胸口，好像要跌倒下去的样子。她吓了一大跳，赶紧上前去扶他，连声问道："崔书记，你怎么啦？怎么啦？"

"心脏病……我的心脏病犯了。"崔海嬴痛苦地呻吟着说，

"请……请你快把我扶到屋里去。"

娟娟万没料到会碰到这样的事，而且，以前她也从来没听说过他有心脏病；可是，现在人已经病了，也顾不得多想了。于是她慌慌张张地把崔海赢扶回房间，让他在床上躺下，然后着急地说："崔书记，我给你去请医生吧，树霞呢？要不，把你娘给喊起来？"

"不，不用，树霞回娘家了，我娘……走亲戚去了，家里……没人。"崔海赢摆摆手，少气无力地说，"你别……害怕，我有药，在书桌的抽屉里。"

娟娟按着崔海赢的话，找到了一个小瓶子，掏出了两粒不知什么药片，问崔海赢是不是这药，崔海赢说"是"，她也顾不上细看，便倒了碗开水，一齐送到他的床头。

崔海赢吃了药，似乎好多了，他不再呻吟，向娟娟投去满意的一瞥，说："让你受累了，来，坐下歇歇吧。"

娟娟小心翼翼地在床沿上坐下，忽然感到头昏得厉害了，心想：怎么，自己也要生病了？为了支持住，她悄悄地用一只手去掐着另一只手的虎口，一面不安地说："崔书记，我还是给你去喊人吧。"

"不必了。"崔海赢制止她说，"我这是老毛病了，不碍事的。"

"老毛病？"娟娟有点奇怪，冲口问道："以前我怎么没听说过？"

"你当然不会知道了。"崔海赢含蓄地微微一笑，又向娟娟深深望了一眼，接着，温柔地，一字一句地说："娟娟，我的病怎么能告诉你，因为……因为我这病是为你得的啊！你还记得，那一年你到我家来借书时说的话么？你的话深深地打动了我，打那以后，我吃不香睡不稳，常常想到你。当然，我知道你是不会爱我的……"说到这儿，崔海赢拿眼角朝娟娟瞟了瞟，正好迎上娟娟惊讶、惶恐的目光，他含情脉脉地笑了。可怜的娟娟，却赶紧掉转头，用尽量不叫人觉察的动作缩着身子，好像那话，那目光会变成一种骇人的东西威逼到她身上去一样。崔海赢轻轻叹了口气，又道："是啊，我也是有家室的人了，不应该产生这种感情，所以我常常谴责自己，我的病，就是这样憋出来的。你不会笑话我吧？可是娟娟，尽管我⋯⋯我的心底产生了这不应该的感情——也正因为这样，我更希望你有一个远大的前途。所以我千方百计地想帮助你上大学。现在，你就要走了，也许我们再也不能见面了，我很难过⋯⋯不，我感到高兴，你的幸福，是对我最大的安慰。"

说完这番话，崔海赢恳切而热情地注视着娟娟，娟娟也逐渐恢复了平时那种矜持、大方的神态。她想，崔海赢能够克制自己的感情这样对待我，看来这人真的不像自己所想的那样坏，人总是要讲点良心的，人家既然这样自己谴责了自己，我岂能再去谴责他？想着，不禁为自己刚才的那些念头和举动而羞惭后悔起来。她低下头，一阵红潮从脖根涌到脸上，她觉得自己真是太不应该了；再说，招生登记表还在崔海赢的手里，怎么能就这样得罪了他啊！想到这里，娟娟站起来，为了挽回影响，也为了表示一下自己的心意，她望着崔海赢说："崔书记，你这样为我着想，我也决不会忘恩负义的。"

一语未了，一阵更强烈的眩晕向她袭来，她觉得浑身极度的困乏，头脑又涨又重。渐渐地，她感到两条腿再也无力支撑住自己的身体。她感到恐怖，想走开，却不能自制地扑到了靠床的桌子上。她的理智好像变成了一根头发丝，隐隐地怀疑了一下刚才喝的酒是否有问题，随即就完全失去了知觉。

她昏沉地睡熟了。美丽而苍白的脸上，有一颗泪珠，闪着晶莹的光。

崔海赢狞笑一下，敏捷地跳下床，像饿狼一样地向她扑去⋯⋯

二十　理想和现实

　　妈妈轻轻地拉开淡蓝色的窗帘，金色的太阳光射进了房间，淡淡的灰尘的光柱在浮动，打蜡地板反射出柔和的光亮。厨房里，飘来一阵阵炖肉的浓香。

　　昨天中午，梁子和小李子分手以后，稍稍准备了一下就上路了。正好赶上开往滨海市的夜车，他在火车上睡了一觉，今天清晨五点多钟，当爸爸、妈妈和妹妹正在酣睡的时候，他这个不速之客，突然叫醒了大家。

　　爸爸因为要上学习班，没和他谈上几句，就匆匆地走了，接着妹妹也上学去了。妈妈今天休息，笑逐颜开地忙碌起来。她从菜场回来，好像开了个杂货铺，篮子里蹄髈、排骨、鸡蛋、洋葱、土豆、油条、豆浆……应有尽有。她先让小梁吃了油条和豆浆，接着又热了泡饭，最后拿出饼干。对于这种爱抚，小梁已经觉得很陌生了，但他还是一样一样地欣然接受了。完了，他站起身，对着大橱上的穿衣镜，伸出手指当梳子，在柔软的黑发上抓了几把，又整整衣领上的风纪扣，就准备出门去——农学院在近郊，路上来回得要两个多小时呢。

妈妈发现了他的动向，连忙赶进屋来吩咐道："小梁，今天上午哪也不许去，在家睡一觉。"

"妈——"梁子无可奈何地叫了一声，刚想反驳，但是望了望妈妈那花白的头发和眼角的鱼尾纹，那明显消瘦和苍老的脸庞，他把要说的话咽了回去。在他的记忆中，爸爸总是没日没夜地在厂里忙啊忙啊，家里的一切，事无巨细，全是妈妈在一手操劳。文化大革命初，爸爸受到了一些冲击，这时他倒空闲了一些，有时还帮妈妈洗洗衣服，后来爸爸因为出身比较过硬，历史清白，很快被解放并结合进了厂里的领导班子，于是，又没早没晚地忙起来了。妈妈为了让爸爸安心工作，依然承担了全部的家务，难得在家休息一日，往往在家比上班还要累。所以，对于妈妈的请求，梁子不忍拒绝。他想了想，觉得闲着也无聊，便捧起一大把菠菜，帮着妈妈择起来。

妈妈微微笑了，望着孩子粗壮的手脚，结实的身躯，英俊的面庞和健康的肤色，感到一阵欣慰，同时，也触动了她的一块心病，不由得也在孩子的身边坐下，缓缓地开口道："小梁，你年纪不小了，自己的事怎么样了？"

"自己的事？呃？"梁子一时没能理解妈妈的意思，抬起亮晶晶的眼睛，奇怪地反问。

妈妈"噗哧"笑了："傻孩子，脑袋不拐弯儿，我问你的终身大事，你跟娟娟，现在怎样了？"

梁子一听这话，脸微微一红，他知道妈妈很喜欢娟娟，本不想让母亲多为自己操心，但又觉得，在妈妈慈祥而锐利的目光面前，他是隐瞒不了一个字的。于是，便吃吃地承认说："我们……闹了点矛盾，大概……不，是不行了。"

"哦？"妈妈对这个消息显然很吃惊，好像吓了一跳的样子，放了手里的菠菜，急急地问道，"这是真的？"

"嗯，"梁子点点头，"我们的理想不同，各自选择的生活道路不同，所以我们就……"梁子本想说，"所以我们就分道扬镳了。"但他突然感到喉咙发哽，为了不让讨厌的泪水涌出眼眶，他只好咽住了后面的半句话。此时小梁的心情是复杂的，妈妈简单的问话又搅起了他几天来感情的波澜。

"傻子！"妈妈轻轻骂了一句，竟对他的难过丝毫不表同情，"娟娟是我从小看着长大的，跟你有什么理想不同、道路不同的？"数落着，又向小梁子瞟了一眼，忽然恍然大悟似的说道："噢，我明白了，一定是你要留在农村，怕她飞了，也不许娟娟去上大学，对不对？"

"这……"梁子忽然张口结舌起来，扪心自问，他觉得自己并没有因为想占有娟娟而反对她上大学。可是，他又想到，这些日子来，他确实是只希望娟娟留在虎山，和他一起在生活的道路上走下去，而并没有考虑到她的理想、她的志趣和她的选择。所以在她上大学的问题上，竟没有主动去关心和帮助她，这也许是个问题吧。想着，他感到一阵内疚，过了好一会儿，才轻轻地无力地辩解道："我没有反对她上大学，我只是觉得像她这样的家庭可能性不大，是她误会了……我不把自己的意志强加于人，我可以尊重她的选择，可是爱情……"

听了儿子这番话，妈妈觉得又好气又好笑，她麻利地扫着地上的烂菜叶，说："好，我问你一句话，你还要不要爸爸妈妈了？说明确点，就是你到农村去革命了，我这留在城市的妈妈，你还要不要？"

"妈妈，这是哪儿的话，妈妈！"梁子不由得叫起来。

"这是你的逻辑呀，"妈妈略带讥讽地瞟了他一眼，"只有你最革命了。"

梁子被说得低了头，他觉得理亏，却又想不出自己错在哪儿。

"傻子，教条！"妈妈用手指点了点他的脑袋，气呼呼地说，"为什么娟娟这样聪明的孩子，上了大学你就不能爱她了？难道你到了农村，就要做个苦行者了？唉，我们这个家庭害了你，一切都太顺利了，一切都按陈腐的规矩办事，所以养出了你这个小教条！"说着，她深深地叹了口气，又道："说起来，你爷爷奶奶在解放前受尽了苦，你父亲被逼得没有活路，才豁出去干革命的。我们从小教育你不要忘本。现在，你有志回到老家，为改变农村的落后面貌而奋斗，我们支持你。但是，你总不会要我和你爸爸，也放下了手里的工作，和你一起到农村去吧？你总不会认为，我们不去农村，你就和我们没有共同理想，没有共同语言甚至没有感情了吧？那么，为什么娟娟上了大学，你就不能和她保持感情了呢？再说，那些连加减乘除都不懂的都可以通过各种关系走后门上大学，而像娟娟这样又勤奋又好学的孩子，倒要剥夺她求知和深造的权利呢？她是一个女孩子，从小在城市里长大，她在农村待了八年，她有自己的理想和抱负，你不为她的具体情况着想，不帮助她想办法，倒为这事和她闹别扭，我看这就是你的不是！"

妈妈的话一句句打在梁子的心上，他的心翻腾得很厉害，望着窗外绿色的梧桐和垂柳，他想，妈妈的话也许是对的。我对农村有感情，我愿意留在农村奋斗一辈子，可是，我不能像要求自己一样地要求娟娟。她的父母在城市，她从小在城市里长大，她可以也完全应该有自己的理想和选择。只是她父亲的问题……想到这里，他抬起头来，略带惭愧地望着妈妈说："别说了，妈妈……她父亲的问题最近怎样了？如果有了结论，我想她上大学的事还是可以争取一下的。"

"唉，"妈妈摇了摇头，"他们搬家有半年了，一个多月前我去看过他们，问题还挂着。最近这些日子为你爸爸的事，我也忙得没顾上再去看看。"

"搬家了？"梁子奇怪地问。

"怎么，娟娟没告诉你？"妈妈说。

"没有，"梁子说，"昨天一早，我去找她，想问问她有什么东西要带，她没开门。下午，因为忙着要走，也没再去看她。"

妈妈长叹一声，从五斗橱里找出地址，交给了小梁。

初夏的阳光静静地照着这个东海之滨的繁华城市，它给一切都涂上了一层柔和美妙的色彩：女同志淡淡的夏衣，黄浦江粼粼的波光，商店新漆的招牌红、黄、蓝、绿，各色的无轨电车……无一不使人感到赏心悦目。宣传车在车水马龙的街道上缓缓驰过，提醒着幸福中的人们"不要忘记阶级斗争"，一队一队的家庭妇女和退休老工人，手挽着手在大马路上筑成了人墙，在维持交通秩序；一群群小学生在热闹的十字街口举着小旗在宣传"不要随地吐痰"……

好像要弥补自己的过失和错误，梁子从妈妈那里接到了娟娟家的住址后，马上匆匆地赶去了。这个地方在城市的偏僻处，须换三次车才能到达，而公共汽车在人群熙攘的马路上又不时受到各种阻挡，行驶得极慢，这更增加了他的焦躁情绪。他没有心思欣赏这个城市的繁荣与兴旺。马路两旁林立的商店，高耸的危楼、琳琅的商品和一对对相依相偎的恋人，全都刺激着他的心。他觉得这一切在他的面前都化作了一幢黄泥小土屋和娟娟的一双忧愁的大眼睛。他恨不得一步来到她的家。

梁子跳下最后一辆车时，来到了西区的一条环城马路上。这条路是通往机场的，两旁没有商店，路面干净得像水洗过一样，修剪得整齐的梧桐树和棕榈树笔直地向前延伸，街心公园盛开着绚丽多彩的鲜花。与繁华的商业区相比，这里显得格外幽静，机动车滚雷般的轰响几乎听不见，只有一辆辆黑色的轿车轻快地驰过。一踏上这条路，倒使心情不佳的梁子顿觉精神一爽。但是，娟娟家的地址指示着他往北拐进一条小街，一踏上这条路，他的心就一下子灰了。这条小街很窄，石子路高低不平，垃圾箱里的脏物漫到了路中央，几只毛色脏污的鸭子摇摇摆摆地在那里翻腾着。路旁小便池里散发出来的臭气，被暖风吹送着，一阵阵地向过往的行人和附近的住户飘去。偶尔有一辆"三轮卡"驰过，顿时尘土飞扬，好像到了漫天风沙的沙漠地带。

顺着门牌号，梁子走过了一家家煤球店、百货店、烟纸店、给水站……最后在一幢墙壁剥落、门面破旧的老式二层楼房跟前站住了，这就是他要找的地方——"四新"路126号。

一进楼门，只见楼道里并排放了五六只煤球炉子，墙上挂着各式各样的铁锅、钢精锅，空中还吊着笸箕、菜篮等东西。一位正在烧饭的老太太告诉梁子，他要找的人住在走廊尽头一间朝北的房间里。于是，梁子弯着腰、侧着身，小心翼翼地沿着这昏暗的走廊往前走去。刚到门口，忽然，一阵哄笑从房间里飞出来，他有点奇怪，仔细辨别了一下，觉得里面仿佛有十几个孩子聚在一块儿起哄，又是唱、又是笑，只有最天真最无忧虑的孩子才能发出这样的欢笑。这笑声给梁子带来了一丝安慰，他想情况也许并不像他所估计的那样严重，目前报纸上纷纷宣传落实政策，娟娟父亲的问题也可能在最近得到了解决。如果这样的话，就要和谭伯伯商量一下，请求他的单位立即把最近的结论函告虎山大队，赶在招生政审之前。

梁子想着，从早晨到现在一直非常沉郁的脸逐渐开朗起来。他举手叩门，但叩了半天也不见人应，只好放开喉咙喊起来。

　　哪知这一喊，屋里一下子肃然寂静了。不知谁叫了一声"麻皮来了！"接着是一阵稀里哗啦移动桌椅的声音。他觉得奇怪，一用力，门被他推开了，原来是虚掩着的。

　　这是一间不到十平方米的小房间，只在北墙上开了个小窗。因为终年不见阳光的关系，屋里很暗，墙壁是一种说不出来的颜色。最引人注目的，是一捆捆堆在地上的书，占了大半间屋。几张带靠背的软椅，吊在房梁上。墙角的一张小床上，躺着一个十一二岁的男孩。这男孩黄瘦的脸酷似娟娟。孩子见有人进来，忙把被子一拉，蒙住了脸。

　　刚才那些孩子，怎么都不见了呢？梁子奇怪地暗自思忖着，一面走到床前，俯下身子，亲切地问床上的孩子："你妈妈呢？"

　　话音刚落，床底下传出一阵切切促促的响动，紧接着，这响动变成了一个整齐的大合唱：

　　　　麻皮麻皮真稀奇，
　　　　脚炉盖上摊蛋衣，
　　　　钉鞋踏烂泥，鸡啄西瓜皮……

　　这"合唱"唱了一遍又一遍，完全淹没了梁子的问话，把他弄得十分狼狈而又莫名其妙。又过了一会儿，从床底下、门背后，站出了七八个孩子来，围着他叽叽喳喳地嚷起来：

　　"咦，他不是麻皮！"

　　"那这人来干什么？"

　　"他来找我妈妈！"睡在床上的孩子，也掀开脸上的被子，支撑着身体坐起来，用敌视的目光盯着梁子，狠狠地说："我妈妈让你们给抓去了，你……"话刚说了一半，他突然咽住了，薄薄的眼皮眨了几眨，又惊又喜地叫了一声："小梁哥哥！"

听了这番话，梁子的心猛地沉下去，一切他都明白了——孩子们弄错了，把他当成了办案人员。他搂着瘦弱的孩子，忍不住滴下泪来：没有了爸爸，也没有了妈妈，这孩子是怎么生活的呀！

正在这时，随着一阵咯咯的笑声，外面又闯进一个胖乎乎的圆脸小男孩来，像皮球似的一跳一跳地蹦到了床前，得意洋洋地举着手里的一个饭盒叫道："小龙，你看，芹菜炒肉丝，这是你最爱吃的！"

小龙大概是饿了，掀开饭盒，伸手就抓来吃。胖孩子很高兴，眉飞色舞地比划着告诉大家："我妈妈刚炒好菜，还没盛到碗里呢，我趁她一转身，就偷了这么多——你们还说我偷不来呢，哼！"

可别的孩子却并不以为然，不知谁还扮了个鬼脸："你光给人吃菜，那饭呢？"

"饭？"一句话提醒了小胖子，他顿时泄了气，懊恼地摸了摸脑袋说："我妈妈今天没烧饭，说是等爸爸回来下面条吃，这叫我有什么办法呀？"

"反正是你脑子不转弯，"扮鬼脸的男孩子继续嘲笑他，"上次我家吃馄饨，我不是照样有办法偷出来了嘛！"

听着孩子们的互相埋怨，梁子只觉得喉咙发哽——在人与人相互争斗、相互吞食、相互警惕和防范的世界里，孩子之间的纯真的友爱是何等珍贵、何等感人啊！他一句话也说不出来，默默地转身出去，到食品店里称了两斤饼干、一斤糖果，回来拆开了纸包，招呼大家来吃。

不知是由于这些吃食的关系还是因为小龙对他的亲热劲儿，总之孩子们跟他渐渐熟了。他坐下来，抚摸着小龙瘦削的小肩膀，温和地说："小龙，你告诉我，妈妈怎么了，快跟我说，说了我帮你去找。"

小龙一听，倒在他的怀里，呜呜咽咽地哭了。从孩子断断续续的诉说中，梁子大体知道了以下这些事：

原来，今年四月份，娟娟的妈妈带着自己班上的学生上革命广场悼念周总理，给总理献了花圈，并向同学们讲了总理的革命业绩和遗愿。这样，单位里说妈妈传播政治谣言，最近突然宣布对她进行隔离审查，每月只发给生活费。小龙跑去找妈妈，看守的人没让他见，把他轰了出去。这是一个下雨天，地上又湿又滑，为了躲一辆汽车，小龙跌折了腿。因为他的父母都有严重问题，亲友邻居都不敢来过问，只有他的一帮小同学，每天来看望他。在他们的帮助下，他过着半饥半饱的生活。为了给他治病，孩子们就帮他卖东西，今天这一群孩子，就是来捆旧书去卖的。刚捆了一半，听见人声，他们以为是经常来的小龙妈妈单位的那个脸上有麻皮的专案人员，所以一下子都躲起来了。

在孩子们的指点下，梁子翻了翻他们捆起的那些书，他发现大都是一些关于农业科学方面很有价值的书。有谁能想象，这些书本的主人，曾经在这上面倾注了多少心血，可是现在……梁子的心发痛，他依依不舍地放下手里的书，喃喃地说："小龙，不要卖，等爸爸回来，这些书有用的。"

"爸爸？"孩子的眼睛忽然一亮，咧开小嘴甜甜地笑了，"爸爸什么时候回来？"

"……"梁子的嘴唇突然哆嗦得厉害，他觉得眼前模糊了。孩子天真的笑脸一下子变作娟娟苍白美丽的脸，他想到在那个可怕的夜晚他是怎样冷淡地推开了她。他眩晕得不能自制，猛地抱住了小龙，发疯一样地搂着他说："爸爸一定会回来的，一定会回来的……走，我带你看腿去。"

梁子把小龙背到了医院。经过检查，医生认为孩子的腿骨断了，如果不及时治疗，将造成终身残疾。

这个结论使梁子一时很难做主，因为小龙的治疗不是一天、两天的事，需要长期有人照顾，所以他决定先回家商量一下怎么办。于是，他把小龙匆匆安顿了一番，就走了。

"爸爸！"

梁子回到家里时，父亲已经回来，妈妈在厨房里把菜热了好几次，一家人正焦急地等着他回来吃晚饭。

听到梁子的喊声，大家都高兴起来，妹妹忙着拿碗筷，妈妈张罗着盛饭，爸爸摘掉老花眼镜，放下了手里的报纸，用充满慈爱的目光上上下下地打量着儿子。

然而梁子的脸色很难看，望着年已花甲的父亲，他百感交集，恨不得把这一天来的苦闷一下子倾倒出来。但是他发现，父亲脸上的气色也不好，额上的皱纹深了许多，眼睛周围一圈黑，好像是睡眠很不足的样子，心想爸爸累了，还是让他歇一会儿，吃完饭再谈吧。于是他把要说的话咽了回去，充满感情地问："爸爸，你身体好么？怎么很久没给我写信了？"

"身体嘛，还算可以。"爸爸笑起来，风趣地说，"不给你写信，是怕把火引到你身上去呀！"

"爸爸，怎么回事？"梁子不由得奇怪地问。

"嘻，我还没顾上告诉你哪，"妈妈在一旁插嘴道，"人家说你爸爸自从恢复工作后，一直在厂里推行'唯生产力论'，去年又带头刮右倾翻案风，是'正在走的走资派'，现在已经停止工作，到学习班里去啦！"

听了妈妈这番话，梁子再也按捺不住了。他望着父亲的脸，激愤地说：

"爸爸，我真不明白，那些不关心群众疾苦，骑在人民头上作威作福的人，倒成了革命派；而勤勤恳恳为党，为人民工作的同志，倒要挨整；谭伯伯一家到底犯了什么罪，使他们落到这个地步？难道无产阶级专政就是这个样子的？难道我们将来建设社会主义就不要知识分子了？难道现在就不讲道理、没有原则了？"

梁子说罢，激动地喘息着，把他今天所见到的娟娟家的情况详细叙述了一遍，正在摆饭的妈妈听得眼睛湿润了，叹了口气说："唉，孩子怪可怜的，我看咱们还是快把他接家来吧。"

父亲想了想，郑重地点点头，望着梁子说："去吧！"

梁子一听，转身就往外走。妈妈忙追上去，招呼他先吃了饭，可他人已跑得没影了。

梁子急急忙忙地来到小龙家里。起先，小龙因为舍不得小同学们，不肯走。后来梁子说带他去找爸爸，小龙这才顺从地伏到了梁子的背上。

梁子背着孩子，踏上了那宽阔笔直的林荫大道。这时，天已经暗下来了，道路两旁的荧光灯相继开亮，闪烁出极淡的红、绿、蓝、紫色，那样的轻柔美妙，梦幻般地向前延伸着。背上的孩子高兴起来，附在梁子的耳边悄声说："我爸爸回来了吗？今年国庆节，我一定要叫爸爸带我看灯去。"

梁子没有回答。他深沉地注视着那一辆辆擦身而过的黑色轿车，一步一步往前走去。

父亲还在家里等着他。安顿好了小龙，梁子在爸爸身边坐下，谈话又回到了原来的议题。爸爸深沉地望着他，一字一顿地说："孩子，好好学点历史吧。在我们党的历史上，这样的怪现象是不难理解的。当年，李立三搞左倾盲动，垮了台；王明又来批李立三是右倾，他比李立三更左。今天的事情，和那时有什么区别？就是有一些人，认为'左'是最时髦的，一心要把'左派'的王冠戴在自己的头上才满意。不过我想，这些人是长久不了的，当年我们的党能从王明路线上纠正过来，为什么现在不能克服这样的怪现象呢？"

梁子静静地听着，整整一个晚上，他都在思考爸爸的话。想着，想着，他觉得心里亮堂了，脑筋开了窍。现在，批林彪不许批极左，这不是王明反对李立三嘛？……

第二天，梁子又整整地奔波了一天。他上农学院请教了研究土壤的教授，教授认为，他设想的用碎石层隔断盐碱上升的办法是可行的。因此他决定回去以后立即组织劳力上山熬硝，待谷地里表土的碱熬掉以后，就安排劳力治碱造田，重新改造虎山的土地。

二十一　长在心上的种子

被窝里很暖和。小宝一睁开眼，马上就想起，今天是他的生日。过去，每当他生日的前一夜，爷爷总是悄悄地在他的枕头底下塞一件漂亮的礼物：有时是一本全新的小人书，有时是一盒美丽的蜡笔。小宝一摸到爷爷的礼物，总是乐得光着脚丫子就往地上跳，高兴地给这个看，给那个瞧。这时候，爷爷就眯起眼睛笑了，黑黑的瞳仁里闪出两朵极细小的、温柔的火花；奶奶也会走过去，摸着他的头说："傻小子，这是爷爷对你的一片心意，长大了，可别把你爷爷当作老废物，撵到大门外头去啊！"瞧奶奶说的，小宝可不高兴了，可是大人们都听得开心地笑起来。

想到这里，小宝骨碌一个翻身，趴在床上，伸出两条胳膊探在枕头底下，摸呀摸，摸了半天，什么也没有摸到，正在纳闷，他的手突然触到枕边的一个书包。这是他平时上学用的，今天是星期天，小宝把它挂在床东的墙壁上，怎么到床上来了？他朝里面摸了摸，里面没有课本，却装了一个小小的布口袋，布口袋硬邦邦的，不知装的是啥。

"爷爷的礼物！"小宝兴奋地想道，马上坐了起来，急急打开书包，想看个究竟。

这时，一只粗糙、多皱的大手按住了他。他抬起头，看见了一张苍老慈祥的脸，是爷爷！

"好孩子，别打开来看了。今天，你背着它上学去。"爷爷有些喘息地说。

"星期天呀。"小宝奇怪地说，以为爷爷搞糊涂了。

"唉……我知道。星期天你也去。"爷爷叹了口气，坚定地说。

小宝实在被弄糊涂了，拿着书包问："爷爷，这里面装的是什么？"

"稻种。"

"稻种？"小宝好奇地睁大了眼睛，望着爷爷。爷爷的脸上没有一丝笑意，全不见往常那种乐呵呵的表情。在小宝的记忆中，爷爷从来没有唉声叹气过，就是在大会批斗他的那些日子里，他也没有灰心过。他常常说："要经得起组织的考验和审查，我的心里是亮堂的，我的心是向着党的。"可今天怎么啦？仿佛有一种不祥的预感，使小宝的呼吸，也变得急促起来。好像每次看到爷爷被拉去批斗时一样，小宝的一颗心陡地提到了嗓子眼。他不敢多问，很快地穿好衣服，下床了。

吃早饭的时候，老支书自己吃得很少，却目不转睛地盯着小孙子。小宝被他望得住了嘴。爷爷马上举起筷子："吃啊，吃啊，吃饱点。"说着，就又掰一块红面饼子塞到他手里。小宝就又埋下头吃饭，一直吃得肚子发胀，才抹抹嘴，放下了筷子。这时爷爷包了两块红面饼，放进他的书包里，又亲手把书包挂到小宝的肩上，说："听爷爷的话，今天不到天黑，别来家。"

小宝摸了摸书包里的稻种，仰起脸问："爷爷，为什么呢？"

爷爷抚摸着小宝的脑袋，一时沉默了下来。昨天晚上，他听到风声，说崔海嬴要来抄家。抄家他是不怕的，家里也没有别的什么东西可被他们抄去的。只有这包稻种——那天给梁子看的这包宝贝种子，是他的一番心血啊，万一被他们弄去糟蹋了，今年就落不成秧了。可是，这一切怎么告诉小宝呢？他想了想，把小宝拉到怀里，轻轻地，用耳语般的声音说："好孩子，替爷爷把这包稻种保存好，这是爷爷交给你的任务。"小宝不再问下去，站起来就要往外走。爷爷却一伸手拉住了他："别慌，我让奶奶给你煮两个鸡蛋带去。"

一听说煮鸡蛋，小宝一边咽唾沫，一边连连摆着手说："不要、不要、不要！"因为他知道，前些日子大队搞展览，把家家户户的鸡蛋都收去了。这几个蛋，是奶奶千方百计藏下来，留给爷爷犯病时冲来喝的。可是，小宝的话还没说完，奶奶已经打屋里出来，手里托着两个热乎乎的熟鸡蛋。爷爷把鸡蛋塞在小宝的口袋里，替小宝开了门，叮嘱他拣僻静的小路向村外去。

外面风很大，土墙上斗大的标语"打倒走资派崔福昌"，被风吹得瑟瑟抖动。小宝瞅瞅四周没有人，就一蹦一跳走上去，把那标语撕下一截来。再往前走，只见厕所的土围子外面，也赫然醒目地贴着把爷爷的名字倒写的大标语，他一路走，一路撕。前天，梁子从城里回来，就带着村里的壮劳力上山熬硝去了，所以现在静悄悄的没有人影。

记得两年前，村子里也是这样糊满了爷爷的大标语。那时标语上写的是："崔福昌是虎山大队破坏批林批孔的罪魁祸首！""搞复辟倒退的人绝没有好下场！""彻底批判唯生产力论！"那时，小宝一天到晚怀里像揣着个小兔子，心里头别别直跳，说不出有多么难受。白天，同学们指指点点地议论他，到了晚上，他蜷缩着身子，一动也不敢动，出神地想：我的爷爷、亲爷爷、好爷爷，怎么会变成坏人了？

有一天早晨，小宝背着书包上学去，走到路西头的时候，看见自己的爷爷和葫芦爷爷正在说话。葫芦爷爷肩上挎着个笆斗在自家屋前的自留地上撒种，爷爷走过去，伸手从笆斗里抄起一把种子，细细端详了一番说："老哥，这不是旱稻种吗？现在大队规定不种了，你怎么还种哇？"

"哈哈哈，老支书！"葫芦爷爷咧开缺齿的嘴巴笑了，"他们说你复辟倒退可冤枉了，依我看，你种那水稻，还是他们说的那个什么新……新鲜事儿哩。我种这旱稻，才是复辟倒退。可我不是干部，不怕他们给我扣大帽子！老东西有老东西的好处嘛！"

爷爷听了这番话，也默默地微笑起来，点着头，认真地说："唔，老哥，你的话有道理，这旱稻，虽然产量低，但能适合咱们这个地区的特点。是有不少优点，是有不少优点哇！"

爷爷的声调，一句比一句高，好像忽然得到了一个什么重大的启发。可是葫芦爷爷的兴趣不在这个上，他望着爷爷，深沉地说："是啰，人心是把秤，讲你这样坏，我可从来没服过。"说着，从笆斗里抓出几粒稻谷，放在手掌心，望着说："解放以来，你辛辛苦苦地为群众操劳，我们是不会忘记的。你就像这种旱稻一样，经得起贫瘠和干旱。想到这一点，我就忍不住要种它一些。"

葫芦爷爷说完，庄重地把这几粒稻谷丢进笆斗，许久没说话。爷爷把头低了下来，过了一会儿，爷爷指着笆斗说："老哥，这稻种你有富余吗？我想要点。"

"有，有，"葫芦爷爷直点头，颤巍巍地伸出大手，一把一把将稻种捧给爷爷。爷爷走的时候，两只衣袋变得鼓鼓囊囊的，就像春节里，小宝那装满炒豆的新制服的口袋一样。

那天晚上，小宝回到家里，见爷爷正戴着老花镜，眯缝着眼睛，在灯下聚精会神地缝制着一个一个的小塑料口袋。这些小口袋已经堆满了一桌子。奶奶在一边拾掇东西，一边唠叨。爷爷着急地护着这些口袋，说："别动别动，这些东西是我好不容易做起来的，将来搞水稻杂交，要派用场。"

奶奶听罢，气呼呼地说："亏你还有心思搞杂交，那班子人，天天在变着法子整你，还不够你对付？"

爷爷不以为然地把头一摆："毛主席说的，必须把粮食抓紧，必须把棉花抓紧。这两条是咱们干社会主义农业的根本。俺是共产党员，什么时候也不能躺倒不干呀！山区无霜期短，又经常缺水，因此水稻的产量一直不高。俺想把这旱稻和水稻进行杂交，培育出一种能早熟耐旱的新品种来。"

"只怕毛主席他老人家不了解你这份心。"奶奶仍旧愤愤地说。

"我的心，每个普通共产党员的心，毛主席都了解。"爷爷坚定地说，这刀切斧砍的声音震动了小宝的心。他对爷爷的猜疑像冰水一样融化了。他扑到爷爷的怀里，多少天来，第一次又亲亲热热地叫了一声："爷爷！"

"孩子，咋啦？"爷爷抚摸着小宝的脑袋，亲切地说。

"爷爷，爷爷！"小宝不知说什么好，一个劲地往爷爷的怀里钻。

"孩子，谁欺侮你啦？"爷爷扳起他的脸问。

"没……没有。"小宝摇摇头，感到爷爷亲切的面容，在眼前模糊了。

爷爷用粗糙坚硬的手指抹掉了他脸颊上的泪珠，说："来，帮爷爷一起干！"

小宝一抬头，见爷爷像往常一样眯着眼睛笑了，黑黑的瞳仁里有两朵极小的火花，充满着热情与希望……

打那以后，小宝成了爷爷忠实的小助手。祖孙俩不怕烈日晒，不怕蚊子咬，稻叶划破了小宝的嫩皮肤，晨露沾湿了爷爷的衣裳，两个人整整搞了三天的人工杂交授粉，到了秋天，在这半分地的试验田里打到了四十斤稻谷。今年春天，播下了第二代的杂交品种。因为秧田面积的限制，还剩下了五斤种子没有播。可是，祖孙俩精心培育的第二代新品种的水稻秧苗，却让这一场洪水冲毁了。小宝知道，现在书包里装的这些稻种，就是还剩下的那五斤。

现在，该上哪儿去呢？

天阴得很重，天空像一床厚厚的灰色的被子，盖在大地和丘陵的上面。出了村，小宝越发感到孤单，他不敢去找他的小伙伴玩，要度过这一天的时间，可真是难捱呀！

小宝孤寂地走进路旁一个小草庵。草庵是夏天时一个看瓜的老汉住的，现在里面只有一些陈年的干草。草庵里风要比外面的小些。小宝坐在干草上，把书包紧紧地抱在怀里，望着庵外那一片白花花的碱地，记起那儿本是瓜园，每年这个时候，甜瓜已经从茂密的叶蔓里露出那金色的、胀鼓鼓的肚皮，香味在空中流溢，那么馋人和浓烈。每回从这儿过，看瓜的老汉总是张罗着要摘瓜给他吃，可是小宝怕爷爷知道，从来都是咽着唾沫走开去的。小宝又记起，在前面不远的地方，曾是兴修水利的战场。在去年的寒冬腊月，这儿红旗招展，好像过年一样热闹。有一次他跟着奶奶来给大人送茶水，他硬要提一只大壶，险些摔了一跤……

就这样小宝坐了很久，不知道有几点钟了。他感到身上有点冷，肚子也饿了，便掏出鸡蛋和红面饼子来吃，吃完了鸡蛋和红面饼，他很想找谁玩玩，但是不敢回村去。

就在这时，外面响起了"咚咚"的脚步声。

脚步声越来越近，直往草庵过来。

　　小宝吓了一大跳，赶紧取下书包，往角落里一塞，抓了几把干草盖上，然后一屁股坐下，从口袋里掏出几块小石头，装着在玩抓子儿。

　　小宝感到有人进来了，但他头也不抬，继续玩他的抓子儿。

　　"哟，小宝在这儿呀！"这是老马头吃惊的声音，他正大把大把地把地下的草搜拢来，准备抱回家去，慌里慌张的，直干了一半，才注意到角落里还有个人，但见是小宝，也就胆壮了。他直起腰，惊奇而又有点同情地说："你怎么还在这儿玩呀？你家里都闹翻天啦！"

　　"怎么闹翻天啦？"小宝问，有些眼泪汪汪的样子。

　　"不得了啊，崔书记他们把你家的橱柜都砸开啦，把锅碗瓢盆都扔啰，说你爷爷偷了救济款……"说到这儿，老马头也觉得崔海赢他们搞得太过火了，谁不知道老支书是好人哪，怎么会干那种事？他不便往下说，便叹了口气道："唉，你还不快回家看看去。"

　　小宝听了老马头的话，顿时忘了一切，背起书包就往外跑。他跑啊跑，从河边高高的堤坝跑下去，穿过空旷荒凉、长着野草的山坡，钻进一片密密的小竹林。从小竹林出来，就是他家的后门口。

　　突然，小宝站住了，他想到了他的职责，想到他的任务是保护爷爷的稻种，于是低下头来，使劲用牙齿咬着下唇，默默地转身走掉了……

　　小宝又回到了草庵。草已经被老马头抱光了，只好坐在地上。坐了一会，他突然想，崔海赢他们这么坏，要是写一封信告诉毛主席，毛主席知道了一定会派人来收拾他们的。想到这里，他就在书包里翻腾起来，不一会，翻出了一个旧的练习本和一支圆珠笔。他很高兴，把膝盖当作桌子，在练习本上写了起来。写啊写，写了满满的两张纸，然后从他贴身的口袋里掏出一毛钱来。这一毛钱还用红纸包着，是去年他生日时奶奶给他的礼物。小宝拿了这一毛钱，到大队的小店里买了一个信封和一张邮票。他在信封上端端正正地写上了：北京，毛主席收。他把信封口糊得严严实实，贴上邮票，扔到绿色的邮箱里。

寄走了信，小宝又激动，又兴奋。他决定暂时先不告诉爷爷，让爷爷意外地高兴一番。这时，天也擦黑了，小宝便背着书包走回家，把一包稻种，完整无缺地交给了爷爷。爷爷十分感激地摸了摸他的脑袋，望着他说："今天是你生日，可爷爷连上趟街的工夫也没有，啥也没有给你买。"

奶奶叹口气道："唉，别说这个了。依我说呀，咱们家要钱没钱，要粮没粮，任怎么抄俺也不怕！可就是为这包稻种，让孩子一整天在外挨饿、受累，我心里不忍，我看还是……"

奶奶的话没说完，爷爷突然向她瞪了一眼，严厉地说："这你可别问！"

"好，好，俺不问。你的事，俺问也不问了。"奶奶说着，从橱柜里拿出一个棉兜肚，递给爷爷道："快拿去换上，俺又替你新絮了棉花。"

爷爷一手拿着棉兜肚，一手拎着稻种，走进他的西间小屋里去了。

小宝很累，吃过晚饭就睡了。睡梦中，他被一阵吵嚷声惊醒，睁开眼，见爷爷又被崔海赢等一帮人带走了。奶奶摸摸索索地下了床，找出一包药来，放在小宝的手里，着急地说："快，快给你爷爷送去，你爷爷正在闹胃疼。"

小宝抓起药，顾不得多说，赶紧穿起衣裳就往外跑。外面黑洞洞的，伸手不见五指，小宝一心想着爷爷，也忘了害怕。他一口气跑到社房，打老远就听见社房边上的一间小屋里传出嚷嚷的人声。

"你这个他妈的老东西，告咱的御状。你想复辟？你想翻案？"

什么告"鱼状"？告"鱼状"又是什么新发明的罪名？小宝觉

得很奇怪。他忽然想起了他下午写的那封信。可这封信除了他自己以外，谁也不知道，连爷爷也没告诉……

小宝想着，不觉走到了房门口，他头一低就想钻进去，不料被老马头一把拖住了。老支书被关在社房西头的一间小屋里，老马头是被崔海赢叫来守门的，所以不得不拦住小宝。

"俺爷爷犯病了，俺是来给爷爷送药的。"小宝泪汪汪地说。

"拿来给我吧。"老马头同情地叹了一口气。

小宝把药交给老马头，还是不放心，又绕到了后墙的窗下，找了两块土坷垃垫在脚下，扒着窗沿向里望去。

屋子里的人倒是不少，大都是没有上山熬硝，留在家里的老年社员。崔海赢威风凛凛地坐在桌子中央。爷爷捂着胸口，立在一边。

"想告御状吗，好，今天让你尝尝无产阶级专政的滋味。"崔海赢冷冷地向老支书瞥了一眼，狠狠地说，"先交待你偷救济款的罪行！快说，你把钱藏到哪里去了？"

"你们不是抄过我的家了吗？"爷爷脸色蜡黄，豆大的汗珠从额头上滴下来。

正在这时，老马头把药送进来了。崔海赢若无其事地把药往旁边的桌上一放，继续喝道："救济款遗失了，现在终于找到了线索。说，你让张梁去搞小恩小惠的钱是从哪里来的？"

屋子里有些人，平时跟泥瓦匠有些瓜葛，喜欢倒腾点小买卖，外出揽点私活，家底比较厚实，所以这次梁子分的救济款没分到。他们虽然感到崔福昌偷救济款这事有点突然，但又一想，人心隔肚皮，凡事也难料啊，所以对老支书投去了疑惑的目光；而更多的人，则是根本不相信老支书会干这种事的，他们只是惊奇地瞪眼看着崔海赢。因此，不管哪一种人，都没有作声。屋内异样的沉默。沉默了一会，老支书慢慢地抬起了头，咬着牙一字一句地说："现在发放的款子是梁子自己的积蓄，你们是丧尽天良了！"

"你也有份！"崔海赢一拍桌子喝道。

小宝一听，再也忍不住，他想起了那天爷爷硬要去卖的老母猪，那头他一把草、一勺食喂大的怀了崽的老母猪……他腾地跳下土坎，不顾一切地冲进屋子，把门的老马头也拦他不住。

小宝站到爷爷边上，哭着嚷起来："俺爷爷卖掉了老母猪，俺爷爷把卖老母猪的钱拿出来支援了大家！你们诬赖俺爷爷，你们……你们连老母猪也不如。"

小宝的一番话，说得站在老支书周围的那几个人面面相觑，边上的群众交头接耳地议论起来了。崔海赢马上一拍桌子，喝道："不许放毒！"

这么一喝，把议论声压下去了。崔海赢站了起来，又冲着老支书嚷道："遭了灾，大家都揭不开锅，可听说你家里还藏着谷子呐，把这个问题，也交待交待嘛。"

"那是我留的稻种。"老支书平静地说。

"好哇！"崔海赢说道，"现在都到了插秧季节，你却还把队里的稻种藏在家里，你要干什么？你想破坏生产？"

崔海赢正说着，有人慌慌张张地走了进来，附在崔海赢的耳边，匆匆说了几句话。崔海赢眼珠一转，不露声色地接下去说："你回去好好给我写份交待材料！"

崔海赢说完，命令老马头等人把老支书带回去。小宝忽然想起了那包药，就去跟崔海赢要。崔海赢冲他眼一瞪："滚！"

原来，来人带给崔海赢的消息是：楼娃家的已经赶到工地去啦。崔海赢想，工地上那帮子领了救济款的人，心都向着崔福昌的，要是回来跟他闹起来，一则自己理亏，二则怕事情真的闹大了，反而会查到自己头上，不好收场，便匆匆地放走了老支书。

　　但是，淑孩娘是怎么赶到工地上去的呢？

　　原来，自从服了梁子那几帖药，淑孩娘的身子骨轻快了一些，能下床走动了。可是今天一天，她干什么都没心思，白天听说老支书家里被抄，心里好像有十五个吊桶，七上八落的。到了下午，见抄家的人都走了，老支书还平平安安地待在家里，这才嘘了口气。不料夜里，狗又咬起来了，一问，说是老支书被抓起来了。淑孩娘的心里，顿时像着了火，她想哎呀呀，这可了不得，家里连个人也没有，被打死了还是个冤魂哪。想着，心一横，牙一咬，说什么也要上山把这消息告诉梁子他们去。于是，她把孩子安顿安顿，门一锁，就走了。

　　从这儿到工地，有十几里山路，搁在年轻人，不到一个小时就走到了。但是淑孩娘腿有病，没走出几里，就累得直喘，腿肚子木胀胀的难受，好像有无数细小的蚂蚁在爬，拖也拖不动，眼前金星乱冒，身子也虚弱得不行，走一段，就得坐下来歇一歇，然后再咬咬牙，折根树枝拄着，一步一步地往前捱。

　　天黑，路也不好，淑孩娘捱到工地上的时候，已不知摔了多少跤，浑身汗淋淋，裤腿泥巴巴。工地上一片寂静，劳累了一天的人们，在窝棚里睡得正甜。淑孩娘坐在地上，数了数那一溜三个并排的窝棚，心里揣摸着该先进哪一个，正在这时，听得背后一声喝："哪一个？"

　　声音好熟悉，是梁子啊。淑孩娘抖抖索索地站起来，迎上前说："是我啊，大兄弟！"

　　"婶子，这么晚了，你来干什么？"梁子惊奇地问。

　　淑孩娘忙把老支书的事，仔仔细细地说了一遍。梁子一听，火也上来了，恨不得一下子叫醒所有的人，去跟崔海赢理论理论，再一想，这么多人下山去，肯定要闹起来，酿成大冲突也不好。再说自己刚从农学院回来，这熬硝才开张，这么一折腾，明天的工作肯定要受影响，还是自己一个人先去看看吧。

梁子想着，叫醒楼娃，让淑孩娘先留下休息，明天再下山，自己匆匆交代几句，就独自走了。

已是后半夜了，天空滴着露水。梁子走得很急，什么也不觉得。十几里路，半个多小时就到了。他先上大队部，扑了个空，听老马头说人已经回去了，赶紧往老支书的家里去。

老支书家里正在忙乱，老伴倒水，找药，小宝哭着喊爷爷，老支书躺在床上，呻吟声一阵重似一阵。梁子以为他挨了打，挤上前，动手替他解衣裳，着急地说："我看看，伤在哪儿了？"

老支书勉力睁开眼，望着梁子说："不碍事，我这是老毛病发作了，吃几片小苏打就会好的。"

突然，梁子惊叫起来："哟，这是什么呀？"奶奶凑过来一摸，也奇怪地说："咦，我才絮的兜肚怎么这样硬呀，哟，棉花掏完了，装的是稻种啊，怪不得要犯病！"

"放在这儿保险，保险……"老支书呻吟着说。

"你这不是找死吗？要是他们一把揪住你，还不一下子就抖搂出来了？"奶奶一边说，一边擦着眼睛。

"揪我？把我的稻种从心窝里夺去？我……我跟他们拼了！"

这低低的、压抑的声音，一个字一个字地从老支书的牙缝里迸出来。梁子顿时明白了一切。他感动极了，两行热泪，顺着腮帮流下来。小宝忽然想到了他的信，便钻到梁子的前面，给爷爷揉着胸口说："爷爷，爷爷，他们揪不了你，他们就要完蛋了！"

老支书欣慰地点点头："唔，好孩子，说得对。"

这时，奶奶拿着药过来了，一边骂着这些人狼心狗肺，一边服侍老伴吃药。

老支书服药后，和缓了一些。梁子坐在床边，执着老支书的一只手，奇怪地问："白天他们不是抄过了？怎么晚上又来抓你？"

老支书微微皱了皱眉头，说："小宝这孩子不懂事，写了一封信。"

"什么信？"梁子问。

"告御状的信。"老支书含蓄地笑了。

"什么？爷爷也这么说？"小宝生气地想，鼓起眼睛瞪着爷爷说："爷爷，我是给毛主席写的信，根本不是告'鱼状'。"

"傻小子，"老支书轻轻地"嗨嗨"笑了两声，伸出手抚摸着小宝的头顶说："毛主席他老人家很忙，以后不要去打扰他了，好么？"

小宝低着头不吭声，还是气鼓鼓的。梁子心里不是滋味，望着老支书道："说真的，这些情况，毛主席、党中央知道吗？"

小宝一听，扑到梁子的身上，凑着他的耳朵，低声而得意地说："毛主席、党中央马上就要知道了，我在信上全写啦！"

小宝还想说什么话，奶奶走了过来，一巴掌拍在他的屁股上："没大没小的，快下来，睡觉去！"

小宝被奶奶拖着睡觉去了，这屋里就剩下梁子和老支书两人。一时间，大家都沉默下来，好像有很多的话，却不知从何说起。

过了一会，梁子憋不住，望着老支书说："我实在想不通，现在为什么变成了这个样子！过去，在和反动派做斗争的时期，一些参加革命的同志受到了迫害，这是可以理解的。但是，为什么现在在党的领导下，党的报纸杂志，却又号召大家对这些同志进行斗争呢？

"说起来，党是无产阶级的先锋队，党的任务是搞阶级斗争。在社会主义阶段，阶级斗争主要是无产阶级和资产阶级的斗争，而共产党内嘛，又有一个资产阶级，那么社会主义时期的基本任务就是党内斗争啰？

　　"好像是根据这种理论，斗了身经百战，屡建战功的老同志。而像崔海嬴那样靠投机取巧上来的、毫无共产党员气味的人，倒成了响当当的左派、革命派。但是居然这样的局面，也在硬撑着……实在想不通啊！"

　　梁子越说越激愤，讲出了这番憋闷已久的话，只觉得浑身燥热，不由自主地解开了衣领上的风纪扣。

　　听了梁子的这番话，老支书沉吟了一番，然后用胳膊肘撑着身子，坐起来，缓缓地说："是啊，梁子，这一个时期，我像你一样也在想啊，有时我整宿整宿地在想，从崔海嬴一直想到中央，从虎山一直想到全国，可是，我想通了。"说到这儿，老支书语调一转，激昂地说："别着急，要相信人民，相信党是伟大的。你不是记得狼山和虎山的故事吗？有一个时期，虎狼当道，但是虎狼不可能长期当道。金凤凰总是要飞回来的。我们虎山这样，我们国家也是这样。有时我觉得，我们的党好像是一棵大树，这棵大树的生命力是旺盛的，尽管有了病，长了钻心虫，但只要诊断出来，把虫子捉掉，总归能治好的。我们党这棵大树上，过去也长过不少虫子，但是哪一次虫子也吞不了这棵大树……"

　　梁子全神贯注地听着老支书的话，这时心情已经完全平静下来了。他没有想到，一个山沟沟里的支部书记，讲出的道理，同自己的爸爸讲的道理竟是这样的一致。顿时，梁子觉得自己的心里踏实了许多。

　　老支书深情地望着梁子，过了一会，哆哆嗦嗦地从床上掏出那包稻种来，递给梁子说："还是交给你吧。季节已经过了，过些天，就照你这次从农学院学来的新办法把田整整，然后直播下去。"

　　梁子接过稻种，感到它的分量很重。他捧在手里轻轻抚摸。老支书望着他，关切地说："早些休息去吧，明天一早，你还是回工地去。"

梁子望了望老支书，好像还有话要说，但张了张嘴，什么也没说出来，只是向那四壁低矮的土墙和土墙上挂着的地图、年画深深地望了一眼，好像要把这一切牢牢记在心中似的，然后告别老支书，走进那浓重的夜色里。

正是黎明前最黑暗沉寂的时刻，鸡不叫，狗不鸣，天上没有一颗星星。梁子紧紧地抱着稻种，脚下摸索着重新开始熟悉的小道。他走得很慢，但是很坚定。他想到，此刻村上的老人、妇女和孩子都在安静地熟睡；他想到要让全村人，乃至全国人民有个长期的安静的生活是多么的不容易啊！他愿意为这个目标而不倦地奋斗……但是，他不会想到，小宝这时正在做着梦，梦见爷爷的胸口上，有一颗稻谷发了芽，变成一棵金色的小树，开出许多彩色的花朵，好像传说中金凤凰的美丽的羽毛……

二十二　爱憎分明

　　小时候，大憨也像一般的孩子那样爱新鲜，今天养兔子，明天喂小羊，有一次，他还抱了一只小狗。小狗毛茸茸的十分好玩。他疼它爱它，指望它能长成一只勇敢的猎狗。可是，他的狗长大以后，看见别的狗在咬架，上来就帮赢了的那只咬输的，而且迅猛无比，俨然是一副常胜将军的模样。这在大憨，是不能容忍的。他打它、训它，但是它的狗脾气始终不改，最后，他把它扔到了很远很远的深山里。

　　从此以后，大憨看见狗就来气，特别是崔海赢家的那只黄狗。这黄狗的脾气，又超出了一般。它对于上崔海赢家的人，凡是干部模样的，哪怕一次没来过，也不咬。非但不咬，有时还摇着尾巴讨好。但是要碰着个庄稼人，衣服再穿得破一点，即使是本村的熟人，它也会睁起狼一般凶恶的眼睛，汪汪汪地咬个不停，恨不能把你一口吞了。

这一天下午，大憨从山上工地回来，挑着满满的一担柴。这担柴堆尖堆尖，远望像两座小山，搁一般人，得分作两回挑，可大憨，担着走十来里路，脸不红、心不跳，只是敞开了小白褂，让微风轻拂着他健壮结实的胸膛。

不料，在路过崔海赢家门口的时候，那条大黄狗，冷不丁从柴禾堆后面蹿出来，龇着牙直扑过来。大憨虽叫重担压着，却也不示弱，眼见得那狗就要近身的一刹那，他飞起一脚，直把它踢出丈把远。那黄狗躺在地上只有哼哼的份儿，但眼里仍闪着凶光，仿佛时时还想扑上来的样子。大憨"噗"地朝地上吐了口唾沫，把柴担转了个肩，就又继续赶路了。

"打狗也得看主人面哪！"后面传来一个不阴不阳的声音。

大憨回头一看，见是泥瓦匠。他鼻子里哼了一声，闷声闷气地说："嗯，打了这狗，你心疼？"说着，拿眼瞅了瞅泥瓦匠，那神气仿佛在说：嗨嗨，要是你也像这狗那样跟着咬人，我也照样给你一脚。

活到这把岁数，泥瓦匠还没受过这般奚落，这个能棍棍一时竟愣住了。等他明白过来，觉出这句话的滋味和分量，血就一下子涌到了脸上。好在他是生就的红面，才不致使人看出那特别的窘样。

大憨把柴禾分送到楼娃家和小李子家以后，又到老支书家去了一趟，等到家，已是吃晚饭的时辰了。他自己动手，煮了小半锅秫面糊糊，端着大海碗，坐在门口的井沿上，喝得稀里呼噜响。恶狗的扑咬和泥瓦匠的冷语，虽然在他大脑皮层留下了印象，但是这一切决不会影响他的消化和胃口。

"我说大憨，别把碗吞肚里去。"有谁在他的肩上拍了一巴掌。大憨抬头看，是老马头，便招呼道："吃过啦？"

"吃，吃过中午的啦。"老马头舔着嘴唇说，"我一个人，也懒得烧锅。"

"上我的锅里盛去，秫面糊糊，还有一碗。"大憨说。

"着，一样能胀。"老马头乐呵呵地进去盛了一碗，蹲在一边喝了起来。

半碗糊糊下肚，老马头的话就稠起来了，他举着筷子，像个老太婆那样点点戳戳地凑过来说："大憨呀，你打了人家的狗？"

"嗯，"大憨没抬眼皮。

"使不得呀，"老马头继续唠叨，"有人看见啦！"

"嗯？"大憨向他望了一眼。

老马头很高兴自己的话终于引起了大憨的注意。他咽了口唾沫，很起劲地接下去说："瓦匠看见啦，他亲口去告诉崔书记了。你看，这事要闹大了，有多不好。"

不料大憨听了，却依然一笑，连"嗯"也不"嗯"了，只是三口两口地喝完了碗底的糊糊。

老马头真的着急了，瞪起眼望着他："我说大侄子，俺这是为你着想啊。如今人家掌着权，掉个唾沫星子，也能淹死人啊，可你倒去打起人家的狗来了，这么干，迟早要吃亏的。你没见那天抄家，对老支书下的那个狠劲，俺看着也……可有啥办法，人家路线正确嘛！"

老马头说的倒是真心话，就是为了这一碗秫面糊糊的情分，他也要竭力劝说大憨。可大憨一点也不领情，把筷子朝光碗上一扣，一缕嘲讽的微笑，浮现在他的厚嘴唇上。

"大侄子，别那么傻气了，人总得跟上时兴呀。"老马头忍不住又说，"如今打猫也犯法，你还去打狗！这个路线，可不是好惹的啊！"

"那你说眼下是什么路线？"大憨忍不住盯问了一句。

"唉，这……这，路线嘛，就是路和钱，有了钱就有路走；没了钱，就寸步难行。你看瓦匠，就有他出去做零活跑买卖的路……"这老马头给路线作了这么一个牵强附会的解释，闹得大憨哭笑不得了。

"俺没有钱，也不认路，俺认人！"大憨睁起两只铜铃大的眼睛，瞪着老马头。老马头被他瞪得不知所措，讷讷地说："现在吃饭、生娃娃都得讲路线啊，你咋能不认？"

天已经暗下来了，空中显出稀疏的几颗星星。东邻的大婶，拖着长长的尾音在吆唤孩子，人们马上就要插门、睡觉了。和这个老马头再缠下去，大憨觉得无聊，便闭上厚厚的嘴唇，再不吭声。

突然，西邻家的婆媳吵起架来，好像是为了扯一块裤头的料子。老马头马上把碗丢给大憨，兴冲冲地跑过去，大憨趁机站起身来，回屋拿了扁担和担绳。今天晚上，他还要赶回工地去。

五月的风，温暖而干燥，吹在身上是舒坦了，这给吵架和劝架的人都增加了兴致。不过大憨走得很快，他仿佛要逃离这一切。

这个二十五岁的年轻人，在一般的农村青年，已经到了娶媳妇抱孩子的年龄了，但是大憨，连个亲也没定，有人给他说过几门亲事，也让他愣头愣脑地给回掉了。

大憨是个单身汉。从小死了父亲，母亲一包眼泪、一碗稀饭把他拉扯大，到了十五岁那年，老人家没看见儿子娶亲、抱孙子，就结束了她辛苦、贫穷、忧愁的一生。因此，大憨懂得生活的艰难、孤寡的苦衷；同时，在这条生活道路上，也养成了他沉默寡言的孤寂性格。不了解他的人，都说他傻，其实，这个粗壮的汉子是个很内秀的青年。他念过几年书，他有自己的理想，他希望甩脱远古以来就压在中国农民身上的贫困和落后。他比梁子更热爱虎山的一草一木，更熟悉虎山的每一个家庭，也更体会到改变虎山现状的艰难。他还清楚地记得，在念小学的时候，老师曾指着荒凉的虎山群峰对他们说，十年以后，这一带将变成怎样的天堂和乐园，人们都住上楼房，楼上楼下，电灯电话，牛奶饼干……可是，十五年过去了，虎山穷山恶水的面貌仍然变化不大。唯一的变化只是添置了一台突突震耳的手扶拖拉机……当然，老支书是好人，他为大队的治山治水，花费了大量的心血，也取得了一些成绩，老支书还有他的比较切实的长远规划；可这一切现在又变成了水中捞月，一场空了——老支书被打倒了，崔海赢上了台。对于形势，大憨有自己的看法。他想现在报纸上喜欢说假话，上级喜欢唱高调的人，既然党的报刊和大队书记都是一个调子，可见官官相护，总是有来头的。因此，他对形势的估计比较悲观。他想，尽管他决不会对崔海赢屈服，但是他一个人又如何能扭转这虎狼当道的局面？所以，他对改变虎山的面貌失去了信心，他只求清清白白地做人。不过谁要是欺负到他头上来，他也决不轻饶！在虎山村，谁好、谁坏，他都是茶壶煮饺子，肚里有数。所以，在小李子丢掉钱包的时候，他真能把贼捉住。他不相信理论，他认为不管你谁上台，谁下台，都会讲出一套天花乱坠的道理来，但这一套全是空的。你讲的道理再多，再好，也不能把高粱多讲出一个穗穗。他对老马头说的是大实话。"不认道理，只认人"，是他生活的宗旨。花好桃好没有用，他以自己的经验在体会、在感受着一切。他的爱憎是分明的，也是强烈的。

在虎山村，所有的孤寡病弱家里的水缸，都是他勤快的肩膀挑满的。他常帮小李子家干些力气活，挑柴，挑粮，十分忠心。小李子的娘上山砍竹子，没有一次不是他帮着扛回来的。有人说他看中了小李子，这是在献殷勤。其实他在给别人帮忙时从来都没有想到要得到什么利益。当然，如果要问他对小李子究竟有什么看法？那反正他是不讨厌小李子的。他不知道什么叫作献殷勤，但是他觉得小李子心直口快，心里想什么，嘴上说什么，比有些人讲的是一套，做的又是另一套，要好得多。尽管他自己不喜欢多说话，跟小李子在性格上截然相反，但在本质上是一样的，能够合得拢，也正因为这样，他才愿意帮助小李子家做事。

对老支书，他更是像儿子一样的亲热实在。因为小宝的爸爸、妈妈在外地部队上工作，家里没有人手，平时挑水砍柴，他都去。有时老支书家的老母猪跑失了，他一找半夜，满头大汗地给追了回来。老支书家的事，一点一滴，他都在心上挂着，就是对老支书的小孙孙小宝也是忠诚和认真的。他每次出车，小宝总缠着他，要他带好吃的回来。有一次，大热天，他和小李子一块儿出车到县城，两人满头大汗，又渴又热，小李子去买了两根冰棒来，大憨咬了几口，只觉得清凉无比，暑热顿消。心想这玩意真不错，得买两根给小宝带上，小李子说不行，怕要化。他说不碍事，那卖冰棒的小贩不也就裹了点破棉絮么？他想了想，就买了两根，然后脱下小褂，严严实实地包好。到了家，他兴高采烈地告诉小宝说："我给你带来了一样好吃的东西，又甜又凉。"小宝一听，乐得一蹦多高。大憨小心翼翼地打开那包冰棒的小褂，不料却露出了两根小木棍。小宝奇怪地问："这细木棍好吃吗？"大憨愣了，搔头抓耳急得直发誓，说下次一定要让小宝吃到这又甜又凉的好玩意。终于有一天，他抱小宝坐上了他的拖拉机，到县城给孩子买了两根冰棒吃。直到现在小宝还记得，那一天过得多么高兴。

对于所爱的人，大憨就是这样的赤胆忠心，不管是老人，还是孩子。但是，要说大憨"狭隘"吧，他也"狭隘"。崔海赢家里的小猪娃掉到粪窖里，他笑嘻嘻地站着看，好像在看耍把戏一样；上次给树霞带稻谷，要不是小李子说情，他也照样不带；走过崔海赢家的自留地，不踩倒几棵玉米苗，他不会甘心。不过大憨在干这一切的时候，从来没有为自己谋过什么私利。就是从崔海赢的自留地里折下来的甜秆，他也情愿扔到河里而决不会去尝一尝。有一次，他

的拖拉机到县城装炭去，车上老老少少带了一大帮，崔海赢的老娘
要去走亲戚，穿了一身鲜亮衣服，挎着包袱，自以为是书记的娘，
老远就拿着架子，站在路口上招呼。不料大憨连眼皮也没抬就开过
去了。车上还丢下一串孩子的笑声。崔海赢的老娘当众下不了台，
回去找儿子一学说，崔海赢就把大憨找来狠剋了一顿，帽子加了一
大堆，可是大憨根本不理他那个碴。

　　这就是大憨。他对一个人好，从来不挂在嘴上，但是在关键时刻，
他能够拼着命去帮忙；他对于自己所恨的人也决不吭声，但只要有
机会，他就要反抗，不管以何种形式。他以自己的爱憎选择他的生
活道路，他决不盲从。即使是对梁子，他开头也并无好感。他以为
像张梁这样喜欢开个会，表个决心的，跟崔海赢就是一路货。直到
梁子拿出了自己的存款，真的上山带领大家一起去熬硝以后，他才
对梁子敬重起来。他第一次知道，这类喜欢开会讲话的人中间也有
好人。所以，他对于梁子带领熬硝的事是热心支持的。他觉得在山
上的每一分钟都过得很痛快，即使累断了筋也是心甘情愿的。他从
梁子身上开始看到了年轻人的力量，他想团结起来也许能够和崔海
赢顶，虎山的面貌也许能够改变……

　　大憨往前走着，这时一切嘈杂的人声都落到了身后，路旁传来
了草虫的低鸣，天上现出一弯月亮，但很快地又钻进了薄薄的云层。
突然，前面响起了狗叫，大憨一听就皱起眉头：又是崔海赢家的大
黄狗！

　　大憨警惕地绕过崔海赢家后的柴禾堆，果然，那只黄狗又是一扑。
大憨一脚把它踢了回去，但这狗不甘心，黑暗中，两只眼睛闪着绿
荧荧的光，后脚微蹲着，突然又是一蹿。大憨猛地一个下蹲，手里
的扁担一横，黄狗往边上一跳，再不敢近身。乘这机会，大憨悄悄
解下担绳，做了一个活扣，然后站起来就逃。这下黄狗可逮着机会，

一蹿多高扑了上来。大憨扭头一甩，不偏不倚，绳扣套住了狗脖子，只要往前拖就是。越拖，绳索套得越紧。开头，黄狗还挣扎着，用两只前脚撑着地，走不了多远，腿就耷拉下来了，气也断了。大憨干脆解下绳子，把狗扛在肩上，心里想，今晚上可开荤了。

崔海赢家的这只狗，吃得比树霞好，平时又不用干活，只消在为主子效劳时活活筋骨，开口叫叫，所以呀，长得又肥又壮，要不是大憨这个个头，扛它走十来里路还真要吃不消。大憨倒不怕它重，就是那狗毛扎在脖子里痒痒的，怪难受。开始他还忍着，可是越忍，越痒，最后还是忍耐不住，"呼隆"把它扔了下来，狠狠踢了一脚，骂道："他娘的，死了还不老实！世道都是让你们这些狗给搅乱了，有一天老子通通宰了你们！"

骂着，想想还是不能丢，干脆把狗挟在腋下，呼哧呼哧地闷头往前走。他倒不是馋着这顿狗肉，而是要让大家痛快痛快。

天还不晚，因为安静，仿佛夜已深了。有稀疏的几颗星星在眨眼，辽阔的天幕一片湛蓝，衬托着狼山和虎山深色的剪影；山脚下，亮着几点火光。火光是鲜红色的，有如盛开的麦闹花。大憨抬头眺望，想到那是同志们夜战的篝火，心里就感到踏实、暖和起来。这时他觉得一切愤恨、恼怒、憎恶的事都已消散，溶解在那习习的夜风和四周草木的暗影之中了。他的心里，只剩下那闪烁的火光，燃烧得像麦闹花般的热烈。他加快了脚步。

二十三　死鬼讨债

　　年轻人永远是快乐的，和他们在一起，楼娃仿佛也活得有意思了。在他的一生中，还从来没有像现在这样被人家尊重过。当他被人们呼唤着，在一口口熬硝的大锅间跑来跑去的时候，他觉得自己的存在的确已不是可有可无的了。

　　可不是么？那一锅锅的硝，不都是在他的指点下熬出来的吗？你听听，这个说："楼娃叔，你看看咱这锅硝可到了起锅的时候？"那个喊："喂，快来呀，看看我们的火候行不行？"每当歇息的时候，他蹲在地上抽一袋烟，望一望那几口大锅，心里就觉得气派。他想，要是一家能熬出那些硝来，可不成财主啦！

　　现在楼娃心里已经满足、踏实多了。他想熬完硝，就去抢种晚秋。眼下的难关马上就要渡过，今年的口粮看来也有了着落。梁子说还要造田、修渠，不过当然那是秋后的事情了……

　　吃罢晚饭，楼娃把火弄得旺旺的，大锅烧得"噗噗"直响，大家一时没什么事情可做，围在火边，坐了一圈，笑笑嚷嚷地闹个不停。有的说要读报，有的说要唱歌，楼娃含着烟袋杆，坐在离他们稍远一点的地方，像一个上了年纪的老妈妈一样笑模悠悠地听他们讲话，从来不插嘴。

那边，好几个青年起哄要小李子唱歌。小李子怕出丑，便灵机一动，不知从哪里抓起张报纸，一本正经地说："咱们该学习学习啦。"

"学习哩，"一个青年拉长声音说，"也不知哪里来的垫箱纸，弄来唬俺们大老粗。"

"你瞧瞧，这不是前天才到的？"小李子不服气地将报纸伸到那人的鼻子底下。又一个青年走过来，一把抢过报纸，把它垫在地下坐着说："好了好了，都别争了，念那幌子好瞌睡，我说咱们还是让梁子给讲讲吧。"

"对，梁子给讲讲吧。"马上有人附和。

"嘿，我又不是说书的，凭空听我讲啥呀。"梁子摸着脑勺说。

"就把昨天晚上，你跟小李子嘀咕半夜的事儿说说嘛。"

一句话说得小李子脸上飞起了红云。其实，梁子哪里和她嘀咕了半夜，只是坐在溪水边的石头上，说了一会子话罢了。

昨天晚上，小李子发现人堆里不见了梁子，不由得悄悄寻找起来。找了一气，发觉梁子一个人躲在山后半坡上砍竹子。他脚下的竹子已经堆了许多，足够老妈妈们编筐编篮用的了。但是他仍在砍，左一下，右一下，用力很猛，神情十分专注。

"喂，够啦！"小李子老远就冲着他喊道。现在，梁子在小李子的心目中也已经像普通的农村青年一样可亲可近了，所以她敢于跟他开玩笑。

可是梁子没听见，还是不停歇，好像发誓要把那一片竹子砍光似的。

　　小李子抬起一块土坷垃，朝梁子扔去，正中了梁子的后背。梁子一惊，抬起头来，只见小李子冲着他扮鬼脸，打手势。他扔了砍刀，抱歉地笑笑，用手背抹了把前额的汗珠。这一抹，脸上就出现了黑道道，小李子赶紧把搭在脖子上的毛巾递过去。梁子接过毛巾，往下面的山涧走去。

　　清冽的泉水，浸透了毛巾，洗罢脸，脑筋清爽了不少，望着这细流淙淙的溪水，梁子一时发起愣来。他想起了爸爸和老支书的话，他觉得中国革命的历史如同滚滚的洪流，任何小溪都要汇入洪流，谁也不可能改变洪流的方向。

　　小李子见梁子发愣，以为他又想起了娟娟，不由得同情起来。说真的，娟娟走了已经半个多月了，说是报名上大学去了，至今没有音讯。尽管对此梁子没有公开说过一句话，但在内心深处，他却为娟娟深深感到忧虑。他知道像娟娟目前这种家庭情况，要上大学是不大可能的，他担心娟娟经受不住厄运的打击……小李子也发现，这些天来，梁子虽然和大家打打闹闹，说说笑笑，精力充沛地干着一切活，但是人却明显地消瘦下来，甚至那光洁的前额，也出现了淡淡的皱痕……

　　于是，小李子招呼梁子上来，可是梁子却说这里很清静，他想坐一会，还叫小李子也下来。这样，两个人坐在被溪水冲得光滑干净的石头上，梁子对她讲了老支书画的虎山大队的远景规划。

　　大概是小李子听得入了迷，她只觉得才讲了一会儿，回来的时候，人家都已经睡了，所以就有这些爱要贫嘴的，来寻开心了。

　　梁子听了，倒是认真想了想，很大方地一点头说："好，就把昨天晚上同小李子说的话，给你们讲讲。"

　　除了楼娃以外，其余人全都来了劲。有人对小李子扮了个鬼脸，挤挤眼睛说："别打马虎眼啦！"小李子瞪起眼睛瞅着梁子，不再吭声。

这时，熬硝的柴禾毕毕剥剥地烧着，梁子说："昨天晚上，我们谈了很多很多，"大家一听，身子又往前凑了凑。梁子笑着说："从哪儿谈起呢？"

"小李子，快提醒提醒。"有个调皮鬼嚷嚷起来，小李子狠狠瞪了他一眼，那人故作惊奇："哟，还瞪眼哪，俺说错了？"小李子知道这些人的脾气，越说他们越来劲，便干脆埋下头不吭气，拾了块土坷垃在地上划着。这时，梁子娓娓的细语，传入她的耳朵。

梁子的话，描绘着梦一样美丽迷人的图景：

"熬完硝后，我们就一面治碱造田，一面把环山渠道修起来，这样就能把水害变为水利，粮食种上两季，一季水稻，一季麦子。在山坡上栽上各种各样的水果：桃、梨、苹果、核桃……开辟出新的茶园。还要盖农民新村，实现机械化、电气化，让家家都能点上电灯，推米磨面脱粒、插秧，甚至养鸡喂猪全用机器……"

"那不是传说中的金凤凰飞回来了么！"刚才和小李子开玩笑的调皮鬼儿，大惊小怪地叫起来。

"这不行，有这一对虎狼，凤凰咋飞得回来？"有人指了指夜空下狼山和虎山的剪影说。

"是啊，虎狼当道啊！"有人叹了口气说。

"狼让我打死了！"随着一声吼，突然一块山石后头闪出一个人影来。这是个粗壮的汉子，"通通通"几步走到大家跟前，把他说的"狼"，啪地甩了下来！

"大憨！""大憨！"人们争先恐后地叫起来，一下子就把"死狼"围住了，嘴里"啧啧"羡慕地议论着：

"大憨，你真有两下子！"

"你怎么打的？"

"嘿嘿，人家武松打虎，俺这儿出了个大憨打狼。"

　　"要是娟娟在，一定能编一段快板。"

　　"梁子也会编嘛。"

　　趁大家七嘴八舌议论时，小李子望了望大憨，悄悄挤到前面，好奇地想拽一拽狼腿。大憨笑嘻嘻地挡住说："女孩家动不得的。"

　　"去去去，"小李子推开大憨，"碰上狼，我也会打，保管不比你孬。"说着，她一拎狼腿，忍不住"哎唷"起来："好沉哪！"

　　"敢情比你还重，累得我出了一身汗。"大憨愉快地逗趣，伸出粗大的手掌，擦了擦额头。

　　小李子不理会这些，只是细细地察看这只"狼"，心里想，赤手空拳打死这么一只狼，真了不得呀！看着看着，突然惊叫起来："这哪里是狼，不是崔海赢家里的那条狗吗？"

　　梁子打亮手电照了照："真是一只狗。"

　　听说是狗，开始大家有点扫兴，可是紧接着，马上就又兴奋起来，扭着大憨又捶又打，那个乐劲儿呀，几乎要把他给抬起来了。因为，因为那不是一般的狗，那是崔海赢家里的，又凶又狠的大黄狗呀！

　　连楼娃也受了感染。他每想起自己上崔海赢家，那只黄狗又扑又咬的情景，总是心有余悸。可是现在，这只狗躺在地上，耷拉着四条腿，拖着舌头，再也动不得啦。想到这里，楼娃一阵高兴，伸出大拇指也要夸大憨，可话到嘴边，却变了："唉，人家都说打狗要看主人，大憨呀，这下你可闯了祸啦！"楼娃说着，认真地替大憨发起愁来。

　　可是，不知是楼娃的声音太轻，还是年轻人太高兴，几乎谁也没有理睬他。大家只是张罗着剥狗皮、烤狗肉。不一会儿，肉香四溢，大伙儿你争我抢，热热闹闹地吃起了狗肉。

　　在谁也不注意的时候，泥瓦匠悄悄地走了近来。

　　瓦匠怎么会到这儿来呢？说来真有意思。

　　最近好一阵子，泥瓦匠没在村里露面了。自从崔海赢给开了外出的介绍信以后，泥瓦匠真是如鱼得水，一直在外面干私活，票子捞了一大笔。昨天揽的活计都做完了，回来给崔海赢买了两瓶酒，今天下午送去时在门口碰上了大憨。从崔海赢家出来已经很晚了，但想起今天晚上，县城东面的城关公社有户人家还要请他盖房子，今晚要等他去放线摆大方角的，因此必须赶去。为了走夜路壮胆，瓦匠走时又喝了两盅。从虎山到县城，这条路也不知走了多少回，就是闭了眼睛也能摸到的。但是夜路，他一个人不常走。因为离涧湾不远，有一片乱坟地。坟地上葬着他二十几年前死掉的老母亲。据村上的老年人说，有次瓦匠在城里做活，村里人捎信去，说他的老母亲病了，要他赶快请医生回去。那时他家里正喂着一口大母猪，他指望着生猪娃子攒钱，一心迷在猪上，慌慌忙忙的也没听清，以为是老母猪病了，赶紧请了个兽医回去，哪知到家一看，猪好好的，老娘却病得不轻。当时人们都张罗着再去请医生，可是瓦匠一算，打发兽医得花几个钱，再给母亲请医生呢，没有三五块打不住。再说老娘年纪大了，医好了病也只是白吃饭，于是他的手在口袋里掏来掏去就犹豫起来。这一犹豫，病人也给耽误了，不出三天，一命呜呼。死后为了省钱，他就把她埋在那个乱坟地里。当时有人劝他：你娘死得屈，临死连一服汤药都没尝到，往后过年过节，你要多买点纸钱烧烧，要不，她要来跟你讨债的。瓦匠很迷信，胆子很小，听了这话十分害怕。但是，真的到了过年过节，他又舍不得买纸钱了。后来把素芳娘一娶过来，这事更丢到脑后头去了，只是在路过这片坟地的时候，还免不了有点胆虚，他真怕他的死鬼母亲，来跟他讨债。

　　可是这一天，他为了挣钱，又喝了些酒，特别兴奋，便把这事给忘掉了。离家的时候，天刚擦黑，天空也很晴朗，因此没觉得什么。走了几里路，天完全暗下来，月亮钻进了晕乎乎的光圈里，光线很昏迷，道路、树木和山坡都变得模糊起来，瓦匠的心里也开始嘀咕了，但仗着酒胆，又往前走了一程。快到涧湾时，突然起了雾，前后白茫茫的一片，连昏暗的月亮也看不见了。瓦匠脑袋一轰，不但想起了他的死鬼母亲，还想起了鬼迷的事。

鬼迷是这一带的传说，就是在走夜路的时候，突然晕头转向，四周白茫茫的一片，辨不出路径，分不出东南西北，走来走去还在原地打转，这就是叫鬼迷住了，也叫鬼打墙。眼下瓦匠就碰到了这情景，他明明记得，到了涧湾，有两条路，一条是通向涧湾的石板桥，过桥到县城的；一条是进山的。但是他转来转去，找不到岔道在哪里，而且脚下根本没有路。他相信自己是碰到鬼迷无疑了，而且，还可能是他的死鬼母亲在捉弄他。

怎么办呢？他一个劲地镇定自己，心里默默定了定方向，并且大模大样地站着撒了泡尿，试图把鬼吓跑。因为他一向听人说，尿是压邪的。可是撒完尿，还是不解决问题，雾更大了，好像眼睛被蒙上了一层纱布，自己定的方位根本辨不出，哪里还分得出路径？一慌一吓，朦胧间出现了幻觉，觉得他的娘正哭哭啼啼地走过来，他两腿打抖，伸手在口袋里掏摸着。新挣来的票子有一大沓，他想摸几张出来给她，可是还没摸出来，突然绊了一跤。爬起来，死鬼母亲不见了，脚下硬邦邦的一个土堆，好像是座坟。这时脑子清醒了些，他想无论如何，这里停留不得，于是也不管三七二十一，爬起来就跑。跑着跑着，猛一抬头，只见一片灯火，透过树林枝桠，照射过来。

有灯火就有人家，瓦匠喜出望外，也不择路，照直朝那儿奔去。

那灯火，看着近，实则远，也不知走了多少路，当他转过一个山坡的时候，突然听到一阵细细的话语声。开始，这声音很轻，好像空中缥缈的仙乐一样几乎捉摸不到，他的心又惴惴不安起来，莫非又碰上了鬼？于是一只手，不由自主地又伸到了口袋里，把那杳票子攥得出了汗。可是走着走着，说话声越来越大，隐约可分得清，有大憨、小李子、梁子的声音。再一抬头，迷雾散了，亮光所到之处，可以清清楚楚地看到远近的树木和斜斜的坡路。他突然明白，自己在慌乱中走上了进山的岔路，来到梁子他们熬硝的工地。那亮光不是灯，正是他们熬硝的篝火。

瓦匠的一颗心，这才安定下来，只觉得衣服冰冷黏湿，贴在身上很难受。他打算走过去，跟他们打个招呼，坐到火边去烤一烤。

"我咬这个狗腿！"突然一声喊，把瓦匠吓了一大跳。他赶紧一闪，躲在一块山石后面。这时又是一声喝："我敲它的脑袋！"于是瓦匠干脆不出来了，坐在那儿，听他们到底谈些什么。

"楼娃叔，你怎么吃得这样慢呀？"这是小李子清脆的声音。

"敲了这条走狗，他心疼哩。"大憨笑着说。

"屁！我恨不得咬它几口！"楼娃小声地嘀咕。

"那你就使劲咬呗！"又是小李子畅快的笑声。

这时微风送来一阵肉香，瓦匠明白，原来他们是在吃狗肉。才想走出来，听见他们又谈起了老支书抄家的事，赶紧蹲下，竖起耳朵静听。

本来瓦匠就有个听壁脚的习惯，眼下的机会，对他正是再好没有了。听得一阵对抄老支书家的咒骂之后，谈话的内容，越来越触动他的心境了。他屏着呼吸，连大气都不敢出，生怕漏掉一句。

这边，正谈到丢失款子的事。

"该抄他奶奶的老窝！他娘的，这里头有内贼！"大憨啃着骨头，粗鲁地大骂，"要不，洞口为什么是从里往外挖的，而且还那么整齐！"

提起内贼，大家想起款子是在娟娟的会计室内丢的，碍着梁子的面，不好多说，一时竟沉默下来。梁子想了想说："大憨讲得对，这里头是有问题，明知道是有人偷的，为什么一口咬定老支书！老支书的钱和我的钱都是有来历的。相反，有的人有那么多钱倒是个疑问！"

说到这儿，他想起崔海嬴家里的酒瓶和吃咖啡的事儿，又好笑又好气，咬了口狗肉，使劲嚼着。

"我看瓦匠就不干净，又是想造房子又是添家具的。"小李子紧接着说，忽又想起一件事来："还有那个大坝，他是瓦匠，水泥是他亲手去装的，娟娟不懂，弄不好就是他搞的鬼！"

"那救济款呢？洞口那么整齐，肯定是内行挖的，弄不好也是他！"

大家七嘴八舌地议论着，梁子沉思地说："从里往外挖洞，得有钥匙才行。可是会计室的钥匙，只有娟娟有。"

小李子停止了咀嚼，皱起眉头望着梁子。大憨把狗骨头一扔，哈哈笑道："崔海嬴和泥瓦匠，穿的是连裆裤子。瓦匠打酒，崔海嬴的嘴里就有酒气！有了崔海嬴做后台，瓦匠这个能棍棍还不会打开一把锁？"说完，伸手向小李子讨狗肉。小李子才撕了半个腿给梁子，手里只剩下块骨头，光光的没有肉。大憨咧着油光光的厚嘴唇，遗憾地说："刚吃出滋味来，就没有了。"梁子把才咬了一口的腿肉递过去："给你，我不想吃了。"大憨接过狗肉，又撕又咬，话也噎住了。

"死样子！"小李子笑着骂了一句，站起来收大家吃剩的狗骨头。有人轻轻叹了口气："打死了一条狗，可世界上的狗还有的是啊！"

"还是虎狼当道噢！"

话，似乎又回到原来的题目上。大憨一听，肉也不吃了，愤愤地把骨头一扔，想说什么，却发挥不出来，只好张开大嘴，用力地骂了一句："哼，他奶奶的！"

　　"不，"梁子忽然激动地说，"我们要相信群众，相信党。"说到这里，他换了一种十分坚定的语气，"只要我们团结起来，我们的目的一定能达到，我们的理想一定能实现，传说中的金凤凰一定会飞回来的。"

　　这最后一番话，对泥瓦匠来说，已经没有多大兴趣了。像来的时候一样，他默无声息地走掉了。不过，这时他不是往县城走。他决定立即赶回村里，去找崔海赢了。在一个下坡的时候，心慌蹬掉了一块石头，石头骨碌碌地滚，发出很大的响声，眼尖的小李子警觉地望过去，见一团黑影，以为是野外觅食的狐狸，便咯咯笑着推大憨："瞧，狼来了，快去打啊！"

二十四　吉祥的合欢树

大清早，小李子的娘被一阵叽叽喳喳的鸟叫吵醒。她拢拢头发，掩着祆襟走到门口，正要去弯腰抱草，突然看见，外面的合欢树上，停着一对花喜鹊。

这时合欢正在开花，一团团粉红色的、绒球般的带露的花朵，被那茂密乌青的枝叶紧紧怀抱着。喜鹊在枝头跳跃、叫唤，给这美丽的花朵，带来了喜气洋洋的光彩。

小李子的娘看着看着，竟忘了抱草，咧开嘴，孩子般天真地笑了起来。

她是个心地善良、同情心特别宽广的人。她的一生绝大多数时间，都在替别人操心。比如说，谁家有了病人，她心焦得吃不好，睡不好，帮不上忙，去端碗水也是好的。谁家死了人，她陪着落泪，心里想着做妻子的怎么伤心，做娘的怎么伤心，今后的日子，怎么过等等。谁家要是娶了媳妇，添了孩子，那她就乐得出来进去合不拢嘴。每年春节娟娟回去探亲，她总是天不亮就醒来，默默地替她计算着路程和时间，比方着娘老子见了她，怎么高兴、怎么难过，说她瘦了，还是胖了。门口的这棵合欢树，还是她结婚的那一年亲手种的呢。当时，丈夫说要栽枣树，婆婆说要种梨树，可是她，却偏偏栽了一棵不能结果的合欢树。因为她想，合欢的花是两朵并在一起的，它们相依相偎，永不分离，是美好吉祥的象征。尽管合欢树没有给她带来幸福，尽管她正在青春就失去了丈夫，但是，她回顾自己的一生，并无怨言。她把希望，寄托到了女儿身上。日子过得那样艰难，还让女儿念到小学毕业；自己的破袄子穿了一二十年也舍不得做件新的，可到了年下总要给女儿扯一身花褂子。女儿是她的希望，也是她全部的生活内容。她从来没有让女儿离开过自己半步，这回跟着梁子他们上山熬硝，一晃已经半个多月了。白天，竹器组在这儿干活，小院子里热热闹闹，还不觉得什么，晚上到了一个人的时候，可就想得慌啦。她想女儿在山上，不知野成了什么样子，早晨梳不梳头，晚上什么时候睡觉，夜里怕不怕，有没有碰上过野兽……这些问题，哪一天都要想上几遍。有时想着想着，就要怨起来，怨女儿不来看看她，也不捎个信来，敢情把娘忘了不成？她在晚上睡觉的时候，总是留神听着外面的动静，早晨一起床，又是忙忙地开了门。开始她自己也不知道为什么要这样，直到现在才明白，这是一心盼着女儿早回来。今天，喜鹊在枝头喳喳叫得欢，她不由得心花怒放，敢是有什么喜事儿，是不是女儿要归来了？

小李子的娘想着，兴冲冲地抱了草去烧锅。烧开了锅，喜鹊还在枝上叫，小李子的娘想，莫非还有更大的喜事？她拨弄着火棍，发起愣来。

她最大的心病，是小李子的婚事。只要女儿结了婚，抱上孙子，那么，她死也闭眼了，也不枉活了这一辈子了。但是，她又怕，怕女儿真的跟上人家，嫁到很远的地方去，从自己的身边飞跑了。所以，她一心想招个女婿。但是日子过得不宽裕，这三间土房，一直没有翻修，母女俩住着还宽绰，要是招女婿，那就太挤窄了，恐怕人家不肯。而且未来的女婿，八字还没有一撇。为此她常常揣摸女儿的行踪，打探她跟谁相好。可是小李子，在别的事上心直口快，唯独在这事上，从来不露一丝口风。特别是最近，问急了，她就沉下脸来，撒着娇说："娘，你嫌俺吃你的饭了，想把俺撵走啊。"这一来，娘不但不问了，反过来还要哄她。

话是这么说，可事情总在娘心上搁着。为此她很羡慕娟娟。娟娟摊上了梁子这么一个好人，多么有福。眼下娟娟上大学去了，梁子大概不久也要走的。他们两个才貌相当，应该远走高飞，去享福的。对于她的小李子，她只想招一个老老实实的女婿。看来小李子跟大憨不错。但是好些有女儿的人家都看中了大憨是个好劳动力，想把他招上门去。小李子的娘想想自己是个孤老婆子，家底薄，恐怕争不过人家。

就这么，喜一阵，忧一阵，早饭过后，上竹器组干活的人，陆续来到了这个小院子里。

素芳、淑孩娘等都是竹器组的成员。树霞有时也来，只要家里走得开，崔海嬴是不管她的，只是常常要问她，组里谈论些什么。老实的树霞从来不会搬弄是非，所以晚上经常受到丈夫的打骂，弄得第二天无精打采的，又不敢告诉人，在竹器组里，她是最沉默的一个了。只有背上孩子的哭声和笑声，才是从她这儿发出的唯一的声音。

最活跃的要数素芳。素芳自从结婚以后，比过去胖些了，脸色也红润了。离了瓦匠这个家，她好像一棵栽在室内的植物，被移到了田野里，又得到阳光和雨露的滋润。

可是今天，素芳好像有点儿心事，来了就闷头做活。小李子的娘还在想女婿，也不多话。淑孩娘因为昨夜有一个小老虎尿了床，早晨忙着晒晒弄弄，来迟了一步，见大家都不吭声，也赶紧埋头做活。她是个要强的人，做什么活都不肯落后。

这样，一向热热闹闹的竹器组，今天竟沉闷下来。树霞以为丈夫问自己的那些话被她们知道了，人家在提防自己呢，所以心里一个劲地打鼓，有几分钟简直想逃掉了，直到背上的孩子哇地哭出来，她才意识到自己不能走，她还要挣工分。

人群中，只有快活奶奶是个不甘寂寞的人。见没人说话，可有点儿受不了，咧开缺牙齿的嘴巴笑了："素芳，这儿就数你年轻，快说段新闻，给俺们听听。"

"俺没有新闻，俺只有旧闻。"素芳懒懒地说。

"你不说，俺来说。"她依然笑道。

"你的新闻跟你一样，都老掉牙啦！"不知谁冲了一句。

"老掉牙怕什么？说出来大家快活快活嘛。"快活奶奶一点也不生气。

正说着，忽然有人叫了一声，快活奶奶抬头一看，只见大憨满头大汗地闯进院来。他是接受了梁子的任务，给竹器组送竹子来啦！

妇女们一见，都放下了手里的活计，跑上前，扛的扛，接的接，把大憨身上的竹子，全卸了下来。

在妇女们中间，大憨永远是受欢迎的。她们对他的亲热劲儿，一点也不亚于昨晚打狗英雄受到的待遇。特别是小李子的娘，给他打水洗脸，又端上金黄的茶水，真是怎么看，怎么爱。

等大憨坐定下来，舒舒坦坦地喝着茶时，快活奶奶忍不住又问："大憨哪，你们熬硝的地方，在讲些什么啊？"

昨天倒是讲了不少，可是跟这群妇女、老妈妈怎么说好呢？他搔着头皮想了半天说："讲我们虎山将来要实现机械化、电气化。"

"你说说怎么着？"淑孩娘兴致勃勃地问。

"机械化就是……就是干什么都用机器。譬如说，干活用机器，养猪用机器……"大憨吭吭哧哧地回答。

小李子的娘，正乐滋滋地打量着大憨，想着早晨的喜鹊叫。见他这么一说，不由得惊叫起来："呀，你说什么呀？俺们这儿的猪可是要放的，用机器养猪，咋个养法？机器还能跟着猪跑哇？"

"是啰，照这么说，俺们都成了废物了。"淑孩娘撇撇嘴说。她想到自己的粗腿，跑不动路，开机器养猪，这活可干不了。

"俺也不着，"快活奶奶说，"敢情人家素芳着，年纪轻，跑得快。"

素芳摇摇头："俺不识洋号码，咋能开机器？"

"那还有俺们干的活没有？"淑孩娘着急地问大憨。

大憨想了想，安慰她说："不要紧，你可以养鸡嘛。梁子说过，人家别的国家，一个人能管几万只鸡。"

大憨认为管鸡是最容易的活儿，所以这么说。不料话音刚落，妇女们都惊叫起来："养几万只鸡，还种不种麦子啦？"

"是啊，粮食还不都给糟蹋光啦！"

大憨搔了搔头皮，觉得没法回答她们的问题，而且，她们的担心也不是没有理由的，譬如说，现在为了防止鸡吃麦子，大队已经规定，不准养鸡。谁要违反规定养了，要用农药毒死。要是几万只鸡放出来，当然可怕啦。

小李子的娘不愿大家难为大憨，便嗔道："尽是你们胡嚼舌头，也不让人歇一会。"

"没事，这不就是歇着。"大憨老实地说，"好了好了，你们也别发愁了。到时候，你们都成了快活奶奶，净坐着享福吧。"

"嘻嘻，大憨，"快活奶奶咧开缺牙齿的嘴巴笑了，"难为你讲得这好那好，吃好穿好，干活都不用人了，那人干吗？"

"人就光管生孩子过日子呗。"淑孩娘接口说。

"生孩子过日子也用机器呢！"素芳说。

"哈哈哈！"

除了大憨以外，全都乐开了。连树霞也跟着笑了几声，她想到她背上的孩子，也许能赶上那样的好年月，那么，再苦她也要熬下去。

快活奶奶显得格外高兴："这么说，人都长命不死了？"

大憨只觉得她们亵渎了他那神圣的机械化，却又反驳不得，正在干瞪眼，见快活奶奶这一说，不由得睁大眼睛，愣头愣脑地说："你不死，想脱壳？"

"唉，人总是要死的。"快活奶奶叹了口气道，"俺不怕死，可俺怕你那个机械化。"

"我那个机械化碍着你了？"大憨奇怪地问。

快活奶奶刚想开口，有人插上来说："大憨哪，你这个小伙子又憨厚，又老实，又勤快，什么都好，就是你那个机械化不好。"

"可不是嘛，"快活奶奶道，"你说得花好桃好，俺只见过那个拖拉机，拖拉机不就是机械化么？自从有了你那个拖拉机，俺们死了就都得拉到城里去烧。从前说，死了还能投生哩。现在倒好，机器一响，突突突，拉到城里，烧成灰了……"

快活奶奶还要啰唆，大憨摆摆手："行行行，你们也不要机械化，也不要死，把猪喂在床底下看着，一代一代脱壳吧。"

"死大憨！"快活奶奶也笑了，对小李子的娘说："你们家小李子找对象，可别找上这样的。"

大憨虽然粗，却也不傻，故意大声说："咱俩早就对上了。"

"唔，那敢情可能，"淑孩娘望了望大憨认真地说，"要不小李子丢了钱，他会给她找回来。"

"是啊，这小伙子不错，身子像头牛，招这么个女婿，咱们邻居也沾光了。"快活奶奶又反过来夸奖大憨。她就住在小李子家隔壁，她家的水缸，常由大憨挑满的。

小李子的娘，喜滋滋的，乐得嘴也合不拢了，她望了望外面，天阴得厉害，像要下雨的样子，时间也快到中午了，便道："马上该吃得午饭啦，大家快回去烧锅吧。"她现在是竹器组的组长，她说收工就收工。这么一说，大家都放下手里的活计，说说笑笑地走出去。素芳走在最后头，对她耳语道："明天俺告一天假。"

"啥事？"小李子的娘问。

"俺爹要我走趟亲戚。"素芳说，显得很不情愿的样子。对于她爹的事，她是一向不起劲的，特别这回还要叫她误一个工，去走趟亲戚，她实在一百个不愿意。但是，他是自己的爹，又找上门来了，不去也不行。素芳哪里知道，她爹昨晚偷听了梁子他们的谈话以后，回来越想越慌，连夜去找了崔海赢。当瓦匠添油加醋地讲大憨他们打狗吃狗肉的时候，崔海赢还不知他心爱的大黄狗没了。急得他跑出屋去，"黄……啰啰啰啰"地呼唤了老半天，真的连狗影也不见了，气得他直跺脚。这时倒还是瓦匠冷静，献计说："只要崔书记在台上，收拾个大憨还不是三只指头拾粒螺蛳！"接着他赶紧把偷听到的梁子他们的议论告诉了崔海赢。一会儿，崔海赢也恢复了镇静，命令瓦匠赶快把那点水泥出档了事，不能够再留着为自己盖房子用了。瓦匠找素芳，就是要她去借板车，拉水泥用的。

"你爹现在对你好啦？"小李子的娘听素芳说她爹要她走亲戚，关心地问。

"谁知道俺爹安的什么心，"素芳嘴一撇，"问了他半天，也不说啥事。"

大憨在一旁静静地听着，突然俏皮地说："那你跟他要工分补贴嘛。"

说得三个人都笑起来，素芳说："从铁公鸡身上拔毛，这世俺没那个本事。"说罢，一迈腿出了院子。大憨也要走，小李子娘一把拉住他："你今天扛竹子辛苦了，下午还要到县城去给俺卖竹篮子，省得你一个人回去还要做饭，留在这儿俺慰劳慰劳你。"

一阵风吹来，合欢树上粉红色的绒花扑簌簌掉下几朵，恰好落在小李子娘的发髻上。

说也奇怪，刚才在小李子家里，大憨打着饱嗝推开了小李子的娘端上来的面条碗："嘿嘿，今天要是没吃饱，那就一辈子也吃不饱了。"可是走到县城，肚子就不那么充实了，等卖完了竹器，该办的事办完了，肚里已经唱起了空城计。大憨看看天上又飘起了雨星星，一时也走不掉，便决定先找个地方把肚子填补填补再说。

县城里的小饭馆，永远是兴旺的。那酒气肉香、烟味人味，混合成一种特殊的温暖气息，洋溢在店堂里。为数不多的几张桌子，往往叫成心喝酒的人给占领了。摆上几盘猪头肉和炸丸子，他们便可以五呀、六呀地划上几个钟头；或者瞪着眼睛，敲着桌子，"老虎、杠子"地干上半天。而那些老实巴交的庄稼人，最奢侈的享受便是买一碗杂碎汤，称一斤大馍，随便找个角落，蹲着站着，又吃又喝。乞讨的儿童在人群间伶俐地穿来穿去，也给小小的饭馆增添了不少热闹的景象。只有那堵在门口光知道伸手的衰弱的老人，才显得丧气和碍手碍脚。

大憨把卖竹的钱在上衣口袋里装好——那口袋是特制的，小李子的娘替他缝在衣襟里面的。留了几张毛票在外头，便走进一家饭馆。他不打算"奢侈"一番，只想吃两碗光面条。

不料刚一进门，就和一个孩子撞了一头。那孩子捂着脸哭起来，大憨忙弯下腰，捧起他的脸蛋问："撞着没有？"

那孩子不回答大憨的问话，却一边哭，一边嘟嘟囔囔地骂人："奶奶的，不给就不给，凭什么打人？"

大憨有些恼火："你这个孩子怎么啦？是你自己一个劲乱钻，才撞到俺身上，俺好心问你撞着没有，谁打你来着？"

"俺不说你，"孩子眨巴眨巴眼睛，伸出污脏的小手朝里面一指，继续骂道："红面，不要脸！这地方又不是你的，连站也不许站！"

大憨一听，不由得生了心，皱起眉头朝里望望，但是人挤得里三层外三层的，什么也看不见。他又朝前挤挤，忽然改变了主意，饭也不吃了，掉头走了出来，在街上绕了一转，转到店堂的后窗下。

窗是开着的，划拳、打杠子的声音无拘无束地从里面传出来，在一片混杂的声浪中，大憨听到一个十分熟悉的嗓门，那是泥瓦匠。

泥瓦匠常到这儿来喝酒，这大憨是知道的，但凡是被大憨碰到，他都要特别留心一下。因为他知道瓦匠的那些狐朋狗友中，有不少是不干好事的，上次他替小李子抓小偷，就是这么先发现了线索。

此刻，大憨留心地听着，竭力分辨那个熟悉的嗓门。

"这么说，你老兄真的不造屋了？"有个沙喉咙在问。

"我又不是三岁的小孩，说了还要反悔。"这是泥瓦匠的声音，"事情宜早不宜迟，这样吧，时间我已定下来了，就在明天傍黑。"

"咳呀，这么急，我还来不及搞车哩。"

"嘿嘿，这就不用你操心啦！"瓦匠笑着说。

"什么地方交货？"沙喉咙问。

"唔……"瓦匠好像是想了想，说："涧湾东的沙土岗，那儿清静。"

"好，一言为定！"

"一言为定！来，打几杠子！"

"老虎！"

"杠子！"

　　"哈哈哈……喝干它！"

　　两双筷子同时敲在桌上，随即爆发出一阵忘形的笑声……

　　大憨听得忘了肚饿，把买面条的事压根儿丢到了脑后。他心里分析下来，感到泥瓦匠所说的货可能就是水泥，这么一想，他决定抄小路回工地，把情况汇报梁子。

二十五　辛酸的眼泪

泥泞的路，没有尽头。

娟娟的一只脚从黏软的黄泥里拔出来，另一只脚又深深地陷了进去。她穿的中筒雨鞋，已成了两个大泥坨，坠得她必须付出很大的力气，才能迈出艰难的一步。

这是从虎山通往县城的唯一的路。因为下了一夜的暴雨，路被冲成了这个样子。

在天晴的时候，这是一条美丽可爱的路。

两边的洋槐树，如同绿色的长堤。五六月间，树上坠着雪白的花朵。这些花朵散发出来的芳香，把空气搅得甜丝丝的。

如果你不愿老老实实地走大道，那么，跳过路边的小水沟，走青纱帐里的小路也行。小路和大道是一样延伸的。小路上长着青青的草，还有开着蓝白小素花的野菜。当你轻快的脚步踩上去的时候，草丛里的小动物吃惊了，它们接连不断地向路边的水沟里跳去，你不时可以看到溅起的水花。这是一条富有生命的路啊。

半个多月前，娟娟从虎山出来的时候，这条路，向她展示了一切动人之处。尽管她的身上，还留着崔海赢给她的伤害和侮辱；尽管她的心里，还怀着深深的歉疚和悔恨。但是，天气是多么晴朗，阳光是何等明媚，大学登记表就在她黑色的手提包里——她终于摆脱了人面兽崔海赢！

大道，铺着洋槐花白色落英的大道，时而在绿色的青纱帐里穿行，时而在低缓的小山坡上起伏。涧湾叮咚的流水，宛如美妙的歌声；火车呜呜的吼叫，仿佛它强劲的叹息。

田野里，高粱正在拔节，早玉米已开始吐须，风过处，乌青茁壮的叶子一齐响动，向人们显示它的骄傲和力量。早开的烟花，也被青苍肥硕的叶子托出来，那粉红艳丽的颜色，就像一个娇憨的女孩子白净的脸蛋上涂抹的胭脂。

娟娟好像一只从饿鹰的利爪下逃出来的小鸟，来不及擦一擦伤口的污血，顾不得理一理抖乱的羽毛，就挣扎着扑扇起翅膀，奋力向远处飞翔。她踩着这条欢乐的路，生命的路，无比贪婪地扑向她心中的美好的王国……

她在涧湾休息了一会儿。抬头看着天上飞跑的云朵，一团一团地掩过太阳。于是那金色的阳光，便跳跃着，从丘陵的尽头，铺展过来，一直照到涧底汩汩的溪流。这是大地母亲的乳浆，晶莹透明，永远也流不尽。很长时间，娟娟的心不能安定。她坐在树下，听着青纱帐"唰唰"的声响，想到她如何在闷热的八月里刨高粱，拿小锄砸掉根上的泥坨，又用镰刀削下火红的穗子。她又想到她怎样在严酷的寒冬去兴修水利，和民工们滚在一个窝棚里，抬不完的土，爬不尽的坡，找最大的碗盛中午的杂面馍馍……她低头望着脚边苍翠的小草，又把思绪引到未来的学校，未来的家庭。她要把自己在生活的道路上遇到的这一切记录下来，将来在茶余饭后，讲给她的儿女后代听。她想了很多很多，唯独没有想那个可怕的夜，也没有想和梁子的决裂。这一切都永远永远地把它埋葬在记忆的坟墓里吧！

湾底清澈的水面，映出娟娟苗条的身影，她窥视自己的形象，忽然记起古人"山重水复疑无路，柳暗花明又一村"的诗句来。娟娟轻轻地吁了一口气：啊，让过去的一切都过去吧，她今年二十四岁，青春正在……然而，古人的诗句在岁月的流逝中经受了时间的考验，现实生活的道路却并不那样平坦。

到了县城。开头，一切都还顺利。她的大队评语写得很好，招生的老师对她伶俐的口齿很满意。但还没进行政审，在体检的时候，就发现了问题，按这里的土政策，她被取消了报考资格……当宣布体检合格的名单时，她那遭受凌辱已经虚弱的身体，已经完全支持不住了。她像一棵小草受到雷电轰击，立即晕倒了。后来，她在青年同伴们的照顾下醒过来了，然而那因为清醒而感觉到的深深的痛苦，却更使她喘不过气来。

她不敢抬起头来，用往日那种大胆自信的目光，看周围的每一个人，因为，因为她自惭形秽；她不敢低下头去，让辛酸的泪水，痛快地从眼眶里涌出，因为，因为周围有人在啊！甚至到深夜，她蒙头在被子里饮泣的时候，同室的伙伴关切地询问，她也只能支吾地说，是做了个噩梦……

在喧闹的县城里，她一分钟也待不下去了。她怕见到县招生办和教育局的领导，他们用一种隐含着神秘的目光瞧着她；她怕见到一起被推荐来的知青，她怕看见他们那饱含着兴奋与幸福的精神焕发的脸。她悄悄地逃离了，在天还没亮透的时候。她没有对任何人说，也没有任何人注意到她。

她走在路上，但不知道要到哪儿去。

　　家里有疼她、爱她的父母，但爸爸的问题始终没有解决，妈妈也很长时间不来信了，她没有勇气回到他们的身旁。她辜负了他们的爱抚和期望。她既不能减轻爸爸妈妈的精神压力，难道还要往他们还没痊愈的伤口上再撒一把盐末吗？她不能，不能啊，她有家不能归！

　　县城里有许多她要好的同学，她在他们面前一向是十分要强的，他们对她也很关心、很热情，一见了面就要向她问这问那——她忍受不了那种热情。

　　虎山有好心的老支书，还有小梁、小李子等一大批仍然在关心着她的同志和战友，但她有什么面目去见老支书、去见小梁呢？还有小李子那疾恶如仇、清白分明的嘴，她会说出些怎样难听的话来呢？不，她不能再去虎山，不能再见那里的一切，那低矮的茅房，那清澈的水塘……

　　她宁愿在这泥泞的路上，无谓地消耗着自己的体力，漫无目的地徘徊。

　　她奇怪为什么一只脚刚刚拔出泥坑，另一只脚又更深地陷了进去。难道生活的道路对于她，就是这样的无情吗？

　　突然，她的雨鞋被黏住了，黏湿的黄泥像有吸力似的，怎么也拔不出来。猛一使劲，脚挣脱了鞋，穿着透明的卡普隆袜子的脚，踩在冰凉的泥水里。她没有弯腰去拾鞋，却一伸手，抱住了路旁一棵洋槐树的树干。她把身子靠在清凉粗糙的树干上，抬起噙满泪花的眼睛。

　　天空，像块灰颜色的湿布，沉重地搭在远近的丘陵之上，这些丘陵如同凝固不动的浪头，重重叠叠，一直连向天际。

　　她哭了。她哭出了声音。她在心里大声责问：起伏的丘陵呀，绿色的青纱帐呀，我的路在哪里呢？生活为什么这样的不公道呢？

是她不适应时代的潮流吗？不，她否认。她是在努力适应呀。她不是响应号召，参加了文化大革命，和从小抚养她长大的慈爱的爸爸划清了界限，打起背包参加了下乡上山的行列，来到了这个小山沟里了吗？在这里，她不是积极地靠拢组织，要求进步，按党支部书记崔海嬴的指示，批判了走资派，批判了老支书吗？这样不折不扣地按上面的精神办，难道不是顺着时代的潮流走的吗？为了那张招生登记表，她受了那么大的侮辱，吃了那么大的苦头啊！她流汗、流泪，她的生命像烛光，毫无顾惜地燃烧着，为的是寻找一块安身立命的地方。但是，她得到的是什么？好像那燃尽的烛泪，她的心冷成了灰。

怪谁呢？怪自己，怪崔海嬴？

崔海嬴不是给了她一条生路吗？但是，这条生路，忽然变成了绝路，或者本来就是绝路……

"绝路，绝路……"她喃喃自语，又低下头来，凝视那泥泞弯曲的路，怎样随着缓缓起伏的峰峦，消失在灰色苍茫的天尽头——这是通往虎山大队的路。突然，无情的现实有如利斧，劈开了她记忆的坟墓：那黑暗可怖的夜，那甜酒里掺着的安眠药，那伪装的病容，虚假的情话……啊，崔海嬴，这条毒蛇，这只吃人不吐骨头的恶狼！可是，本来是狼，为什么要披着人皮呢？！

娟娟啊娟娟，尽管你是个有见地有胆识的姑娘，然而你毕竟是个刚刚跨进社会，走上人生道路的少女，你哪能马上就认识到社会上的情弯理曲，你哪能一眼就看透人世间的妖魔鬼怪，哪能一帆风顺地去识别生活中的风云变幻……一张招生登记表吞噬了你少女的贞洁，青春的热情，然而，害你的又岂止是这一张表格？

现在，她认识到了人生的严酷与残忍，但是她也失去了正视它的勇气！她恨自己，恨自己的幼稚和无知；她恨崔海嬴，恨崔海嬴的虚伪与残暴，恨他犯下了不可饶恕的罪行……

雨又下起来了，先是黄豆大的几滴，落在她的腮帮上，接着是千万条雨柱，鞭挞着她的身体。

前面就是涧湾了，也就是她去县城的时候，顾盼流连，心思神往的地方。以前，她路过这儿的时候，如果不愿上桥，便脱了鞋袜，走下去，蹚着水，溅起一串串珍珠般的水花。现在，一阵沉闷的轰响声传来，她往前一看，吃惊了，涧湾不见了，她的面前，是一条汹涌宽阔的河。泡沫和草团，打着旋，从浑黄的河水上掠过，又是山洪暴发了。

滚滚洪流，带着压倒一切的气势，淹没了架在涧湾之上的高高的桥，吞掉了沉在涧湾底下的又光又圆的鹅卵石，卷来了山里的枯草和烂木，在丘陵起伏的地带里咆哮着向前奔涌。

洪流切断了这条泥泞的路，要往前走，已经不可能了。

不知出于一种什么念头，她突然穿好鞋，一步一步地往前走去。这里，原先是块高坡，那条长长的石板桥就架在坡下，现在，它已变得跟河床一样平了，这上面的桥，也看不见了。

她朝那滚滚的波涛望了一眼，突然抬起腿，毫不犹豫地朝湍急的水流里走去，好像在平地上走路一样。

她失去了生的勇气，产生了离开人世的念头。

"姑娘——"一个响亮的喊声突然响起。她一愣，收住了脚步，扭头一看，只见一个毫不相识的老农民，撑着一顶红色的油纸伞，赤着脚向她跑来；一边跑一边摇着胳膊，嘴里不住地喊着什么，风雨中，她不能听清，但懂得那意思是危险，不能下去。

娟娟犹豫了，愣愣地站着，两只脚无聊地互相蹭着，擦着沾在那上面的泥水。

那人走近了，他一把拽住娟娟，气急败坏地说："你不要命了！

这水，有一人多深呐。"

"我要过去！"娟娟固执地说。

"你跟我来。"那人说着，来回巡视了一番，然后看准了地点，伸出一只脚来，在急流滚滚的水里探着，探着，探了好半天，他突然将雨伞一收，挟在胳肢窝下，向娟娟招手道："过来！"

娟娟走过去，那人向她伸出手，并命令道："把背包解下来。"

娟娟摇了摇头说："我背得动。"

那人却严厉地说："不行，到了中间，你就站不稳了。"

娟娟顺从地解下背包，那人拿在手里掂了掂，问："有什么要紧的东西吗？"

娟娟摇摇头，那人一扬手，背包被扔到了对岸。然后对娟娟道："像我一样，把身体转过来。"

现在，娟娟的手被握在他粗糙的长满硬茧的手里，两人并排着，侧身面对急流，小心地挪动了脚步。

奇怪得很，脚踩在坚硬的地上，而水，只没到脚脖子。娟娟左顾右盼，想不出这是什么奇迹。

"当心！"那人发出了警告，"这桥只有两步宽啊！"

娟娟明白了，原来这人带着她在探索急流下面的桥。这桥她知道，架在涧湾两边的高坡上，是简陋的石板桥，确实只有两步宽。娟娟从心底佩服这个胆大好心的农民，只见他全神贯注地摸索着水下的桥，然后稳稳地踩下去。娟娟紧随着他，侧身横跨着步子。

脚下的水渐渐深起来，没过小腿肚，没过膝盖了，水的冲力也大了，娟娟有点踉跄，弯了腰，眼睛死死盯着脚下的水。

那人感觉到她有点紧张，便鼓励道："别怕，不要光看你脚下那一点点的水面，抬起头来往前看，只要站稳了就行。"

娟娟听他的话，试着站直了身子，抬头一看，突然觉得视野开阔了，天地变大了。她只觉得身前是水，身后是水，水连着天，天连着水，这一条突然出现的宽阔汹涌的河里，到处跳跃着白浪！

那人认真地指点着河心说："掉下去就没命了。不过，"他又憨厚地笑了，"我会水，你掉下去我也能把你救起来，就是你得吃点苦头了。"

娟娟感动起来，从这个忠厚善良的农民身上，她又觉察到了人生的温暖和希望，好像在漫漫的黑夜里，看到了渔火的光亮；又如在无边无际的大海中，遇见了岛屿……

上了岸，娟娟想说几句感激的话，但张了张嘴，却不知说什么好。那人也不在乎，好像帮助一个不相识的女孩子，是理所当然的事。

那人走出很远了，娟娟这才想起，要问一问他的姓名、住址。但是，风急、雨大，她的喊声很快被淹没了。她只见一顶红色的油纸伞，在茫茫的雨雾里晃动着，渐渐从自己的视野里消失……

一股奇异的力量从娟娟的心头升起——在滔滔滚滚的洪流中，人是渺小的，但生命却是可贵的。她不能就此了结。顽强的意志又回到了她的身上。她决定不向命运之神屈服，她要奋力从泥潭中拔出来，渡过这一难关。她想，生活既然这样不公允地对待了她，她为什么不搏斗呢？不！她要在这不公允的地方挣扎一番，她要去找那个她极端厌恶极端仇恨的崔海赢！

二十六　死去了的灵魂

　　当娟娟在雨中挣扎的时候，崔海嬴正靠在红绸面的被子上，在翻着一本《红旗》杂志。

　　这几年，崔海嬴有个习惯，《红旗》的每篇文章他都是必读的，而且不止一遍地读。什么池恒、初澜、江天这些名字，他是很熟的。但是，坐在办公桌前读和靠在床上读时不一样——坐着读时，他主要是寻找一些新的词句，吸取一些新的精神，为他开会，讲话，写总结用；而躺着读的时候呢，则是认真地思考一些问题，分析判断着风向与气候。

　　现在就是属于这样的时候。他的眼睛没有看书上的字，却望着天花板。刚刚读完了最近一期的《红旗》，他感到，总的来说，形势没有变，调子还是跟过去一样的，但是在提法上，似乎有些差别。他内心深处，感到了一丝隐忧，仿佛时局不稳定，终究要变化似的。他又想到那天泥瓦匠的报告：梁子他们在工地上议论救济款丢失和水泥问题，看来群众对自己的意见和怀疑很大。张梁这小子软硬不吃，一个劲地要和自己顶，现在，他又在群众中造舆论了。他究竟要干什么呢？看来是看中了自己手里的权力。张梁年纪轻，没有辫子，可以以文化大革命中成长起来的新干部的面目出来，与自己争地盘。同时，崔福昌也可以通过张梁的手来夺权，这样，如果让张梁羽翼丰满，自己在虎山的统治就要动摇。所以，对于这个半路里杀出来的程咬金，万万轻视不得啊。为了稳妥起见，崔海嬴已让泥瓦匠赶快将最后一部分水泥出脱掉。但是他觉得，这还只是消极的办法，积极的办法是如何先发制人，给张梁以致命的一击。当然，形势对自己还是有利的，只要大局不变……

想着想着，他渐渐地眼皮发重，手里的书"啪"地落到了地上，也没听见。他晕晕乎乎的，好像上了一辆红旗牌轿车，车门一关，吱地开了。轿车出了虎山，过了县城，在车水马龙的大街上行驶，可他还嫌开得太慢，连声催促司机："快、快……"

"崔书记！"忽然车门开了，女秘书站在门口娇滴滴地喊道。

崔海嬴一惊，梦醒了。睁开眼，女秘书变成了娟娟。

娟娟站在他面前。半月不见，她好像变成了另外一个人，头发很乱，脸色苍白，丰腴的下颏尖了许多，眼皮肿得厉害，目光却是逼人的。

"你怎么来了？"崔海嬴从床上坐起来，用手指梳理着一边倒的头发，用捉摸不透的目光，打量着娟娟。

娟娟垂下发肿的眼皮，竭力避开他的目光，低了头，断断续续地说："我体检时，发现……就这样，大学，大学上不成了！"

"唔？"崔海嬴微微一皱眉头。

娟娟讲开了头，胆子也大了。她鼓足勇气，提高声音，继续说道："我现在只有找你，你要给我想办法！"

　　崔海赢不吭声，仍皱着眉头打量着娟娟。

　　娟娟的眼眶里含满了泪水。

　　娟娟的痛苦，打开了崔海赢的思路——置张梁于死地的办法，有了。他满不在乎地又朝娟娟打量了一番，轻描淡写地说："这事好办，你只要说他，是张梁，不就得了。"

　　"啊，你！这哪能行！"娟娟一下子气得结巴起来。她羞愤交加，一时间，伶俐的口舌笨拙起来，竟不知用什么话来回答。尽管她与小梁决裂了，闹翻了；尽管过去她跟小梁很接近，但是她跟小梁的关系，清清楚楚，干干净净，她怎能干这样丧尽天良的事！

　　"怎么，心疼了？还有感情啊？"崔海赢嘲讽的目光，像毒蛇一样缠住娟娟。

　　"不，不，我决不干！"可怜的娟娟，气得浑身发抖。

　　"为什么？"崔海赢紧追不放松。

　　"那不是事实！"

　　崔海赢改换了一种语气，和缓地说道："别死心眼啦，不说假话办不成大事，凭良心就能搞政治啦？你不搞他，他可要搞你啊，政治就是不择手段，政治斗争就是你死我活的嘛。把张梁搞下去了，虎山大队还不是全听我的？明年你要上大学，还不是我一句话！"

　　崔海赢的话再也引不起娟娟的共鸣了。她已经领教过他的阴谋与手段了。此刻充满在娟娟心头的，是对崔海赢的极度仇视与愤恨。她气得脸色煞白。

　　"又不叫你出头露面，只要你写份材料，交给我就行了。"崔海赢继续好言相劝，说着又向娟娟瞟了一眼，"不要有顾虑，你还怕什么？……越这样，越能说明问题嘛。"

　　现在，娟娟真正地明白了，崔海赢是要拿她当作武器，去搞掉小梁、老支书。娟娟再也忍耐不住了，愤恨的泪水涌出了眼眶，为了抗议，为了自卫，她大声地说："这不是人干的，我不干！"

"你不干？"崔海赢头一仰，放声笑起来，"你不这么干，你想怎么办？想揭发我？你难道不懂，这不是单方面的事？你不想想，人家会相信你的揭发？到头来，身败名裂的是你，不是我——虎山大队的党支部书记！"

笑声叫娟娟毛骨悚然，从头到脚，她的全身凉透了。是啊，他手里有权，他可以不承认，他还可以想出花招来倒打一耙，他……娟娟木然了。

突然，崔海赢又换了副面孔柔声道："听我的话，保险不吃亏。只要你给组织上写一份材料，别的，我都给你安排好。此事只在内部处理，不让你出头露面，不让群众知道，你放心好了。行不行？啊？"

多么阴险毒辣的一个恶棍啊！一霎间，娟娟仿佛失去了思索的勇气和能力。

崔海赢认为娟娟离开点头已经不远了。他走上前，老练地伸出瘦长的胳膊，猛地搂住了娟娟。

好像一把猪毛塞进了胸腔，娟娟浑身的血都涌到了脸上，奔流的血液产生出一股反抗的能量，她使尽全身的力气，从喉咙里憋出了一句话："畜生！"她横下一条心，用脚踢，用手推，拼命挣扎。

崔海赢没有料到娟娟的反抗，但是，他的两条瘦长的胳膊依然死死地拑住了她，把她推到门后，然后用背脊一靠，大门砰地关上了。

也就在这时，外面传来喊声，是公社的干部来找崔海赢谈工作了。崔海赢一松手，娟娟夺门而出。

雨住了，西下的夕阳终于冲破了一层层灰黑色的云块，把虎山的顶峰染得鲜红。田野里的蛙声相继响了，一座座黄泥茅屋的顶上，隐约飘起了炊烟，竹篱笆上爬着扁豆和豇豆叶蔓，在夕阳的余晖映照下，显得活泼可爱，生意盎然。

快活奶奶站在门口唤鸡。她发现了耷拉着脑袋从她面前匆匆而过的娟娟，抬起昏花的眼睛，奇怪地问："姑娘，你不是上大学去了吗？怎么又回来了？"

娟娟装作没听见，赶紧逃掉了。

现在，她到哪里去呢？她漫无目的地在村子里徘徊。

村子里很静，因为村里的大部分劳力都在山洼里苦战。

娟娟踌躇地朝前走着，不一会儿，来到了横贯全村的大路上。她站在路口，环视着她在这里生活了整整八年的熟悉的村庄。

就在这路口上，有一个荷塘。她记起在夏天，塘里开满粉色的荷花。现在，荷花还没有，但荷花箭高高挺立，肥硕的叶子盖满了塘面。她的小屋子就在路南，刚来时，她每天端着脸盆，从石级上下去，洗她换下来的衣服。上了年纪的社员说："城里人是水鸭子，爱水。"年轻人比较客观，说："城里人爱干净！"有一次快活奶奶竟拉着她的手说："难怪你这么白，原来是洗的呀！"

那时她哑然失笑了，她的爱干净是出名的。但是现在，这恍惚出现的往事，却给了她的神经以极大的刺激。她慢慢低下头，向自己的身上打量：我干净吗？我……

她有点头晕，又慢慢地抬起眼睛，注视着大路南北的一排排泥墙茅房，是啊，虎山还很穷，老支书和小梁正流着汗为它改变面貌……慢慢地，娟娟又回过头去，她的目光停留在崔海赢家的一排瓦屋上。

娟娟奇怪，为什么自己无数次地进出那里，为什么要听从瓦房主人的摆布？为什么直到这红瓦房，张开血盆大口，要把她一口吞掉的时候，她才清醒？

可怜的娟娟，她清醒了，她也绝望了。她知道崔海赢不会给她一丝一毫生的希望了。崔海赢指给她的，是一条绝路，本来就是一条绝路嘛。难道还要继续走下去，为了屈辱的人生吗？

　　年轻的二十四岁的娟娟，开始考虑起生与死来了。在中学念书的时候，她曾在作文本上写过："活着，就不能默默无闻，要做一个对人民有用的人。"但是，在这里，在八年的生活中，她做了些什么呢？她在这里努力奋斗，她播下了矛盾与痛苦，收获了灾祸和屈辱，埋葬了思想和灵魂。

　　既然灵魂已经死去，那么，肉体生命的存在，还有什么意义？

　　既然等待她的，只是崔海嬴野兽般的血盆大口，那么，何不立即去寻求一种永久的解脱？

　　娟娟的脑际，出现了涧湾滚滚的洪流。她转身沿着大路往西走去。

　　晚风送来一阵甜香。

　　这是洋槐花甜蜜的香气，她不由自主地停住了脚步。洋槐树花，唤起了她一个亲切温暖的回忆。

　　娟娟来到虎山的第一年，看见槐树开花，觉着稀罕。她拾起落在地上的花瓣，贪婪地放在鼻子底下嗅着。也就在这个地方，老支书走过来，笑眯眯地说："今晌午到我家来，大娘给你做没吃过的好东西。"

　　娟娟有点不好意思，但是小梁说："去嘛，我也去！"于是，两人一起来到老支书家里，大娘端上一大碗油煎饼一样的东西，老支书举筷指着："吃吧，吃吧。"

　　娟娟夹起一筷送进嘴里，顿时，一股甜丝丝的清香扑鼻而来，她犹豫地问："这是什么？"

　　老支书像孩子一般天真地笑起来，得意地说："这是槐树花做的，看咱们虎山，好不好？"

　　"好！"小梁由衷地点点头，大口吃起来……

　　"好！"这声音，此时此刻，如此清晰地在娟娟耳边响起。她抬起发涩的眼皮，向暮色开始笼罩的虎山望去。远处，星星点点的灯火隐约可见，她猜想小梁和他的同志们，正在半山腰竹茅搭起的棚寮里在跟洪水带来的困难苦苦搏斗！……她现在承认，小梁与崔海赢的斗争，是正义的，其至在水泥和救济款的问题上，他的怀疑也是有理的。虎山是有好的人，也有美的地方，但这好的和美的，都离她太远了。过去，她对这一切充耳不闻，现在，等她清醒地睁大眼睛时，已经晚了。崔海赢毁灭了她，这一切美好的东西都不是属于她的了。她不能想象，自己怎能忍受小梁纯真的目光和老支书慈祥的眼神……

在夜幕的遮掩下，娟娟又顺着大路走向荷塘，接着就从荷塘旁的路埂上走过去，回到她住了八年的小土屋跟前，从手提包里取出钥匙，拧开了简陋的挂在门上的锁。

锅台上的油灯里，还有些油，她把它点亮了。

屋子里很乱，留下了主人匆忙离开时的痕迹。墙角结满了蛛网，地上散着几张废纸，因为铺盖卷起来了，木架床上搭着的秫秸，难看地裸露着。一面积满灰尘的小圆镜，倒在箱子盖上。

娟娟在屋里整理她的书信和笔记本。她把这些东西，一件一件地叠在床上，这里有她八年生活的记录。她决心要把这一切，也无影无踪地抛到涧湾的洪流里去，然后再让那永不停息的波涛，托着她到一个永远安宁的地方去。

所以，她不再哭了。她的眼睛没有神采，也没有一丝隐隐的潮润的泪光。

突然，她发现门背后的地上有一封信，捡起来，只见上面赫然醒目地写着她的名字，大概是她不在的时候，哪个带信的孩子从门缝里塞进来的。

一看那熟悉的幼稚的字体，娟娟的心里又是一冷。怎么这信不是妈妈而是她的小弟写来的？小弟才念四年级，妈妈怎么啦？她赶快撕开信封，拿着信读起来。

姐姐：

我第一回给你写信，因为妈妈也被抓起来隔离审查了。听妈妈学校里的麻皮说（麻皮是抓妈妈的坏人！），妈妈是因为带同学给周总理献白花才被抓的。我去找妈妈，他们不让见，把我赶出来，我跌坏了腿……小梁大哥哥把我接到他家里。我现在住在张伯伯家，我很好，但是很想念爸爸、妈妈。

姐姐，小梁大哥哥真好。我们家已经很久没有人来了，只有他还来关心我们。小梁大哥哥为了你考大学的事，还到爸爸单位去了一次……姐姐，你回来吧，回来带我到医院去治腿，治好了腿我要去找爸爸、妈妈，我还要跟你到农村去……

读着小弟的信，娟娟枯竭的眼里，又涌出了热泪。慈祥亲爱的爸爸、妈妈啊，我没脸见你们了；可怜的小弟啊，姐姐没有尽到自己的责任，姐姐对不起你；小梁啊，我错了，错怪你了！

"妈妈呀！"娟娟凄楚地叫了一声，猛然扑到桌上，出声地抽泣起来。"啪"的一声，突然一个精致的红皮日记本被她撞落到地上。她捡起本子，看见了里面夹着的一张照片。

这是小梁的照片，在照片的背面，题着她写的一首诗：

心　声

当你英俊的身影，印在我的脑际，
当你聪睿的目光，印在我的眼底，
于是理想之鸥，向着晴天遨游，
于是青春之血，在暗地奔流；
生活的道路向我们展示着光明，

生活的道路通向美好的未来。

……

诗没写完，小梁回来了，她就没有再写下去。

现在，残酷的现实给了她最大的打击，她的生活的道路已经走到了尽头。她不愿再读，又把照片翻过去。望着照片上小梁年轻英俊的脸，她禁不住又陷入了沉思。

她想，她不能让污浊的泪水沾湿了这张照片，她不能连累照片的主人。

她不能，不能！

是谁，摧残了她的青春，埋没了她的理想，断送了她的前途？

是谁？谁？！

她要记下这一切，记下崔海嬴的罪证。为小梁，为自己。

她不能将这一切亲口告诉别人，连想也不敢想。

于是，她用发抖的手抓住笔，从日记本上撕下一张纸，写了起来。

这时，窗外的槐树花依然吐着芬芳。一只大肚子蝈蝈，在毛茸茸的葫芦叶上爬行；一朵白色的、包裹得紧紧的葫芦花蕾，正骄傲地昂起头来，预备向着未来的早晨开放。

娟娟写着，写着，突然丢了笔，下意识地一把抓起桌上的小圆镜。积着灰尘的小圆镜，反射着煤油灯即将熄灭的暗淡的光，映出她刚刚度过了二十四个年华的青春的脸庞。

她的脸色很难看，多日来的奔波与劳累，精神上的重压与痛苦，使她的脸憔悴、苍白。但她的前额依然是光洁的，眼睛依然是深黑美丽的，嘴唇缺少了血色，弯弯的曲线依然动人……

圆镜"啪哒"落在了地上。她用双手捂住了脸，泪水从她的指缝里汩汩流出，但与此同时，崔海嬴狰狞的面目幻觉般地出现在她眼前。

　　仇恨给了她勇气和力量。她擦掉手上的泪水，抹去脸上的泪痕，重新伏在桌上写了起来。她竭力把字写得端正、秀丽；她紧捏着手帕，不让泪水沾湿一个字。因为，因为每一个字都是她向亲人、向社会的控诉！

　　当灯里的油快点尽的时候，娟娟的信写完了。她写了满满的两张纸。

　　小小的油灯啊，你再亮一会吧！娟娟还要把信重读一遍。这是这个姑娘的习惯了。她做每一件工作，都是细致的。过去每写一个总结报告，或是写一封信，写好后都是要修改检查的。娟娟用微微颤抖的手，拿起信纸，读了起来。

　　小梁：

　　　　在我给你写这封信的时候，你们夜战的灯火正明。但是我已经决定，在今天晚上结束我二十四岁的生命。

　　　　因为我们是同在一幢楼的邻居；因为我们是同窗九载的同学；因为我们是同坐一列火车到这里来的；因为在我疟疾发作的时候，你顶着烈日从十几丈深的井里为我打来了清凉的泉水，要不是那一碗水，我也许就烧死了，渴死了，因为……所以，在我决定离去之前，要给你留下这封信，为了你，也为了我自己的心。

　　　　购买水泥的事，是我亲自去的，但买来以后，我没有好好看着，是崔海赢把我从堆放水泥的地方喊走了，代替我看管的，是泥瓦匠。

　　　　领来的救济款，我锁在会计室的抽屉里，本来是准备当晚立即发放的，但崔海赢来跟我缠了一个下午，晚上又把我叫去写材料，而会计室的钥匙，崔海赢也从我的手里拿去过。

　　　　现在平心静气地想起来，这两件事情，崔海赢和泥瓦匠都是可疑的，他们两人早有勾搭。当然，我也有责任。这就是你要问我的两件事情的始末。如果我现在还不把它说清楚，我会死不瞑目。

小梁！凡是崔海赢插过手的事情，你要格外小心，百倍警惕！如果崔海赢在塘边站过，你下去挑水的时候就要试试，那石阶稳不稳……因为，崔海赢是个人面兽，他毁了我，使我见不得人了。但是他，还要来害你。你千万要留神。

小梁啊！在生活的道路上，我遇到了野兽，这野兽使我陷入了泥潭。但我是一个人，让我玷污你清白的声誉与纯洁的人生，我于心不允！所以，我要给你留下这封信，也把这张我珍藏了六年的照片，还给它的主人。

亲爱的小梁啊！我错了，我错怪了你！现在，我不求你的谅解和同情，我只是希望你看在我们过去的情分上，今后继续关心我倒霉的父母，照顾我可怜的幼弟。我将在九泉之下，深深地感激你。

还说什么呢，洋槐花的香味是甜蜜的，槐花做的点心也可口……高等学府里琅琅的读书声，图书馆里安静肃穆的气氛，多么的令人神往！追求知识和幸福，本是我做一回人的权利，但是现在，这一切于我，都是水里的灯火，井中的月亮了！

我只是还有点儿困惑，最后的困惑：像崔海赢这样的坏人，为什么能够得势，为什么有人替他撑腰抬轿，而善良正直的人却惨遭迫害与摧残？世界很大，我相信它的未来也伟大，但我无法生活下去了……

虎山有漫山遍野的山枣树，它们的生命力特别强。愿你像它们一样勇敢顽强。我祝你成功！

在我就要结束这封信的时候，你们夜战的灯火依然辉煌，但我面前的油灯，已经熬干了它最后的一滴油，快要熄灭了！

再见吧，这个光明灿烂的世界；再见了，我亲爱的小梁！

我不是搏击风云的勇士，我要在涧湾奔腾的洪流里，得到永久的休息与安宁。

娟娟

1976 年 6 月 10 日

读完信，娟娟已经泣不成声了。她擦掉落在信纸上的眼泪，把纸折好，放在一只新的信封里，在信封上写上了张梁的名字。

现在娟娟站起来，手里捏着信，环视了一下她的小房间，把信放在什么地方呢？既要让小梁收到，又不能让崔海赢发现。她想了想，觉着无处可藏，便把信放进了手提包，转身出了门。

天倒是晴了，满天闪烁着星星，借着月光可以看见泛白的路和发亮的水洼。在田里劳动了一天的人们已经回家，围着小桌香甜地吃他们的晚饭，一座座土屋里闪出柔和的灯光；在山上苦战的人是不归家的，他们住在半山腰临时搭起的窝棚里。熬硝的火光，犹如一把明星，撒在黑沉的辽阔的天幕上。娟娟伸手探了探手提包，这封信，怎么交给他呢？

她踌躇了好一会，想不出更好的办法来，于是，她决定用小梁送给她的那双橡皮水田袜裹上，带在身边。她想，这样也好，有朝一日，她的遗体被人们发现时，这封信就会公诸于世，这样也就起到了它的作用……她这样想着，向小梁他们劳动的地点望了最后一眼，心里默默地说：祝你成功，永别了！

顺着小道，娟娟匆匆向北走，又来到了荷塘边上。她深情地向黑暗笼罩着的荷塘望了一眼，就顺着村里唯一的大路，就是通往县城的路，向西走去。风吹了半天，路已比早晨好走些了。她漫无目的地走着，走着。

不知走了多久，也不知走了多少路，岔路上过来一个人，叫住了她："姑娘，这么晚了，你上哪去？"

娟娟扭头一看，见是早晨揽她过河的那个老农，不由得好奇地反问："咦，怎么又碰上你哩？"

"我在这儿摆渡哩。"老农带着自豪的神情说，"你看这涧湾涨了水，来来往往多危险呀。我本来在这儿放鸭子，这几天水大，不能放了，今儿个回去跟队长一说，从队里弄了条船，就在这儿干起摆渡来了。一弄就迟了，你看，天都黑了，我也该回去了。"

真是一个好人，娟娟心里想。何不把信给他，让他去转交给小梁呢？

"姑娘，你是不是还要过涧湾？我摆你过去吧。没关系，那儿有船。"老人望着犹犹豫豫的娟娟，热心地说。

"不，不，"娟娟慌乱地回答，"我有点事儿，想托你办。"

"什么事？"

"你是哪个村上的人？"

老农往前一指："就这不远。"

"你可认得虎山大队的崔福昌？"娟娟怕他不认得小梁，说出了老支书的名字。

"认得，认得！"那人连连点头，"崔福昌不就是虎山大队的老支书吗？"

娟娟见这人认得老支书，更加放心了。她从提包里掏出那封用橡皮水田袜包裹着的信说："请您把这封信，转交给虎山大队的老支书。"

"行！"那人一口应承，接过信来，随手装进了口袋。但仍是显得有点不放心地问："姑娘，你上哪里去？"

娟娟胡乱往前一指说："我到那个村子去，一个同学那儿！"

说罢，她故意朝路旁的一个村庄走去。

夜，静极了，虎山群峰深色的轮廓，已经融进了黑色的夜幕里。

娟娟走出一段路后，又折转身，向涧湾的下游走去。这时只有路边两排洋槐树，如同两队威武的卫士，护送着孤独的娟娟，一步步走向滚滚的洪流。

涧湾的水又涨了。汹涌的波涛呼啸着，从上游滚滚而下，滔滔的水面在月光下反射着白光。

娟娟在涧湾前站定了。她呆呆地凝视着水面，一霎间，汹涌的浪涛似乎停止了喧嚣，深邃的涧水似乎成了一块黑色的软缎。她决心乘着这软缎到那温柔的地方去，永远离开人生的悲哀和痛苦。她坦然地向水里迈出了脚步。

这时候，丘陵熟睡了，色彩丰富的田野，变成了一个墨绿色的深水湖。在河流的上游，有一片渔火，渔火像最亮的星星，在黑浪滚滚的河面上撒下一片金粉。更奇妙的是，岸边高秆的庄稼，在渔火的照耀下，所有绿色的叶子，都像那半透明的、翠鸟的羽毛一样，使人怀疑，如果踩着那由渔火放出来的金色的光桥，就能够走到一个翠明透亮的仙境里去。

娟娟的脚步迟疑了一下，她凝视着渔火，和渔火照耀下生机盎然的绿叶。

现在，在她的眼里，在她的幻觉中，所期望出现的是什么呢？

是小梁？是老支书？还是她亲爱的爸爸妈妈？……

不，都不是……

不知为什么，娟娟想起了那顶红色的油纸伞，希望看到它。如果那顶伟大的油纸伞，重又在这深沉的夜空里突然出现的话，也许她生命的火花，就不会熄灭了。

但是红色的油纸伞终于没有出现。

她迈着坚定的步伐，毫不犹豫地一步一步向涧湾汹涌的洪流走去……

二十七 移花接木

当娟娟渴望着出现那顶红色的油纸伞时，我们油纸伞的主人，正在涧湾的渡口，摆过来最后一个客人。

听说客人是虎山大队的，放鸭老头便想起了口袋里的那封信，为了慎重起见，他试探地问道："你们大队的崔福昌，现在咋样了？"

客人一听，转了转小眼珠，跷起大拇指夸口道："嘻，你问老支书呀，这可算是找到门了，俺们一向处得像亲兄弟一样。他这个人哪，说话行事，处处叫人敬重。"

放鸭老头见客人跟老支书这样知己，便放心地把娟娟的信交给了他。

这个客人不是别人，正是红面瓦匠。

瓦匠今天很晦气。下午，他在县城的一个合作饭铺里，跟人谈好了水泥的交货日期后，要走的时候，天下起雨来了。他怕淋湿，一直等到傍晚雨停了才动身。没想到，走到涧湾，湾里又涨水了，

白茫茫的一片过不去。正急得直跺脚时，忽见河心有只小船。真是
侥幸得很，小船的主人不但摆他过了河，而且分文不取。他正暗自
高兴的时候，听见人家向他打听起崔福昌来，心想崔福昌在这一带
威信很高，不少人都向着他，要被人知道自己是反他的，说不定连
船也不给坐了呢。所以瓦匠眼珠一转，说了这一番反话，使得放鸭
老头相信了他。他拿到信，更是打心眼里乐开了花——这又是一个
向崔海嬴邀功请赏的好机会呀！他连声应承着，高高兴兴地把这封
信装进口袋里。

回村倒还顺利，因为村子里大部分人都上山去了，村里静悄悄
的，没有碰到一个人，真是神不知鬼不觉。瓦匠心情一高兴，浑身
的劳累也忘记了。等他摸回家，老婆已经睡着了，他便烫了一壶酒，
打开锁着的抽屉，拿出熟肉和花生米，慢慢地吃喝起来。

三杯酒下肚，他想起了那封信，便好奇地掏了出来。只见这信
封外面，还包着软软的橡皮似的东西。他抖开一看，原来是一双橡
皮水田袜。他把橡皮水田袜撂在一边，移过油灯，凑上去一看，只
见信封上写的是张梁的名字。他眼珠一转，就扯下一条湿毛巾，润
了润信封的边沿，然后，小心地把信的封口揭了开来。

不看则已，一看，瓦匠的脸唰地变了颜色。原来这哪是什么普
通的信，这是娟娟的绝命书哇！

娟娟自杀了？！这绝命书上不但写了崔海嬴逼死娟娟的事，还
提到了水泥和救济款的问题，以及自己跟崔海嬴的勾搭！

天啊！我的乖乖。这事要是被揭出来，不但崔海嬴倒霉，连我
也要受牵连！瓦匠的手发抖了。他不大会从全省、全国的什么动态呀，
形势呀来分析问题，但他却能从虎山大队所发生的事情中做出最直
接、最现实的分析与判断。他想真是老天有眼啊，要是这封信落到
张梁或崔福昌的手里，往上一告，那么崔海嬴就得蹲班房，自己也

要"吃不了，兜着走"。无论如何，得保住崔海赢这棵大树。事不宜迟，得马上告诉他去。

可是当他站起来要走出门去的时候，又犹豫了：信呢？这封信怎么办？要不要给崔海赢看呢？要是给他看了，他一定会拿了去。这信可是个把柄啊。信上不但有他的事，还有自己的事。崔海赢眼下虽然对自己不错，可他暗地里对别人使坏的手段也没有少领教呀。他要是翻脸不认人起来，也真不好惹呢。

就这样，瓦匠站在门口，挺着肚子松了松裤带，觉着这信，还是自己攥着保险。崔海赢有这把柄在自己手里攥着，到头来，不怕他使坏。

瓦匠拿定主意后，便悄悄带上门，蹑手蹑脚地朝崔海赢的家走去。他这么着急地去，一方面确实是自己心里打鼓，另一方面，也是为了讨好崔海赢。

瓦匠心里打着鼓，敲开了崔家的门。崔海赢已经睡了，这时披起衣服坐了起来。他的脸色很平静，好像随时欢迎任何人来访似的，一点也不因瓦匠夜间的冒昧而表现出不耐烦。这使瓦匠心里的紧张情绪，也就松弛了几分。

"水泥的事，都弄妥啦？"崔海赢向瓦匠瞟了一眼，就抬起头，看着屋顶，好像正在思考什么重大问题。

"已经讲好了，明天傍晚在涧湾交货。"瓦匠悄声回答。但他心里实在搁不住了，走到崔海赢身边，压低嗓门，耳语说："可不好啦，那个娟娟，跳河自杀了！"

"唔？"崔海赢脸一仰，微微皱了皱眉头，不以为然地说："你别喝醉酒，看花了眼。好端端地怎么会自杀？人家上大学去啦！"

嗬，你还给我来这一手呢。瓦匠暗自来气，心里想，幸亏没把信拿出来。好，我再敲你一下，看你怎么说！

于是，瓦匠一拍大腿，显出一副十分着急和委屈的样子说："哎呀呀，我的书记！我酒是喝来着，可压根儿没有喝醉。这事，能看花眼吗？实话告诉你吧，我刚才从涧湾过来，湾里涨水了。娟娟就是在那儿跳水死的。人已经捞起来了，我亲眼看见的。听说，还怀着身孕呢。"

瓦匠一边添油加醋地说，一边嘴里喷着酒气，偷眼打量着崔海赢。只见崔海赢微微地蹙起双眉，闭着嘴，脸色变得严肃起来，严肃得像一尊泥菩萨一样。隔了一会，对瓦匠说："你反映的情况很重要。过去光听说娟娟跟张梁关系不正常，可一直没注意。好，现在证实了……唔，天不早了，你回去睡觉吧。水泥的事，要小心办妥，别耽搁了。娟娟的事，我会处理的。"

瓦匠从崔海赢家里出来的时候，倒是出了一身的冷汗。经风一吹，从外到里，凉透了心。他万万没有想到，崔海赢在几分钟内，竟能这样移花接木，把事情栽赃到了梁子头上。如此棘手的事，他就这么易如反掌地扭过来了！瓦匠一边佩服，一边后怕。哎呀呀，幸亏哪！幸亏没把那封信交出来。要不，崔海赢为了灭口，还不知道会拿自己怎样开刀呢！

现在，这封信倒成了瓦匠的一块烫手的炭了，既不能让梁子和老支书看到，也不能向崔海赢露一点风声，更不能毁了。这最后一层意思，经刚才一番接触，瓦匠在心里更明确了。今后跟崔海赢打交道的日子长着呢。像他这样的人，可要多防几手啊！

瓦匠一夜没睡好。他想来想去，想不出这封信该藏在什么地方才稳妥。还有那偷来的救济款，可是一大笔票子呢。本来就锁在自己的箱子里的，现在，看来事情要闹大，闹大了可不得了啊！瓦匠简直有点后悔了，他后悔自己怎么鬼迷心窍，跟崔海赢干下了这么大的买卖。

　　天还没亮时，瓦匠终于拿定了主意。他轻轻地起了床，悄悄拿了把梯子，从后屋上了房顶，用橡皮水田袜把那封信包裹好，然后把它塞进了屋顶的瓦棱下面。还有那些票子，把它们分成了许多小沓，用塑料纸包着，也压进了一片一片的瓦棱里头。做完这一切，他舒了口气，抬头一看，东方也开始泛白了。他从梯子上下来，心里想，还是三十六计，走为上计吧。他今天不敢留在村子里看崔海赢怎样施展他的手腕了。瓦匠决定立即到那家亲戚家去，一则避避今天的风头，二来装成去串亲戚，晚上从他们家里搬运水泥出去交货也显得自然些，不会引起人们注意了。

　　瓦匠打定主意，嘴里不干不净地骂了句奶奶，吐出一口浓痰，吭吭咳着，吆喝他老婆起来烧锅了。

二十八　虎狼当道

　　昨天，大憨从县城回来以后，把泥瓦匠交货的事，详详细细汇报给了梁子。梁子听罢，狠狠地给了大憨一拳头："真有你的！"因为事情紧急，他当下就赶回去和老支书商议，临走丢下话，等他回来再决定怎么去逮泥瓦匠。

　　今天整整一个上午，没见梁子的人影。吃罢了午饭，精力过剩的年轻人都在湿润的草地上打闹、摔跤，大憨已经摔倒三个了，他像门神一样地立着，惹得谁也不敢上前，一阵阵的哄笑声，从人群里爆发出来。

　　小李子远远朝这些不知疲倦的人笑一笑，一弯腰钻进伙房，把留给梁子的饭温到锅里。这时，那些充满青春活力的笑声一阵阵送入她的耳朵，她想，下午梁子一定会回来的，晚上还要有行动，那么，何不趁这空子替大家把衣裳给洗洗呢。特别是梁子，昨天走得匆忙，换下的衣服没有洗，身上的那一件，肩膀磨破了，也没来得及叫他脱下给缝缝……

小李子想着，挨个往窝棚里走了一遭，便从枕头底下，麦秸铺下，以及说不出的旮旯旯旯地方，搜出一大包脏衣裳，然后悄悄地从窝棚后头的小路往小溪流走去。

这里离开喧闹的人声已经很远了。正午明媚的阳光，把一切照得发光发亮。枫树的嫩叶，宛如透明的翡翠；纯净的小溪流上，也像撒了一把珍珠。小李子像个顽皮的孩子，把衣服一件一件地抛到光滑的石头上。大憨的那一件，已经分不出什么颜色来了。他的衣裳，平时还轻易偷不来，因为他那个脑瓜还有点封建，即使自己藏一个星期不洗，也不让小李子给洗……

小李子想了想，决定先洗浅色的，再洗深色的，于是，大憨的衣服被压到了一大堆底下，头一件拿到她手里的，便是梁子的白府绸衬衫。

衣裳里散发着小伙子特有的汗味。这很使小李子动心，她对穿这件衣裳的年轻人产生了怜爱的感情。这种感情是新奇的，好像一阵甜蜜快乐的风，掠过她纯洁的心田。她愉快地低下头捶打衣裳，仿佛这也是一种幸福的劳动。

不知怎么，小李子忽然想起了那个美丽的传说，不由得抬起眼睛，望一望狼山和虎山黄绿色的峰顶，又望一望通红的熬硝的火光，心里想：哦，凤凰，一对年轻的夫妻。梁子的到来，不就像传说中的凤凰一样降临了虎山吗？要是娟娟在，那该多么美妙啊！但是，娟娟走了。不过，娟娟配不上梁子的，是的，配不上，她不能算凤凰……而自己呢，自己不过是土生土长的一棵枣树，当然也不是凤凰。那么，另一只凤凰是谁呢？

正在胡思乱想的时候，背后响起"嗵嗵"的脚步声，小李子一惊，不知是怕别人发现她手里的衣裳呢还是识破她心中的秘密，她感到一阵慌乱，赶紧扭头一看，见是大憨气急败坏地跑来。

小李子只道是大憨来抢衣裳，不由得暗自好笑，慌乱的心情，也平息下来了。她调皮地蹲到一边，冲着大憨直撩水，想使他不能近身。

不料大憨对于小李子的水珠，连眼皮都没眨一眨。那个神气，此刻就是一桶水浇上去，也不会阻止他前进的。小李子见他神色有些异样，便住了手，慢慢站起来。

果然，大憨一脸急相地站在小李子跟前，喘着粗气，结结巴巴地说："不、不好了，他们把梁子给抓、抓起来了。"

"为什么？"小李子一惊，睁起圆溜溜的眼睛，紧盯着大憨的脸。

"是这、这样，今天早上，他们把梁子给绑了去，说他和娟娟搞、搞……"大憨脸涨得通红，吃吃地说道，"还逼得娟娟自杀了，今晚要开批斗会，老马头上山来通知的，叫我们都去。"

"这是诬赖！"小李子激愤地叫起来，"俺根本不信有这号事！"

大憨向小李子望了一眼，按捺下一肚子骂人的粗话，瓮声瓮气地说："俺也不信有这事！"

"咋办？"小李子情急地跳上前，抓住大憨粗壮的胳膊，好像那儿有的是力量和办法。

"俺去把他的会场给掀翻了！"大憨说罢，转身就要跑。

"嘿，你等一等呀，我也去！"小李子叫道。

"俺们头里走了，你也马上去吧。"大憨边跑边嚷，他的摔跤对手们，都在草地那边摩拳擦掌地等着他。

小李子还要叫，大憨已经跑得没影没踪了。她想了想，便把洗净的衣服绞干，晾到窝棚跟前的场地上去。

阳光还是那么明媚，大胆的鸟雀站在窝棚顶上，好奇地探头探脑。这时整个工地上就剩下小李子一个人了，她反而镇静下来，默默地走到梁子的铺位上，整理他的衣物。

她先从枕下抽出一套旧军装，将裤子上快要脱落的一只纽扣缀好，接着开始叠被子。被子有点脏，该拆洗了，但她一想，觉得时间来不及了，便细心地叠起来，把铺垫的毯子掀上来盖好，以免落灰。一双鞋上沾着干泥巴，她拿去刷洗干净了。最后她从墙上取下一只黄挎包，装上牙刷、杯子，和一套半旧的学生装。

小李子做这一切都是有条不紊的，没有丝毫慌乱，甚至比平时还要细心。她坚定地想：梁子是无辜的，事情总会搞清楚的。但是，梁子在这里没有家属，没有父母，他的事情谁来料理呢！总要有人给他送衣送饭呀！所以，她怀着庄严与虔诚的心情做完了这一切，最后从绳上收下了那件晾得半干的衬衫，仔细地用手熨平折好，也装进他的挎包。唯一遗憾的是被子没有拆洗，不过这不要紧，反正现在也不带去，明天回来再替他洗吧。

收拾停当以后，小李子站在窝棚口，朝梁子那睡了二十几天的铺位最后望了一眼，觉得再没有遗忘的了，便将梁子的黄挎包，背到了自己肩上。

小李子朝山下走去。这时日头正在西斜，小李子望着斜阳中暗绿色的虎山山峰，从批斗老支书一直想到梁子的被抓，她在心里大声地问：难道凶恶的虎狼，永远当道？难道金色的凤凰，又要遭到毒手？难道幸福和自由，就永远得不到？

这个单纯的姑娘，第一次想得这么多。但是小李子是坚强的，她甚至没有落一滴泪。她无比坚定地相信：梁子一定会回来的。

走到大路上，小李子碰到了老支书。

"老支书！"小李子有点儿意外，又有点儿高兴。

"回去开会？"老支书沉着地说。

"嗯，"小李子应了声，不知咋搞的，忽然紧张起来：这时候了，老支书从家里出来，上哪儿去呢？莫不是又有了什么意外？小李子想着，不由得着急地问："您到哪里去？"

老支书伸手朝前指了指："我到那个出事的地点去，了解一下娟娟的情况。"

"这……"小李子一跺脚，失声叫起来，"这还去了解什么？梁子才是冤枉呢！走，咱们一起回去，大憨说，他们要闹会场呢。"

"不，"老支书慢慢摇了摇头。

"咋？"小李子两只乌黑的眼睛瞪得那么大，直逼老支书问道："难道这事，是真的？"

老支书躲开小李子的目光，嘴唇动了几动，低头从口袋里掏出烟荷包来，哆哆嗦嗦地打开，装上了一袋烟，想点火，却怎么也划不着，便又把烟袋装进了口袋。可以想象到，这位饱经风霜的老同志，此时的心情也是十分激动的。沉默了一下，他望着急不可待的小李子，缓缓地说道："刚才我出来前，你娘上俺家来了。她说她吃过晌午饭，靠在床上打了个盹，忽见进来一个老年妇女，自称是娟娟的母亲，要见娟娟。你娘就带着她到处寻找，可找遍了也不见娟娟的影子，一急，想起娟娟已经跳河了。睁开眼，原来是个梦。你娘问俺，这梦是凶是吉。俺答不上来，可俺也没批评她迷信思想，俺只是对她说：'老嫂子，这事也在俺的心上搁着哩。谁家没个儿女？俺的大小子，那一年被国民党拉去当伕，俺几个月吃不下睡不稳。现在人家的儿女下放到咱这儿，将心比心是一样的。怎么能出了事儿，连问也不问？娟娟的下落如何？娟娟的尸体在哪里？这都没人问了，倒忙起整梁子、斗梁子来了，奇怪呀！可恶呀！……'俺的话没说完，你娘就抹眼泪了，她说：'梁子也是个好孩子呀，怎么就让他们给绑去了？人家也是怪可怜的，谁给他送东西，谁给他送衣裳呢？'俺那个老伴，一听也叹气了，望着我说：'梁子也好，娟娟也好，你到底是顾哪一个呀？'俺说：'手心手背都是肉，豁上这老骨头，都要顾呀。'可俺那老伴又说：'就连你自己，也说不定什么时候又要被拉去陪斗哩。'一句话提醒了俺，俺说：'你们都在家吧，趁着现在没事，俺得出去了解了解情况。'你娘和俺老伴，听俺这么一说，都道：'你去吧，要不，人家水灵灵的一个女儿，还能是白送到老虎嘴里来了？'……小李子，你说俺该不该去？"

"应该，"小李子低下头，用微弱的声音回答。过了一会，又望着老支书迟疑地说："那么梁子？"

"别怕，"老支书望一望天，朗声道，"他们斗了我这么多次，也没少掉我一根毫毛。真金不怕火炼嘛，要相信梁子，能够经受这次考验的。再说，也只有把娟娟的事情搞清楚了，才能跟他们斗争啊！"

"老支书，"小李子的眼睛发亮了，她感动地说，"那你去吧，我，回村去了。"

说完她就要走，老支书一把拉住了她："别那么冒冒失失的呀！"

"还有什么事？"小李子奇怪地说。

"真是个毛丫头，"老支书点点小李子的鼻尖道，"昨天临走时，梁子对你们说什么来着？"

小李子眨巴眨巴眼睛，这才想起泥瓦匠交货的事。但是，难道这时候，还要去抓泥瓦匠？

老支书仿佛看透了小李子的心思，目光炯炯地盯着她那天真无邪的脸，用严峻的口吻，一字一句地说道："关于泥瓦匠的事，昨天梁子和我商量了半夜，决定今晚当场去逮。本来，梁子也要去的；现在，他去不成了……就你和大憨，再带几个青年，一起去吧。"

说到这儿，老支书的嗓音有点儿嘶哑，小李子也觉得，有股热辣辣的东西往上冒。她用力一咽，望着老支书说："俺这就去！"

老支书频频地点头："别忘了叫大憨。"

"嗳，"小李子应了一声，转身走掉了。

老支书沿着另一条路，往涧湾的下游走去。

这时候，西斜的太阳正带着苍黄的脸，一点一点地，用肉眼看不见的速度，朝虎山背后沉去。起风了，宿鸟扑棱棱地往林子里飞。

二十九　黑夜沉沉

　　昨天后半夜，梁子出去上厕所，两个黑影突然跳出来扭住了他。他踢蹬着，拼命想喊，但喊不出声，嘴巴被毛巾塞住了。

　　这以后，他就被关进了一间小房间里，有几个人进来审问他，要他交待奸污娟娟、逼死娟娟的经过。梁子万万没有料想到这样卑劣的陷害，他激动得破口大骂。但是，那些人并不和他辩论。几个彪形大汉上来，按住他痛打了一顿，就离去了。于是，小屋的门"砰"的一声关上，外面"咔嚓"一声挂上了锁。浓黑的夜色，从又高又小的窗洞里淌进来，瀑布般地泻遍了屋子。

　　梁子躺在屋角里的草堆上。他觉得憋闷，他觉得悲愤，他要控诉这种法西斯暴行，他要为自己的清白大声申辩；但是，现在，他已被人关在这里，他没有了说话的自由，哪来申辩的权利？啊，自由！此刻梁子终于想起了这个美丽的字眼，但是他也懂得，在没有法律、没有民主的时候，自由始终只是漂亮的词句和骗人的把戏⋯⋯

想着想着，他觉得自己在沉下去、沉下去，黑沉沉的波浪包围着他，多么的深啊！在一阵近乎狂热的激动之后，他疲倦了。是的，现在正是黑夜，是催人睡眠的时候，睡着了是多么的舒服啊。一个多月来，他的精神高度集中，他的体力过分消耗，他没有安稳地睡过一个好觉。现在，多么静啊，他要睡了。

他混混沌沌地躺着，梦见自己累了，想找一个睡觉的地方，但是到处都是人，人们在互相揭发、争夺、谩骂、打架，不让他有片刻的安静。他一直走，出了村子，走到一条大河边，在一块光滑的岩石上躺了下来。他想，这个地方也很好，我只要休息一会儿，一小会儿，精力就会回到我的身上，我就又能去干我要干的一切了。

但是，娟娟从水里走了出来，身上淌着水，头发上滴着水，她望着他莞尔一笑："这是我休息的地方，小心别沾湿了衣服，请你上别处去吧。"他只好怅然地站起来，望着开始泛白的东方：啊，天快亮了，我不睡了，我要工作，还有许许多多的工作等着我去完成啊……他跌跌撞撞地向着东方奔去……

不知什么时候，梁子清醒过来，四周仍是黑乎乎的一片。他睁开眼睛，努力赶走了一切幻觉。然而，他又想起了自己的"罪状"："自杀……奸污……"他感到一阵难以言状的凄楚和苦痛。干这样灭绝人性的兽行的是谁？他马上联想到了崔海赢。但是，崔海赢是党的支部书记啊……

"党的支部书记，党的支部书记？！"梁子在黑暗中愤然自语，"诚然，他是党的支部书记，可是，他那作为人的最后一丝属性，早被卑鄙的政治欲望所吞吃干净了，他还有什么卑劣的勾当干不出来？！"

梁子想着，觉得浑身热得难受，一团火在胸口烧，要把他的咽喉烧干了。他一把拉开胸前的纽扣，倚着墙，摇摇晃晃站起来，把头伸向窗洞外面，想呼吸一口新鲜湿润的空气，猛然间，夜空里出现了一张哀怨美丽的脸。这张脸是他曾经用全部的生命热爱过的，现在又这样鲜明而顽强地在他面前活动起来。他想到她死了，死得冤枉……苦涩的泪水浇在怒火烧灼的心上，他痛苦万状地闭上了眼睛。然而这张脸并没有消失，仍带着惨然的微笑望着他，那些哀怜的话语又在耳边响起。他的喉咙堵塞了，泥墙上的土块被他的拳头击落在地。他想到她把她的爱情、友谊，全都给了他，渴望着他去救她。但是他没有救她，他无知无觉地让她在自己的身边走上了绝路。他悔，他恨，他责问自己：为什么在那个早晨，不等她开门就离开了她？为什么在山上熬硝的日子里，不曾抽空去县城看望她……他又想，如果当时自己同意和她一起离开这儿，也许她就不会死了。他凝视那高远的天空，那沉睡的丘陵，奇怪大自然竟是这样平静地注视着人间的冤狱。难道一个年轻的生命的毁灭，竟不曾在天地间留下一丝痕迹？……

从麻木的状态中恢复过来以后，梁子的心，一直在受到谴责。不管怎么说，在情感的天地里，他和她是相通的。他坚信一切不是她的罪过，她的灵魂是纯洁善良的。如果她此刻真的出现在他面前的话，他将恳求她饶恕自己的过失，他仍对她保持最初的美好的印象。

然而，明月还在流云里穿行，娟娟在哪里？……

梁子颓然倒在墙根，孤独，又一阵比一阵更猛烈地袭击着他。这不是外在的孤独，外在的孤独不足为奇。这是一种内心的孤独，内心的孤独是可怕的，更何况现在正是黑夜，无边无际的黑夜……

那么，如果当时和娟娟一起走了，就不会感到孤独了吧？但是……

黎明的灰白色的光带，终于从小窗洞里射进来了。梁子睁大了眼睛向四周张望，他看见身边不远的地方，有一个小纸包。他欠起身，打开一看，是一包白色的小药片，好像是苏打片。他突然明白了，这间小屋，是紧连着社房的一个小间，他们在这里审问过老支书，打掉了老支书治胃痛的药片。他怀着满腔的悲愤把药片重新包好，装进了自己的上衣口袋里。

梁子站起来，从窗洞向外望去。他看见东方那火红的球体正从山后跃起；他看见不远的苇塘里，绿色的剑叶在风中摇动，显示出很强的生命力；他看见屋后的乱石堆中，有一片酸枣树，椭圆形的小叶片上饱蘸着露水，是那样的生机勃勃……

梁子正在出神，忽然豁郎一声，门开了，进来了几个人，审问和逼供又开始了。

但是，白昼一旦降临，敌对的打手的出现鼓起了他战斗的勇气，梁子就又精神抖擞而无所畏惧了。那压迫他的空虚和沉寂，捉弄他的幻觉与梦境，折磨他的痛苦与悲伤，仿佛已经同产生它们的黑夜一起消失得无影无踪了。

面对着穷凶极恶、厚颜无耻的逼供审讯，他时而用轻蔑的冷笑，时而用尖刻的诘问，时而用冷静的沉默来进行自卫和反击。他完全懂得，疯狂的行为只是证明敌人的虚弱和缺乏信心，证明了他们的穷途末路。他甚至想到了中学时读过的课文《在法庭上》，他要像他所崇拜的革命者巴威尔那样，为了理想，为了真理而慷慨陈词。他觉得他对于中国的农村和广大农民充满了真心实意的爱，他要为他们摆脱几千年的封建桎梏所带来的贫穷落后而贡献出自己的一切，哪怕是牺牲个人的生命也在所不惜。只是在审讯的间隙他感到有点窝囊，如果真的为了这种莫须有的罪名而去坐牢下狱的话……

傍晚时分，他们把梁子带去开批斗大会。

三十　人民的心声

"当——当——"

钟声响了。这金属的撞击声，带着嗡嗡颤动的尾音，在黄昏的空中划过，显得蛮横、威严，在村子里横冲直撞。

说是钟，其实那不能算钟，只是一截废铁轨，但敲起来，能和铜钟一样的响。听上了年纪的人说，跑鬼子反时，钟声一响，大家就往山里跑，无论是在冬天的雪里还是在夏天的雨里。现在呢，钟声一响，全村的男女老少，就得往打麦场上去，开批判大会呀。

批斗梁子的会场设在村南的打麦场上，就是往日批斗老支书的地方。现在场上没有什么粮食，偌大的场地很空，开这个全大队的会议正够用。在打麦场北头的社房跟前，有个主席台，那是批判老支书时用土坯垒起来的，因为不断要用，所以始终打扫得干干净净。主席台两旁的棚架，现在用苇竹和芦席加固了些，好几个人在棚架前忙碌，把新的标语换上去。这半天之间匆忙布置起来的会场，到了钟声响起的时候，已经很有规模了。但是台下的人，却还是稀稀落落的，除了一些积极开会，图挣几个省力工分的人以外，就是大憨那一伙从山上回来的人了。

虽是五黄六月的天气，但起了风，傍晚仍有些寒意。年轻的小伙子还穿着单褂，上了年纪的人，则把黑市布的棉袄都披在身上了。人们仨一群五一堆地蹲着，在背风的地方对火抽烟，你一言我一语地发着议论。

"听说，今天是批那个下放的小张！"

"小张？不就是梁子？人家不是在山上熬硝吗？"

"嘻，昨天就回来啦，今天一早给绑去了。"

"这又犯了啥罪啊？"

"可了不得啦！出人命案子了。他把那个下放的娟娟给逼死了！"

"他不是天天在山上吗？咋逼的？"

"这哪能知道啊，俺也没看见。"

只有大憨，粗鲁地走着骂街："放他娘的屁！梁子天天跟俺们滚在一起，哪有时间跟她……死了，自个寻的！"

他吼着要去跟崔海赢论理。人群中不知谁又挑逗了一句："站着跟俺们吼算熊！有种的待会儿上台干去！"

"你瞧俺不把那土台子给砸个稀巴烂！"大憨气得眼珠子像灯泡，快要瞪出眼眶来了。楼娃怕出事，下死劲地把他按住。但他又凶又横，哪里肯听劝？人们笑道："死大憨，不得了了，吃了豹子胆啦？"

"瞧，治大憨的来了。"忽然有人拍了拍楼娃的肩膀，朝旁边一努嘴。

楼娃一抬头，只见小李子低着脑袋，急急忙忙地往这边过来，直跑得气喘吁吁，两根长辫子扭到了胸前。她也不朝众人望一眼，就径直来到大憨跟前，俯在他耳边悄声说了几句什么话。大憨一听，连大气也没出，就乖乖地跟着她走了，好像一头被驯服的小牯牛一样。

人群中爆发出几声善意的哄笑，点缀着这冷落、沉闷的会场。

大憨走后，缺了一条粗喉咙，场上的人更显得稀少了。

人都到哪里去了呢？

此刻，我们忠实的老马头，正在为召集开会的人而辛苦奔走。

老马头今天新刮了胡子，披着件黑市布夹袄，人也显得格外精神。其实，他倒是累了一天了。一大早，躺在热被窝里，就被人叫起来了。不过说是一大早，实际上是半上晌了。因为老马头有个习惯，每天上午没大事就睡个够，这倒主要不是他懒，而是图省顿早饭。一听说大队书记找他有事，就慌急慌忙地跑了去，到了那边一问，才知是崔海赢叫他准备今天晚上在批判大会上的发言。这可苦坏了老马头了。他虽说平时在一伙老实巴交的农民中间还能说几句道理，可斗大的字却不认得一个。别人只要照着稿子哗哗地读，他却要人教了半天，才能磕磕巴巴地勉强背下来。他真担心什么时候跌一跤，把背下来的词儿全弄丢了。不过崔海赢说，发言一次加记十分工。为了这十分工，老马头累出了一身汗。现在，崔海赢又叫他去找人开会，这么跑一趟，起码又是十分工。这样，加上晚上参加会的工分，他就可得到比别人多两倍的工分了。虽说工分挂帅不对，眼下正在批，但是开会发言，都是抓革命呀。

老马头本来打算先上楼娃家去，但又一想，觉得淑孩娘虽说是个病身子，嘴却不孬，不是好惹的，再说楼娃也不在家，还是不去为妙。那么，上哪儿去呢？柿子拣软的捏，老马头决定先找快活奶奶去。

老马头推门进去时，快活奶奶正盘腿坐在床上，坠着根羊骨头在捻麻线。老马头张嘴就招呼："吃过啦，快活奶奶！咋不去开会？"

"俺这几天着了凉，怕风。"快活奶奶说。

"嗨呀，你这个老奶奶，怕风，穿上袄子不就得了。"老马头说，"今天晚上的会，可是记工分的呀。"

"记工分，俺的工分底子才六分。"快活奶奶笑着说。

"说你糊涂就是糊涂，"老马头认真地说，"告诉你吧，今天的会，是同工同酬的。凡是参加会的，不管男女老少，一律都记十分工。"

"那吃奶的娃子呢？"快活奶奶抬起头，笑眯眯地问。

"也照记。"老马头回答得毫不犹豫。因为崔海嬴在动员的时候，说得很清楚，凡是参加了会，贡献都是一样的。

"那你先走吧，俺等小孙女打草回来了一块去。"快活奶奶说。

老马头起身走了。到门口，又叮嘱一句："您可就去呀。"

快活奶奶的回话声从屋里送出来："放心吧，误不了这十分工。"

老马头满意了，想装一袋旱烟吸，但迎着风，点不着火，只好懊丧地把烟荷包放回口袋，心里想，这下到哪里去呢？可不能光动员几个老娘们呀。忽然，他一拍脑袋："对，找'老葫芦'去！"

葫芦爷爷自从吃了梁子给他买的治喘的药以后，气喘已经止住了，又将养了一段，已经能下床活动了。一辈子受苦惯了的人是闲不住的，这会儿，他正在自家屋后的自留地上。

老马头找到了"老葫芦"，一见面，照例是寒暄："吃过啦，老……葫芦老兄！"

"老葫芦"在翻薯藤，听见招呼，直起腰，眯着眼笑道："哟，老马头今天也当'走字派'了。"

"别瞎扯！"老马头红了脸。

"哟，怕什么呀，""老葫芦"搓弄着手里的竹竿，"说你'走字派'，俺是看得起你，你不是走到这儿来了？"

"别扯淡了。俺来通知你开会去。"老马头只好直说了来意，"今天的会可不比往常，同工同酬，不管男女老少，一律十分工……"

老马头又滔滔不绝地抓起他的革命来了，但是"老葫芦"挥挥竹竿打断了他："这么说，你记了几分工？"

"我吗？"老马头得意地笑了，"加上发言、下通知，我记三十分。"

"从大坝塌了到现在，你一共得了多少分？""老葫芦"继续认真地问。

老马头仔细算了算，回答说："大概有二百多分。"

一缕讥讽的微笑浮到了"老葫芦"的脸上："那你分得了多少粮？"

"鸟毛也没……"老马头一下子变得愤然起来，但又发觉说漏了嘴，赶紧打住。

"老葫芦"哈哈大笑起来："我说你那工分没用，还不如俺在自留地上翻翻薯藤，到秋后，还可请你吃红薯。"

老马头十分懊丧地离开了"老葫芦"，对着苍茫的暮色骂了一句："奶奶的！"他再没心思去下开会通知了，自己慢腾腾地朝会场走去。

两盏雪亮的汽灯被挂上了主席台，场上顿时大放光明。人们被这突如其来的炫目的白光弄昏了，嗡嗡的人声顿时消失，此起彼伏的咳嗽声响了起来。好一会，人们的眼睛才适应了这种光亮。只见台上的人十分忙碌，脸色铁青。两边芦席棚上的标语已经贴好。左边是："揪出党内一小撮走资本主义道路的当权派"，右边是："打倒新生的反革命分子"，大字横幅是："坦白从宽，抗拒从严"。那黑字正往下滴着墨汁，仿佛有一种威逼的力量在向人们压来，连不识字的人也感到了这些字的可怖。

人来得差不多了，气氛也严肃，没有小孩的哭闹和大人的说笑。崔海嬴感到满意。他虽然忙了一天一夜，但依然很精神，健步登上台来，手里不拿一张纸片。他觉着今天的大会，关系到他的成败，也是对他的才智、魄力的一种考验。未满三十岁的崔海嬴，有着充沛的精力，充分的自信去战胜强劲的对手，使自己立于不败之地。

　　"社员同志们！"崔海赢站在糊满标语口号的芦席棚中央，目光环视着会场，提高嗓门，宣布大会开始，"最近，《红旗》杂志发表了社论，我们当前斗争的重点，是党内一小撮走资本主义道路的当权派。这里头，有的是从民主派到走资派的，有的则是新生的反革命分子。这些新生的反革命分子，在政治上是反动的，在生活上是腐化堕落的。我们大队的张梁，就是这样的一个典型……"

　　梁子被五花大绑着，胸前挂着牌子，站在席棚后面。崔海赢的话，一字一句地灌进他的耳朵。他现在已经完全镇静了。如果说，打手们的审讯激起了他的无比义愤，那么，崔海赢的挑战则更坚定了他的斗志。他又想起了口袋里的那包药片，想起了老支书。与自己相比，老支书蒙受了更大的冤屈，经历了更严峻的考验，甚至到现在，老支书的冤屈也并没有得到昭雪，但是老支书一天也没有停止过战斗。为了虎山灿烂的明天，他时刻在操劳着——小小的一包药片，共产党员的一颗心啊！白天，在审讯的间隙里，梁子曾轻轻地抚摸着这包药片，幻想它是神话里的仙丹，吃下去能使人变得自由与幸福，金色的凤凰又会飞回来。

　　榜样的力量是无穷的。梁子从老支书那朴实、平常的山里人身上，看到了一个为真理而奋斗的革命者的宽广的胸怀和坚韧不拔的斗志。因此，此刻在他心头的窝囊情绪已彻底消失了，洋溢在心中的，是战斗的豪情。梁子觉得，没有崔海赢这样的逼迫和谋害，他的思想还不可能升华得这么快。他甚至感到奇怪，有时候一个人的高尚的理想和情操，一个人思想的飞跃，是在同敌人的面对面的斗争中被逼出来的。譬如说，他自己过去的思想一向是很单纯的，对于报纸、电台里宣传的理论，书本上讲的道理，从来是全心全意地相信并照着去做的，并没有半点的怀疑和动摇。但文化革命中反映出来的一系列事实和虎山大队的这场斗争，以及自己目前的遭遇，使他忽然认识到，为了真理——这点他是确信无疑的——还必须在自己队伍里进行斗争，甚至还可能被对方推到对立面上去，直到被扣上"反革命"的帽子。生活是多么的会捉弄人啊！

然而，生活也在考验着人！此刻，梁子已深深地懂得，与伟大的理想和事业相比，个人一时的冤屈又算得了什么！他意识到，只有在更大的目标实现之后，个人的冤屈才能真正得到昭雪。所以，他觉得今天的大会，对自己是一种锤炼，是真金还是废铁，将放在火中炼一炼。他冷静地考虑着，如何把会场当作战场，在群众面前，剥下崔海赢的画皮！

"打倒反革命分子张梁！"领头呼口号的声音响起来了。通过高音喇叭，这声音向田野里扩散着，但人们响应的声音几乎没有。有的动了动嘴，有的举了举手。崔海赢不满意，也无可奈何，反正领号人尖锐的嗓门，频率很高，也够刺人耳膜的了。他喝令把梁子带上来。

全场人的目光都射向梁子了。人们看到他的旧制服上沾着点点的泥浆，那还是昨天在工地劳动时穿的衣服；剪得短短的平头上沾着草屑，那是和大家一起滚窝棚的结果。

人们想象不出，昨天还好端端地在劳动，今天怎么成了反革命？但这些年来，反革命帽子满天飞，给人随便戴个也容易，只要你有权就行。只是对于娟娟的事，大多数人却抱着半信半疑的态度。

梁子坦然地向台下扫视了一番。他的视力是很好的，他希望能看到老支书，希望从老支书沉着的目光里得到力量。但是人群中没有老支书，甚至也没有大憨和小李子。梁子心里一惊。然而紧接着他看到楼娃了，看到和楼娃站在一起的许多青年，他们向他投以信任的目光；他又看到了素芳、淑孩娘、小李子的娘、小宝、快活奶奶……那些妇女、老人、孩子，他们犹疑的神情和对那接连不断的口号所做出的漠然反应，使梁子感到了一种依靠，一种力量，就像老支书在身边一样。

"张梁奸污女知识青年，逼死人命，罪行是严重的。坦白从宽、抗拒从严，只有老实交待，才是张梁唯一的出路。"崔海赢在继续他的政策攻心。

梁子静静地听着，他的目光是坦率的，神情是镇定的，几乎没有任何激动的表示。直到崔海赢把话筒让给他，要他坦白交待自己的问题时，他才对着话筒说："是的，坦白从宽、抗拒从严。今天，开这么个大会是很好的机会，我们的大队书记，应该向虎山人民交待造成大坝塌方的真正原因。根据调查和化验的结果，大坝的倒塌是水泥的质量问题而不是老支书选择的线路有问题。那么，大队的支部书记就应该向大家交待，是谁在水泥问题上搞了鬼？他又是如何利用这件事搞假材料、打击陷害老支书的？"

这些话像一把尖利的匕首，一下子插进了崔海赢内心最虚弱的地方。台下也顿时肃静了，风托着梁子的话音在场上回荡，女人的头巾在徐徐飘动。素芳、淑孩娘等一伙妇女惊得睁大了眼睛；老实的楼娃紧闭着两片厚嘴唇；甚至连快活奶奶、老马头等人也皱起了眉头。梁子的话，像一缕阳光，射进了他们朦胧的脑子里。大家屏住气息都想听一听，给虎山带来灭顶之灾的大坝塌方，究竟是怎么一回事。只有小宝，高兴地爬上了那棵挂钟的老槐树，也不管看见不看见，就举起小手向台上的梁子致意。因为，梁子哥是头一个在大会上帮爷爷说话的人啊！

这时崔海赢恼羞成怒，抓过话筒向着梁子吼道："不许放毒，你要老实交待自己的问题！"

"我的问题，"梁子轻蔑地笑了，"正像你们污蔑老支书一样，我的问题完全是无中生有，造谣中伤。我在山上二十多天没下来，这是每个群众都看到的，怎么会和娟娟有关系？现在，我对娟娟并不了解，如果娟娟真是被人奸污了，那么这件事是要查清的，而且，罪犯必须受到党纪国法的制裁。但是，如果在没有任何证据之前，把罪名强加在我的头上，那是办不到的！中国的天空有乌云，但是还没有完全黑暗。谁也不能一手遮天！我相信群众，相信党，事实的真相终会清楚。现在，我以一个普通的共产党员的身份提醒我们的大队书记，该调查的事情还有很多呢，救济款遗失了，你为什么不调查？修筑大坝的水泥型号不对，显然是被人偷换了，你为什么不调查？……"

台下的人声喧响起来，崔海嬴见形势不对，连忙吩咐呼口号。

"张梁不老实交待就叫他灭亡！"尖锐的口号声盖过了梁子的话音。

口号声一停，崔海嬴立刻抓起话筒，指着梁子喝道："反革命跳梁小丑张梁，今天的态度极不老实。不但不交待自己的罪行，反而把矛头指向新生的革命委员会，是可忍孰不可忍！我们决不允许张梁在这里放毒了，同志们，批判发言开始！"

崔海嬴一边说，一边向他预先指定的那几个发言人示意，不料这几个人你推我，我推你，谁也不肯先上来。崔海嬴只好点名："老马头，你先上来！"

哪知老马头被刚才梁子的一番话慑住了，他望着那糊满纸的芦席棚心里想：奶奶的，大坝倒塌，救济款丢了，害得我跑了老婆喝不上糊糊。他梁子跟娟娟睡不睡觉，才屁大的事儿，就有，跟俺也不相干。他正在发愣，听得崔海嬴喊，想不上去又不敢，好半天才磨磨蹭蹭地上了台，让那雪亮的灯光一照，头直发昏，一急，背了一个下午的词儿忘得一干二净。别看平时说起话来，嘴里像撩了油似的，可这阵儿，他老马头张口结舌，吭吭地一句话也说不上来。

台下淑孩娘和素芳等几个妇女，偷偷地指着他讪笑："瞧，瞧，今儿个老马头戳秫秸了。"这窃窃的笑语声很快地蔓延开来，场子里人声又大了。不知是老马头觉察到了还是别的什么原因，他吭哧了半天，突然一摸脑袋，骂了一句："奶奶的，俺不受这个洋罪了，这十个工分俺不要了！"说罢，一甩袖子，嗵嗵嗵地走下台来。场子里爆发出一阵哄笑，眼疾手快的梁子机智地走到老马头的话筒前，高声说道："同志们，大家不要奇怪。现在，是有那么一小撮人，他们嘴上高喊着团结，背地里却大搞分裂；他们嘴上高喊着革命，背地里却大耍阴谋诡计；他们说的是革命解放生产力，实际上却在破坏生产，煽动资本主义！他们嘴巴上说揪走资派，实际上是陷害革命干部，抢班夺权。这一小撮人是马克思主义的叛徒，他们是违背人民的意愿的，他们终将被历史的潮流所淹没，他们绝没有好下场！"

"同志们，他把矛头指向哪里？这是彻头彻尾的反革命言论。我们……"崔海赢声嘶力竭地喊叫着，想要压倒梁子，但是梁子稳稳地占着话筒前的位置，使他走不上去，因此他的声音一出口，就被风吹散得无影无踪了，只剩下梁子铿锵的话音，在人们的耳畔萦绕。

崔海赢有点着急了，他命令几个打手上前拖开梁子。于是，台上产生了一片混乱。他又一再向那两个呼口号的人示意，要他们用口号声来把这混乱压下去，但是那呼口号的却专心一致地在听梁子讲话，没看崔海赢一眼。这时台下的群众，都从各人不同的角度和生活实际出发，倾听和理解梁子这一番话的含义。

大坝塌方和救济款的遗失带来的灾难，是人们亲身体验到的，每个人，每日每时，都在亲口咀嚼和消化着这一苦难。一旦他们觉悟到是有人蓄意造成这一切的话，那么，他们不把这样的人撕成碎片才怪呢。

人流在往前涌，人声沸腾着，人们要求梁子，把大坝塌方的原因，说得清楚些。

崔海嬴两眼注视着会场形势的变化，连唾沫带烟头，狠狠地往地上啐了一口，心里想，他倒挺会抓住人心呢。不过，自己考虑得是有点欠妥，这些个社员，眼皮子浅，有时光靠大道理唬还不行，他们有他们关心的实际事儿，可不能让这小子主动了哇。崔海嬴想着，眼珠四下里一转，一侧身走到台旁，抓起领呼口号人的话筒，用尽全力喊道："乡亲们，水泥问题，是有人在捣鬼，这个问题，我们大队党支部一定会查清的，请大家放心。我们今天的大会，主要是揭发批判张梁破坏上山下乡运动的罪行，我们不能避开张梁的问题不谈，上他的当，转移了斗争大方向……"

崔海嬴的话奏效了，台下出现了刹那的静场，难忍的沉寂带着巨大的压力向梁子扑来，连群众都感到难堪。楼娃咬着嘴唇，听得见自己的心在"扑通、扑通"地跳；快活奶奶紧紧地搂着自己的小孙女；小李子的娘心里在念佛。连树上的小宝，也把小脸蛋贴在冰凉的树干上，大气也不敢出。

崔海嬴很满意，坦然自若地向场子里环视了一番，然后眨着灵活的眼睛，向他预先指定的那几个发言人示意：现在，你们可以从从容容地上台发言批判了。

那些人理会了崔海嬴的意思，一个个拨开人群，往前钻去，头一个人已经跳上了台，忽然，他的衣服后襟被什么人抓住了，扭头一看，见是小李子！

小李子满头大汗，满脸通红，一件粉红色的衬衫已经湿透了，紧紧地贴在身上；她那只经过劳动锻炼的有力的手死命地执着这人的衣服。大憨也不知从什么地方冒了出来，嗖地一下跳到了台上，门神一样地立在了台子中央，一只粗壮的大手，牢牢地抓过了话筒。于是，小李子脆亮而愤怒的喊声，像炸雷一样送到了每个人的耳朵：

"把泥瓦匠带上来！"

几个像她一样雄赳赳的青年，把畏缩成一团的泥瓦匠押上台来了。

大家还没有明白过来究竟发生了怎么一回事，小李子的脆嗓门又响起来了：

"同志们，泥瓦匠投机倒把，倒腾水泥，他把修筑大坝用的500号水泥偷换去倒卖，造成大坝塌方，给我们虎山大队带来了严重的损失……"

群众骚动了，嗡嗡的人声又响起来了，后面的人推着前面的人，前面的人往更前边挤着。老头把烟袋噙在嘴里忘了抽，妇女拿着鞋底忘了纳，他们的眼睛里要喷出火来了，每个人都用能想得到的最刻毒的语言咒骂泥瓦匠。淑孩娘想起自己被淹死的孩子，撩起衣角抹眼泪："这烂肠子挨炮冲的，不得好死！"她用足力气想往前挤，但腿重得挪不开步，身子又被后面的人推着，不由自主地向前倾，心上一急，不由得"哇"地哭出声来："老天有眼啊，俺跟你拼死在这里了！"

愤怒的人声，愤怒的人潮！小李子的话已经讲不下去了。群众的怒吼淹没了她的话音。但她并不遗憾。她甚至很高兴，深深地佩服着老支书。

崔海赢被这愤怒的人流慑住了。他竭力控制着自己的思路，冷静地分析着眼前的形势，突然，他出人意料地往前迈了几步，走到泥瓦匠跟前，一伸手，"啪啪！"给了他两记清脆的耳光。

这两记耳光，打得小李子一愣，全场的人声住了，泥瓦匠本人也晕头转向地不知所措。

泥瓦匠低着脑袋，两只眼睛却在滴溜溜地转，心里想，这不就是崔海赢么？倒腾水泥不是你叫我去的么？救济款不是你叫我偷的么？你……

今天瓦匠走得早，不知道这批斗梁子的大会，刚才被押进场的时候，还以为这大会是专门批斗自己的哩，吓得人又缩短了半截；但再偷眼打量了一番，看见了台上的大标语和挂着牌子的梁子，知道这大会原来是批斗梁子的，心里才定了些。可是，崔海嬴这两记耳光，却又把他给打昏了。脸颊还在火辣辣地痛的时候，崔海嬴愤怒的话音就灌进耳朵里来了："同志们，泥瓦匠如果有倒腾水泥的罪行，一定要从严处理！当然，这件事也给我们一个极大的教训。从这里我们可以看出，由于崔福昌长期以来只顾埋头抓生产，不抓阶级斗争，因而导致了我们虎山大队资本主义的泛滥……"

"不对！你在搅浑水，什么如果不如果，泥瓦匠倒卖水泥，证据确凿！"小李子愤怒异常，无所畏惧，声音尖厉。

这时，瓦匠麻辣辣的脑袋转过弯来了，原来，崔海嬴是把火往自己身上引哪。台下黑压压的人像潮水一样向前涌着，瓦匠的小腿肚，不由自主地颤抖起来：崔海嬴呀崔海嬴，你好狠毒呀！可是你要想光拿尿盆子往我头上扣，我也叫你吃不了兜着走！

泥瓦匠把头压得低低的，可脑子里却飞快地转开了，那封信，那封用橡皮水田袜包裹着的绝命信，这足以把崔海嬴置于死地的信，要不要交出来呢？……且慢，再看一看，若是他明打暗保，他还掌握着虎山的大权，那就算了，来日方长，只要他还掌着权……

"同志们，我们一定要深入批判阶级斗争熄灭论，肃清崔福昌在虎山大队执行错误路线的流毒……"

"别在这儿磨嘴皮子啦，要瓦匠交待偷水泥的事！"台下有人愤怒地喊道。

"对，他不让俺们吃饭，俺不让他的烟囱冒烟！"人群中突然爆发出一个愤怒而又有点陌生的声音。梁子举目望去，几乎不相信自己的眼睛：说这话的是楼娃！楼娃被怒火烧红了脸，举着不知从哪里弄来的一把大锄，高呼着："走呀，扒他的房子去呀！"

人们一听，也都操起各种各样的工具；有扁担、有棍子，甚至妇女们攥着手里的鞋底也跟着跑："扒这个坏蛋的房子去呀！扒呀！"

瓦匠见状，两条腿又打抖了，抖得几乎站立不住，心里直叫苦：我的妈妈呀，他们要真是去扒了房子，损失可大啦！不但偷来的救济款要露馅，就连那封绝命书也会被扒出来。这绝命书要是一败露，他崔海赢有再硬的后台也得坐班房，而自己也得跟着吃挂落儿呀！咋办？咋……还是坦白从宽、坦白从宽吧！

瓦匠想说，但上牙磕着下牙，"得得"响着，吐不出字来。梁子向他望了一眼，平静地说道："瓦匠，难道刚才两记耳光，还没把你打醒过来么？你的情况，我们是掌握的。你的资本主义思想严重，被别人利用了。你要老老实实把问题交待清楚，争取从宽处理。"

梁子的话，严肃、中肯，充满着正义的力量，打中了泥瓦匠的心。瓦匠听着，竭力克制着颤抖，结结巴巴地说："我交待，交待。水泥是崔书记、崔、崔海赢叫我倒换的；救、救济款也是他指使我偷、偷的。还……还有娟娟，也是崔海赢逼死的，我有一封信，娟娟亲笔写的……"

"说！信呢？"小李子十分意外，如雷贯耳，咬牙切齿。

"钱呢？"大憨又惊又恼瞪着眼问。

"都……都在我家屋檐的瓦……瓦棱下。"瓦匠哆哆嗦嗦地回答。台下的人涌上来了。瓦匠怕他们那些愤怒的脸和愤怒的拳头，怕他们把他跺成肉泥……

人流涌上来了。怒火燃烧着土台。

崔海赢万万没有料到，情况会这么急转直下。一时间，他简直像遭了雷劈的枯树桩一样，愣在了台上。但稍一定神，他立即苏醒过来了。他意识到情况的严重和冷静的必要。几乎就在这一瞬间，他立即决定了对策。他突然冲到瓦匠面前，"噼里啪啦"，又是两记响亮的耳光，接着就使尽吃奶的力气高声喊了起来："同志们，静一静，静一静；瓦匠是疯狗乱咬人，乱咬人，大家不要信他，他攻击我就是攻击党的领导，他也是反革命……"

"狗屁！"就在崔海赢声嘶力竭地叫喊，会场上稍为变得沉寂的一刹那，主席台上突然爆发出一声粗鲁的吼骂，只见粗壮的大憨，伸出小蒲扇一样的大手，一把揪住了崔海赢的后襟，轻轻一拉，接着又猛力一推，这位虎山大队的书记就一个趔趄跌倒在台上了。大憨还嫌不解气，又飞起一脚，将崔海赢"咕咚"一声踢到了台下："滚你娘的蛋，俺们不要你当书记了，你不是真共产党，是野心家！"

"乡亲们！"大憨叉开双腿，气昂昂地挺立在台中央，他一把扯开袄襟的扣，露出紫铜色的钢铸般结实的胸膛，喘息着，胸脯一起一伏，指着台下死狗般的崔海赢，破口大骂："崔海赢！你他娘的稀饭里下元宵——混蛋！你踩着老支书的肩膀往上爬，指使瓦匠偷换水泥陷害老支书；你让瓦匠偷救济款坑害俺社员；你自己撒了尿还想往梁子头上扣尿盆子！你别以为俺们满脑袋高粱花子好欺侮，俺满脑袋高粱花花可俺知道高粱是怎么长出来的！老支书领着俺们抓生产没错！你他娘的白天东游西逛唱高调、出馊点子坑害人，晚上和你的哥儿们五呀六呀乱吆喝，你狗日的狼心狗肺不是人，你——"

大憨猛一跺脚，土台子抖了，芦席棚架子索索直响，泥瓦匠吓得蹲了下去。大憨并不朝他望一眼，稍顿了顿，在脑子里寻找着文明一些的词，继续说道："你利用大坝的事故，把老支书踩下去了；现在，事情像小葱拌豆腐，一清二白了。你欠俺的账要算，老支书的冤要伸，是你把老支书给踩下去的，现在你要给俺们把老支书还出来！"

　　大憨十分憨直的话语，像暴雨卷过天空，场上顿时掌声雷动，人们压抑已久的感情，像洪水决堤般地奔放出来，"还我老支书！""我们要老支书！"的呼声，春雷般地响了起来。

　　一片呼喊声中，大憨一把扯下挂在梁子头上的牌子，劈头盖脸地朝崔海赢砸去："乡亲们，崔海赢，违犯党纪国法，是坏人！虎山大队的党支部书记，是俺们的老——支——书！"

　　"老——支——书！"铿锵有力的呼唤，从一个个普通农民的胸膛里发出，它带着不可战胜的力量和经久不息的尾音，在打麦场的上空，在虎山起伏的群峰里，在无边的山野间和无垠的夜空里回荡。

　　梁子的眼睛湿润了，他的喉咙哽咽了，他不知道小李子是怎样替他松了绑的。一种从未有过的崇高感情在他心头升起。他觉着热血在全身奔涌，一种伟大的力量在支持着他。刚才，在瓦匠被押上来而崔海赢还在叫嚷的时候，他已经准备好了一肚子的话要去批驳崔海赢，他要当众撕下他的画皮来！但是没想到，鲁莽的大憨竟能说出这么一番话来。他觉着自己那一肚子腹稿，和大憨的发言比起来，又是多么的苍白无力！一个普通农民，有何等鲜明的爱憎，何等伟大的气魄啊！

　　人声、喊声，像滚滚的洪流，汹涌的潮水！

　　"老支书！老支书！"山山岭岭回响着这一个声音，好像暴雨骤降，好像山洪突发，好像黑夜忽然变成了白昼，好像千军万马在奔腾。

　　啊，人民的心声，人民的意愿，人民的力量！

　　小宝低下头，看见所有的叔叔、婶婶、哥哥、姐姐，都在喊着爷爷的名字，那样激动的吼声，那样巨大的声势，使他那幼小的心灵体会到一种说不出名堂的滋味。他心里埋怨爷爷今天为什么不来参加会。他多么希望爷爷现在突然出现在面前啊！

摔昏了的崔海赢突然清醒过来，连滚带爬地攀上台去，声嘶力竭地叫道："今天的大会，是批斗张梁的大会，会场上一小撮暴徒聚众闹事，一定要严加惩办！我要……"

崔海赢的话没来得及说完，台下就爆发出一阵哄笑声。眼尖的小李子拾起地上的那块牌子，一下子套到了崔海赢的脖子上，于是，场上又引起了一阵更响的笑声。

"滚一边去！"大憨怒吼一声，拽着崔海赢的胳膊，不由分说地把他往旁边一搡，让梁子稳稳地站到了主席台的中间。

"同志们！"梁子不慌不忙地拿起了话筒，"同志们！从党性和党的原则来说，崔海赢早已丧失了一个普通共产党员最起码的资格！"

掌声雷鸣般地响起来了，千百双期待的眼睛闪动着泪花。这是兴奋的泪花，喜悦的泪花！他们中间的大部分人，并不懂得党性和党的原则，他们只是从直觉上感到，老支书无罪，老支书应该回来，老支书应该是虎山大队的领头人！

"可是同志们，今天的大会，既然已经开了，我们就把它开到底，开好它，好不好？"梁子接着说。

"好！——"又是一阵欢呼。

梁子的话音刚落，小李子就领头喊起了口号：

"崔海赢必须老实交待！"

"崔海赢必须低头认罪！"

千百只拳头，高高地举过了头顶。梁子也热泪滚滚地举起了右手。如果说，他在刚才大憨怒吼的时候，真正感到了人民力量的伟大，那么现在，他更深刻地感受到，个人的力量只是一颗水珠，水珠只有汇进群众斗争的滚滚洪流里，才能永不枯竭，永远焕发出无穷的力量！

　　"我要去向公社党委控诉！"崔海嬴又叫了起来，此刻，他并没有忘记他的身份，即使在被大憨踢到台下去的时候，他也牢牢地记得，他是虎山大队的党支部书记。

　　"你去控诉吧！"梁子冷笑一声道，"总有一天，人民要控诉你们，清算你们这一伙坏蛋的！"

　　"你们篡党夺权！"崔海嬴又叫道。

　　"篡党夺权的是你和你的同伙！"梁子目光炯炯地说道，"睁开眼睛看看群众力量的洪流吧，你们被淹没的日子不远了！"

　　梁子的最后一句话，忽然提醒了小李子，使她思想的小鸟，一下子飞离了会场。她想：泥瓦匠不是说娟娟有一封信在他家房檐下吗？那肯定是一个有力的证据，何不马上拿来？想到这里，她振臂一呼："同志们！来一些人，咱们去泥瓦匠家取娟娟的信！"

　　"好哇！去！去！咱们快去！"群众大声响应，十几个青年人立即聚到小李子身边。

三十一　大路通向远方

　　梁子、小李子、大憨，和虎山大队的广大社员群众，和崔海赢斗了一天，打了一个胜仗。这中间，特别是他们当众宣读的娟娟的遗书，像炸弹似的轰击了崔海赢和泥瓦匠这样的坏人，又像火焰一样激起人们深深的悲愤，使小小的虎山，像刮起了暴风。但是，斗争并没有结束，崔海赢还在拼命抵抗，垂死挣扎。当天夜里，崔海赢就不知去向，不知跑到哪里去了。有人说他是到公社搬兵去了，有人说他是到县里告状去了——反正是恶人先告状，他决不甘心失败。

　　为了继续同崔海赢进行斗争，梁子、小李子、大憨，以及老支书和虎山大队的社员群众，也自发的连夜开了会，把崔海赢的罪行写成一篇状子，并公推小李子代表大伙，先到县后到省，必要时到北京，去撕破崔海赢的真面目。大伙为小李子准备了干粮、筹集了路费，又千言万语的作了叮嘱。小李子受到大家的信任，拿着大伙写的状子，发誓说："即使走到天涯海角，我也要找到真理！"

第二天清晨，稀疏的星星和褪色的月亮都还挂在天上没有隐去，小李子挎着一个蓝花布包袱来到了涧湾，只见放鸭老人坐在高坡地上吸烟，一只小船，系在岸边，随风轻荡着。

小李子走到老人的身边，轻轻地喊了好几声，老人还没发觉，仍一个劲地固执地注视着灰蒙蒙的水面。小李子伸出手，一把攥住了老人正在吸的烟管。老人一惊，抬起头来，望着她说："是你呀，翠丫头！我正要来问你呐，你说，人死了以后，有没有灵魂？人要是对不住自己的良心，有没有报应？"

"大爷，您这是打哪儿说起。"小李子茫然摇了摇头，"什么报应，这是迷信呀。"

"不是迷信！"老头儿以少有的激动叫起来，说着，拿烟管直敲自己的胸膛，"这儿有报应！"

小李子不明白是怎么回事，慌忙拉住他的胳膊。

老人像被解除武装似的垂下手来，两只和善的小眼睛里失去了往常的笑意，闪着悔恨与自责的光，颤声说："翠丫头，你不知道，前天晚上，俺碰上她了，可俺没留心，没把她拦住，还把那封信，给了那个烂透肠子的坏家伙。俺这个老糊涂呀！这两天俺的胸口一直在痛……多好多水灵的一个姑娘呀，一朵刚开的鲜花，无缘无故地被人折损了，真是造孽呀！"

放鸭老人说罢，老泪纵横地流了下来。小李子也禁不住百感交集，含泪忍痛说："大爷，快别说了……"说到这里，泪珠忍不住簌簌滚落下来。这个要强的姑娘不愿让老人看到她的泪水从眼眶里涌出，就别转身，向连绵的虎山群峰望去。可是老人依然在一旁固执地叫道："我说翠丫头呀，俺不信没有灵魂，俺没拦住她，俺难受呀！"

小李子说不出话，她从放鸭老人善良的自责，联想到崔海嬴狰狞的嘴脸。如果说，人真有灵魂的话，那么，人类的灵魂是各种各样的：有高尚的，有卑鄙的；有纯洁的，有龌龊的；有善良的，有伪善的；有庸俗的，有随俗的，……有的流芳百世，有的遗臭万年；有的像畜生，有的还不如畜生；有的人活着，但灵魂早已死去；有的人死了，但灵魂长存。悠悠的流水呀，茫茫的大地！善良的灵魂必须得到安宁，该诅咒的灵魂必须受到惩罚！

六月的温暖柔和的风吹起来，吹去了夜间的寒意，吹干了小李子脸上的泪痕，送来了东方微露的晨曦，太阳就要出山了。小李子突然心一跳，想到她的好朋友娟娟，再也看不到这即将出山的太阳，再也享受不到那温暖的光辉了。想着，心里一阵绞痛，她哽咽地说："大爷，咱、咱们开——船吧。"

老人听了，揉揉眼，没有再问什么，随小李子走到坡下，解了船，拿竹篙轻轻一点，小船便离了岸。白浪托着扁舟，颠簸着向前驶去。

小船驶到了中流，一霎间，水天茫茫中，只剩下了欸乃的桨声；两岸的丘陵，如黄绿色的起伏的浪头，静默地沉睡着。

忽然，老人叹了口气："翠丫头，你看！就在这儿……这水，这浪，真是无情无义啊！"

小李子听得心一酸，低下头，热泪滴在悠悠的流水里。就在这时，后面哗哗地顺流下来一大队竹排，掀起很大的排浪，使小船猛烈地颠簸起来。小李子一急，紧抓住船舷，叫着靠岸。

放鸭老人摇摇头，不但没靠岸，反而紧划几桨，贴着竹排向前驶去。说也奇怪，这样一来，小船反而慢慢稳住了。过后，小李子吃惊地望着老人说："好险哪，大爷，您怎么不靠岸呢？"

"噢，这是行船的常识。"放鸭老人眯起小眼睛，深沉地说，"风浪来的时候，你越是迎着它就越安全；如果你想逃避它，往岸边躲，你就一准翻船。因为波浪打到岸上，被反推过来，岸边的浪头就更大。"

　　小李子低下头，凝视那已经平静下来的水面和水面上白色的涟漪，心里想，大爷的话是对的，我要迎着风浪上，在生活的道路上向前走，不怕虎狼手中的宝剑，不向虎狼低头。我要和虎山人一起，和老支书、梁子、大憨、楼娃叔……一起，把虎狼赶走，让金凤凰重新飞回来，让自由和幸福的鲜花开遍虎山，开遍全国！到那时，娟娟啊，我就用这些花朵织成一个花环，奉献到你长眠的这个地方——涧湾深邃的激流里。

　　"翠丫头，到了！"小李子正在沉思默想，放鸭老人已将小船靠了岸。小李子提起包袱一步跨上岸去，抬头一望，只见晨雾从丘陵大地丝丝缕缕地升起来了，像炊烟缭绕，似蒸气升腾。转眼间，大地上这些起伏的浪头开始跃动起来，好像一碧万顷的大海，突然暴风雨来临了。小李子的心绪也开始激荡起来，她好像投身在风起云涌的社会斗争中，又好似置身于开天辟地的混沌世界里。她转身朝放鸭老人摆了摆手，默默地深情地向涧湾的流水看了一眼，心里说："再见了，我亲爱的朋友；安息吧，你善良纯洁的灵魂！"随后，她挺起胸膛，踏上了通向县城的大路。

　　前面是无边的丘陵，山连着山，山叠着山，一条道路蜿蜒曲折地伸入群山的深处，一直通向远方……

1978 年 5 月初稿于上海

1978 年 11 月改于上海

1979 年 1 月改于北京

后　记

　　二十世纪六十年代末七十年代初，是中华民族历史上极其不平常的时代。在这个宏伟的历史画页中，有血与火的斗争，有人民群众的奋起，有魑魅魍魉的横行，有辛酸悲愤的眼泪……我有幸在这样一个时期进入了青年时代。六六年我在学校里经历了文化大革命掀起的风暴，随后踏上了上山下乡的道路。从此，我从繁华似锦的大城市来到了一个偏远的山村。在离山村十几里地以外，有一个小站，这个小站快车不停，慢车也只停几分钟。在夜深人静的时候，我倾听着火车强劲的轰鸣，觉得自己依然在感触着时代的脉搏——在这里，我真正开始了我的生活道路。

　　如果说，波澜壮阔的社会斗争和生活实践是无边无际的大海洋的话，那么，任何个人便是这大海里的一只小舟。这只小舟在大海里的航迹，则是他的生活道路。在社会生活的茫茫大海里，有白浪滔天的风暴，也有碧蓝平静的海湾；有顺流也有逆流；有岛屿也有冰层和暗礁。我和我的年轻的同志和朋友们，就是在这样的大海里搏斗和前进。我们开始真切地体会到了我们社会制度中的优越的和好的东西，感受到了人与人之间真的和美的成分，享受着人生的温暖和希望的阳光；但与此同时，由于"四害"的肆虐和作祟，我们也经历了只有在这段历史时期中才有的思想上的混乱，精神上的痛苦和事业上的贻误；在我们的面前，出现了丑恶的灵魂，卑鄙的伎俩和饕餮的鬼蜮。驾着理想的小舟在大海里航行，我们受到了时代浪花的冲刷和考验，有的不怕风浪的冲击，敢于昂奋起船头，逆流而上，过了一段，潮流急转直下，他就能欢快地前进，成了有用的人才；有的想顺流而行，结果，一拐弯，又遇到了逆流和暗礁，遭到了灭顶之灾……也是在这样的生活道路上，我们开始学会了爱与恨。我们爱伟大的祖国，爱伟大的人民，爱山乡劳动农民的淳厚与朴实；我们恨吸人血汗的恶鬼，恨他们剥夺了我们青年的自由和幸福的权利，恨他们给社会和人们的心灵造成的巨大的破坏与创伤。在偏僻的小山沟里，我们认识到了改造我国广大贫穷落后的农村面貌，使勤劳、善良的劳动农民能过上美好的生活的艰巨性和迫切性；认识到了人生道路上的坎坷与曲折。

漫长的农村插队生活，使我感受和体会到了这一切，也使我产生了记录和抒发这一切的要求和愿望。于是，我就在那艰苦的劳动之余，在担土和推小车的间歇里，在滴水成冰的寒冬静夜中，在知青集体宿舍铺着高粱秸的床铺上，开始写我和我年轻的朋友们在生活的大海里的航海日志。然而，在那阴霾满天的日子里，写作和保存这样一些真实的生活的记录，是充满着危险的。我常常拿着写好的稿纸，在屋里东瞅西瞧，找不到一个可以安全隐藏的地方，于是只好在睡觉的时候掖在枕头下，在外出的时候揣在衣袋里，而最后，在白色恐怖和文字狱发展到登峰造极的时刻，我仍只好在烧锅的时候把它们统统塞进了炉膛。然而，在云收雨霁以后，稿子中的人物形象，他们的声音笑貌，他们的喜怒哀乐，他们对理想的追求和对未来的向往，仍栩栩如生地浮现在我的面前，激励着我在生活的道路上去进行探索；甚至那一张张狰狞的脸谱，也在激发我的义愤，激起我战斗的勇气。因此，不把它们再现出来，我的心一时一刻也不得安宁。于是，我又拿起笔，匆匆地把烧毁了的那些东西重新写了出来，这就是上面这部不成熟的作品。

由于我还是一个刚刚踏上人生旅途的青年，对生活的感受和观察还十分浮浅，对社会的了解也很不全面，我插队生活的地方，只是伟大祖国辽阔的地理上的一个小点，我反映的东西，也许只是坐井观天，因此我的习作不可能也不企图概括什么，我只是希望把它当作一支未加修剪的朴实无华的青竹，带着根植于它的泥土的芳香和凝聚着斗争中产生的痛苦与欢乐的露珠，献给和我一起在农村共过命运的年轻的朋友，献给在生活的道路上给了我亲切的教诲和辛勤的培养的长辈，献给在人生的道路上给了我同情和温暖的善良的农民。我愿和我的青年朋友们一起振奋起来，把自己的命运同广大人民特别是农民群众的命运联系起来，使我们的生活和理想充实起来，为我国已经迟开的列车能赶上时代的时刻表而奋斗。

我是一个初学写作的青年。我的这部幼稚粗糙的作品能够问世，我要衷心地感谢在我的创作过程中给了我热情的支持和鼓励的许多同志，衷心地感谢人民文学出版社的领导和编辑同志。

1979 年 2 月 1 日